GABRIËLE

Avant de devenir écrivain, Anne Berest a dirigé la revue du Théâtre du Rond-Point. Elle publie son premier roman en 2010, *La Fille de son père*. Suivent *Les Patriarches* (Grasset, 2012), *Sagan 1954* (Stock, 2014) et *Recherche femme parfaite* (Grasset, 2015).

Claire Berest publie son premier roman, *Mikado*, à 27 ans. Suivront deux autres romans : *L'Orchestre vide* (Stock, 2012) et *Bellevue* (Stock, 2016), et deux essais : *La Lutte des classes. Pourquoi j'ai démissionné de l'Éducation nationale* (Léo Scheer, 2012), et *Enfants perdus, enquête à la brigade des mineurs* (Plein jour, 2014), sorti en poche (Pocket) en 2015.

ANNE ET CLAIRE BEREST

Gabriële

STOCK

ISBN : 978-2-253-90663-6 – 1re publication LGF

*À Frida et Léonore qui sont nées
pendant l'écriture de ce livre*

« Gabriële est un Roi, Gabriële est une Reine. Elle aime l'envoûtement. Même prise dans une toile d'araignée, elle reste claire comme le jour. »

Jean Arp

« Gabriële Buffet prend plaisir au danger… Elle est toujours riche d'esprit, son esprit est une source au bord de la route. Elle fera ce qu'elle a toujours fait : entraîner dans sa profondeur ceux qui ne peuvent vivre qu'en surface. »

Francis Picabia

« Je reçois à l'instant une lettre de Gaby P_… »

Marcel Duchamp

« Depuis sa jeunesse, par conséquent, Gabriële connut l'incomparable plaisir de livrer une bataille contre l'ordre établi – et de la gagner. »

Maria Lluisa Borras

Avant-propos

Notre mère s'appelle Lélia Picabia. Un nom trop beau pour ne pas cacher une douleur. Enfants, nous ne connaissons pas l'origine de son nom. Notre mère ne nous parlait jamais de son père, ni de ses grands-parents.

En 1985, sa grand-mère (notre arrière-grand-mère), Gabriële Buffet-Picabia, est morte de vieillesse, à l'âge de 104 ans. Nous ne sommes pas allées à l'enterrement de cette femme, pour la simple et bonne raison que nous ne connaissions pas son existence. Bien plus tard, lorsque nous sommes devenues adultes, nous avons compris le silence qui l'entourait. Nous avons eu l'intuition que cette femme avait été un monument ignoré et égaré. Ignoré de nous. Égaré dans l'histoire de l'art. Pourquoi cette double disparition ?

Nous nous sommes alors lancées dans la reconstitution de la vie de Gabriële Buffet, théoricienne de l'art visionnaire, femme de Francis Picabia, maîtresse de Marcel Duchamp, amie intime d'Apollinaire.

Nous avons écrit ce livre à quatre mains, en espérant qu'il y aurait du beau dans ce bizarre. Nous avons tenté une expérience d'écriture en tressant nos mots les uns avec les autres, pour qu'il n'existe plus qu'une seule voix entre nous. Nous avions envie de retrouver cette joie disparue qui consiste à écrire aujourd'hui comme nous nous amusions autrefois – *avec le sérieux de l'enfant quand il joue.* Deux sœurs ensemble sont pour toujours des enfants.

Nous avons joué mais nous n'avons rien inventé, pas besoin, la vie de Gabriële est un roman. Pour écrire ce livre, nous nous sommes appuyées sur des ouvrages d'histoire, des archives et des entretiens. Néanmoins, nous ne sommes pas historiennes et ne prétendons pas l'être. Nous espérons que les spécialistes de l'art comprendront que, malgré la méticulosité de notre travail de recherche, notre subjectivité d'écrivains est entrée en jeu dans l'interprétation des sentiments de notre arrière-grand-mère. Les événements que nous racontons ont été vécus par les protagonistes, bien qu'ils soient contés à notre façon. Nous avons choisi le point de vue de la vie pour raconter celle de Gabriële Buffet.

ANNE & CLAIRE BEREST

1

L'ensorcellement (L'encerclement)

On ne la remarque pas aussitôt. Pas d'extravagance dans cette taille moyenne, ce corps pudique, ces longs cheveux châtains ajustés en chignon cloche, parure sombre et provocante jamais révélée. Le visage de Gabriële Buffet n'a rien de charmant. Il ne fait pas de caprice. Le menton, surtout, est trop grand. Le front aussi. Ses yeux disparaissent dans des fentes perpétuellement songeuses, dessinant deux traits noirs de charbon mouillé sous des sourcils forts qui obstruent la couleur des iris. Cette femme, ni belle ni laide, est *autre chose*. Si l'on pousse la curiosité à observer cette figure banale, on saisit alors que la bouche pâle s'étire en deux longues ailes d'oiseau libre. Les pommettes tapent. L'ensemble est terriblement déterminé. Un air qui invite promptement à sonder le regard. À le suivre.

En 1908, Gabriële a 27 ans. Elle est partie finir ses études de musique à Berlin commencées à Paris. C'est une jeune femme indépendante. Pas de mari, pas d'enfant, pas d'attache. Elle mène une agréable vie, une vie

13

de garçon. Elle gagne de l'argent en jouant dans des orchestres, elle n'a de comptes à rendre à personne.

Avec ses nouveaux amis berlinois, Gabriële a passé les vacances en Suisse, dans un chalet d'été. Elle y fait une drôle de rencontre : « À cette époque, autour de Genève, il y avait une grande quantité de petites maisonnettes louées qui recevaient les Russes réfugiés. Et j'ai connu Lénine, car il était dans une maison voisine de la mienne. Je le voyais sortir – ça n'a pas été plus loin – si ce n'est que j'ai trouvé qu'il avait une très belle tête [1]. »

La légende familiale dit que Gabriële a eu une aventure avec Lénine. Aucun ouvrage ne l'atteste, et nous en doutons. Mais ce qui est intéressant, c'est l'existence même de la légende. Cette idée qui persiste au-delà des décennies, que Gabriële n'aurait été séduite que par des hommes révolutionnaires – quelle que soit la nature de la révolution, politique ou artistique.

Après ses vacances dans les montagnes suisses, Gabriële rentre en France, pour rendre visite à sa mère et son frère Jean. Comme de nombreux militaires de l'époque, son père avait pris sa retraite à Versailles, cette ville cossue et tranquille qui possède sa propre société de tramways électriques, anciennement à « traction hippomobile ».

Gabriële n'aime pas tellement les vacances à Versailles, très vite elle s'agace de ce qui l'avait réjouie les premiers jours : les rituels familiaux, les gestes immuables, les histoires qui ne changent pas. Gabriële n'est pas «famille» et ne le sera jamais – même avec ses enfants. Surtout avec ses enfants.

C'est une belle journée de septembre 1908 qui marque la fin de l'été. La mère de Gabriële dresse la table sous la tonnelle du jardin, elle est heureuse d'avoir ses deux grands enfants auprès d'elle, elle porte une robe rose, le soleil dans le feuillage fait des taches de lumière sur la nappe blanche, nous sommes dans un tableau de Renoir.

Mme Buffet a le cœur lourd : c'est le dernier déjeuner de l'été en famille, Gabriële va repartir à Berlin, Jean, qui est peintre, s'est installé à Moret-sur-Loing, elle va se retrouver seule dans cette maison trop grande. Jean a choisi ce petit village de Seine-et-Marne car il fut le décor de nombreuses toiles de l'impressionniste Alfred Sisley, qu'il admire beaucoup. Sisley a peint l'église de Moret-sur-Loing, le pont de Moret-sur-Loing, les peupliers de Moret-sur-Loing et la rue des Tanneries… Et donc Jean fait à peu près la même chose, quinze ans plus tard. Quinze ans trop tard ? Il n'est pas en avance, Jean, *has been* même, au regard de Gabriële qui évolue dans le milieu de l'avant-garde musicale. Il fait partie de cette génération de jeunes gens néo-impressionnistes, un «jeune suiveur d'un mouvement déjà vieux [2]». Certes, Jean a du talent, beaucoup même, mais Gabriële n'est pas émue par la joliesse de ses sujets, ni par la sensibilité de ses compositions, ni par sa capacité à créer une véritable puissance chromatique dans des paysages de neige. Pour elle, les impressionnistes faisaient scandale du temps de papa et maman. Aujourd'hui, ils font école.

Mais revenons à cette journée de septembre où Gabriële et sa mère sont assises dans le jardin, la glycine blanche a fleuri tardivement, mère et fille ne s'adressent la parole que pour rendre les silences acceptables, elles n'ont rien à se reprocher mais pas grand-chose à se dire. Jean n'est pas encore là. On l'attend pour déjeuner, il avait promis d'être à l'heure.

Après un certain temps, Gabriële et sa mère commencent le repas en se disant que «cela va le faire venir». Et puis au dessert, on se résout à l'idée qu'il ne viendra pas et que chacun cachera son inquiétude en vaquant à ses occupations. L'après-midi passe, Gabriële empaquette ses bagages pour son retour en Allemagne – elle a hâte de rentrer à Berlin, ces vacances estivales n'ont été qu'une longue nuit d'insomnie, Gabriële étouffe. Elle tourne en rond dans sa chambre. La commode sent l'encaustique et renferme des robes sages, bleues et grises. C'est beau et c'est fade, comme le réséda.

La cathédrale Saint-Louis de Versailles sonne les vêpres. Son frère n'est toujours pas là, Gabriële écoute, attentive au son des cloches, leur lourd corps de bronze résonner d'une tonalité grave et solennelle. Soudain, un bruit inhabituel, Gabriële entend les graviers grincer violemment. Elle se précipite à la fenêtre de sa chambre : une voiture fait son apparition dans la cour. La vision, en ce début de siècle, est aussi incongrue qu'extravagante, comme imaginer aujourd'hui un hélicoptère atterrir soudain sur le gazon de son jardin. Il ne lui faut pas longtemps pour en deviner l'explication.

Depuis quelques semaines, son frère Jean n'a d'yeux et d'intérêt que pour ce «type épatant» qu'il a rencontré «sur le motif» à Moret-sur-Loing, c'est-à-dire *in situ* dans la nature, en prise directe avec le sujet, comme le faisaient les maîtres. Ils peignent aux mêmes heures et posent leurs chevalets aux mêmes endroits. Alors évidemment, ils ont fini par sympathiser. Ce type, Gabriële en avait déjà entendu parler en Allemagne, c'est ce peintre à la mode, un jeune impressionniste au nom espagnol que tout le monde trouve extraordinaire : Francis Picabia.

Pour une raison qu'elle ignore, dès que son frère évoque devant elle ce nouvel ami, Gabriële s'agace. Et plus son frère vante les mérites de ce jeune peintre, plus elle le trouve épouvantable. «J'avais beaucoup entendu parler de Picabia avant de le connaître, confiera-t-elle. Et j'avais horreur de ce genre de société bourgeoise, le grand-père très riche[3]…»

En voyant sortir de sa voiture «ce petit homme mince, à la taille souple et bien cambrée[4]», Gabriële est contrariée. Lorsque sa mère lui demande de descendre accueillir les garçons, elle reprend ses esprits pour affronter l'épreuve du dîner. Elle arrange d'une main experte le col de sa robe, comme un acteur réajuste son costume dans la coulisse, elle regarde autour d'elle, égarée l'espace d'une seconde, se demandant ce qu'elle cherche – mais rien.

Gabriële se met à table pour le dîner où tout le

monde l'attend. Elle se trouve assise en face de ce peintre qui a les yeux noirs et brûlants, le teint mat, le sourcil épais, une petite moustache naissante et la décontraction de ceux dont l'esprit, surprise sur le gâteau de la richesse, leur permet d'être à l'aise en toutes circonstances et dans toutes les sociétés.

Ce jeune homme représente tout ce qu'elle déteste. Il est coquet, bien qu'il veuille laisser croire le contraire. Elle le scrute à la dérobée. Trouve ridicule l'assemblage de ses chaussettes de soie noire impeccables avec un large pantalon en velours marron élimé à l'ourlet, patiné par les heures passées à peindre au soleil et des chaussures neuves, brillantes, au cuir souple pour un pied fin. Une nonchalance luxueuse travaillée dans les moindres détails. Il porte la chemise des peintres, blanche et ample, aux manches retroussées qui n'ont jamais connu de boutons à leurs poignets. Son parfum est un mélange pénétrant d'huile de lin, de résine, d'eau de Cologne et d'effluves d'essence. Cela lui retourne le cœur – comme un supplice.

Lorsque Gabriële se retrouve en face de Francis, les particules de l'atmosphère se concentrent. Entre la vieille soupière en porcelaine rose et la pendule portative en or avec son éléphanteau de bronze, Gabriële a soudain très chaud. Pour cacher sa gêne, elle prend sa cuillère et commence son potage avant tout le monde.

Mme Buffet se précipite sur ses couverts, pour rattraper le faux pas, puis les hommes racontent, très fiers, la panne de voiture qui les a retardés. Le peintre au visage rastaquouère s'excuse de leur avoir volé leur

Gabriële Buffet, 1907, en Bretagne,
quelques mois avant sa rencontre avec Francis Picabia.

cher Jean. Il en profite pour capter le regard de la demoiselle de la maison. C'est pour elle que Francis Picabia est venu à Versailles. Depuis que Jean lui a parlé de sa sœur, il est obsédé à l'idée de la rencontrer. Cette fille compositrice, qui vit seule à Berlin, l'inspire tout particulièrement. Pour s'en approcher, il est prêt à forcer l'amitié de Jean, prêt à le raccompagner chez lui en voiture, tout cela dans l'unique but d'être invité à partager le déjeuner familial. Enfin en sa présence, il cherche une connivence, une entente secrète, il veut savoir ce qu'elle a dans le ventre, cette fille libre, mais Gabriële évite, elle ne veut pas entrer dans le jeu, elle ne veut pas être sympathique, elle donne des réponses évasives… «On me questionna sur les expositions de Berlin; j'osai avouer mon ignorance, mon incompétence en matière de peinture, l'ennui, l'effort que représentaient pour moi les expositions et les musées[5]…»

Gabriële n'avoue pas seulement son ignorance: elle ment. Elle fait croire à Francis Picabia qu'elle n'a jamais entendu parler de son exposition, laissant même sous-entendre qu'elle n'a jamais entendu parler de lui de sa vie entière. «Je connaissais Picabia de réputation, confiera-t-elle plus tard, et savais qu'il était un personnage important dans les milieux artistiques[6].» «Mais il a eu un coup de foudre et moi j'ai été très méchante avec lui, je lui ai dit que je n'avais pas vu son exposition en Allemagne[7].»

Gabriële Buffet pique l'orgueil du peintre, Francis Picabia a l'habitude qu'on s'intéresse à lui. C'est une vedette, un phénomène que l'on s'arrache dans les salons à la mode. Déstabilisé, Francis multiplie les fautes de goût, s'étonne, quoi, comment, mais c'est impossible, elle n'a pas entendu parler de son exposition berlinoise ? Pourtant, elle a eu un succès phénoménal ! Francis se vante, se fait plus gros que le bœuf, évoque un ouvrage qui est paru sur lui, oui, à son âge – bientôt 30 ans –, il est déjà un « objet d'étude » – le livre s'appelle pompeusement *Picabia, le peintre et l'aquafortiste*, et l'auteur se nomme Édouard André, un grand connaisseur. Il promet à Mme Buffet et à sa fille de leur en envoyer un exemplaire dédicacé dès le lendemain. Gabriële trouve grossier le personnage, ses façons sont vulgaires, elle a côtoyé des musiciens mondialement connus, des maîtres, qui se comportaient avec plus de modestie que ce petit faiseur impressionniste. Et Francis évidemment s'en rend compte. Il ne sait pas comment s'en sortir – jouer les modestes à présent serait pire encore. Il renverse un verre de vin sur la nappe, se liquéfie en excuses et Jean, qui ne comprend pas pourquoi sa sœur, d'ordinaire affable, traite avec tant de mépris son nouvel ami, tente de recoller les morceaux d'une conversation qui se brise sur les lèvres de Gabriële. Jean rappelle à sa sœur son goût d'autrefois pour la peinture, quand son professeur de musique l'encourageait à parcourir les galeries de peinture. Mais Gabriële rétorque froidement que cette époque est révolue, elle ne trouve plus goût à se promener dans les musées – encore moins dans les galeries.

Fin de la conversation et du dîner. Les deux hommes doivent repartir à Paris le soir même.

Gabriële sous-entend qu'elle a des choses à faire dans la capitale. Francis propose de l'emmener. Les trois jeunes gens se mettent en route mais, à peine partis, voilà que la machine de Picabia tombe de nouveau en panne. Au début du siècle, les pannes de voiture «successives et incompréhensibles[8]» font partie de l'aventure du voyage, il est exceptionnel qu'un trajet se déroule sans ennui mécanique. Par miracle, un garage se trouve à quelques centaines de mètres de l'endroit où ils sont arrêtés. Il faut pousser la voiture, Gabriële retrousse calmement ses manches, sous le regard stupéfait de Picabia.

Gabriële racontera que, «résignée», peut-être même excédée par ce conducteur pédant qui ne maîtrise pas son automobile, elle entre couverte de cambouis dans le garage et va s'asseoir sur un tas de vieux pneumatiques.

C'est sur cette inconfortable chaise de fortune, sur ce ramassis de caoutchouc, dans un coin perdu entre Paris et Versailles, que le destin se réveille. Francis Picabia, qui s'est tu depuis le dessert, contrarié par le manque d'intérêt qu'on lui portait, s'approche des pneumatiques et lance à la figure de Gabriële, dans un mélange d'agacement, de sincérité et de rage :

— La peinture m'ennuie certainement bien plus que vous !

— Ah bon ? Et qu'est-ce qui vous intéresse alors ?

— Tout sauf ce que je fais[9] !

— Pourquoi le faites-vous alors ?

— Si je n'étais pas tenu par des contrats et des expositions, je ne peindrais plus jamais de ma vie !

— Vraiment ? Vous arrêteriez de peindre ?

— Du moins de cette manière. Je sais qu'il existe une autre peinture, une peinture vivant d'elle-même, une peinture hors de toute reproduction objective[10].

Gabriële tend l'oreille. Enfin. Ce langage lui parle, ces concepts, elle les maîtrise parfaitement d'un point de vue musical. En revanche, elle n'avait jamais imaginé qu'ils puissent s'appliquer à des tableaux.

— Mais alors, qu'allez-vous peindre[11] ?

La jeune femme a effacé le visage méprisant et ironique qu'elle n'a cessé de lui offrir depuis le début de la soirée. Elle attend une réponse qui la surprenne, sincèrement. Mais le peintre ne sait que lui dire. Comment répondre à cette question étourdissante, déraisonnable, sans doute la question la plus importante qu'on lui ait jamais posée de sa vie entière : que va-t-on peindre à présent ? Au milieu de ce garage, de cette vieille bâtisse en bois, parmi les tonneaux entassés, les cylindres désossés, les carrioles démontées, pendant que le garagiste, arraché à son dîner de famille, montre au frère Jean comment réparer un moteur de voiture, éclairé par une ampoule vacillante qui tombe miraculeusement du toit, Francis Picabia fait exactement ce qu'il faut faire quand on ne sait pas quoi répondre : il pose des questions. « Et moi j'ai répondu par des raisonnements musicaux[12]. »

— Eh bien, puisque vous êtes si savante, dites-moi ce qu'il faut peindre ?

— Il faut que vous peigniez une œuvre, créée de toutes pièces par l'esprit qui la conçoit, répond-elle.

Et cette réponse fait frissonner Francis Picabia, qui

pousse Gabriële Buffet jusque dans ses retranche-
ments :

— Très bien. Mais comment créer quand on a
devant soi tellement de choses à copier ?

— Mais on ne copie pas, voilà tout[13].

Comme un éclat, Francis Picabia entrevoit, devine
le désordre sublime que ces paroles peuvent engen-
drer. Il en pressent le vertige, le champ des possibles.
Cette phrase est la clé, celle qui fait écho aux pensées qui le traversent depuis des mois, des visions qui
s'échappent de lui lorsqu'il fait face à son chevalet,
oui, des visions de peinture chaotiques, déchaînées,
libres, mais qu'il n'a jusque-là jamais formulées avec
des mots. « Et au fond, il y a eu à ce moment-là une
grande entente entre nous. Oui, une entente générale, non pas seulement pour les arts, mais pour la
société[14]. »

Au bout d'une heure de conversation, il faut bien se
résoudre à repartir en voiture. « Après quelques ratés
à la mise en marche, le moteur se met à ronfler avec
un bruit assourdissant, nous nous installâmes sous des
couvertures de petits-gris et partîmes[15]. » Pendant le
trajet, Gabriële et Francis demeurent silencieux, aba-
sourdis. Ils regardent la route, la nuit éclairée à toute
allure par les phares de la voiture. Cette magie de la
vitesse et de l'électricité leur semble être la métaphore
de ce qu'ils vivent à l'intérieur d'eux-mêmes, dans
leurs pensées, mille choses se bousculent, mille arguments, mille exemples, mille idées. Ils ont tant à se
dire. Arrivés à Paris, Gabriële et Francis réussissent
à se débarrasser de Jean pour enfin se retrouver

seuls et poursuivre leur conversation. Il est presque 2 heures du matin lorsque Francis et Gabriële garent la voiture devant le 15, rue Hégésippe-Moreau, près du cimetière Montmartre. Ils sont arrivés à la « Villa des Arts » – construite à l'époque de Louis XV pour y accueillir les peintres. Francis veut absolument, malgré l'heure tardive, que Gabriële l'accompagne dans son atelier.

D'ordinaire, Francis fait visiter la villa aux jeunes femmes pour les impressionner : avec l'agitation des ateliers, les modèles qui entrent et sortent, les marchands qui envoient leurs émissaires, il se dégage du lieu quelque chose d'érotique et de capiteux. C'est pour allonger les filles qu'il les invite à voir ses tableaux. Là, il n'y pense même pas. Ce qu'il veut, c'est montrer une toile à Gabriële qui lui prouvera que tout ce qu'elle est en train de lui raconter avait déjà germé dans sa tête.

Cette nuit chaude de septembre, où les fenêtres des ateliers éclairées à la bougie rappellent le temps du Siècle des lumières, serait l'endroit rêvé pour une première nuit d'amour. Mais ils n'ont que faire du romantisme. Ils ne prêtent plus attention à la beauté qui les entoure, parce qu'ils sont concentrés sur leur conversation, parce qu'ils ont des choses importantes à faire, Francis promet à Gabriële de lui montrer un tableau « sans aucune contingence de représentation ou de transposition des formes de la nature, telles que nous sommes accoutumés à les découper dans l'espace, selon la routine de l'interprétation visuelle et de l'interprétation picturale[16] ». Au milieu de l'impasse de la Villa des Arts, Francis s'arrête et la regarde :

— Vous comprenez ce que je veux dire, n'est-ce pas ?

Bien sûr que Gabriële comprend, c'est même la seule personne capable de le comprendre. Francis Picabia s'en rend compte, il prend la tête de la jeune femme dans ses mains, non pour embrasser ses lèvres mais pour vérifier que ce crâne-là est bien réel. Bouleversé d'avoir trouvé un interlocuteur, lui qui n'avait jamais rencontré jusque-là « que l'incompréhension de son entourage, pour une recherche qu'on qualifiait généralement de démentielle[17] ».

Arrivé dans son atelier, il allume quelques bougies et trois lampes à pétrole, il farfouille parmi les dizaines et les dizaines de toiles accumulées sur le sol, contre les murs. Gabriële trouve qu'il ne fait pas chaud dans cet endroit, l'essence de térébenthine, cette résine de pin, a une odeur âcre presque écœurante, qui donne des vertiges. Elle ne sait où s'asseoir, ni où poser les yeux et sa valise. Elle ressent une tension. Celle qui parcourt la peau quand on pénètre pour la première fois l'intimité de quelqu'un avec qui on soupçonne qu'on va non seulement faire l'amour, mais peut-être partager des jours, des nuits et des années. Elle regarde les toiles, les livres, les habits jetés çà et là, toute cette vie qui existe et se dévoile soudain, les photographies d'enfance, le lavabo blanc où sont posés des pots remplis de pinceaux, les lettres entassées, les objets fétiches, les cartes postales punaisées au mur, la vaisselle dépareillée, quelques pièces sorties d'un porte-monnaie en cuir, des articles de journaux découpés. Mais aussi, Gabriële aurait dû s'en méfier, une paire de talons hauts abandonnée, un poudrier nacré et un tube de rouge à lèvres «Ne m'oubliez pas» de la maison Guerlain, fétichisme dont se servent uniquement les femmes libres et les actrices.

Ne trouvant pas la toile qu'il cherche dans son effroyable bazar, Francis Picabia montre au passage les dizaines de paysages qu'il vient de peindre à Moret-sur-Loing aux côtés de son frère Jean. Il lui demande de lui dire franchement, sans ménagement, ce qu'elle en pense, soyez sévère, supplie-t-il :

— La vérité, c'est que tout ce fatras d'impressionnisme me donne mal au cœur [18], répond-elle.

— Mais moi aussi ! Moi aussi ! hurle-t-il comme un dément.

Et, prenant ses toiles impressionnistes adossées les unes contre les autres au mur, les jetant par terre au milieu de la pièce, il s'emporte contre lui-même :

— Ce sont des fournées de petits pains ! Au moins le boulanger a-t-il la satisfaction de nourrir les gens. Moi je n'en retire rien. À part de l'argent [19] !

Soudain, Francis Picabia brandit une toile, dans des couleurs criardes et violentes, avec des formes molles – la voilà, celle qu'il cherchait. Cette peinture ne copie pas la réalité, elle est dégagée de «la routine de l'interprétation visuelle et de l'interprétation picturale».

— Vous voyez ! Je ne vous mentais pas, dit Francis. Mais Gabriële fait la grimace :

— C'est intéressant. Oui. Mais ce n'est pas assez.

Au lieu de se vexer, Francis Picabia entrevoit toutes les possibilités que lui offre cette remise en cause. Cette femme a raison, il faut aller plus loin, frapper bien plus fort. Tout se met en place dans son esprit. Encouragé par Gabriële qui hoche la tête pour lui indiquer qu'il a entièrement raison, Picabia se lance dans un discours dont les mots naissent et se pressent avec un flux déconcertant :

— Je veux peindre des formes et des couleurs délivrées de leurs attributions sensorielles. Une peinture située dans l'invention pure qui recrée le monde des formes suivant son propre désir et sa propre imagination[20]. Depuis les temps les plus anciens jusqu'à l'époque moderne, l'artiste s'est efforcé, avec succès, de reproduire ce que tout homme d'intelligence moyenne pouvait d'emblée reconnaître : le modèle original. Je cherche, quant à moi, tout autre chose[21].

« Me voyant presque subjuguée, Picabia continua de développer ses arguments, les poussant jusqu'aux plus hauts lieux de l'intelligence avec une richesse d'images et de mots[22]. »

Et ce fut la première nuit de toutes les nuits.

Jamais Gabriële ne parlera d'amour. Jamais elle ne dira : je l'aimais et il m'aimait. Ce qui se passe entre eux est un face-à-face d'où jaillissent la pensée et la création, c'est le début d'une infinie conversation, au sens étymologique du terme, aller et venir sur une même rivière, dans un même pays.

Comme une tache de peinture bleu électrique, le jour commence à poindre dans le ciel à travers les hautes fenêtres de l'atelier. Francis et Gabriële accusent un peu de fatigue. Ils sont silencieux. Ils savent qu'ils vont s'embrasser, ils savent que cela va arriver parce qu'ils ne pourront pas lutter contre, mais ce n'est pas ce qui les préoccupe en cet instant.

— La nuit est plus lourde que le jour, dit Francis Picabia.

— Comment le savez-vous ? demande Gabriële.

Et Francis lui raconte comment, petit garçon, il reçut en cadeau une balance de son père. Une sublime balance Roberval 10 kg, avec deux larges plateaux de cuivre et des poids ronds et rutilants. Il s'était mis à peser tout ce qui lui passait sous la main, ses jouets, les fourchettes de la cuisine, de l'eau de Cologne de son grand-père, du sucre, des cheveux, des livres et même des mouches. Un jour, il eut l'idée de placer cette balance sur la fenêtre, au soleil. Il posa un cache devant l'un des deux plateaux, afin que l'un soit à l'ombre et l'autre au soleil, car « il désirait savoir si la lumière serait moins pesante que l'ombre[23] ». L'aiguille s'étant inclinée du côté sombre, il en tira ses conclusions.

Le jour s'est tout à fait levé à présent, la première de toutes les nuits s'achève, ils n'ont pas fait l'amour, ils ont parlé sans s'arrêter, mais avec la même jouissance. Francis Picabia propose à Gabriële de s'allonger sur son lit, pendant ce temps il va faire un tour, afin de lui laisser l'intimité dont elle a besoin et qu'elle puisse se reposer. Elle accepte. Francis va respirer l'air frais du petit matin en marchant jusqu'à Montmartre. La butte ressemble à un village de campagne, avec ses cheminées qui fument, ses maisons ramassées les unes sur les autres, ses pavés mal fagotés. Francis, estomaqué par ce qu'il vient de vivre, stupéfait par la rencontre de Gabriële, passe prendre un café noir chez J. Arvis, qui vient d'installer une publicité pour la bière de Munich. À La Goutte de lait, il achète un litre de lait blanc pour 20 centimes. La rue de Clignancourt s'anime, avec son Bazar national, au loin il aperçoit les silhouettes de Pablo Picasso et Max Jacob, qui rentrent au Bateau-Lavoir après une nuit arrosée. Les deux «Pica», les deux Espagnols, Picasso et Picabia, ne s'apprécient guère, alors Francis change de trottoir, pas envie de rompre le charme de son euphorie intérieure. Paris s'éveille, avec ses camelots, ses travailleurs, ses enfants pas sages, à la Boulangerie de la Galette, il achète des croissants pour Gabriële ; à une paysanne qui tire sa charrette de fruits et de légumes, il achète une belle pomme. Un festin pour Gabriële. Il en est fou. Il en est dépendant. Il ne veut plus jamais s'en séparer.

Il est des hommes qui tombent à genoux devant la jeunesse, d'autres devant la beauté, certains devant la gentillesse et la bonté, Francis Picabia, en ce mois de septembre 1908, succombe devant un esprit. Il vient de rencontrer la femme la plus intelligente qu'il lui ait été donné de connaître, «intelligence faite d'instinct» qu'il oppose à celle «que l'on rencontre partout, dans les réunions mondaines, les concerts, les couloirs de théâtre et les salles de conférence[24]... » Il est absolument hors de question de laisser Gabriële prendre son train pour Berlin.

*

— Gabriële Buffet a 27 ans quand elle rencontre Francis Picabia. C'est aussi l'âge qu'avait notre grand-père, Vicente Picabia, leur dernier fils, lorsqu'il s'est suicidé.

— Tu as raison. Je n'avais pas remarqué.

2

Jeune fille au paradis

« Il n'est pas étonnant que Picabia ait été subjugué par la personnalité de cette jeune femme très cultivée et d'une indépendance d'esprit remarquable : par sa manière de penser et d'agir, elle était très en avance sur son époque et son milieu[25]. »

Pour le comprendre, il faut repartir dix ans en arrière. Au moment où Gabriële choisit de devenir compositeur.

Gabriële Buffet a 17 ans.

Elle veut révolutionner la musique. Elle ne se mariera pas. La musique sera l'unique compagnon de sa vie.

Gaby est moderne.

Nous sommes en 1898. Une femme, pour entrer dans une école de musique, doit être la meilleure, incontestablement la meilleure, au point que l'évidence de sa supériorité ne puisse pas être mise en doute, même par le plus misogyne des membres d'un jury. Néanmoins Gabriële décide de présenter « le concours » – c'est-à-dire l'entrée au Conservatoire national de musique de Paris.

La plus prestigieuse école de France accepte dans ses classes quelques rares jeunes femmes. Cela remonte à l'année 1851, quand le père d'une violoniste voulut inscrire sa fille aux épreuves d'admissibilité. Un patriarche iconoclaste. La réponse fut claire : les femmes n'entrent pas rue Bergère. Mais le père ne se laisse pas faire, il supplie, semaine après semaine, mois après mois, il envoie des lettres qui s'entassent sur le bureau du directeur, réclame des rendez-vous qu'on lui refuse, fait le pied de grue à l'angle de la rue de Trévise pour apostropher les professeurs. « Ma fille joue comme un homme ! » hurle-t-il.

Las, le directeur, Daniel-François-Esprit Auber, finit par accepter que la petite violoniste exécute le *4ᵉ Concerto* de Pierre Rode – il espère ainsi se débarrasser définitivement du père importun.

Le jour du concours, la jeune Camille Urso, âgée de 19 ans, se présente violon à la main, grave et solennelle, dans une grande robe blanche qui accentue ses hanches et sa poitrine de Velléda. Pour ces messieurs, cette vision est aussi choquante qu'un coup de trompette en plein milieu d'un quatuor de musique de chambre. Sourires gênés, tons condescendants, murmures ricaneurs se font entendre jusqu'à ce que le brouhaha cesse, les oreilles se dressent, les notes du premier mouvement s'élèvent dans les aigus et l'archet tranche les âmes. Un silence stupéfait vibre dans l'air, on perçoit quelques applaudissements d'abord timides, puis Rossini, l'auteur du *Barbier de Séville*, se lève pour affirmer son approbation, il entraîne avec lui l'ancien premier violon du roi, Delphin Alard, puis le compositeur Michele Enrico Carafa, et tout le jury enfin se met debout : l'impossible se produit. La puissance musicale de Camille Urso a décimé les cœurs et bouleversé le règlement. Elle est admise avec le consentement de tous, devant les soixante-dix candidats masculins.

Depuis ce jour, les femmes ont le droit de présenter leur candidature au concours du « cons' », comme le surnomment les initiés. Mais pas encore de quoi pavoiser. Les élèves féminines sont peu nombreuses au sein de l'institution. Une bataille gagnée, mais non la guerre. Gabriële sait que, quarante ans après Camille Urso, les places restent chères.

Obstacle supplémentaire : Gabriële veut tenter non pas la classe de piano, mais celle de composition. Si les femmes sont admises en classe de solfège et de vocalisation, si quelques-unes sont entrées dans les classes d'instruments, en revanche la classe de composition, la plus prestigieuse d'entre toutes, leur est quasiment inaccessible. Une femme a le droit d'être chanteuse, on tolère qu'elle soit pianiste ou violoniste, mais « compositrice », il ne faut pas exagérer. La composition requiert des qualités qu'il est impossible que Dieu ait insufflé à une fille, en particulier la capacité d'abstraction.

Gabriële ne se démonte pas. À cœur vaillant, ou plutôt à esprit vaillant, rien d'impossible. Gabriële se donne du courage, en s'appuyant sur l'exemple de ces quelques compositrices qui ont réussi à faire entendre leur musique : Louise Farrenc, née en 1804, auteure de compositions pour piano, d'œuvres de musique de chambre et de trois symphonies[26] ; Augusta Holmès, la filleule d'Alfred de Vigny, auteure de symphonies dramatiques et d'opéras, qui rendit fou d'amour Camille Saint-Saëns ; et Loïsa Puget, née en 1810, qui eut la chance d'être jouée à l'Opéra-Comique. Ces artistes ont presque toutes été oubliées, car ni leurs contemporains, ni les historiens, ni les dictionnaires de musique n'ont daigné retenir leurs noms. Pourtant, galvanisée par ces pionnières, Gabriële présente le concours d'entrée de la classe de composition. Et elle est enragée. Mais la rage à la fin du XIXe siècle ne suffit pas encore.

Le jury la refuse.

Gabriële se retrouve coincée. Sans école, ses parents lui demanderont bientôt de mettre son piano au salon et un mari dans sa chambre – ce qui l'horrifie. Gabriële n'a pas des rêves de jeune fille. À 17 ans, elle rêve de la blancheur infinie des marches solitaires dans la montagne, elle rêve de rencontrer Cosima à Bayreuth, elle rêve de composer un jour un opéra novateur, délesté du poids des traditions musicales – des rêves anachroniques, des aspirations inacceptables pour son époque.

Il faudra donc qu'elle change ses rêves.

Ou qu'elle change l'époque.

La jeune femme doit s'organiser au plus vite. Il faut trouver une école de musique qui l'accepte, afin d'éviter le mariage. Mais elle ne sait où aller. Inutile de se présenter aux maîtrises qui ont ouvert leurs portes sous l'Empire, elles sont hostiles aux femmes. L'école de musique religieuse et classique de Niedermeyer, très réputée, n'accepte même pas leur candidature. Quant à l'Institution royale de musique religieuse, fondée en 1817 par Alexandre Choron, il n'est pas bon d'y porter la jupe, les filles y sont reléguées au dernier rang de la classe.

Miraculeusement, Gabriële entend parler d'une toute nouvelle école fondée par Charles Bordes, Vincent d'Indy et Alexandre Guilmant : la Schola Cantorum. On chuchote que cet établissement est ouvert à l'esprit d'avant-garde – et, paraît-il, aux femmes. Les mauvaises langues pérorent, elles disent que la Schola Cantorum accepte les filles parce qu'elle ne peut pas se permettre de refuser l'apport financier que représentent les élèves féminines. Et alors ? Tous les chemins mènent à Rome. Le concours d'entrée se passe en novembre. Avec l'acharnement des condamnés, la jeune fille s'y attelle. C'est sa dernière chance avant la corde au cou.

Pour se préparer, Gabriële assiste en auditrice libre aux cours donnés par le compositeur Gabriel Fauré. Ce professeur peu orthodoxe impressionne beaucoup son auditoire. Avec « son visage bronzé, sa chevelure et sa moustache neigeuse, ses yeux noirs et pleins de rêverie[27] », cet homme à l'air oriental entre dans sa classe avec un peu de retard, marmonne des excuses, tente de démêler ses partitions, puis s'assoit au piano et commence par allumer une cigarette avec le mégot de la précédente. Le rituel achevé, il interroge ses élèves non sur leurs devoirs, mais sur les soirées de la veille. Le professeur Fauré veut tout savoir de la rumeur des salons, il aime qu'on lui rapporte l'écume des nuits parisiennes. « C'est ainsi que le "cours" commençait, rapporte l'un de ses élèves. Car si Fauré corrigeait parfois nos devoirs, commentait nos compositions, il nous *parlait* surtout, donnant à son enseignement la forme d'un entretien, nous guidant sans solennité, nous conseillant sans dogmatisme, se livrant à de passionnantes analyses. Il ne s'occupait ni de la fugue, ni du contrepoint, pour lesquels il s'en remettait à son suppléant. Nous étions avec lui en état de communion. Il nous laissait une liberté totale, ne nous imposait aucune conception particulière[28]. »

Gabriële, qui a lu les *Essais* de Montaigne, sait que cet enseignement à saut et à gambades n'est pas une perte de temps. Fauré infuse sa pensée dans les jeunes crânes de ses élèves, leur apprenant qu'il faut réfléchir de travers, que la vraie bêtise se loge dans l'esprit de sérieux et que la profondeur apparaît parfois dans l'apparente légèreté. Un jour, il leur raconte comment, après une présentation du *Nocturne n° 6 en ré majeur, op. 63*, une dame « de la haute » lui demande :

— Mais devant quel magnifique paysage avez-vous été touché par la grâce de l'inspiration ?

Et Fauré de répondre :

— Sous le tunnel de Simplon !

La classe se met à rire. Mais si le professeur divertit ses étudiants, dans le même temps il les secoue, il les force à réfléchir. Vingt ans auparavant, Gabriel Fauré s'était rendu à Zürich avec Camille Saint-Saëns pour rencontrer Franz Liszt, alors âgé de 72 ans.

Gabriel Fauré choisit ses mots avec émotion pour raconter à ses élèves comment, jeune homme enhardi, il avait tendu une de ses ballades au maître en lui disant : « Je crains qu'elle ne soit trop longue.

— Trop longue, jeune homme, cela n'a pas de sens. On écrit comme l'on pense. »

La réponse de Liszt, aussi simple semble-t-elle en apparence, est explosive. Dans cette idée frémit l'apparition de la peinture cubiste, que l'on peut résumer avec cette phrase de Pablo Picasso : « Je ne peins pas ce que je vois, je peins ce que je pense » – au même moment où Picabia n'aura de cesse d'affirmer : « Je peins ce que j'ai dans la tête. » En cette fin de XIXe siècle, la musique a trente ans d'avance sur la peinture, et c'est dans ce bain corrosif que Gabriële se plonge avec urgence.

Son professeur, Fauré, fait partie des compositeurs d'avant-garde dans une société musicale qui considère que la modernité s'est arrêtée à l'œuvre de Wagner. Il a choqué avec son œuvre *La Bonne Chanson*. Trop libre ! Saint-Saëns, furieux, jeta : « Fauré est devenu complètement fou[29] ! » Marcel Proust l'admira. « Sais-tu que les jeunes musiciens sont à peu près unanimes à ne pas aimer *La Bonne Chanson* ? demande-t-il à son ami Pierre Lavallée dans une lettre écrite en juin 1894. Il paraît que c'est inutilement compliqué. […] Bréville, Debussy (qu'on dit un grand génie supérieur à Fauré) sont de cet avis. Mais cela m'est égal, j'adore ce cahier[30]. »

Après avoir suivi les cours de Gabriel Fauré, Gabriële s'en retourne dans le Jura pour préparer seule le concours de la Schola Cantorum qui a lieu à la rentrée. Elle n'est pas plus parisienne que versaillaise. Elle n'appartient à nulle part. Mais, enfant, elle s'est choisie jurassienne. Car elle aime le Jura, elle y puise sa force, son endurance et son raffinement[31]. Elle y révise à voix haute le contrepoint, en compagnie des vaches, pendant ses longues errances dans la montagne, Gabriële ressent la musique entrer physiquement en elle, avec des joies et des douleurs dans chacun de ses muscles adolescents, certaines séquences mélodiques provoquent en elle des émotions incompréhensibles – sa peau réagit aux changements d'harmonie et aux appoggiatures, ces notes étrangères qui la bouleversent. La jeune femme est sensible au corps à corps musical. En revanche, les hommes ne l'intéressent pas.

L'été s'achève le 31 août 1898 avec une lame de rasoir. Celle dont s'est servi le colonel Henry pour se trancher la gorge au lendemain de ses aveux concernant l'affaire Dreyfus. Gabriële est de retour à Paris. La capitale fiévreuse est déjà sortie des torpeurs estivales. Les travaux de la première ligne du métropolitain ont démarré, elle reliera la porte Maillot à la porte de Vincennes. Gabriële se replonge dans les carnations de la ville, les gris et noir charbon du Quartier latin, le bleu des plombiers-zingueurs, le blanc plâtre des maîtres maçons, l'épais velours des pantalons de charpentiers. Gabriële aussi porte un uniforme pour se présenter au concours de la Schola Cantorum, celui de la jeune étudiante corsetée, avec de nouvelles bottes à talons bobines inconfortables. Elle regrette déjà la simplicité de sa vie montagnarde, mais elle est prête à subir tous les corsets pourvu qu'on la laisse passer son concours.

Que Mlle Buffet réussit haut la main.

Indéniablement, le jury trouve que cette jeune fille possède les qualités requises pour devenir un bon compositeur. Malgré cela, elle est convoquée par le directeur qui veut évaluer sa capacité d'endurance. Vincent d'Indy prend ses précautions avec cet entretien : si Gabriële abandonne la classe en cours de route, on lui reprocherait d'avoir sacrifié une place en composition pour une « bonne femme ».

Vincent d'Indy est un homme de bientôt 50 ans, qui pourrait être le père de Gabriële. Le front dégarni, interminable, une moustache de mousquetaire – il est toujours impeccablement habillé. Il parle les bras croisés, calmement, mais avec ampleur, du programme de la scolarité :

— La première condition pour suivre le cours de la Schola avec fruit est d'aimer l'art et d'avoir l'esprit compréhensif et élevé. De mes élèves militants, c'est-à-dire ceux qui se destinent à la carrière de compositeur, j'exige un engagement de cinq ans. Il ne faut pas perdre de vue que l'art est long, aussi son apprentissage. De plus, soyez bien persuadée que l'art ne s'apprend pas dans les livres[32].

Cette expression d'«élève militant», qu'elle entend pour la première fois, plaît immédiatement à Gabriële. Tout comme la litanie du labeur, qui, loin de la décourager, lui fouette les sangs. Sa vie tout entière réside là, dans cette école, qui dessine à son destin une ligne claire. De son côté, le directeur de la Schola «voit» la jeune fille, il saisit sa fièvre. Il devine qu'il pourrait condamner une vie au malheur s'il n'acceptait pas de prendre Mlle Buffet dans la fameuse classe de composition.

À la fin de l'entretien, Vincent d'Indy est convaincu. Il accepte la jeune fille, qui sera la seule de la promotion, même si c'est un risque qu'il prend. Un grand même, car faire entrer une femme dans cette classe de prestige peut nuire à la réputation de son école, déjà sujette à controverses chez les bien-pensants et les ennemis, ceux du Conservatoire.

Pour prendre la mesure du geste, il faut se rappeler ce que représente le fait d'être une jeune femme comme Gabriële dans la société de 1898 : elle n'a pas le droit de porter un pantalon, sauf si elle tient dans sa main un vélo ou un cheval, elle n'a pas le droit de travailler sans l'autorisation d'un mari, elle n'a pas le droit d'exercer certaines professions, d'enseigner le latin, le grec ni la philosophie ; elle n'a pas le droit d'obtenir seule un passeport, de voter, ni de faire de la politique, de disposer librement de son corps, ni d'un salaire. En revanche – et cela est vraiment une revanche –, Gabriële est autorisée, en cet automne 1898, à entrer dans la classe de composition de la Schola Cantorum.

Le début d'une révolution.

Cette photographie est prise deux ans après l'admission de Gabriële à la Schola. Nous sommes en 1900, elle fête ses 19 ans. C'est le regard sûr et droit qu'elle fixe le photographe, elle qui fait désormais partie de la classe des «stars» de l'école, ces élèves compositeurs qui ne se mélangent jamais vraiment aux autres, prenant des airs inspirés, des postures d'importance, rêvant à leur destinée. Elle est l'anomalie au milieu de tous ces visages aux moustaches Belle Époque. Elle est l'erreur. Et fière de l'être. À sa gauche se tient son professeur Vincent d'Indy : «Ses cheveux, partagés par une raie au milieu de la tête, étaient bien lissés de chaque côté, bien qu'il les laissât pousser un peu longs. Il portait des cols bas, empesés, sous lesquels un petit nœud de cravate noir dissimulait de chaque côté ses coques. Il n'avait pas adopté le style "artiste" mal tenu et débraillé[33]. » Gabriële en revanche n'est pas coquette. Au sens où elle ne suit pas la mode des robes bicyclettes, qui laissent entrevoir les chevilles des jeunes filles, et ne tient pas à mettre en avant sa silhouette grâce aux nouveaux corsets «droit devant» qui affinent les hanches et cambrent les reins. Ni dentelles ni soieries ne l'intéressent.

Gabriële ne recherche pas la compagnie de ses collègues masculins, elle ne s'arrête de travailler que pour se rendre au concert. Les horaires sont très stricts : il faut commencer aux aurores, travailler les instruments et le solfège, mais aussi l'histoire de la composition, les règles de l'harmonie, des arrangements et de l'or-

Gabriële Buffet et sa promotion de la Schola Cantorum, 1900.

chestration... Le travail est colossal, mais Gabriële, comme tous les élèves de la Schola, est portée par l'exaltation de faire partie d'une nouvelle institution en passe de devenir une école de pensée musicale : là, tout va être réinventé, la façon d'enseigner la musique, de la jouer et de l'écrire.

En moins de dix ans, la Schola Cantorum a supplanté les autres écoles de musique pour devenir la seule concurrente du Conservatoire. Elle déménage dans un édifice plus spacieux afin d'accueillir davantage d'élèves, ce sera l'ancien monastère des Bénédictins anglais au 269, rue Saint-Jacques.

Le samedi 27 octobre 1900, en entrant dans les nouveaux locaux de la Schola, Gabriële a l'impression de respirer plus d'air que ses poumons ne peuvent en contenir ; il fait particulièrement chaud à Paris, les températures sont caniculaires, renforçant un effet permanent de fièvre chez les jeunes créateurs. Ce soir-là, ils donnent un concert gratuit pour les ouvriers qui ont travaillé à la réfection des bâtiments de l'école. La direction a aussi invité les voisins du quartier, qui ont dû supporter pendant quelques semaines le bruit des travaux. Les élèves ont sacrifié des heures de repos pour répéter la nouvelle symphonie que Vincent d'Indy offre aux auditeurs. Ils apprennent ainsi que la musique est un don, dans tous les sens du terme, et qu'il faut être généreux avec son talent.

L'heure du concert approche, les élèves musiciens de dernière année accordent consciencieusement leurs instruments. Soudain une panique s'empare de l'école, on court dans toutes les salles de classe, on ouvre les portes, on bat le rappel : il faut que les élèves cessent immédiatement leurs activités pour s'enquérir de chaises, tabourets, fauteuils... car les spectateurs curieux se pressent dans l'entrée, on n'a jamais vu autant de monde réuni dans l'enceinte de la nouvelle école. C'est un signe. Quelque chose est en train de se passer ! Gabriële en a la chair de poule. « La salle ne contient que 450 places et il y avait certainement 1 000 personnes ! Un tas d'ennemis embêtés de voir à quel point ça prend, des masses de gens se sont tenus debout pendant tout le concert, car il n'y avait plus une chaise dans l'établissement, d'autres se sont mis dehors sur les balcons, etc. Enfin un succès énorme et un public étonnant. La jeunesse est avec nous[34] », s'enthousiasme Vincent d'Indy.

L'école de la Schola Cantorum devient le lieu de l'avant-garde musicale. Il est difficile de se figurer aujourd'hui ce que pouvait être le rapport à la musique d'alors. Les musiciens et le public ne connaissaient que les œuvres jouées dans les concerts. On ne pouvait pas *posséder* la musique. Il n'existait pas d'enregistrement, ni de copie – et quand un compositeur n'était plus à la mode, il tombait vite et tout naturellement dans l'oubli. De nombreuses œuvres disparaissaient ainsi des répertoires.

Or, quelques musiciens vont, dès la fin du XIXe siècle, chercher ces œuvres oubliées, pour les faire éditer puis jouer. Vincent d'Indy est l'un de ceux-là. Il transforme la salle de concert de la Schola Cantorum en théâtre bouillonnant d'un renouveau musical. Il y présente d'une part des œuvres exhumées, mais aussi les créations de la nouvelle garde, mélange de passé et d'avenir.

D'Indy s'intéresse aux œuvres charnières et originales, aux précurseurs tel le compositeur italien Monteverdi, considéré aujourd'hui comme l'inventeur de l'opéra, mais qui en 1900 est quasiment inconnu des musiciens et du public français. Grâce à ses recherches, il fait reconstituer par ses élèves certains de ses opéras. Si bien que l'on se presse des quatre coins de l'Europe pour assister aux concerts de la Schola. Les musicologues ouvrent grandes leurs oreilles du côté de la rue Saint-Jacques, à l'instar de l'Allemand Hermann Kretzschmar, qui envoie un étudiant à Paris prendre note des moindres détails de l'exécution de l'*Orfeo*[35].

Vincent d'Indy est ce pédagogue adoré qui « ouvre des fenêtres vers les autres arts[36] ». Il incite les étudiants à lire de la poésie, à se perdre dans les salles des musées, à entrer dans les galeries de peinture. Gabriële étonnera Francis Picabia par ses connaissances en peinture – elle qui prétend ne rien y connaître sera pourtant capable de décrire les peintures de Goya et Velasquez exposées au Prado à Madrid, grâce aux récits de son maître.

Les étudiants redécouvrent Gluck et Jean-Philippe Rameau, dont les œuvres avaient disparu du répertoire depuis la Révolution. Vincent d'Indy fait jouer à ses élèves toutes les cantates de Bach, inconnues jusqu'alors ! C'est le succès. Inexorablement, Vincent d'Indy est attaqué par les jaloux. On lui reproche d'utiliser ses élèves pour faire tourner à Paris une salle de concert à bas prix. Il est obligé de se défendre avec fermeté : «Le but des concerts que nous donnons n'est nullement de faire des recettes, mais seulement de faire l'éducation musicale de nos élèves, compositeurs, instrumentistes, chanteurs, en leur faisant entendre et exécuter des œuvres qu'ils ne pourraient entendre et exécuter nulle part ailleurs [37].» La rue Saint-Jacques devient un champ de bataille, où Gabriële fait ses armes et goûte au plaisir d'un combat qu'elle ne désertera plus jamais, de sa vie entière – celui de l'avant-garde.

Claude Debussy est un habitué des concerts de la Schola. Pourtant, ce compositeur original, âgé de 40 ans, déteste les écoles en général et le Conservatoire en particulier. Il impressionne les élèves depuis qu'avec le *Prélude à l'après-midi d'un faune*, une interprétation libre de la poésie de Stéphane Mallarmé, il a connu un succès extraordinaire. Lors de sa création, le public parisien fut si stupéfait d'entendre cette musique absolument nouvelle que l'orchestre dut la rejouer sur-le-champ. Cette musique qui cherche à donner de nouvelles couleurs aux sons, qui trouve une liberté dans la composition, dans la façon de marier les instruments, signe les débuts de la musique moderne.

Lorsque Claude Debussy apparaît dans les jardins de l'école, immédiatement une ronde de jeunes gens l'entoure. Son profil est reconnaissable entre tous, avec ce front proéminent de béluga, presque monstrueux. Ses façons de parler plaisent à Gabriële, ainsi que son humour cinglant, toujours prêt à railler les institutions. Ce fils de marchands de céramiques et de poteries, né dans un milieu que rien ne prédestinait à une carrière de compositeur, dit les choses comme il les pense. Il aime par-dessus tout attiser les esprits, exciter les grappes d'élèves en leur disant – avec tendresse – du mal de leurs professeurs. Il les encourage à se méfier des règles et des institutions, répétant inlassablement cet aphorisme qui marquera toute une génération de jeunes gens : « Les règles ne créent pas une œuvre d'art. »

Devant les élèves qui l'interrogent sur la réception de ses œuvres, on l'entend se moquer d'un célèbre critique, imitant ses gestes et sa voix : « Vous avez du talent, moi je n'en ai aucun. Ça ne peut pas continuer plus longtemps ! » Il botte en touche, à la fois prétentieux et ironique sur lui-même :

— Je suis assez rapide pour composer ; mais je suis extrêmement lent pour me décider à le faire.

Lorsqu'on le questionne sur ses goûts musicaux – et surtout ses dégoûts, ce qui est bien plus piquant –, il aime faire éclater de rire la jeunesse :

— Voir le jour se lever est plus utile que d'entendre la *Symphonie pastorale*[38].

Soudain il prend ombrage, une pensée sombre le traverse et, regardant droit dans les yeux cet aréopage de jeunes modernes dont il sent les âmes gonflées d'ambitions, il les met en garde :

— De tout temps, la beauté a été ressentie par certains comme une secrète insulte.

Lorsque Gabriële fera la connaissance de Francis Picabia, elle retrouvera chez lui des traits de Claude Debussy. Un esprit provocateur, une plume tranchante d'écrivain, une insolence teintée de génie, une façon libre de s'exprimer, mais aussi un amour inextinguible pour les plaisirs terrestres et la compagnie des femmes. Ils ont en commun de revendiquer une création « divertissante », récréative, c'est-à-dire détachée de toute notion de travail ou d'effort, mais l'apparente facilité cache une parfaite technique, une conception extrêmement rigoureuse de la composition, que ce soit celle d'un tableau ou d'une sonate.

En 1901, Gabriële chavire pour *Les Nocturnes*, *Nuages et fêtes*, que Claude Debussy a créées en s'inspirant des tableaux du peintre Whistler. À l'intention du public, à la place d'une introduction explicative, il a écrit un poème en prose : « Nuages : c'est l'aspect immuable du ciel avec la marche lente et mélancolique des nuages finissant dans une agonie grise, doucement teintée de blanc. Fêtes : c'est le mouvement, le rythme dansant de l'atmosphère avec des éclats de lumière brusque. » Claude Debussy cherche à réinventer totalement la musique, qui doit être pensée non pas pour le papier « mais pour les oreilles ». Nous sommes des corps. Avant tout.

Cela pose des questions vertigineuses, bouleversantes pour la jeune femme : à quoi servent les notes de musique ? Peut-on jouer avec d'autres instruments ? Et même avec d'autres choses que des instruments ? Tous les sons produisent-ils de la musique ?

Autant de questions que la peinture moderne se posera plus tard : à quoi sert la couleur ? Peut-on la changer, déranger les gammes chromatiques ? Peut-on peindre avec d'autres matériaux que la peinture ? Tous les sujets peuvent-ils être représentés dans un tableau ?

Une force grandit en Gabriële à la Schola : l'idée qu'il faut s'inspirer de toutes les émotions que procure l'art, les tempêtes de la peinture, les déluges de la poésie, pour tenter de trouver un langage musical nouveau.

C'est dans cette euphorie intellectuelle, proche de l'illumination, que Gabriële poursuit sa scolarité. Elle écrit à son frère Jean : « Je me rends compte depuis quelque temps que tout travail inachevé – toute œuvre laissée en plan – est du temps perdu et que le progrès ne vient jamais qu'après l'acte d'une volonté qui nous mène au bout de notre idée, dévide la bobine jusqu'au bout du fil [39]. » Sa détermination d'enfant précoce et atypique s'affirme dans ce lieu qui forme tout en bousculant les conventions.

Les années passent vite à la Schola et Gabriële traverse toute sa formation avec la sensation enivrante de vivre un mouvement de rupture. Elle ne cessera de recréer dans sa vie cette tension, comme si cette expérience de sa jeunesse avait été une drogue violente, dont le sevrage est inconcevable. Lorsqu'un journaliste lui demandera, des années après ses études, dans quel esprit elle réalisait ses compositions, elle répondra dans un immense éclat de rire :

— L'esprit cubiste[40] !

En 1906, deux ans avant sa rencontre avec Francis Picabia, Gabriële obtient son diplôme de fin d'études. Elle passe l'été avec sa famille à Étival, dans sa montagne charnelle, pour profiter du silence des étendues du Jura et composer. Ses parents s'impatientent : quand se décidera-t-elle à leur présenter un jeune homme ?

Cette idée la heurte.

Gabriële a presque 25 ans. Et l'idée de devoir faire l'amour avec un homme la plonge dans des abîmes de perplexité. Elle peut prendre d'assaut une montagne. Mais un corps d'homme. Non, c'est autre chose. C'est un étrange désintérêt.

Il est question d'un prétendant. Alors Gabriële s'enfuit à Paris, prétextant devoir participer, en tant qu'ancienne élève, à l'organisation des journées de concours d'entrée de la Schola. Elle y fête seule son anniversaire. Quelques jours plus tard, le 25 novembre, la ville se déguise en jaune et vert : les couleurs de la Sainte-Catherine. Ce jour-là, les « catherinettes », c'est à-dire les jeunes filles de 25 ans qui ne sont pas encore mariées, défilent dans les rues pour « coiffer Catherine » en portant des chapeaux plus extravagants les uns que les autres – cette tradition vient des ouvrières des maisons de couture. Les couleurs de Catherine envahissent les vitrines, et des chapeaux se vendent sous toutes les formes, bonbons et pâtisseries. Les fleuristes mettent à leurs étalages des petits piquets de fleurs d'oranger, des vendeuses ambulantes proposent même aux promeneurs des bouquets de pissenlits, bouquets ironiques que les filles s'accrochent au-dessus de l'oreille. Pour rire, on les surnomme les « midinettes » car les ouvrières de la mode venaient traditionnellement du midi de la France. Les catherinettes se promènent en bandes, la mutinerie dans les yeux et la gaieté aux lèvres, elles s'égaillent dans les avenues de la capitale, où elles seront à la fois taquinées et acclamées par les passants. Les étudiants du Quartier latin, les fils de bourgeois, viennent chahuter les demoiselles ouvrières. Ils finiront arrosés par les filles, mais avec une invitation pour le bal du soir, le « bal de la dernière chance », où il n'est pas rare que la police soit obligée d'intervenir pour calmer le charivari[41].

Dans cette foule excitée, Gabriële est consternée. Ce n'est pas seulement sa famille mais la société tout entière qui lui intime l'ordre de prendre un mari. Elle voit ce défilé de cœurs à prendre comme des corps qui réclament leur maître. Elle qui veut voyager dans le monde entier, vivre pour la musique, créer, écrire. Que vont devenir ses rêves de composition avec des enfants à langer ?

Une fois de plus, Mlle Buffet se tourne vers son professeur, qui est devenu son protecteur. Elle lui voue une admiration infinie, si ce n'est leurs divergences fondamentales sur l'affaire Dreyfus.

Vincent d'Indy ne voit qu'une solution pour qu'elle échappe à son destin de fille : fuir, loin de sa famille.

Berlin est une ville cosmopolite, musicienne, jeune et joyeuse. Le poète Jules Laforgue, qui y a vécu dans les années 1880 lorsqu'il était employé par l'impératrice Augusta pour lui faire la lecture, a baptisé Berlin la « Mecque musicale ». Gabriële doit obtenir l'autorisation de ses parents. Vincent d'Indy écrit une lettre à leur intention, pour les rassurer sur l'avenir de la jeune fille, garantissant qu'il organisera son séjour dans les meilleures conditions. Il rédige ensuite des lettres de recommandation, afin que Gabriële suive à Berlin les cours magistraux de Ferruccio Busoni, et trouve une famille à qui donner des cours de français – ainsi elle sera logée convenablement.

Garanties en poche, Gabriële parcourt une dernière fois les bâtiments de la Schola Cantorum. Dans le vestibule sans lumière où se pressent les élèves en attendant l'heure de la classe, elle salue le rigide M. Raynaud, qui veille à l'organisation ; l'œil toujours rivé sur sa montre, il fait l'appel des élèves. Cet homme gris remet à Gabriële sa carte de scolarité, estampillée chaque mois d'un sceau de forme ronde où l'on peut lire « Schola Cantorum ».

Pour la dernière fois, la jeune femme passe devant la salle où officie d'Indy, « vaste pièce aux nobles dimensions, ornée d'admirables boiseries Louis XV peintes en gris, avec, au centre, une belle cheminée en marbre rose, surmontée d'une immense glace [42] ». Pour la dernière fois, elle entend jouer les deux pianos à queue. Elle s'attarde à regarder le chevalet où le portrait d'un obscur ancêtre a été remplacé par un tableau noir devant lequel des centaines d'élèves ont tremblé les jours d'examen, de peur de mélanger les doubles, les triples croches, les syncopes, les contre-temps, les changements de mesure et ceux de clef.

Le soir tombe et Gabriële doit se résoudre à quitter ce lieu devenu si intime avec les années, pour affronter de nouveau l'inconnu. Elle passe sous le porche rectangulaire, se faufile dans la rue Saint-Jacques où les trottoirs étriqués manquent de vous précipiter sous un omnibus tiré par deux chevaux. Elle sent derrière elle s'éloigner le marronnier dont quelques branches dépassent du mur d'enceinte, l'arbre a tant poussé vers le ciel qu'il domine aujourd'hui toute la cour de l'école. En arrivant chez elle, Gabriële donne fermement à sa mère la lettre de Vincent d'Indy :

« Chère Madame,

Il me semble que ce projet ne peut avoir aucun inconvénient car admettons même qu'elle ne voulût pas continuer et que le mariage (comme il est généralement la règle) l'enlève à la musique, quoi de plus profitable pour une jeune fille que d'avoir, au moins jusqu'à son mariage, une occupation fixe, qu'elle aime et qui l'oblige à travailler. Ne refusez pas cela, car les dons de votre fille sont trop réels pour qu'il soit permis de les négliger[43]. »

Le professeur sait manier la *captatio benevolentiae* – l'appel ancestral à la bienveillance. Mais les parents de Gabriële s'opposent catégoriquement à ce départ, ils « considéraient avec une certaine inquiétude le tempérament décidé et indépendant de Gabriële, dont ils étaient incapables de comprendre les profondes préoccupations[44] ». Ne sachant comment passer la bride au cou du lion – de la lionne –, ils refusent tout bonnement de lui donner un sou. Sans argent, pas de billet de train.

Gabriële se passera donc de leur accord, de leur argent, de leur amour s'il le faut. Elle s'empresse de donner des leçons de piano à de jeunes enfants dans de sérieuses maisons bourgeoises, s'achète une méthode d'apprentissage pour réviser son allemand, et prépare en secret son grand voyage.

3

Composition

À la fin de ses études, Gabriële est encore jeune fille. Elle débarque à Berlin en 1906 avec deux sésames : 50 marks (l'équivalent d'un mois de salaire dans la classe moyenne) et les lettres de recommandation de Vincent d'Indy.

Seule dans une ville qu'elle ne connaît pas, Gabriële ne ressent aucune peur. Bien au contraire, la voilà, la vie qu'elle attendait, où tout commence, une vie délivrée. Tout ici l'attire, tout lui plaît, car Berlin est une ville extraordinairement moderne pour une jeune Française. Les bienfaits de l'électricité, les riches voitures aux moteurs puissants, les tramways à trolleys dont les rails sillonnent la ville entre les parterres de gazon, les trains électriques, les petits omnibus blanc et chocolat, tout lui donne ce sentiment d'appartenir à une époque en train de s'inventer. «La puissance de l'imagination dans une ville aussi démesurée est surprenante, accablante», écrira le dramaturge Jean Giraudoux, qui séjourna à Berlin cette même année.

Berlin luit comme les yeux d'un homme possédé. De nouveaux quartiers surgissent de terre. On construit, on bâtit, on élève des édifices solides et rigoureux. Par comparaison, écrit le voyageur Charles Huard, «Paris est une écurie, Londres un cloaque et New York une bauge». Berlin est moins minérale que Paris, les arbres semblent résister mieux à l'installation du gaz et à la présence des machines à vapeur.

Gabriële apprécie l'exotisme qui se loge dans les petits détails. Tout est différent : les emballages de biscuits, la façon de se dire bonjour, les lettres imprimées en gothique, le goût des desserts trop sucrés nappés d'un écœurant beurre de crème, la tenue des policiers à cheval, les grands magasins, où règnent l'ordre et le silence – par souci de propreté, les messieurs doivent déposer leurs cigares à l'entrée du magasin, dans de petites boîtes en cuivre, qu'ils auront le bonheur de retrouver à la sortie.

Les premiers jours, Gabriële s'immerge avec insolence et abandon dans les quartiers animés de Berlin. Le plus fréquenté est celui d'Unter den Linden, les Champs-Élysées berlinois, peuplé de marronniers et de tilleuls. C'est le quartier des hôtels de luxe, du Bristol, du Savoy, du Métropole et du Royal. On y trouve aussi les somptueux bureaux des compagnies de navigation allemandes. Dans leurs vitrines, on peut contempler des cartes avec les tracés des bateaux à travers les mers du monde. Gabriële s'y attarde plus longuement que les autres passants. Le quartier est touristique, on y entend toutes les langues, en particulier le russe et l'américain. Là, attablée à la terrasse de la pâtisserie Kranzler, Gabriële commande un chocolat à la crème fouettée et un *Baumkuchen*, un épais gâteau en forme de tronc d'arbre. Dans les magasins, elle observe avec une certaine réserve la nourriture locale, pommes de terre bouillies, choux divers, radis noirs, carottes et fromages de Harzer, tartines graissées, sandwichs de pain noir au poisson fumé, tartes au pavot ou soupe de bière sucrée noyant des macarons, qui s'accompagnent de «canard rouge», cette boisson nationale appelée *Rote Ente*, un mélange de mousseux et de vin rouge.

Berlin est une ville conçue pour la jeunesse, en particulier si l'on est musicien. Dès son arrivée en ville, Gabriële s'enquiert d'un travail, elle doit payer son gîte et son couvert. Elle trouve sans difficulté une place dans un orchestre de chambre, ou plutôt un orchestre de brasserie. La musique est à tous les coins de rue, elle fait partie de la vie quotidienne des Berlinois, quelle que soit leur classe sociale. «Que ce soit à l'opéra, aux concerts de l'Orchestre philharmonique, dans des brasseries enfumées où le peuple vient certains jours entendre les musiques militaires, partout on peut entendre des exécutions musicales les plus admirables à des prix minimes [45]», relate un guide du voyageur français de l'époque. Gabriële se faufile parmi les musiciens de la ville et se familiarise avec le berlinois, ce patois, mélange de néerlandais et d'anglais, où les *g* sont prononcé *j*.

Gabriële découvre le revers du jour. Elle qui était si sage à Paris, sauvage et solitaire, prend goût à ces heures perdues, ces instants qui filent dans l'inutilité de la nuit. Elle apprend à boire, s'ouvre au plaisir de l'ivresse, des rencontres éphémères et au vide si plein des noctambules. Elle n'a plus besoin de chaperon – à Paris, c'était Vincent d'Indy qui se chargeait de veiller sur les filles, les soirs de sortie au concert. À Berlin, elle est enfin laissée à elle-même.

Elle gagne vite de l'argent et devient indépendante, cela lui plaît d'être payée pour jouer de la musique, pour donner de la joie, divertir les gens, quels qu'ils soient, les bourgeois qui ne veulent pas rentrer chez eux, les familles qui fêtent un grand événement, les marginaux qui n'ont nulle part où aller, les étudiants romantiques qui ne se sentent chez eux que dehors – toute cette population de cabaret qu'elle retrouvera plus tard dans les pièces de Bertolt Brecht.

Vers 7 heures du soir, dès que la nuit tombe, plus dense, plus implacable qu'à Paris, les innombrables bistrots de la ville s'éveillent, des gargotes aux décors moyenâgeux, le goût allemand. Tous possèdent leur petit orchestre de chambre en fond de salle, on y fume la pipe ou la cigarette, on joue aux cartes, on joue au *Skat* en buvant de la bière et, si la brasserie a une arrière-salle, on joue au *Kegelspiel* en mangeant des «petits pains d'appétit» qui n'ont de petit que le nom.

Au bout de quelques jours, Gabriële comprend les règles et les hiérarchies de placement. Les meilleures tables sont réservées aux meilleurs clients, ceux qui viennent chaque jour boire leurs derniers marks jusqu'au fond de leurs verres. Ces vieux-là sont les premiers arrivés et les derniers à partir, juste avant l'heure réglementaire, la *Polizeistunde*, l'«heure de la police».

Lorsqu'un d'entre eux ne vient pas à sa table, c'est qu'il n'est plus de ce monde. On recouvre sa pipe en porcelaine d'un voile de crêpe, on la pose en face de sa chaise vide et on boit silencieusement à sa mémoire. Plus personne ne rit. Mais dès le lendemain, l'assemblée retrouve la joie de vivre et débat de l'attribution de la précieuse place vacante.

Dans la nuit berlinoise, Gabriële devient frêle et femme. Elle, robuste et solide sur ses jambes de Jurassienne, n'a jamais fait tourner les têtes des Parisiens. Mais en Allemagne, elle propage dans son sillage l'enivrant parfum de la France. Au milieu de ces corps d'hommes impressionnants, elle a la sensation de se découvrir plus féminine qu'à Paris, car à Berlin toutes les proportions sont amplifiées : les corps sont plus larges, les rues aussi, jusqu'aux assiettes dans lesquelles on vous sert des quantités extravagantes de nourriture.

Gabriële, pour la première fois, aime se sentir regardée, observée et désirée. Pour autant, elle n'a pas d'amant. Elle ne cherche pas à «fréquenter» et n'accepte aucune invitation. En Allemagne, les rapports entre les hommes et les femmes sont très différents de ceux qu'elle a connus à Paris, les Berlinois ne pratiquent pas le badinage, les discussions entre les sexes s'engagent avec moins d'ambiguïté et moins de malice. Les robes de Gabriële, quoique fort simples, sans coquetterie, sont néanmoins remarquées. Il est «chic» de porter des toilettes françaises ou anglaises, et cette façon d'être regardée lui donne confiance, lui apprend quelque chose d'elle qu'elle ne connaissait pas – c'est une nouvelle expérience intime, un dialogue entre la jeune fille qu'elle est encore et la femme qu'elle est en train de devenir.

Lorsqu'elle se retrouve seule et qu'elle se concentre sur cette sensation inédite de plaire, lui vient aux lèvres quelque chose d'imprécis et de très doux. Comment ne pas être différente dans un pays où tout est singulier ? C'est l'avantage d'être une inconnue dans une ville étrangère, on peut se réinventer.

À Berlin, Gabriële devient plus spontanée, elle s'assouplit. Elle est la première étonnée quand elle percute son reflet dans un miroir : pourquoi son visage lui semble-t-il si bizarre ?

Parce qu'elle sourit.

Un soir, elle apprend la mort de son père. En rentrant chez elle, dans le courrier glissé sous sa porte, elle découvre une enveloppe cerclée de noir. C'est un bouleversement auquel elle ne s'attendait pas. Gabriële ne pleure pas. Mais s'enferme dans sa chambre et dort plusieurs jours d'affilée, sans réussir à se lever. Les semaines suivantes, elle se sent accablée d'une fatigue qui pèse sur elle comme un habit humide.

Le petit groupe de Français, de Suisses et d'Allemands que fréquente Gabriële propose de se rendre au vernissage du nouveau peintre à la mode, dont parle le tout-Paris, et qui pourtant porte un nom espagnol : un certain Francis Picabia.

Nous sommes en 1906, les futurs amants ne se sont pas encore rencontrés et Gabriële entend parler de Picabia pour la première fois. Il peint alors des paysages impressionnistes dignes des grands maîtres, Cézanne et Sisley sont ses modèles.

Arrivé à Berlin auréolé d'une gloire inouïe dans le milieu des « expats », on ne parle que de ce jeune homme de 27 ans. La rumeur s'affole. On raconte :

Qu'il est venu à Berlin avec sa propre voiture.

Que c'est un enfant gâté et génial.

Qu'il a fait sa première exposition personnelle, avec un succès retentissant, et que depuis sa renommée grandit tant en France qu'à l'étranger.

Qu'il est un « jeune noceur », tapageur dans les bistrots, aimant l'alcool et la bagarre, faisant du grabuge chez Maxim's, renversant les tables à mains nues.

Qu'il jette son argent par les fenêtres, prêt à tout pour s'amuser quelques heures et coucher avec les filles.

Que les vieux impressionnistes le jalousent, dont Pissaro, qui écrit des lettres à son sujet.

Qu'il donne une grande fête pour son vernissage au fameux Kasper Kunstsalon et que c'est une chose à ne manquer sous aucun prétexte.

— Tu viens, Gabriële ? lui demandent ses amis.

— Non. Non. Le vieux moderne et la peinture impressionniste m'emmerdent, répond-elle.

Il s'en est fallu de peu pour que Gabriële et Francis se rencontrent à Berlin en 1906. Les dispositions momentanées de notre caractère, aussi minimes soient-elles, fixent de façon irrévocable le cours des

62

événements. Ces deux-là se seraient sans doute détestés à ce moment précis de leurs vies et nous n'existerions pas.

Grâce aux lettres de recommandation de Vincent d'Indy, Gabriële suit la classe de Ferruccio Busoni. Ce compositeur, considéré comme le plus grand pianiste après Franz Liszt, est un professeur dont l'art d'enseigner fut sans doute aussi admiré que son talent musical. «Les élèves de Busoni se sont fortifiés auprès de lui, mais sans rien devoir abdiquer de leur individualité. Busoni n'a jamais altéré leur génie propre [46].» Tous les étudiants de Busoni ont en commun la soif d'une expérience créative nouvelle, ils sont curieux, ils sont furieux, ouverts aux théories iconoclastes et, surtout, ils viennent de toute l'Europe.

Ferruccio Busoni est un théoricien de l'art, ses recherches musicales vont aboutir à un manifeste qu'il publie en 1907 à Trieste, *Esquisse d'une nouvelle esthétique de la musique*, dont il abreuve ses élèves. Certes, cette esthétique n'est pas aussi radicale que celle de son contemporain Arnold Schönberg, apôtre de la musique dite «atonale». Mais elle est suffisamment subversive pour que son opus théorique provoque un scandale dans le milieu. Ferruccio Busoni «fut le musicien vers lequel Gabriële était le plus attirée au cours de cette période passionnante que traversait Berlin, peut-être parce qu'il refusait l'impressionnisme français et sa musique imitative [47]». Busoni explique à ses élèves que les instruments de musique sont prisonniers de leur propre étendue, prisonniers de leur timbre, et les compositeurs doivent, en tant qu'artistes, s'en libérer. Il leur enjoint d'explorer les sonorités abstraites, une liberté tonale illimitée. Le maître parle de domaines qui n'ont jusqu'alors jamais été envisagés, comme la musique électroacoustique et la musique microtonale. Il met du soufre dans leurs crânes, enflamme leurs esprits créateurs, et termine ses cours en leur disant :

— Qui est né pour créer devra préalablement accepter la grande responsabilité de se débarrasser de tout ce qu'il a appris.

Ces domaines dont il parle, Busoni ne les explorera pas lui-même. En revanche, sous son influence, l'un de ses élèves va inventer la musique électronique, un jeune homme de 23 ans qui débarque en 1907 dans le groupe des élèves qui suivent ses cours magistraux. Les cheveux fous, le regard habité et dangereux, il se dégage de lui quelque chose de dérangeant. Edgard Varèse traîne jusqu'à Berlin une mauvaise réputation : on dit qu'il a été renvoyé du Conservatoire pour avoir refusé de se présenter à l'épreuve de la fugue. Quelques jours auparavant, il avait tout simplement lancé à Camille Saint-Saëns :

— Je n'ai pas envie de devenir une perruque comme vous.

Edgard Varèse quitte donc le Conservatoire avec fracas, au bras d'une élève de la classe d'art dramatique, Suzanne, qu'il épouse sur-le-champ. Le jeune couple s'installe quelque temps rue Descartes, dans un petit appartement où passent les copains, Charles

Dullin et Louis Jouvet. Varèse s'inscrit à la Schola Cantorum. N'ayant aucun subside pour vivre, il fait partie de ces élèves musiciens qui goûtent « à la vache enragée[48] ». Un soir, il est pris la main dans la caisse d'un concert. Vincent d'Indy ne le renvoie pas et lui trouve même un poste de bibliothécaire. Il ne peut pas se passer de ce surdoué – qui aurait écrit son premier opéra à l'âge de 13 ans. D'Indy est impressionné par l'assurance de Varèse quand il monte au pupitre devant les autres élèves, par ses yeux fulgurants et sa façon de défier du regard les musiciens. Il réussit même à obtenir une bourse pour que son protégé suive les cours magistraux de Busoni à Berlin. Varèse s'installe avec sa jeune femme Suzanne au 61, Nassauische Strasse. Ils vivent de rien, ne parlent pas un mot d'allemand. Pour ne pas crever de faim, Edgard Varèse se fait copiste.

Dès le premier jour, Edgard Varèse repère Gabriële Buffet parmi les étudiants. Ils ont beaucoup de choses en commun : ils sont français, ont à peu près le même âge, ont reçu à Paris l'enseignement de la Schola Cantorum. Mais surtout, ils sont tous les deux en rupture avec leurs parents. Tout comme Gabriële qui a fui la France pour échapper au mariage, Edgard Varèse a échappé à la carrière d'ingénieur à laquelle son père le destinait.

Au début pourtant, Gabriële ne se sent pas à l'aise avec ce garçon qui veut absolument devenir son ami. Ce jeune homme qui la regarde avec trop d'intensité lui fait peur. Elle trouve – elle le dira plus tard – qu'il y avait en lui quelque chose d'un peu «détraqué», ce quelque chose qui l'effraie mais qui l'intéresse aussi. Et puis Edgard Varèse est beau. Ça ne gâche rien, même pour l'intransigeante Gabriële. Romain Rolland, qui le rencontre deux ans plus tard, écrira qu'il était «grand, de beaux cheveux noirs, des yeux clairs, une figure intelligente et énergique, une sorte de jeune Beethoven italien, peint par Giorgione[49]».

Edgard est attiré par Gabriële. À la fin des cours, il la suit dans les rues, la guette parmi le monde cosmopolite des étudiants musiciens de Berlin, traîne dans les brasseries où elle joue, l'invite aux concerts de l'Orchestre philharmonique. Au bout de quelques semaines, la jeune femme finit par céder à son amitié, car elle trouve en lui l'interlocuteur dont elle a besoin, et elle est bouleversée par ce que la pensée de Busoni ouvre comme champs de réflexion dans son esprit en construction. «Busoni avait le don de stimuler mon esprit vers des abîmes d'imagination prophétique», dira plus tard Edgard Varèse en écho. Ils sortent des cours les joues en feu, les tempes agitées, ayant besoin l'un de l'autre pour se dire et se redire les paroles bues. Berlin n'existe plus, la ville semble disparaître de leur paysage, entièrement remplacée par l'idée de concevoir une musique nouvelle. Dans les pas du professeur, ils construisent des utopies musicales, inventent des instruments inouïs, cherchent à créer des notes différentes, comme un peintre chercherait à inventer des couleurs qui n'existeraient pas. «Nous voulions, écrira Gabriële Buffet, nous libérer et nous dégager de toute la technique traditionnelle, de toutes les vieilles syntaxes et grammaires, pour explorer ce que nous appelions la musique pure[50]. »

Ils se promènent pendant des heures dans le jardin de Tiergarten, où partout se dressent des brasseries et des orchestres. À les voir marcher côte à côte dans les allées bordées de statues victorieuses, on pourrait croire à des amants. Mais il n'en est rien. Ce sont deux révolutionnaires qui sont en train de remettre en question tous les principes artistiques. Ils discutent de la section XIX des *Problèmes* d'Aristote. Edgard explique à Gabriële les découvertes du scientifique Helmholtz sur la perception des sons et des couleurs, il lui fait aussi découvrir les écrits de Léonard de Vinci, tandis que Gabriële lui traduit les articles des journaux concernant les découvertes de Max Planck, sur la naissance de la théorie des quanta. Elle lui traduit aussi *Entwurf einer neuen Ästhetik der Tonkunst*, l'ouvrage que leur professeur vient de faire paraître à Trieste. En disséquant ce livre, ils cherchent à inventer un nouvel univers, et grâce à Busoni ils envisagent d'«affranchir la musique du système tempéré, de la délivrer des limitations imposées par les instruments en usage et par toutes ces années de mauvaises habitudes qu'on appelle, de façon erronée, la tradition[51] ».

Au lieu de parler de «musique», ils parlent de «sons organisés», au lieu de s'affirmer musiciens, ils préfèrent dire qu'ils travaillent les «rythmes», les «fréquences» et les «intensités». Leur grande préoccupation est de trouver de nouveaux instruments permettant des sonorités autres – pour dépasser les sept notes de la gamme qu'offre le piano. «De là, dit Gabriële, il y a eu une filière de découvertes dans la musique et Varèse a été amené à composer plus tard sa musique. De là sont nés le pop'art et la musique actuelle, délivrée de toute la technique ancienne, de toute la grammaire, de toute une syntaxe qu'il fallait alors respecter[52].»

Edgard est plus jeune que Gabriële, il n'a que 23 ans. Elle en a 25. Le jeune homme voit en elle un repère, une balise dans le flot bouillonnant de sa création. Varèse est un artiste encore malmené par ses propres fulgurances. Il tâtonne, démarre, brûle ses œuvres, en commence plusieurs mais n'en termine aucune. Sa gestation musicale est douloureuse, si bien qu'il trouve en sa camarade de classe un apaisement nécessaire. Edgard a besoin du regard et du soutien des autres pour créer. Un jour, il demande à tous ses amis musiciens – dont Gabriële – de l'aider à compléter un thème de deux lignes qu'il vient de composer. Échouant à aller plus loin, «il eut une idée qu'on pourrait sûrement classer parmi les premiers essais de musique aléatoire : il demanda à chacun de nous d'improviser sur le thème[53]». Expérience prédadaïste dans son processus créateur. «Le résultat fut surprenant, se souvient Gabriële. Mais tout ce que nous avons fait pendant ces années-là, à Berlin, fut perdu[54].»

Un jour, à la fin de son cours, Busoni informe ses élèves que le célèbre Eugène Ysaÿe est de passage à Berlin. Ce Belge haut de deux mètres, qui ressemble à un bûcheron des montagnes empêtré dans un costume de ville, est le plus grand violoniste de toute l'Europe – et peut-être du monde. Eugène Ysaÿe est une légende, une légende vivante, avec tout ce que cela induit. Une enfance qui ressemble à celle de Mozart, un père autoritaire et violent qui exhibe son fils dans les bals dès l'âge de quatre ans, puis l'enferme à la cave pour qu'il y développe ses dons. Caractériel, rebelle, l'enfant se fait renvoyer à l'âge de 11 ans du conservatoire de musique de la ville de Liège. Les professeurs conseillent au père : « Faites-en un ramasseur de crottin plutôt qu'un violoniste[55]. »

Comme dans toutes les légendes, il faut une « part de hasard ». Ainsi, le très célèbre compositeur et violoniste Henri Vieuxtemps, de passage à Liège, entend depuis la rue le son d'un violon qui s'échappe par une fenêtre. Quelqu'un joue son *Cinquième Concerto* à la perfection. Jamais il ne l'a entendu si bien exécuté. Henri Vieuxtemps sonne à la porte de la maison d'où provient la musique, un homme lui ouvre, Vieuxtemps le dévisage.

— Qui joue ici ? demande-t-il.
— Mon fils Eugène, maître !
— Peut-il jouer quelque chose devant moi ?

Eugène a 14 ans. Henri Vieuxtemps le fait admettre de nouveau au conservatoire de musique de la ville de Liège. Là, fini les rébellions, fini le ramasseur de crottin. Les professeurs, sidérés par son talent, le montrent en exemple pour expliquer aux autres élèves comment il convient d'interpréter des morceaux. Lorsqu'en 1873 il remporte son premier prix, le directeur met en marge de ses notes : « Les oiseaux chantent, lui joue du violon[56]. »

C'est ainsi que débute le « phénomène ». Henri Vieuxtemps emmène son élève dans l'Europe entière, c'est un succès partout où il passe. Il a un tempérament en acier trempé et vit comme un cosaque. À Paris, il boit de l'absinthe avec les filles, tout en jouant avec le pianiste virtuose Anton Rubinstein. Puis il rencontre César Franck, se lie d'amitié avec Gabriel Fauré, Claude Debussy, Vincent d'Indy. Tous ces compositeurs lui dédieront des œuvres, et Ernest Chausson lui écrira une sonate pour son mariage. Le jeune homme, qui doit subvenir à ses besoins, accepte une place de *Konzertmeister* au Konzerthaus de Berlin, lieu de rencontre convivial, où les hommes se retrouvent en sortant de leurs bureaux pour déguster une pinte de bière. L'orchestre joue au fond de la salle des valses de Strauss, des opérettes d'Offenbach, du Schubert, du Schumann ou du Wagner, dans un brouhaha infernal car les messieurs n'arrêtent pas de parler, de s'apostropher. Sauf quand Ysaÿe joue. Là, le silence se fait dans la salle. Tout le monde se tait. Et pleure.

Au Konzerthaus, il rencontre Clara Schumann, la muse de feu Robert Schumann, pianiste virtuose elle aussi, une légende à sa manière, qui encouragera le jeune prodige à embrasser une carrière de soliste. Délaissant le succès facile et l'argent confortable, et suivant les conseils de Camille Saint-Saëns, Eugène revient à Paris, où l'on a terriblement besoin d'interprètes capables de comprendre et de jouer la musique nouvelle. Même Rodin l'invite à donner des concerts dans son atelier[57].

C'est donc ce phénomène au corps d'ogre, dont la corpulence massive contraste avec l'infinie finesse du jeu, qui revient tout juste d'une tournée triomphale en Russie. Ferruccio Busoni lui a demandé de bien vouloir recevoir ses élèves durant son passage à Berlin, pour leur donner une sorte de « master class » informelle. Gabriële, Varèse et les autres sont très impressionnés par Ysaÿe qui leur parle ainsi :

— La virtuosité sans musique est vaine. Toute note, tout son, doit vivre, chanter, exprimer la douleur ou la joie. Soyez peintre, même dans les « traits » qui ne sont qu'une suite de notes qui chantent rapidement.

Il encourage les élèves à lui poser des questions. Ceux-ci n'osent l'interroger de peur d'avoir l'air idiot. Gabriële, humble, se tait. Mais Edgard Varèse se dresse et demande à Ysaÿe s'il accepterait d'écouter l'une de ses compositions. Stupéfaction parmi ses camarades. Ysaÿe accepte volontiers, à condition que cela se fasse dans les plus brefs délais. Le violoniste doit repartir en tournée et ne peut lui accorder un rendez-vous que le lendemain matin. À la sortie du cours, les élèves l'interrogent sur la composition qu'il va soumettre au virtuose, mais Varèse avoue : c'était un bluff, il n'a rien sous la main. Il va falloir y passer la nuit. Gabriële lui suggère de soumettre à Ysaÿe un morceau qu'il avait commencé à écrire. Un poème musical intitulé *Bourgogne*, dont « il avait déjà écrit quelques notes. L'essai était remarquable[58] ».

Edgard Varèse demande à Gabriële de l'aider à terminer le morceau dans la nuit. Ni une ni deux, les jeunes comploteurs s'engouffrent dans une de ces grosses voitures de deuxième classe, lourdes et noires, qu'on appelle des berlines. Direction le 61, Nassauische Strasse. À leur arrivée, l'ambiance est tendue. Suzanne, la femme de Varèse, n'a jamais vu d'un très bon œil l'amitié de son mari pour Gabriële. Elle trouve que cette fille, en âge de se marier, qui reste seule, sans fiancé, c'est louche. Mais comment pourrait-elle comprendre que Gabriële n'a que faire de l'homme, elle n'est là que pour l'artiste. Elle le lui laisse, l'embarras d'un mari ! Elle ne garde que l'esprit.

D'ailleurs, cela fait un petit moment que Gabriële se rend compte que son statut de femme célibataire entrave sa liberté. Les gens autour d'elle se posent des questions. Les femmes sont méfiantes et craignent son amitié. Les hommes deviennent parfois agressifs. Le regard de la société sur cette vieille fille commence à lui peser.

Pendant toute une nuit, Edgard et Gabriële vont travailler sur le thème de *Bourgogne*. Une nuit que Gabriële n'oubliera pas, bien plus importante à ses yeux que n'importe quelle nuit d'amour. Car pour la première fois Gabriële goûte à ce plaisir qu'elle cherchera à revivre jusqu'à la fin de ses jours, le plaisir d'être l'accoucheuse, celle qui pousse, qui aide, qui trouve les mots pour relancer la machine créatrice. Tandis qu'Edgard s'énerve, souffle et s'agace, Gabriële le calme, l'encourage, lance des idées, le félicite quand il doute, lui donne du courage quand il se lance. Les moments de dispute alternent avec les moments de partage, où la bonne idée jaillit de la confrontation. Edgard se montre parfois blessant, lui lançant au visage qu'elle n'a que des remarques inutiles, alors elle menace de partir, de l'abandonner. Mais il est prêt à tout pour la retenir, car il se sent perdu sans elle. « Toute la nuit nous avons tenté de trouver un habillage à ce thème : mais on le détériorait. Son thème était d'ailleurs étonnant, absolument neuf comme sonorité, comme idée musicale. Il ne pouvait pas aller plus loin. Il avait comme un blocage à ce moment.

Nous n'avons rien présenté à Ysaÿe [59]. »

Pendant quelques jours, Gabriële et Edgard ne se parlent plus. Puis arrivent enfin les vacances. Varèse réussit à débloquer sa composition du poème symphonique *Bourgogne* et compte présenter son manuscrit en France. Gabriële, elle, décide de prendre quelques jours de vacances en famille, à Versailles, pour composer elle aussi. À force d'être occupée à faire « accoucher » son camarade, elle n'a pas achevé ses propres travaux.

Gabriële ne le sait pas encore, mais ces semaines de vacances qu'elle s'apprête à passer en France vont mettre fin à sa carrière musicale.

4

Francis Picabia par Francis Picabia

« La carrière musicale de Gabriële prit fin avec la rencontre de Francis Picabia [60]. » À la lire, cette sentence a la violence d'un accident. Pourtant, la situation est peut-être plus ambiguë. Gabriële est un être libre et, pourquoi pas, libre au point d'exercer sa liberté en la sacrifiant. Aussi inattendu que cela puisse paraître, il semble que cet asservissement fut volontaire. Gabriële est fabriquée pour construire et défendre des idées. Des idées, à travers des hommes. Des idées plus que des hommes, au fond.

Revenons à l'année 1908. Gabriële a fait la connaissance de Francis Picabia chez sa mère, à Versailles. Entrons de nouveau dans le décor de cet été-là. Que s'est-il passé dans les semaines qui ont précédé leur rencontre ? Edgard est rentré à Paris avec son manuscrit sous le bras et la ferme intention de le faire connaître à qui voudra bien l'entendre. Et Gabriële ? Qu'écrit-elle ?

Gabriële n'évoquera jamais ses propres œuvres musicales. Étrange quand on y pense. Elle se définit comme «musicienne», c'est son essence, mais cela ne va pas plus loin. Elle «constatait» qu'elle avait un don particulier pour la musique – c'était une façon objective de parler d'elle-même. Pourtant, il ne nous reste rien : aucune œuvre, aucune partition, pas même le titre d'un poème musical. Or, il est certain que Gabriële Buffet a composé durant ses dix années d'études. D'où vient ce silence ?

Plusieurs hypothèses s'offrent à nous. Il est tout à fait possible que Gabriële ait souffert d'une difficulté à créer. On peut même se demander si, inconsciemment, elle ne parle pas d'elle-même lorsqu'elle écrit (à propos de la période berlinoise) : «Edgard Varèse commençait une chose sans résultat : il ne pouvait pas encore concrétiser ses idées, les matérialiser[61].» Cette première hypothèse expliquerait qu'elle se soit lancée dans une vie de maïeutique sans en ressentir de frustration. Un peu comme une sage-femme qui, ne pouvant elle-même donner la vie, consacrerait son existence à accompagner les femmes dans la délivrance. La seconde hypothèse est qu'elle fut aussi intransigeante envers elle-même qu'elle le fut avec les autres. Ce regard aiguisé, elle sait l'appliquer à son propre travail, avec la froideur d'un certificat. Elle se savait talentueuse mais non «géniale». Alors à quoi bon ajouter une musique moyenne à la cacophonie du monde ? À ces deux hypothèses s'ajoute la personnalité de Francis Picabia. Le peintre avait tellement besoin d'elle, de son cerveau, de son regard, de sa disponibilité à chaque instant, qu'il ne l'a peut-être pas encouragée à créer. Être avec lui, c'est un projet en soi.

Une création de chaque jour. Ce vampire annihile *de facto* toute autre puissance artistique. Nous ne disons pas qu'il l'en a empêchée, on n'empêche pas Gabriële, mais il n'a pas dû démentir ses propos lorsqu'elle se disait au fond peu apte à révolutionner la musique. Et qui sait, peut-être se trompait-elle ? Peut-être aurait-elle été, comme Edgard Varèse, une compositrice d'un genre nouveau ?

Nous ne le saurons jamais.

Elle a brûlé ses partitions.

Nous pensons que le manuscrit de son œuvre de fin d'études de la Schola Cantorum a survécu. Mais nos recherches n'ont pas suffi à le retrouver. Il dort peut-être quelque part. Prisonnier d'une poussière indifférente qui s'accumule, jusqu'à ce que le temps le rende illisible.

Gabriële et Francis se sont rencontrés, ils ont passé une nuit blanche, ils ont même oublié de s'embrasser.

Francis Picabia est parti chercher un festin pour Gabriële. Mais en son absence, elle s'apprête à s'enfuir. Avec le jour se sont dissipées les vapeurs d'alcool et la sentimentalité. Dans quelques heures, son train va partir pour l'Allemagne. Il est temps pour elle de quitter cet atelier perdu derrière le cimetière Montmartre.

Dans la précipitation, Gabriële trouve un papier, une mine de crayon, griffonne un mot d'adieu, hésite. Mais Francis débarque. Gabriële, surprise dans sa fuite, sa cape boutonnée au col, s'immobilise face à un Picabia au teint frais d'enfant. Malgré la nuit sans sommeil, il est comme rajeuni, lavé à grandes eaux par cette nuit de discussions fébriles. Elle voit dans ces yeux d'homme cannibale la surprise, *comme cela, vous alliez partir ?* C'est absurde, hier il ne la connaissait pas. Aujourd'hui, il croit que son destin dépend de cette minuscule femme, au visage sans grâce remarquable.

Gabriële sent un fluide gelé lui traverser le corps, elle sait qu'elle ne passera pas outre ce regard, que les dés sont joués, qu'elle aurait dû partir sans perdre de temps, la nuit était par trop intense, les bouches se parlaient avec trop d'engouement. Elle ne sortira plus. Et Picabia s'élance.

— Il faut que vous compreniez que la peinture est devenue pour moi un travail absurde[62] ! lui dit-il. De quoi me payer suffisamment d'alcool la nuit, pour oublier que je dois peindre le jour. Tout cela me fait horreur[63]. Si vous rentrez à Berlin aujourd'hui, je vais m'arrêter de peindre. Ce sera votre faute. J'ai besoin de vous. Mes pensées me disent où je me trouve ; mais elles ne m'indiquent pas où je vais[64]. Vous ne pouvez pas partir. Vous êtes la seule personne qui puisse m'aider.

Cette femme que rien ni personne ne soumet fait le choix de rester. Il lui a fallu une seconde. Maintenant, une froide énergie s'empare d'elle. Elle est libre, mais la société ne l'est pas. Il faut préserver les apparences. On est en 1908, elle ne peut pas habiter chez un homme qu'elle ne connaît pas. Alors elle va frapper à la porte de son frère et l'embobine. Peut-il l'héberger quelques jours – le temps de régler les quelques affaires qui l'empêchent de repartir tout de suite en Allemagne ? Jean gobe tous les mensonges, ronds comme un œuf, ravi que sa sœur s'intéresse à lui, pour une fois.

Mais les jours passent et Francis ne se manifeste plus. Après l'avoir suppliée à genoux de rester en France, l'oiseau a disparu dans la nature. Envolé. Gabriële est soufflée. Estomaquée. Lorsqu'elle demande à Jean, l'air de rien, s'il a des nouvelles de son drôle d'ami, son frère répond que non, tiens, il ne l'a pas aperçu depuis quelque temps. Gabriële fulmine. Elle ne peut s'abaisser à faire la tournée des bastringues, comme la dernière des mégères trompées, pour un homme qui n'est rien pour elle. De son côté, Jean cherche aussi à joindre Picabia, car il veut lui proposer de partir quelques jours en Bretagne, pour faire « la route des peintres ». Mais l'oiseau rare est introuvable. Jean est passé à l'atelier, pensant qu'il s'y était enfermé pour peindre. Vide.

Gabriële est blanche de rage. Les cours ont repris à Berlin, son orchestre doit déjà être en train de chercher sa remplaçante, et la voilà coincée à Paris, à attendre cet Espagnol vaniteux. Furieuse, piquée dans son orgueil, la jeune femme fait sa valise pour prendre le train que ce type lui a demandé de laisser partir. Au plus vite. Elle boucle ses bagages. Direction, la gare.

Mais voici qu'un terrible coup de klaxon retentit dans la rue. Le frère et la sœur se précipitent à la fenêtre.

Un fou furieux, au volant d'une automobile tapageuse, agite un chapeau comme s'il brandissait le drapeau de la victoire. Ce Samothrace, c'est Francis Picabia, qui rattrape, comme toujours, les situations *in extremis*. Il agite une bouteille de champagne, ainsi que tout l'attirail nécessaire au voyage, des manteaux de fourrure, des couvertures et des gants pour tout le monde. Il a aussi acheté une voiture neuve pour l'occasion. Elle est sublime, il l'adore.

Les garçons essaient de convaincre la jeune femme de partir avec eux. Le voyage sera sensas, la Bretagne en cette saison est le plus beau pays du monde. Gabriële est divisée. Si elle monte dans cette voiture, sa vie bascule vers l'inconnu. Si elle ne monte pas dans cette voiture, elle trace son sillon de musicienne. Il faudrait pouvoir choisir en sachant où se situe la promesse d'un destin. Mais Gabriële n'a qu'un instant pour parier. Elle voit ses mains prendre machinalement son manteau, son chapeau, sa valise. Il est si difficile de résister à quelqu'un qui vous veut terriblement. Il est impensable de résister à Francis Picabia.

Le départ pour la Bretagne se fait dans une joie qui pétarade sur la route de l'Ouest. Partis sans carte, sans plan, sans aucun guide pour savoir où ils vont aller, qu'importe. Boussole en main comme une navigatrice, Gabriële, au milieu des deux garçons, éclate de rire et abandonne sa réserve. Cette équipée en triangle attise le désir. Gabriële ferme les yeux, et soudain sous ses paupières surgit le train qu'elle devait prendre, ce train pour Berlin qui s'ébranle, emportant une partie d'elle-même, une idée d'elle, de cette musicienne qu'elle aurait pu être – et qu'elle ne retrouvera peut-être pas[65].

Gabriële voit que Picabia l'observe. Peu à peu, les deux échangent à la dérobée des regards tendus de possibles, les bras s'effleurent et, quand il l'aide à descendre de voiture, les mains du peintre serrent la taille, un peu trop fort.

Les paysages qu'ils découvrent sont d'une beauté à renverser les cœurs. De temps en temps, ils s'arrêtent pour demander leur chemin, les Bretons parlent une langue qui claque comme la mer sur les rochers. Le début du mois de septembre est celui du grand pardon du Folgoët. Le frère, la sœur et l'amoureux croisent sur leur chemin la foule qui s'y rend. Ils viennent de toute la Bretagne, à pied, à cheval, en charrette, pour assister à la procession. Soudain, leur automobile est entourée d'une nuée d'enfants, intrigués par la rutilante machine, ils agitent de toutes leurs forces des centaines de petites cloches. Les pèlerins leur conseillent de différer leur voyage vers Lorient pour se rendre au Folgoët, même si ce n'est pas du tout leur direction, qu'importe, ils auront peut-être le droit de toucher les reliques pour exaucer leurs vœux. Ils pourront acheter là-bas des médailles et des chapelets, qui protégeront leur famille. Francis trouve que l'idée est fantastique, cela lui rappelle Séville, où vivent ses cousins. En route pour le Finistère, ils pourront facilement se faire héberger dans une grange, c'est l'époque où les fermes ouvrent leurs portes, avec une ou deux offrandes on trouve même une couche douillette, il est de tradition d'offrir une poule blanche aux paysans qui vous hébergent, on leur conseille donc de s'arrêter devant les fermes où ces oiseaux immaculés picorent dans la cour, c'est le signe que les habitants sont hospitaliers[66]. Les femmes bretonnes sont si belles avec leurs coiffes blanches et hautes, leurs robes noires qui contrastent avec les oriflammes multicolores, les habits de fête leur vont bien, faisant ressortir leurs visages ronds de poupées et leurs grands yeux bleus. Francis, Gabriële et Jean croisent des voitures à chiens, des dentellières, une chanteuse de complaintes qui, pour quelques sous qu'on lui met dans la main, leur raconte des histoires effrayantes, une délégation de fabricantes de bonnets en coton, des chiffonnières mariées à des marins ou des charrons, ils croisent des bébés emmaillotés dans des charrettes, des femmes portant sur la tête leurs lourds paniers pleins de coquillages. Dans cette foule en habit de travail et en costume traditionnel, nos trois larrons, casquette et lunettes sur la tête, dans leur voiture de luxe, ont l'air d'extraterrestres venus du futur.

Mais cette fête ne dure pas longtemps. La joyeuse fusion du trio improvisé éclate quand Jean soupçonne enfin Francis de courtiser sa sœur. Ce dernier a poussé la témérité un peu loin, un regard de trop, la conspiration muette bourdonne dans l'air. Le frère comprend que cette épopée a été conçue et imaginée par Francis pour séduire Gabriële. Lui-même n'est qu'un prétexte, une caution. Est-ce qu'ils le prennent pour un imbécile ? Dans sa biographie de Francis Picabia, Maria Lluisa Borras écrit : « Jean joue le frère outragé », comme si cette colère était feinte, comme si elle cachait quelque chose d'ambigu. Est-ce qu'il se sent dépossédé d'une amitié ? Jaloux que sa sœur prenne l'ascendant sur une relation qu'il avait beaucoup investie ? Est-ce que, connaissant la réputation de noceur de Francis Picabia, il veut sincèrement protéger sa sœur d'un homme à femmes ? Quoi qu'il en soit, le voyage si léger et festif tourne à l'amer. Jean somme sa sœur de rentrer à Versailles et il menace Francis de nuire à sa réputation.

Picabia veut éviter toute confrontation. Ni une ni deux, il plante Jean au beau milieu de la Bretagne, au beau milieu de la foule, de la cérémonie du pardon, des pèlerins, au milieu des bigoudens, des binious et des enfants de chœur. Il le laisse sans aucun remords, il part sans se retourner, comme quelqu'un qui veut sauver sa peau. Il fuit. Et kidnappe Gabriële, direction Cassis. Avec son joujou extra, sa voiture de compétition, Francis sait que cette femme qui se refuse à lui finira par céder. Son bolide est un accélérateur de particules, les situations amoureuses se nouent avec la fréquentation du danger. «Cette folle vitesse, écrit-il dans *Caravansérail*, m'avait lié à cette femme plus que des années passées près d'elle auraient pu le faire, nous tenions l'un à l'autre par la force de tout ce que nous avions risqué ensemble.»

Il faut deux jours pour descendre dans le sud de la France en voiture. Francis ne met que vingt heures. Un fou. Gabriële est grisée, elle a beau tenir une façade de femme intouchable, ne pas perdre la tête, Picabia lui appartient déjà. Elle a planté son frère, sans un regard en arrière, les os réchauffés par le moteur et la proximité. C'est la première fois qu'elle passe tant de temps contre le corps d'un homme, le cœur cavalier d'un voyou en fuite.

Que se dire ? Par où commencer ? Picabia, malgré le bruit impressionnant de sa machine, parle sans discontinuer. Il se raconte, s'expose, explique d'où il vient et qui il est. Gabriële doit tout savoir de lui, tout comprendre, il faut rattraper tout ce temps où les amants ne se connaissaient pas. Dire les épisodes importants de sa vie, de son enfance. Picabia veut tout livrer, tout lui donner pour qu'elle le saisisse pleinement, pour qu'elle seule puisse le connaître et le comprendre.

Il commence par le début, sa naissance le 22 janvier 1879. Son grand-père et son père sont nés à Cuba. Pas lui. Francis est né à Paris. De fait, il se sentira exclu d'un cercle héréditaire, lui, banalement français – accentué par le fait que son père ne lui parlera jamais espagnol. Voilà qui déjà marque le sceau d'une rupture dans la chaîne masculine et généalogique. Les Picabia sont en vérité des Espagnols, exilés à Cuba au XVIIe siècle. Pourquoi partir à l'autre bout du monde ? On raconte que l'aïeul, Pedro Martinez de la Torre, était un proche du roi d'Espagne. Un homme au caractère rebelle et moqueur. Un jour, il aurait poussé trop loin la moquerie et serait tombé en disgrâce. Puni par son ami le roi, il est exilé en Amérique latine. *Hasta Luego*, Pedro. Va amuser les oiseaux des Caraïbes. C'est une légende, *mais qu'importe que cette légende soit la vraie*, ce qui compte, c'est que, chez les Picabia, il existe un héros fondateur dont les attributs sont l'irrévérence, la désinvolture, l'audace et la drôlerie.

Cet arrière-grand-père frondeur fait bonne fortune. À Cuba, il devient richissime en investissant dans les cannes à sucre. Il a un fils, Juan Martinez Picabia, surnommé l'Indien. Pourquoi ? Nous ne l'avons pas découvert. Peut-être à cause de son physique particulier, de son visage lisse et large. Peut-être portait-il les cheveux longs. On ne sait pas. L'Indien avait eu une première femme et six enfants. Puis, une seconde, Josefa Delmonico. Elle a dix-sept ans de moins que lui, elle est belle, c'est une Italo-Suisse du Tessin née à Berlin et rencontrée à New York, qu'il épouse à La Havane. Ils auront aussi six enfants. Prolifique, l'Indien. C'est un entrepreneur. En 1855, lorsque l'Espagne a besoin d'un homme fort pour lancer le chemin de fer, c'est lui qu'on fait revenir illico presto de Cuba. Il accepte de mettre sa fortune et son esprit dans l'aventure du train, à condition de pouvoir choisir le tracé. Il construit une ligne qui relie Madrid à sa région natale, la Corogne. On trouvait une statue de lui près de la gare. Un jour, il faudra faire un détour pour voir si elle existe toujours.

Francis adore se définir comme cubain, c'est mystérieux et lointain, cette origine du bout du monde. Il n'a jamais mis les pieds à Cuba, mais il crâne devant Gabriële, racontant que ce sang exotique qui coule dans ses veines fait de lui un être délicieusement à part :

— Que voulez-vous, nous sommes d'origine cubaine... Là-bas, les habitants de ce pays repeignent leurs maisons en rose, en bleu, en vert pâle… Malheureusement je n'habite pas Cuba, mais je fais pour mener mes idées ce que les Cubains font pour leurs demeures. Je peins en bleu des idées noires, quel plaisir[67].

À Madrid, Josefa, l'Indien et les enfants vivent au 60 de la Calle Mayor. L'immeuble a malheureusement été détruit, remplacé par un affreux complexe en béton noirci d'humidité, avec un supermarché et un parking.

Pancho, le père de Francis Picabia, est le quatrième des six enfants du couple. C'est un type étrange, lunaire, fait d'une matière différente des autres hommes de son époque. Il mesure un mètre quatre-vingts, ce qui est très grand pour le XIXe siècle, et surtout sa taille détonne par rapport aux autres hommes de sa famille – même son fils sera plus petit que lui. Il est mince et s'habille comme un dandy. Un peu mondain et un peu diplomate, il travaille officiellement pour l'ambassade de Cuba à Paris, mais il aime surtout rester chez lui, fumer trois paquets de cigarettes par jour, et ne pas trop s'agiter. «Son occupation favorite consistait à tuer les mouches avec une pelle et à les donner en pâture aux fourmis[68].» Un drôle de père, ce père.

La mère de Francis, elle, est tout ce qu'il y a de plus «français». Elle vient d'une famille aussi riche que celle de son mari. Ils habitent 82, rue des Petits-Champs.

Picabia tire le portrait des membres de cette famille française avec force détails amusants. Il imite la voix haut perchée de sa grand-mère maternelle, qu'il déteste :

— Marie, combien avez-vous mis d'œufs dans l'omelette servie hier ?

— Douze, madame.

— Je vais vérifier. Apportez-moi les coquilles ! Que je les compte[69] !

Francis n'aime pas cette bourgeoisie économe, prête à faire les poubelles pour vérifier que la bonne n'a pas gaspillé trop d'œufs. L'argent, selon lui, est fait pour être bu, dépensé, mangé, jeté par les fenêtres du plaisir.

Sa mère s'appelle Marie-Cécile Davanne, elle est aussi douce et lunaire que son mari. Les parents de Francis font un mariage d'amour, leurs deux étrangetés s'accordent à merveille. Francis sera leur seul enfant, que la mère chérit trop. On conseille à Marie-Cécile de prendre ses distances, de ne pas trop couver ce petit héritier, de ne pas le gâter, cet enfant est un fruit qui pourrait finir par devenir immangeable. De plus, Marie-Cécile a une santé fragile, elle souffre des poumons. Quand la situation se dégrade, on lui demande de se tenir encore plus éloignée de son fils, car celui-ci devient capricieux. Il demande des cadeaux, de l'attention. Plus l'enfant est gâté, plus il devient triste, et Francis se braque contre le monde des adultes « qui lui interdisait tout contact avec sa mère[70] ».

Un jour, son père lui offre un jouet extravagant : une petite voiture tirée par deux chevaux. Sans raison. Francis a 7 ans, il passe quelques jours en famille à Saint-Cloud, dans leur maison de campagne. Par la fenêtre de sa chambre, il regarde l'énorme joujou que son père a installé dans le jardin, cette voiture d'enfant qui lui semble un bolide, l'objet de ses fantasmes de petit garçon. Calmement, il détourne les yeux de la fenêtre et se retourne vers les deux grosses Suissesses en tablier blanc chargées de le surveiller. Il vient de comprendre pourquoi le joujou est apparu par miracle dans le jardin. « Ma mère est morte », leur dit-il simplement[71].

En effet, elle est morte le 21 septembre 1886, victime de la tuberculose pulmonaire. Francis n'émettra aucun autre commentaire. On imagine l'enfant assommé par la nouvelle, silencieux, droit comme le i du chagrin, descendant dans le jardin pour caresser son cadeau, cette voiture miniature, neuve, rutilante, magnétique. Perplexe, le petit Francis se dit que, selon la logique des adultes, cet engin peut remplacer une mère. Qu'à cela ne tienne. Toute sa vie, Picabia collectionnera les voitures – il en possédera cent quarante-deux. Et il collectionnera les femmes. Là, difficile de donner un chiffre aussi précis.

— J'ai été seul à partir de cet âge[72], explique-t-il à Gabriële.

Les relations avec son père deviennent de plus en plus difficiles. Gabriële écrira de lui : « L'enfant est mystérieux, écrasé d'ennui et de solitude. Il ne se développe que le jour où son père l'emmène sur une plage normande : il découvre l'océan et la liberté, apprend à courir, à nager[73]. »

De sa mère, Francis ne garde qu'un portrait, un beau portrait ovale dans lequel se révèlent les traits d'une jeune femme éphémère. Toute sa vie, Francis vivra avec ce tableau, son souvenir unique. L'enfant se réfugie dans le dessin, pour pouvoir toucher de ses doigts le visage de sa mère, il la cherche dans tous les portraits de femmes qu'il dessine, dans toutes les bouches qu'il embrasse.

— Le manque de femme rend nerveux, et, pour celui qui en a pris l'habitude, le manque de femme dans un lit peut empêcher de dormir[74] ! dit-il à Gabriële.

Francis a le mérite d'être clair pour qui sait écouter. Gabriële se trouve prévenue. Peut-être ne demandait-elle pas tant de franchise. Elle comprend d'instinct qu'il est de ces hommes dont la fidélité se jouera ailleurs que dans celle des corps.

Après la disparition de Marie-Cécile, le petit Francis est élevé par son père, son grand-père et son oncle. Picabia surnommera le clan « la famille aux quatre sans femme », lui dont la vie amoureuse sera une aventure avec « quatre cents femmes ». Il développe une obsession du double : « Depuis que son père lui a offert une magnifique voiture à chevaux après la mort de sa mère, il a peur de perdre ses jouets et les réclame souvent en double exemplaire[75] » – le double, thème qui reviendra dans toute sa vie et marquera son œuvre.

Après la mort de sa mère, on a dit qu'il se plongeait dans le dessin. Précisons : avec brio.

Son oncle Maurice, qui travaille à la bibliothèque Sainte-Geneviève en tant que conservateur, est un amateur de peinture. Il y a dans son salon des tableaux de petits maîtres, des Ferdinand Roybet, des Félix Ziem[76].

— J'en faisais des copies, que j'accrochais à la place des originaux. Et puis ensuite, je revendais les tableaux pour m'offrir des timbres pour ma collection[77], raconte Francis. J'avais 12 ou 13 ans. Les adultes n'y voyaient que du feu.

L'année suivante, le jeune Francis dit qu'il veut entrer aux Arts décoratifs, mais son père commence par refuser : il est dubitatif. Méfiant même. Pour savoir si son fils a réellement du talent, il met en place une ruse.

— J'ai 15 ans. Mon père présente un de mes tableaux au jury du Salon des artistes français. Il l'envoie sous un faux nom, sous une fausse date de naissance, pour voir comment sera reçue l'œuvre. Non seulement j'ai été accepté. Mais j'ai obtenu une mention. Alors mon père a accepté que je continue dans cette voie[78].

Les experts ont jugé sur pièce. Francis a le droit de s'inscrire à l'école du Louvre, puis aux Arts déco avec, finalement, l'aval de son père. Grâce à la mention du Salon. Il fait la rencontre de Georges Braque et surtout de Marie Laurencin. Il travaille aussi régulièrement dans l'académie privée du peintre Fernand Cormon, où il apprend une peinture classique : paysages, portraits, scènes historiques… Francis a 19 ans lorsqu'il découvre le peintre impressionniste Alfred Sisley. Un choc. Immédiatement, avec ce don fou qu'il possède, il se met à marcher dans les pas de son idole. En 1899, à 20 ans, il est exposé au Salon de la Société des artistes français – et repéré par la critique en tant que jeune impressionniste.

« Nous accordons une mention spéciale à la toile lumineuse de M. Francis Piscalia [*sic*] intitulée *Une rue aux Martigues*[79]. » Tout de suite, la presse s'enthousiasme pour cet « artiste original » qui possède un « grand art des silhouettes et des perspectives lointaines » alors que ce n'est qu'un grand adolescent. Les toiles impressionnistes du jeune Picabia ont tout pour plaire à l'*establishment*, qui adore les prodiges précoces. Il commence à vendre ses toiles, il les vend très bien, exceptionnellement bien. Et l'argent qu'il gagne lui brûle les doigts. Francis le dilapide en futilités, en costumes, dans les restaurants à la mode et les boîtes de nuit. Il est connu pour être toujours entouré d'une bande de copains improbables. Au petit matin, il les invite tous à venir chez lui car, lorsqu'il n'a pas une femme entre ses bras, il ne peut s'endormir que dans le brouhaha d'une fête.

En 1900, la grand-mère Davanne, la méchante aux coquilles d'œufs, meurt en laissant à Francis une jolie succession, qui lui permet tout d'abord d'acheter son premier bolide puis de plaquer l'appartement familial. Il veut vivre seul, il est indépendant financièrement, n'a de comptes à rendre à personne. Il s'octroie le luxe de louer un grand atelier à la Villa des Arts, à l'endroit même où ses maîtres, Gauguin et Cézanne, ont peint avant lui. Folie des grandeurs.

Francis est traversé par des phases d'enthousiasme où il peint de manière compulsive, s'enfermant nuit et jour à l'atelier. Il parcourt les villages, les campagnes, exalté par cette vie de peintre qu'il s'est choisie. Il part vivre seul dans une ferme à Pierre-Perthuis, dans l'Yonne. Semaines d'ivresse, de solitude et de travail. « Quelle époque heureuse, se souviendra-t-il plus tard. Je ne croyais pas seulement en moi-même mais aussi en ceux qui me semblaient des amis, je croyais à l'idéal [80]. » Son copain de l'époque, Manzana Pissaro (troisième fils du peintre Camille Pissaro et un sympathisant anarchiste), est tellement bluffé par la quantité de toiles produites par Francis qu'il l'écrit dans une lettre à son célèbre père : « Picabia est ici. Il a déjà fait neuf toiles [81]. » Mais ces phases solaires alternent avec des périodes de profonde mélancolie, où il ne peint plus mais boit, évite l'atelier en se perdant dans les lieux de nuit, devient cynique, parfois morbide et violent.

En 1903, il expose huit toiles impressionnistes au Salon des indépendants. C'est la coqueluche. La critique décrit ses tableaux « d'une ardeur sans pareille ».

En 1905, Francis Picabia se voit offrir sa première exposition personnelle. La critique est en pâmoison. Les acheteurs se pressent et les articles s'empilent. « Une exposition dont on a beaucoup parlé à l'avance s'ouvrira demain vendredi, à la Galerie Haussmann, 67, boulevard Haussmann : celle des paysages de Picabia. La réunion de cinquante de ses toiles offrira donc un intérêt et un éclat exceptionnels[82]. » La presse est unanime, du *Figaro* en passant par *L'Écho de Paris* et *Le Gaulois*, tout le monde l'encense, lui promet un avenir digne de ses prédécesseurs, Renoir, Corot, Manet et Pissaro. On le compare aussi à son maître Sisley. Voilà ce jeune génie, fascinant de précocité. Tout le monde le veut à sa table ou dans son lit. Picabia se donne à cœur joie.

En 1906, il organise une exposition personnelle dans son propre atelier – du jamais vu – car « on ne doit se permettre une exposition qu'après 40 ans, si l'on est célèbre[83] ». On comprend dès lors qu'il ait été piqué au vif quand Gabriële fit mine de ne pas le connaître car « tous parlaient de lui ».

Lorsque Gabriële et Francis arrivent enfin à Cassis, Picabia a fait la route sans s'arrêter de parler. Il a déversé toute son enfance sur Gabriële.

*

— Quand j'essaie d'imaginer Picabia enfant, je le trouve inquiétant. Trop précoce, trop triste, trop seul. Gabriële, quand je l'imagine, elle est encore plus inquiétante, parce que je pense que c'était une petite fille trop forte. Une substance armée. Comme nous leur redonnons vie dans ce texte, j'ai l'impression qu'ils m'appartiennent, que ce sont mes enfants. Qu'il faut que je les prenne en charge et que je les comprenne. Qu'il faut que je les aime. Tu les aimes, toi ?

— Je ne sais pas. Je ne me suis jamais posé la question en ces termes. Depuis qu'on écrit ce livre, je me demande plutôt : est-qu'ils m'auraient aimée ? Comme je ne sais pas, je fais en sorte que la réponse soit oui. J'agis parfois en imaginant qu'ils auraient voulu que je me comporte ainsi. Je me sens regardée par des morts. Et je crois que, de façon générale, j'ai conduit toute ma vie de la sorte, depuis que je suis enfant.

5

Homme et femme au bord de la mer

Cassis, septembre 1909. Le petit port de pêche est quasi désert en cette saison. La lumière est magnétique, Paris n'existe plus pour les jeunes gens, qui se sentent *au bout du monde*, comme le pensent tous les personnages de romans d'amour. Ils s'arrêtent dans un petit hôtel où Francis a ses habitudes. Lorsqu'ils posent leurs valises à l'hôtel Cendrillon, Francis demande une chambre pour lui et sa femme. Flottement. Gabriële a le cœur qui se met à battre. Non pas à cause du mensonge, cela, elle s'en fout pas mal. Non, il se met à battre parce que c'est la première nuit qu'elle va passer dans le lit d'un homme – et cet homme ne semble pas avoir compris qu'il serait le premier. Elle apparaît si sûre d'elle et frondeuse que Francis la perçoit comme un double féminin, sur tous les plans. Lui est un homme à femmes, le sexe n'est plus un sujet. Un instant de panique embrase Gabriële, ce qui l'empêche de remarquer que le type à l'accueil fait la moue. Il ne croit pas une seconde à cette histoire de mariage et il a de bonnes raisons de ne pas y croire – ce n'est pas la première fois que Francis se présente là «avec sa femme» –, mais il ne dit rien.

On imagine la gêne et l'émotion de ces deux intelligences qui vont à présent se retrouver comme deux nudités dans un lit. Ce n'est pas facile de passer de l'intellect au charnel, et les choses sans doute ne se passent pas très bien. Pas fluide.

Francis est surpris. Il ne s'attendait pas à ce que cette femme si libre de 27 ans, qui vit seule à l'étranger de surcroît, soit encore si *innocente*. Et Gabriële, qui était encore la veille même chaperonnée par son grand frère en Bretagne, ne s'était pas préparée à devenir aussi brutalement une femme. Cette nuit d'amour n'est pas une réussite. Francis et Gabriële sont faits pour parler ensemble, pour échanger, pour théoriser, pour créer – pas pour faire l'amour. Leur entente n'est pas physique, mais métaphysique. Ensemble, ils «produisent de la matière».

Notre jeune couple un peu abasourdi par sa nuit décevante se promène sans paroles sur la grande plage de galets de Cassis. Changés. Gênés. Mais reliés.

Francis prend dans sa main une large et lisse pierre, qu'il jette au loin dans la mer, avec une violence inhabituelle, énervé de sentir que tout est en train de dérailler. L'euphorie du départ et la joie du trajet en voiture sont enveloppés par un malaise diffus, comme une glu pernicieuse. Gabriële demande au peintre s'il veut rentrer à Paris. Celui-ci vacille. Il n'a pas tout avoué de lui, un secret le ronge.

Il vit déjà avec une femme. Et à l'heure actuelle,

celle-ci doit être morte d'inquiétude ou de colère, car il l'a plantée sans la prévenir. Il lui a simplement dit qu'il partait acheter une nouvelle voiture. C'est tout. «Je pars acheter une voiture», comme «je pars acheter des cigarettes» – et il n'est pas rentré.

Maintenant, il ne sait pas quoi faire, explique-t-il sur le ton de celui qui demande poliment à un interlocuteur de trouver une solution. «Est-il sérieux?» pense Gabriële, qui d'ordinaire est une femme qu'on ne déstabilise pas.

Que sait-on de cette amante qui vit avec Francis Picabia? Presque rien. Pas une photo, pas un portrait, pas une lettre. Elle était plus âgée que lui – de six ou sept ans suivant les sources.

On ne sait pas comment ils se sont rencontrés, ni ce qu'Ermine Orliac faisait dans la vie. Mais dans tout ce flou, nous savons qu'elle est la maîtresse officielle d'un homme en vue. Peut-être Eugène Letellier, un entrepreneur qui avait fondé un journal intitulé *Le Journal* (paresse ou génie?) et qui fut peut-être le maire de Trouville. Quoi qu'il en soit, Francis et Ermine sont obligés de s'aimer en cachette au moment de leur rencontre. Ils fuient pour la Suisse, à l'hôtel du Mont-Blanc de Morges, prétendument au même moment que Nietzsche – mais cela, Picabia l'a peut-être inventé. Ils partent sans un sou pour vivre. La légende dit que, pour payer leur chambre d'hôtel, le jeune homme peignait des paysages sur des galets du lac Léman, puis les vendait aux touristes.

Pour passer des galets du lac Léman à ceux de la plage de Cassis, voilà que Francis a tout raconté à Gabriële qui n'en attendait pas tant. Il vit donc avec Ermine Orliac depuis maintenant presque dix ans – c'est quasiment sa femme. Douche froide. Gabriële, qui à 27 ans n'avait jamais succombé au moindre romantisme, se trouve au lendemain de sa première nuit d'amour dans une situation inédite. Le problème, c'est que cet homme maladroit est irrésistible et jure ses grands dieux qu'il n'est plus amoureux d'Ermine. Cette femme avait cru en lui alors qu'il n'avait que 20 ans. Mais comme on quitte parfois les gens pour les raisons qui nous les ont fait aimer, maintenant il lui reproche tout ce qui l'attirait : sa façon de l'entretenir dans les mondanités, de l'encourager à être ce petit maître à la mode qui plaît au tout-Paris. Il reste avec elle par lâcheté, parce qu'il a peur d'être seul, parce qu'elle le touche aussi, cette femme sans enfant qui a tout lâché pour lui alors qu'elle était entretenue par un homme puissant. Mais à présent, sa rencontre avec Gabriële lui donne la force d'abandonner sa vieille maîtresse.

Francis demande à la jeune femme de l'attendre, là, à l'hôtel de Cassis. Comme une évidence. Elle n'en croit pas ses oreilles. Lui va retourner à Paris en automobile pour tout dire à Ermine, il va la quitter. C'est simple, non ? Devant le silence circonspect de Mlle Buffet, Francis supplie. Elle doit rester là, elle doit l'attendre, il n'en a que pour trois ou quatre jours, le temps de faire l'aller-retour. Alors il sera libre. Alors ils seront libres ! s'emporte-t-il. Et ils pourront s'aimer tranquillement. Et surtout : reprendre le fil de leurs discussions.

Pendant les quelques jours que Gabriële passe seule à Cassis en attendant le retour de Francis, beaucoup de questions la traversent. La première est : « Que fais-je là ? »

En Allemagne, ses amis doivent s'inquiéter, Edgard Varèse a mille choses à lui raconter, son orchestre a dû chercher à la joindre, ils doivent être furieux qu'elle les ait plantés sans prévenir. Et tout ça pour quoi ? Pour se retrouver seule, perdue à l'autre bout de la France, désœuvrée, à attendre un type capable de tout et surtout du pire, et avec qui elle a perdu sa virginité d'une façon insignifiante. Sa première nuit fauve. Cela n'a aucun sens de se laisser abandonner par un type qui la promène comme une valise, sur une plage de galets en plein mois de septembre. Et son frère Jean, qui a dû prévenir la famille à l'heure qu'il est, n'avait-il pas raison de la mettre en garde ? Il savait. Il connaissait l'existence d'Ermine, c'est pour cela que Francis a fui à toute allure, de peur que Jean révèle l'histoire. Jean s'est mis en colère parce qu'il voulait protéger sa sœur sans trahir son ami. Et Gabriële qui le prenait de haut, sans comprendre la violence de sa réaction. Elle a honte en y repensant.

Gabriële, admirée, voire crainte par ses pairs masculins musiciens, mystérieuse par sa froideur, par son détachement de femme insaisissable et atypique : la voilà déguisée en une Ariane échevelée de pacotille, abandonnée sur la plage par Thésée. Elle a rencontré

Picabia depuis une semaine, et c'est déjà la deuxième fois qu'il lui joue la scène des suppliques fiévreuses et des serments. Tout va trop vite. Elle se croirait dans une mauvaise tragédie à tiroirs, unité de temps, de lieu et d'action, et tout le monde se croise, s'aime et se déchire dans un même boudoir. Pratique. Grotesque.

Il est de ces moments, dans une vie, où tout indique l'absurdité d'une situation. Et pourtant une force irrationnelle vous cloue en spectateur hagard du spectacle insensé de vos propres choix.

Gabriële décide de rester à Cassis à cause de cette force qui l'étreint et l'attire vers cet homme. Elle dira plus tard : «Je ne sais pas pourquoi on s'est rencontrés, moi j'ai toujours été en dehors de tout, et très isolée.» Manière pudique d'évoquer l'alliance improbable qui s'est jouée entre les deux.

Et Francis revient.

Il a tenu sa promesse.

Gabriële n'en avait jamais douté.

Gabriële et Francis passent quelques jours étranges et excitants. Ils écrivent à Jean une carte postale[84]. Sans autre commentaire, est inscrite cette phrase de Nietzsche : «On souhaite plutôt avoir pour ennemi l'ami dont on ne peut pas satisfaire les espérances.» Étrange missive, comme pour épargner à Gabriële de reconnaître : «Je t'ai mal jugé. Je sais que tu as voulu me protéger.»

Gabriële et Francis s'amusent du décalage qui existe entre ce qu'ils vivent et la façon dont ils sont perçus par le reste du monde. Les gens s'adressent à eux comme à un couple de fiancés, alors qu'ils n'ont passé que quelques heures ensemble depuis leur rencontre. Un jeune couple, cela fascine toujours. On pose des questions, on est indiscret. Un Américain, à qui le directeur de l'hôtel a expliqué que M. Picabia est un célèbre peintre français, les prend en photo. Paparazzi avant l'heure.

Ensuite, tout s'enchaîne selon cette temporalité propre aux songes : le temps ne fait plus de bruit et les actions se superposent en couches entremêlées et non plus dans la fluidité logique d'un calendrier. Le couple passe quelques semaines dans le sud de la France, rentre à Paris, installe les affaires de Gabriële dans l'atelier de Francis, se présente aux familles et prévoit le mariage. Oui, tout cela en une seule phrase.

Gabriële est dépossédée d'elle-même, comme si elle respirait dans la peau d'une autre, se laissant aller à accepter des événements et à les jouer, sans bien comprendre la mise en scène. Elle n'a aucune envie de se marier. « Au fond, c'est pour lui que je me suis mariée, parce que son grand-père avait des idées très préconçues sur toutes ces questions, le mariage[85]... »

À la lecture de l'acte de mariage, nous apprenons que Gabriële et Francis se sont mariés à Versailles, le 27 janvier 1909 – cinq jours après l'anniversaire de Francis, qui a fêté ses 30 ans. Le marié est « artiste peintre » et la mariée, « sans profession ». Il est dit que Gabriële vit avec sa mère, et Francis avec son père. Voilà un petit couple bien comme il faut au regard de l'administration. Le frère de Gabriële, Jean, est le témoin de la mariée, ainsi que son oncle, Maurice Buffet, colonel de cavalerie à la retraite, officier de la Légion d'honneur. Les deux témoins de Francis sont le grand-père Alphonse, le photographe, et l'oncle Maurice, le conservateur à la bibliothèque Sainte-Geneviève. Gabriële regarde tous ces hommes à qui elle vient de s'allier, la famille Picabia. Que ce soit le père, le grand-père, le fils et l'oncle, ils vivent tous à la même adresse, 82, rue des Petits-Champs, dans un magnifique immeuble situé près de la place Vendôme. Tous ces vieux enfants qui cohabitent, sans femme, sans vrai métier, tous dotés de caractère et d'obsessions personnelles. Quel tableau. Drôle et irrespirable comme dans un film de Wes Anderson.

En signant le registre de la mairie, Gabriële se dit *in petto* que c'est un trait sur Berlin qu'elle trace à l'encre noire. Elle a choisi. Elle est engourdie mais étrangement sûre d'elle-même. Alors Francis vient la chercher, joyeux comme un enfant à la fête, il a acheté une nouvelle voiture pour l'occasion, il faut immédiatement partir tous les deux en virée pour fêter leur mariage.

Encore une voiture, songe-t-elle.

*

Tout au long de sa vie, Francis Picabia a eu un nombre de voitures « anormalement élevé » – un chiffre qui se situe entre cent dix et cent cinquante, suivant les sources. Le galeriste Gérard Rambert nous renseigne sur ce que représentait, au début du XXe siècle, le fait «d'acheter une voiture»:

«À l'époque, ce n'était pas comme aujourd'hui, on n'achetait pas des voitures "toutes faites". Picabia faisait faire ses automobiles, c'était du sur-mesure. Les clients devaient d'abord s'adresser à un "constructeur", qui livrait le châssis et le moteur – il ne serait pas étonnant que le constructeur préféré de Picabia fût Delage – puis les clients devaient s'adresser à un "carrossier", pour faire fabriquer l'aménagement intérieur et extérieur de leur automobile. Tout cela était pensé, dessiné, fabriqué et peint. Certains clients pouvaient avoir des demandes extravagantes, par exemple soumettre à son carrossier de reproduire un boudoir XVIIIe en aménagement intérieur.

«La plupart des carrossiers étaient localisés entre Puteaux et Levallois-Perret. C'étaient des garages à plusieurs étages, sur des centaines de kilomètres carrés, avec des dizaines et des dizaines de carrossiers qui travaillaient, à la main, avec des outils qu'on appelait des formes et des marteaux. Il faut imaginer que Picabia a sans doute passé des journées entières dans ces garages, à regarder le travail des artisans. Et je pense que cela le passionnait bien plus que "l'histoire de la peinture"! On peut comprendre l'attirance irrationnelle de Picabia pour les carrosseries, parce que, au-delà de la symbolique, c'est-à-dire au-delà de l'idée que la voiture est une prolongation de soi-même, au-delà du *statement* qui signifie "voilà qui je suis", une fois que l'on a évacué cela, l'amour de la carrosserie, c'est l'amour des FORMES.

« La carrosserie, à cette époque, est un véritable travail de sculpture. Il s'agit d'une réflexion sur les proportions des ailes, des capots, des coffres, des pavillons… On peut considérer que ce sont des œuvres. Des exemplaires uniques. Des œuvres qui ont le mérite de servir à quelque chose.

« Si on demandait à un spécialiste d'évaluer le prix d'une collection d'automobiles comme celle de Picabia, on parlerait d'une FORTUNE. C'est une collection de maharadja – ou de lord anglais. C'est-à-dire que Francis Picabia, qui certes était riche mais qui n'était pas un maharadja, s'est littéralement ruiné en voitures, comme d'autres se ruinent au casino. Vous me direz, il a fait les deux.

« Picabia aimait jouer au casino parce que le résultat est immédiat, le casino compresse le temps. Tu joues, tu perds ou tu gagnes. Tu te confrontes TOUT DE SUITE avec la chance.

Picabia a aussi possédé des yachts. Mais qui a des yachts ?

La cour du Danemark a des yachts.

La cour de Norvège, la cour d'Angleterre et la cour d'Espagne en ont aussi.

Mais pas les artistes.

Picabia, si. »

6

La procession à Séville

Le mariage, les contrats de mariage, le foyer, la famille, cela effraie Gabriële. Francis lui dit pour la rassurer : « Si c'est trop ennuyeux d'être mariés, on se démariera et puis voilà tout. » Les tableaux, ce sont eux leurs enfants à naître. Le reste n'est qu'intendance. À présent les jeunes mariés doivent partir en « voyage de noces ». Une idée à périr d'ennui pour les Picabia. Ils n'ont pas la tête à faire du tourisme ni à élaborer des projets pour leur foyer. Quel foyer, d'ailleurs ? L'atelier où ils vivent désormais n'est pas tout à fait la maisonnette du couple idéal. Mais tout le monde fait semblant d'y croire. Le père de Francis voudrait que la lune de miel se passe sous le ciel de Séville, pour que Gabriële soit présentée à la famille espagnole. Comme il se doit. Mais ce n'est pas le bon moment pour partir, car un autre mariage se prépare : dans quelques semaines, le père de Francis va pouvoir, enfin, se remarier. Il ne pouvait pas le faire tant qu'il n'avait pas marié son propre fils. Au début du siècle, l'usage voulait qu'un parent veuf attende que ses enfants en âge de se marier le fassent, avant de convoler lui-même en secondes noces. C'est chose faite. On lance la noce qui aura lieu le 23 mars 1909.

Le lendemain du mariage, Francis choisit de s'enfuir à Saint-Tropez pour poser ses valises, son chevalet et sa femme. Dans cet ordre. Plus accessible que Séville, plus proche, et surtout, il y sera plus tranquille. Il en a soupé des repas de famille interminables et des présentations solennelles. Plus tard. Sa Gabriële, pour le moment, il la garde. Elle n'est qu'à lui. Les conversations avec sa jeune épouse le galvanisent et l'inspirent plus que jamais. Le peintre peint en quelques jours une dizaine de toiles. Francis voudrait mettre sa petite femme dans sa tête, ne jamais la quitter, qu'elle soit toujours là, à le regarder peindre, à donner son avis sur chaque coup de pinceau qu'il donne, toujours présente comme une mère-muse qui couverait du regard les gestes de son enfant prodige. Gabriële est une matrice.

Le jeune couple plie bagages. Juste avant de partir de Paris, Francis rompt ses contrats avec son galeriste, Danthon. En un geste, dans un souffle, sans une arrière-pensée. Il ne peindra plus jamais une toile impressionniste. Terminé cette vie-là.

— Mais que lui est-il passé par la tête ! Il est devenu fou ? demande désespérément Danthon.

— Tout est à cause de cette femme, lui fait-on savoir.

« On », c'est Ermine Orliac. La maîtresse, qui tenait le carnet de bal et la liste des expositions de Francis, a quitté la scène sans faire de drame. À la honte de se faire congédier, elle n'allait pas ajouter celle de se rouler dans les larmes. Et Ermine, qui n'est pas malveillante, conseille au galeriste Danthon d'en faire autant. Mais les enjeux financiers sont énormes. Les toiles de Picabia se vendent comme du bon pain. Danthon est en colère. Plus que cela. Humilié. Il pense que Francis Picabia est aveuglé par l'amour, fou à lier, bon à être interné. Mais qu'est-ce que c'est que cette radicalité ? Fini le luxe, fini les parfums et les automobiles, fini les fêtes aphrodisiaques et l'argent qui roule comme le champagne dans les gorges sans fond, il a renié la vie facile depuis que cette Gabriële s'est emparée du jeune génie, qui veut désormais «sauver la peinture» et «montrer qu'elle peut être autre chose qu'un exercice de virtuosité pratiqué à des fins commerciales, arrivé par le recyclage de poncifs aimables [86]».

Danthon a perdu sa poule aux tableaux d'or, elle s'est enfuie roucouler dans le sud de la France. Il faut dire qu'en six ans Picabia avait peint presque trois cents toiles impressionnistes ! Qu'il aille au diable, pense le marchand. Mais il prépare sa vengeance avec un calme de glace.

En plein hiver, le village de Saint-Tropez est hostile et froid. Mais Francis est comme survolté, surchauffé. Il passe des journées entières à peindre, il mange à peine, ne se change plus, et Gabriële accepte de poser pour lui. Poser pour un «grand peintre» n'est pas son occupation favorite – c'est pourtant le must de l'époque, le rêve des jeunes filles, l'accomplissement des femmes du monde, ce pour quoi de riches héritières sont prêtes à payer des fortunes. Mais Gabriële n'aime pas être regardée, ni photographiée, encore moins peinte. La situation de modèle ne lui convient pas. Sois belle et tais-toi. Elle n'est pas belle, nom de Dieu. Ce qu'elle aime, elle, c'est être écoutée. Et d'ailleurs, elle intime très vite qu'elle ne jouera pas « la femme du peintre ». Si Francis voulait une sublime Fernande Olivier pour rivaliser avec Picasso, c'est raté. Les rares portraits de Gabriële peints par Francis à cette époque sont des tableaux en mouvement, comme si Gabriële était impossible à saisir. À Saint-Tropez, Francis vit une fièvre créatrice, obsédé par ses toiles et son travail. « Francis explore la technique divisionniste, utilise des couleurs violacées mi-fauve mi-nabi, de sorte que son séjour à Saint-Tropez lui imprime comme un élan nouveau qui le portera vers des horizons inconnus qu'il ne peut encore imaginer[87]. » De temps en temps, il s'arrête de peindre pour aller jouer au billard dans un troquet de Saint-Tropez où il a ses habitudes. Il est reçu en familier par les gars de la région. Taper dans les boules de couleur lui permet de se vider l'esprit et de se concentrer sur la prochaine toile. Il en oublie les jours et les heures se confondent. Gabriële, de son côté, va vivre le voyage de noces le plus triste, le plus mélancolique, le plus raté de l'histoire des voyages de noces. La jeune mariée, qui a accepté, en serrant les dents, le jeu des cérémonies sociales, est bien attrapée. « Je me sentais très seule et je me mis à regretter en moi-même la décision que j'avais prise », pense celle qui se nomme à présent Gabriële Picabia.

Surtout qu'elle a fait une autre découverte concernant le passé amoureux de Francis. Comme ces poupées russes, placées les unes à l'intérieur des autres, les histoires s'emboîtent dans la famille Picabia. Et cette poupée-là, c'est Louise, la jeune femme que le père de Francis vient d'épouser en secondes noces. Gabriële a fini par apprendre qu'un épisode intense s'est joué vers 1898-1899. Louise est alors une jeune beauté de 20 ans, au corps de danseuse. Un petit rat de l'Opéra. Francis a le même âge qu'elle. Ils se rencontrent dans un train, tous deux chaperonnés par leurs parents respectifs. Louise voyage avec sa mère, Francis avec son père. La configuration en miroir est parfaite. Une conversation s'engage entre les deux jeunes gens et Francis tombe instantanément fou d'amour pour cette silhouette gracieuse. Mais le père de Francis aussi. Les deux hommes font la cour à la même jeune fille, se mettant en rivalité. Et le père l'emporte. Cette histoire avec Louise, l'amoureuse devenue belle-mère, est fondatrice, car se met en place, dans la vie de Francis, un schéma amoureux de relations en triangle. Et *a fortiori* de compétition avec un autre homme. Comme si cette trahison paternelle s'était constituée en principe érotique. Toute sa vie, Francis Picabia cherchera des architectures mentales et amoureuses à trois bandes. Et toute sa vie, il sera incapable de résister aux danseuses.

Gabriële comprend alors la précipitation avec laquelle le père de Francis a voulu les marier. Tout simplement pour pouvoir se marier à son tour. Et la précipitation avec laquelle son désormais mari a voulu fuir cette noce.

Durant les heures qui passent, les nuits et les jours, Gabriële imagine sa vie à Berlin si elle n'avait pas fait le choix de se marier. Elle mesure l'ampleur non du gâchis, mais du revers de la médaille. Qu'il est âpre au toucher, ce revers. Francis lui prend toute son attention, toute son énergie. Il la vide de ses forces. Il ne reste presque plus rien pour elle. Il ne reste rien pour la musique. Gabriële pense à cette journée à Versailles pas si lointaine où elle lui avait joué un air au piano.

— Oh oui oui, c'est formidable, joue-moi un air, un air que pour moi, un air unique que tu inventeras pour Francis Picabia.

Lorsqu'elle s'est retournée pour savoir ce qu'il avait pensé de son morceau, Francis n'était plus là. Il était parti peindre. Gabriële ne lui en voulut même pas : son tableau à lui était meilleur que son morceau à elle. Car tout est là.

Gabriële sait qu'il faut accepter toutes ces épreuves pour le goût de l'art. Il lui faut traverser ces heures de solitude, ces heures de vertige, pour se mettre au service non de son mari, mais d'une révolution artistique. Et cette idée-là l'excite bien plus qu'un voyage de noces réussi.

Elle sait qu'elle est en train de mettre le feu aux poudres. Quelque chose d'important est en train de se passer. Les deux grands portraits que son mari a peints d'elle en sont un point de départ. Ces portraits sont le juste « hommage à l'inspiratrice de bien des changements affectant alors le peintre[88] ». Patience.

Pendant ce temps, à Paris, le galeriste Danthon mûrit sa vengeance. Le 8 mars 1909, il vend aux enchères, chez Drouot, quatre-vingt-dix-neuf toiles impressionnistes de Francis Picabia. Toutes celles qu'il possédait. C'est un geste fort et violent qui signifie qu'à ses yeux, c'est un artiste fini dont les œuvres n'ont plus de valeur – puisqu'il se sépare de toutes, comme s'il s'agissait d'une vulgaire liquidation de stock. Une braderie ! Tout doit disparaître. Francis, loin de s'en émouvoir, trouve l'idée formidable. De retour de leur voyage de noces, il fête avec Gabriële ce grand débarras en s'enivrant toute la nuit.

Francis de toute façon n'a pas dit son dernier mot. Quelques jours après la fameuse liquidation chez Drouot, il organise, du 17 au 31 mars, une exposition de ses «nouvelles» toiles, nées dans la fièvre tropézienne, à la galerie Georges Petit. Le soir du vernissage, en regardant les tableaux accrochés au mur, que les curieux et les mondains sont venus découvrir pour ricaner sous couvert de s'extasier, Gabriële voit défiler toutes les couleurs de sa lune de miel. Dans ce nouveau geste créateur, dans le choix des teintes et des mouvements, il y a leur amour physique sublimé, il y a les conversations partagées – et cela valait bien les heures de solitude à attendre un drôle de mari, songe Gabriële. Ces toiles sont bien plus précieuses dans son cœur que les photographies sucrées que les jeunes couples enamourés conservent une vie, pour se dire un jour : «Tu te souviens ?»

Les vieilles toiles ont été liquidées. Les nouvelles exposées. Le père de Francis s'est remarié. Un cycle se termine. Francis se sent porter une peau neuve, il peut enfin emmener sa jeune femme à Séville. Les racines. Direction l'Espagne. Avec une nouvelle auto, évidemment.

Un Espagnol qui revient au pays (même s'il n'y a jamais vécu), c'est plus qu'une fête, c'est un événement. La lune danse avec le soleil. Bombance et réjouissances. Quand l'exilé est en plus un enfant prodigue, on sort la dentelle la plus noire, les robes les plus fines et la vaisselle aux couleurs des mariages. Ça tombe bien, c'est leur *luna de miel*. Le jeune couple est accueilli à Séville par les cousins Abreu y Picabia. Gabriële n'a jamais mis les pieds sur la terre d'Espagne. Après Berlin, c'est le choc du Sud. Une chaleur qui blanchit les os, des odeurs d'amandiers, d'olives et de figuiers vous agrippent le visage. Les femmes aux chignons comme peignés de goudron noir, sanglées dans leurs châles, semblent mener par la baguette cette gigantesque arche remuante, d'enfants, d'ânes et de taureaux. Ils sont arrivés en pleine Feria de Abril ! Une semaine intense, où chaque jour les rues sont investies de chants, de danses, de repas sans fin, on boit et on mange jusqu'à l'aube, on n'éteint plus les lumières. On ne rentre plus chez soi. On ne se couche plus dans son lit. Jamais. Se bousculent les parades d'enfants et adultes déguisés, la corrida, les processions de chevaux, et la foule possédée, atteinte d'un delirium tremens, se balance en rythme du matin au soir, aux sons polychromes et aliénants des danses ancestrales de la ville : les sevillanas.

Gabriële n'a jamais vu ça.

Gabriële n'a jamais entendu ça.

Elle reste fascinée par tous ces œillets rouges jetés sur le sable de l'arène comme pour figurer le sang qui s'apprête à couler. Elle, si facilement nichée sur le promontoire de son quant-à-soi intellectuel et inquisiteur, a l'impression d'être poussée toute nue dans un geyser de beautés et de soufre. C'est bien cela qu'elle éprouve dans sa poitrine, l'éclosion de fleurs de sang. Et les mantilles se lâchent, et le vin grenat épais comme une robe chaste allume les âmes, et les femmes font tourner leurs poignets, et les vieilles font tourner leurs chapelets fous de leurs doigts bagués, et les fillettes domptent toute la virilité du monde, tombée à genoux, vaincue devant tant de forces et de grâces.

Après cet absurde mariage rédigé par d'autres, après la froidure et la solitude de Saint-Tropez, après le doute face à cet inconnu pourtant si proche, si évident, Gabriële cède enfin. Elle lâche. Elle ne voudrait être nulle part ailleurs qu'à côté de cet homme, qui est le premier à se lever de table pour danser, imitant superbement les postures de toreros furieux, cet homme qui la regarde, oui, autrement, qui l'asperge du parfum sulfureux des pigments et de la rage, et qui, après quelques bouteilles bues à la lie, la saisit et l'appelle tout doucement à l'oreille, comme d'une voix lointaine, *mi oscuro corazón*.

Être le cœur d'un autre, même obscur, Gabriële ne l'avait pas imaginé.

C'est en Espagne que le vrai mariage se produit, celui où la nature démente soude capricieusement ensemble deux êtres *si imparfaits et si affreux.*

À Séville, enfin, Picabia ne peint pas ; certes il dessine sans arrêt, mais c'est sa manière de respirer, il griffonne des Espagnoles en mantille comme dans les tableaux de Vélasquez. Il esquisse aussi les yeux fendus de son épouse. Fentes inquiétantes. Mais de Séville, il se nourrit et se gonfle de ces images de corps incessamment en mouvement, qui lui inspireront les thèmes de compositions qu'il peindra de retour à Paris, des *Danses* et des *Processions.*

Gabriële est heureuse, puissamment, sous le charme tenace et inattendu d'une fureur, que ceux qui sont sobres d'amour appellent mièvrerie. Les discussions, si vives, se taisent un temps, il y a trop de bruit autour, l'urgence est ailleurs, dans les frôlements, dans les impressions des peaux. Après Séville, le cousin Pepe les invite à séjourner dans son hacienda de la Sierra Morena, lumineuse telle un phare dans la montagne. Gabriële la décrit comme une « tache blanche, d'un blanc inexorable, au sommet d'une colline recouverte jusqu'à mi-pente par la masse sombre des chênes-lièges [89] ». Pour y arriver, il faut une journée entière de grimpe raide à dos de mulet. Pour faire rire Gabriële, Francis lance à son âne : « Allez Danthon ! Avance ! Ne sois pas buté ! » Soudain, à mi-chemin, la petite troupe est intriguée par un son cliquetant et délicat. Ils descendent de leurs ânes, ravis de faire une halte qui va reposer les dos en capilotade. Ils tendent l'oreille, la musique devient plus claire, et ils suivent le charme de la mélodie lointaine, comme les animaux attirés par la flûte de Hamelin.

Au bord d'un ruisseau, ils découvrent une fillette qui danse en s'accompagnant de castagnettes, petite gardienne d'un troupeau de cochons noirs, uniques et sages spectateurs. L'instantané est capturé et cette vision onirique restera un épisode marquant pour Gabriële et Francis.

«Je note ces détails de notre séjour en Espagne (dont le souvenir n'est précieux que pour moi seule) parce qu'ils ont pendant longtemps servi de thème à des compositions cependant parfaitement abstraites, de Picabia, lorsque nous fûmes de retour à Paris. Il y eut une série de processions dont l'une a été exposée en Allemagne. Une autre, datée de 1912, est un des chefs-d'œuvre de la peinture moderne[90]. »

Après le séjour en montagne, où la nuit est aussi noire que les châles des femmes, une nuit piquetée d'étoiles plus brillantes et insaisissables que dans le ciel de Paris, le couple file en train vers Barcelone. En chemin, ils s'arrêtent à Madrid, le temps de visiter le musée du Prado et de prendre un bain tonique de peinture espagnole.

À Barcelone les attendent l'oncle Perico, la tante Francisca de Asis et leurs trois enfants, Perico, Manolo et Poupée, qui sont en joie d'accueillir les cousins de France. À nouveau, Gabriële se glisse sans peine dans l'exigence de l'heure espagnole : dîners tardifs sous les arbres des jardins, longues siestes en après-midi, elle monte et descend sans se lasser les ramblas en compagnie de Francis, ensemble ils arpentent les pavés du Barrio Gotico et comme tous les beaux imbéciles amoureux ils se perdent dans les allées tarabiscotées du parc Güell, encore en pleine édification. Mais Barcelone, c'est aussi la ville des démons. Picabia connaît bien les quartiers où l'on peut faire une fête débridée, sans limites aux excès. Il entraîne Gabriële et le cousin Manolo, là où on chante et danse, mais différemment : ici la drogue dézingue les esprits. Picabia avale les pilules qui s'échangent sous les comptoirs, sans y regarder à deux fois. Il demande à Manolo de les perdre dans les petites *calle* du Raval, le quartier louche près du port, que l'on surnomme Barrio Chino, le quartier chinois, on y trouve bordels, dancings et fumeries d'opium. Picabia n'y résiste pas. C'est une découverte, pour la première fois il s'allonge dans la fumée toxique comme dans un bain consolateur, qui se marie si bien avec son âme tourmentée et l'âpre chaleur barcelonaise. Un soir, il veut jouer un tour à Manolo, il lui fait prendre des comprimés faisant perdre la notion de dimension et de distance. Un comprimé cubiste ! Le jeune cousin désorienté et hagard, persuadé d'ouvrir une porte, se jette d'une fenêtre sous les yeux des Picabia et se casse les deux jambes.

Gabriële, qui ne manque pas de cran ni de curiosité, n'est pas contre ces expériences psychédéliques. Mais elle les trouve vite vaines. Et dangereuses. Se perdre dans l'opium est une fuite qui ne la tente pas ;

elle-même n'a pas besoin de fuir, contrairement à Francis. Elle peut boire des heures, arrimée à la table et suspendue à la bouche d'un interlocuteur passionnant – mais sans l'ivresse d'ogre mélancolique de Francis. Son ivresse à elle est intérieure, subtile, et ne fait pas de différence entre la nuit et le jour. Gabriële a l'ivresse musicale : elle se laisse bercer par les sons de son cerveau.

Que ressentait-elle au spectacle de la débauche de son époux tout frais ? À ces plongées dans l'abîme, où elle ne pouvait pas le suivre ? Peut-être était-elle amusée parfois, bien sûr il savait rester sublime, peut-être était-elle effrayée aussi, mais de ce frisson à deux versants, qui glisse dans le dos comme une perle dure et provoque en même temps une douleur et une extase.

Et puis un matin, un doute étrange s'insinue en elle, un malaise abstrait, une vague présence inattendue. Elle sait sans comprendre. Quoi ? Ça. Ce que les femmes de tout temps perçoivent sans y penser, même les plus naïves, une animalité commune. Dans tout ce bruit, dans tout ce mouvement, à l'ombre de toutes ces nuits partagées avec Francis, dont le corps est maintenant aussi familier qu'un souvenir, elle avait oublié ce détail, cette éventualité pourtant imposante.

Il est temps de rentrer à Paris.

Elle est enceinte.

— Une femme qui a un enfant, c'est neuf mois de maladie et le reste de sa vie une convalescence[91] ! répond Francis Picabia que l'on félicite pour sa future paternité.

Gabriële et Francis Picabia à Séville, 1909.

Gabriële n'en pense pas moins. Pour le moment, cela ne se voit pas, elle peut continuer de vivre comme si de rien n'était, mais elle ne se réjouit pas de ce qui l'attend. En cette année 1909, le couple ne s'amarre nulle part. Leur adresse officielle reste l'atelier de Montmartre, rue Hégésippe-Moreau, où leur première nuit ensemble scella le pacte, mais ils n'y habitent pas. Gabriële ne supporte plus ce lieu, dont les odeurs lui donnent d'incessantes nausées. Les odeurs de peinture, auxquelles se sont ajoutées, depuis le séjour en Espagne, les odeurs d'opium. Francis aime confectionner lui-même sa pâte magique, comme il aime préparer sa peinture à l'huile. Ils vont à Saint-Cloud chez l'oncle Maurice Davanne. Ils passent aussi par Versailles chez les Buffet ou encore par le village de Crozant dans le Massif central. Quand la plupart des jeunes couples en attente de leur premier enfant *nidifient*, les Picabia s'évadent. Gabriële, à l'image des femmes en déni de grossesse, prend peu de poids. Elle ne se laissera pas coloniser. Elle porte avec une certaine grâce cet embonpoint vivant, mais comme un gentil baluchon qu'il faut bien traîner çà et là, jusqu'à ce qu'on puisse – *enfin !* – le poser à terre. Elle est néanmoins obligée de prendre du repos, la nature la rappelant à sa tâche, par des douleurs au dos et autres incommodités que les femmes commentent entre elles en chuchotant, comme si ces choses un peu honteuses n'étaient pas l'affaire des hommes. Pour se reposer, Gabriële choisit Étival. Emmener Francis dans ce lieu si habité de son enfance revêt un charme puissant. Gagné par le mystère jurassien, Picabia peint des vues d'Étival. *Église à Étival* et *Paysage à Étival du Jura*. «S'agit-il des premiers essais d'une peinture fondée sur la forme et la couleur, libérée de toute soumission à la nature [92] ?»

Gabriële aime les arbres, c'est ce que Francis a peint.

Le goût de Gabriële.

*

Décrire Gabriële enceinte m'apparaît contre nature. Pas à toi ? Quand j'écris sur elle, je vois ses drôles de beaux yeux, ses cheveux en chignon, je la vois en face de Francis dans un troquet ou dans son atelier. Mais pour moi, Gabriële n'est pas une femme enceinte. Ou plutôt si, quand j'écris en pensant à elle, je la vois enceinte de Francis Picabia, c'est-à-dire qu'elle porte Picabia dans son ventre, et qu'elle doit le mettre bas. Que c'est cela sa mission, sa besogne, son destin. Cela me fait penser au tableau de Frida Kahlo qui représente son mari Diego Rivera comme un énorme bébé nu avec une tête d'adulte mafflu lové dans ses bras à l'instar d'un nourrisson encombrant. Son bébé. Le bébé qu'elle n'aura jamais, car la peintre mexicaine enchaîne les fausses couches.

Gabriële je pense aurait aimé être une Frida Kahlo qui garde ses fœtus mort-nés dans un bocal de formol, sur une étagère.

Sages, réifiés, éternels.

7

Petite solitude au milieu des soleils

Cela commence dans les rêves. Puis, des images qui surviennent, même en plein jour, sans qu'elle s'y attende. Comme toutes les femmes enceintes pour la première fois, Gabriële se mange son enfance en pleine figure. Attendre un enfant oblige à interroger l'enfant qu'on a soi-même été. Pour l'éloigner une bonne fois pour toutes. Faire place nette à celui qui arrive.

Son enfance, Gabriële n'en a jamais vraiment parlé à Francis. Elle lui a dit qu'elle était une révolutionnaire, vis-à-vis d'une famille très «province». «J'étais poussée loin d'eux – non pas par méchanceté, je ne voulais pas leur faire de peine – mais l'entente était impossible.» Et c'est tout.

Nous non plus, nous ne savons presque rien sur l'enfance de Gabriële Buffet.

Voici les quelques renseignements que nous avons trouvés.

Elle est née le 21 novembre 1881, année palindrome, à 9 heures du soir. Son acte de naissance témoigne de cette écriture surannée, typique de l'administration de la fin du XIXᵉ siècle, des boucles et des déliés tracés à la plume trempée dans l'encre noire, les majuscules sont grandiloquentes, on n'hésite pas à ajouter des envolées de volutes coquettes aux initiales des noms de famille, on ne lésine pas, c'est joli et sérieux.

Joli et sérieux : voilà contre quoi va se battre toute une génération en train de pousser ses premiers cris. Picasso, qui naît la même année, Picabia, qui a déjà trois ans, Guillaume Apollinaire, qui n'a que quelques mois, mais aussi les petits frères, Marcel Duchamp, Arthur Cravan, Tristan Tzara et tous les autres. Ils sont du siècle à venir – et avec eux, le bon goût, c'est bientôt terminé.

La nouveau-née se prénomme « Madeleine Françoise Marie Gabriële ». Le quatrième prénom, relégué en bout de liste, est orthographié de façon étonnante : un tréma et un seul *l* avant le *e* final. Gabriële. Cela plaît beaucoup à la petite fille, qui trouve ce prénom androgyne bien plus adapté que Marie et Madeleine. Alors elle se rebaptise, toute seule. Et demande à ses parents qu'on l'appelle désormais de ce singulier prénom. L'astringent goût du bizarre se pose déjà sur les lèvres de l'enfant, et toute sa vie elle signera de ce prénom, mais en variant les écritures, Gabriële, Gabrièle ou Gabrielle. Elle ne se soumettra à aucune loi, pas même celle de l'orthographe.

Le père, M. Buffet, est militaire, major au 15ᵉ régiment de chasseurs à cheval. Le patriarche est austère, comme il sied aux militaires de carrière. Un profil tenu, la moustache taillée avec minutie, c'est un homme solide qui pose en uniforme sur les photographies. Alphé-Gabriel Buffet est un descendant d'une vieille famille jurassienne peuplée de juristes relevant de l'abbaye de Saint-Claude. Il pourrait aussi être le père de sa femme, tant la différence d'âge est grande dans ce couple. Peut-être s'agissait-il d'un mariage arrangé, ou d'un mariage sans tendresse, car il n'y aura pas d'autres enfants après Jean et Gabriële. Pas facile de faire parler les morts.

Sa fille raconte que son père était «un très bon élément militaire[93]». Mais il démissionne à cause d'une brouille avec son supérieur. Une «brouille», c'est le terme utilisé par Gabriële lorsqu'elle évoque cette histoire. Ce mot qu'elle emploie est un euphémisme, car la querelle a été suffisamment grave pour arrêter net la carrière du père. Que s'est-il passé exactement? Difficile de le savoir. Son supérieur, le général Gaston de Galliffet, était un mauvais homme, surnommé le Bourreau de la Commune, celui qui désignait arbitrairement, au délit de sale gueule, ceux des prisonniers communards qui seraient fusillés sur-le-champ. Clemenceau aura cette sentence aussi cynique que géniale: «Galliffet n'a pas fusillé de prisonniers depuis plus de vingt ans. Monotone, la vie[94].» Le père de Gabriële prend sa retraite à Versailles en 1893. Une ascension fauchée, une carrière brisée.

Même retraité, on reste militaire toute sa vie. Le colonel Buffet reçoit un blâme en 1905. Il est allé à la messe dominicale en uniforme juste après la séparation de l'Église et de l'État[95]. Cette histoire de blâme peut paraître surprenante à plus d'un siècle de distance. Mais à l'époque, les militaires se devaient de ne pas mélanger la fonction au service de l'État et les croyances personnelles. Une anecdote amusante de la vie de Charles de Gaulle éclaire cette dichotomie. Un des soupers organisé par le général tombant un vendredi, sa femme imagina servir du poisson aux convives. L'histoire dit que l'échange fut sans appel :

— Du poisson à des militaires un vendredi ? Yvonne, vous n'y pensez pas !

Le père de Gabriële était donc un homme droit, rigoureux, mais avec une force de caractère et un esprit libéral. Même si sa fille n'approuvait ni ses idées ni ses choix, elle hérite de lui le courage d'exprimer ses opinions.

La mère de Gabriële, Laurence, est une femme plutôt effacée. On dit d'elle qu'elle est douce et gentille. Gabriële, avec une pointe d'acidité, la décrira plus tard comme étant du « style salon littéraire, peu importe l'endroit où elle se trouvait[96] »… Les deux femmes n'auront jamais beaucoup de choses à se dire.

Laurence descend en droite lignée d'une famille de botanistes, les Jussieu. Le plus célèbre des ancêtres maternels est Bernard de Jussieu, démonstrateur de plantes au Jardin du Roi, notre actuel Jardin des Plantes. Son rival, le botaniste Linné, disait de lui : « *Aut Deus, Aut Dominus De Jussieu.* » (Il n'y a que Dieu ou M. de Jussieu qui puisse résoudre ce problème.) Il faut croire qu'il était assez doué. En 1734, il dérobe en Angleterre un pied de cèdre, arbre qui n'existait pas dans les pépinières françaises. La légende veut qu'il ait transporté son larcin dans un chapeau tricorne porté sous le bras, contre vents et marées, pour le planter en terre de France. C'est Condorcet qui raconte, dans son *Éloge de Jussieu*, l'invraisemblable hold-up des pieds de verdure aux voisins britanniques. L'histoire se transmet, non sans fierté, dans la famille et dans l'histoire. Jean Arp ne put s'empêcher d'évoquer la célèbre ascendance quand il croqua Gabriële pour sa préface d'*Aires abstraites* : « Le grand botaniste Jussieu, ce gentilhomme, ne se doutait pas que sa petite-fille serait auprès des Dadaïstes plus qu'une éminence grise, une éminence rayonnante de toutes les couleurs de l'arc-en-ciel. »

Les deux figures importantes dans l'enfance de Gabriële sont : la grand-mère et la tante.

La grand-mère parce qu'elle est essayiste. Laure de Jussieu. Une figure intellectuelle, reconnue par l'Institut et honorée pour ses écrits. Divers ouvrages lui valurent une grande notoriété, notamment un *Essai sur la Liberté, l'Égalité et la Fraternité* écrit au lendemain de la Révolution de 1848. Laure de Jussieu n'a que 27 ans.

La tante parce qu'elle est peintre. Sœur cadette de la mère. Alphonsine est l'excentrique de la famille. Quand elle montre une disposition précoce pour la peinture, ses parents acceptent de l'inscrire à l'atelier du peintre Charles Chaplin – oui, comme l'acteur – qui est un artiste incontournable du Second Empire. Charles Chaplin est le peintre préféré de l'impératrice Eugénie, il répond à ses commandes grandioses pour l'Opéra Garnier, les palais de l'Élysée et les Tuileries. C'est un homme libéral et large d'esprit, l'un des premiers peintres à proposer en 1866 un atelier ouvert aux femmes. C'est là qu'Alphonsine va pouvoir accomplir sa formation artistique en compagnie d'une jeune fille aux dons également précoces : Berthe Morisot. Elles deviennent très amies, elles sont par ailleurs voisines à Passy où les familles se côtoient.

Alphonsine, pour être libre de peindre toute sa vie, dut renoncer à se marier. Elle vivra longtemps avec sa sœur et son beau-frère, le colonel Buffet, devenant ainsi une figure intime de l'enfance de Gabriële. Elle finira ses jours, moitié folle moitié géniale, dans une ancienne chapelle qu'elle avait rénovée elle-même. Dans son adolescence, Gabriële avait peur de finir comme elle.

La famille Buffet déménage souvent, au gré des garnisons, la carrière militaire du père les fait voyager inlassablement d'une ville à l'autre. Fontainebleau, Vesoul, Bellevue, mais aussi Marseille, La Rochelle, Versailles et un épisode en Algérie[97], d'où Gabriële rapporte le souvenir émerveillé de vols de flamants roses, une image intense, souvenirs flottants de l'enfance qui s'impriment pour toujours, créant l'armature du futur regard adulte.

Les enfants apprennent à ne pas s'attacher. Ni aux gens, ni aux lieux, ni aux objets. Gabriële en gardera tout au long de sa vie une manie curieuse, celle de se débarrasser des choses, de donner et de vendre tout ce qu'elle possède.

Une anecdote illustre ce propos. Un jour, tandis qu'elle faisait déjeuner ses enfants dans la cuisine, quelqu'un lui fit remarquer la valeur des tasses – sans doute des céramiques fabriquées et offertes par Picasso…

— Vous rendez-vous compte ? Pour un simple goûter d'enfants ! lui fit-on remarquer.

— Vous les voulez ? Eh bien, prenez-les, dit-elle, en attrapant les tasses, avant même que les enfants aient fini de manger leur goûter[98] !

Pas de possession qui tienne, pas d'investissement pour l'avenir, ni argent calfeutré sous un matelas. Les biens matériels enchaînent, Gabriële n'est pas une propriétaire.

Dès cette enfance qui les voit parcourir la France, le frère et la sœur apprennent que l'horizon est large, que le voyage est à portée de main pour qui décide de l'entreprendre. Les Buffet pérégrinent, n'emportant que l'essentiel, changent de maison et d'amis, pas de place aux états d'âme ou aux humeurs casanières. Se dessine dans cette enfance la propension au voyage qui caractérisera Gabriële toute sa vie, le goût inextinguible de l'ailleurs. Les distances et les prises de risque ne sont aucun obstacle. Même pour une jeune femme, et peut-être aurait-elle ajouté « surtout pour une jeune femme ». La fratrie n'ira à l'école qu'en 1890. Avant cela, la classe est à la maison, assurée par différentes préceptrices allemandes aux chignons tirés et habits monochromes, qui transmettront leur langue

– entre autres enseignements – aux deux enfants. Atout qui servira à Gabriële pendant ses études à Berlin.

En 1891, Gabriële entre au collège à Marseille, où son père dirige la place militaire. À quelques encablures de là, Arthur Rimbaud meurt à l'hôpital de la Conception à 37 ans, revenu de force de ses errances africaines pour cause de santé défaillante. Le poète qui écrivait à 17 ans dans une lettre à son professeur : « Quand sera brisé l'infini servage de la femme, quand elle vivra pour elle et par elle, l'homme, jusqu'ici abominable, – lui ayant donné son renvoi, elle sera poète, elle aussi ! La femme trouvera de l'inconnu ! » Mots puissants que la fillette ne put avoir sous les yeux à ce moment-là, mais qui auraient probablement résonné au plus juste dans son jeune esprit. *La femme trouvera de l'inconnu* sonne bien comme le destin envisagé très tôt par Gabriële.

Néanmoins, un lieu représente le port d'attache : c'est Étival, un petit village haut-jurassien au nom qui fleure l'été, période où la famille s'y retrouve chaque année à partir de 1884. Un lieu d'enfance, un rendez-vous thaumaturgique. C'est la terre des racines, le repaire où les arbres sont immuables. « Étival, petit village du Jura, qui est mon pays[99] », dira Gabriële. La famille y possède une très ancienne maison, à mi-chemin entre la ferme et le manoir, qui leur appartient depuis tant de générations que le début de cet ancrage est flou et confère au lieu un charme de mystère. C'est une vieille demeure solide, sous un énorme toit à pente rapide, où Gabriële accroche les meilleurs souvenirs de sa jeunesse :

« J'ai été une des premières personnes à faire du ski – personne à cette époque ne pensait que la neige pouvait être un lieu de délices et d'intérêts. Je me souviens, les enfants sortaient de l'école pour me voir. Ils hurlaient : *Y a la Gabriële qui traverse la neige sans s'enfoncer*[100] ! » À ce souvenir, on entend Gabriële Buffet rire, avec ce rire aigu et innocent qu'ont les enfants. La femme s'éclaire et rajeunit quand elle parle de l'horizon jurassien, ses symphonies de sapinières et de hêtres qu'elle appelle foyards en bonne jurassienne avec un « â » long et grave et un « r » qui racle la gorge, ses lacs aux surfaces coupantes comme des miroirs[101]. La couleur des nuits d'Étival plus habitée par le noir que le plus insondable paysage de Soulages.

La petite fille est très à l'aise dans cette vie rurale de la fin du XIXe siècle, elle se passionne pour la fabrication du fromage de Gruyère dans des conditions qu'elle qualifiera de « très intéressantes, très communistes et très libres[102] ». Gabriële aime cet état de nature organisé selon le sens du collectif – comme quoi tout est politique, même la fabrication du fromage.

L'horizon sur lequel s'ouvre la terrasse de la maison est une épopée de pâturages, de troupeaux et de champs. La maison elle-même est un dédale de couloirs et de chambres desservies par des escaliers centenaires – elle remonterait au XVe siècle. La bâtisse d'Étival a le charme doux et ancien des maisons d'enfance, où chaque porte ouvre sur une aventure et un sortilège, et dont les odeurs, de cuisine, de foins et de roses, s'accrochent à vous pour toujours, ressuscitant par des vertiges proustiens le temps magique qu'on ne peut retenir, celui des premières *impressions* de la vie. C'est sa maison d'enfance, le Jura est sa patrie.

Les saisons passent, les étés se succèdent, les mois de vacances à Étival et les enfants Buffet deviennent des jeunes gens. Ils s'orientent tous les deux vers des ambitions artistiques.

Jean veut devenir peintre.

Le père se fait à l'idée que son fils n'embrassera pas de carrière militaire. En 1897, il le laisse entrer aux Beaux-Arts dans l'atelier de Jean-Léon Gérôme, qui est un peintre classique. Gardien du temple, le professeur vitupère contre la peinture moderne. À l'Exposition universelle de 1900, lorsque le président de la République s'apprête à visiter la salle réservée aux impressionnistes, il aurait tenté dans un dernier effort désespéré de faire barrage de son corps en s'écriant : « Arrêtez, monsieur le Président ! C'est ici le déshonneur de la peinture française. » Le type n'était pas tout à fait un visionnaire, songe Gabriële qui, elle, veut être musicienne.

Si le colonel Buffet peut envisager que son fils transforme ses velléités picturales en métier, à condition de prouver ses dons et sa persévérance, il ne conçoit certainement pas que sa fille pousse la plaisanterie au-delà d'un futur mariage qui l'établira dans sa vie de femme adulte. Une jeune fille artiste, ce n'est pas acceptable.

Rien ne fera plier Gabriële.

Tous les enfants sont attirés par la musique, mais Gabriële parle d'une révélation sensible. Elle explique qu'elle comprend le monde sonore sans aucune éducation musicale préalable, avec «autant d'évidence qu'elle ressent le chaud et le froid». Dès l'âge de 5 ans, elle «voit» les notes et les rythmes, qui ont pour effet de lui procurer un intense plaisir physique. Pourtant, personne dans sa famille ne semble avoir d'accointance particulière avec la musique. «J'avais des possibilités, je ne sais pas pourquoi [103]», dira Gabriële, chez qui la compréhension de la musique est l'expression d'un don pur.

Elle se souviendra toute sa vie d'une mélodie chantée par sa nourrice, l'histoire d'un soldat qui avait tué son capitaine. La chanson est celle du soldat condamné, qui attend l'heure de son châtiment. Centenaire, Gabriële chantonnera ce vers resté en elle comme une ritournelle: «*Demain avant le jour ce sera à mon tour…*» Elle dit que cette chanson a été un révélateur, qu'elle l'a *touchée* profondément, par le biais d'un autre langage, celui de la sonorité, du rythme, de la composition. *Touchée* est le terme qu'elle emploie pour restituer ce moment fondateur de son enfance.

Dès lors, elle demande un piano à ses parents. Et l'obtient.

*

— Il y a quelque chose que je ne comprends pas.
— Quoi?

— La famille de Gabriële semble plutôt « ouverte » : une grand-mère écrivain, une tante peintre, un père désobéissant…

— Oui, il devait y avoir bien pire à l'époque.

— Et pourtant Gabriële insiste violemment sur l'aspect corseté et étouffant de sa famille. Elle dit dans une interview : « J'étais la bête noire de ma famille. Surtout de ma famille maternelle [104]… » Et dans une autre interview : « J'étais moi-même née révolutionnaire, au sein de la famille la plus stricte que vous puissiez imaginer, corsetée par les valeurs de la noblesse ancienne – c'était une vraie folie [105]. » Ces commentaires lapidaires et radicaux sont intrigants. Pourquoi la petite fille est-elle si en colère contre les adultes ?

— Je ne sais pas. Peut-être parce que Laure de Jussieu, la grand-mère écrivain, a cessé d'écrire à 27 ans au moment de son mariage. Ou parce que Alphonsine, peintre et sans enfant, était considérée comme anormale. Ou parce que sa mère était discrète et soumise. Et puis quand Gabriële décide de faire des études de musique, son père lui fait remarquer que le destin d'une jeune femme est de se marier.

— Je suis d'accord. Mais de là à dire que c'était « une vraie folie »… C'est plutôt la « norme » de l'époque.

Si l'on cherche à saisir une vérité précoce de Gabriële Buffet, c'est peut-être dans cet écart-là. Il n'y a pas d'explication au fait que la jeune fille soit, littéralement et dès le plus jeune âge, une révoltée.

Dans un livre de souvenirs, Gabriële écrira même : « J'avais vécu seule et sans amour jusqu'à ma rencontre avec Francis [106]. »

Seule et sans amour. C'est un jugement d'une violence extrême vis-à-vis de sa famille – et peut-être injuste. Qui sait. Mais Gabriële n'est pas une sentimentale. Elle n'a pas de tendresse envers ses souvenirs et ne s'attendrit pas non plus sur ce premier enfant qui va naître.

8

L'Ombre est plus belle que l'académie

Automne 1909. Au retour du voyage de noces en Espagne, les jeunes mariés changent de rive, ils s'installent dans un studio prêté par une amie de la famille, rue de Lille. C'est une longue rue fine qui s'étend, parallèle à la Seine, depuis la rue des Saints-Pères jusqu'aux Invalides. Gabriële se rend compte assez rapidement que le déménagement est une erreur. Dans ce petit appartement d'un quartier bourgeois, le jeune couple se sent à l'étroit, comme dans de nouvelles chaussures en cuir le jour de la rentrée, alors que les pieds ont marché dans l'herbe fraîche tout l'été. L'idée de ressembler à une «famille» ne les enchante ni l'un ni l'autre, même s'ils doivent bien se résoudre à jouer ce rôle.

Montmartre leur manque, avec ses saletés et sa vie de village. Chaque jour, Francis doit parcourir tout Paris pour se rendre à l'atelier où il travaille. Certaines nuits, il ne rentre pas. Mais ce n'est pas dans l'atelier qu'il passe la nuit, ni chez une autre femme. Depuis le séjour à Barcelone, Francis fréquente les fumeries d'opium du faubourg Montmartre, où les heures passent comme des secondes. Gabriële se retrouve seule, loin de ses voisins de la Villa des Arts, loin de ses amis berlinois et, même de cela elle ne pensait pas un jour ressentir le manque, loin de sa mère. Il lui serait facile de marcher jusqu'à la rue Saint-Jacques pour reprendre contact avec son ancien professeur, Vincent d'Indy. Elle pourrait proposer des heures d'enseignement à la Schola Cantorum, ou encore reprendre ses travaux de composition. Mais Gabriële ne fait rien de tout cela. Cette femme déplace des montagnes pour les autres, mais il lui manque la force de pousser une porte pour elle-même.

Gabriële poursuit donc la mission qu'elle s'est donnée : apporter à son mari les éléments de pensée qui vont lui permettre de changer sa façon de peindre. Pendant que Francis est dehors, Gabriële compile les articles de revue, travaille sur des livres et des catalogues, se plonge dans l'histoire de la musique et de la peinture. Elle conceptualise en prenant des notes et relisant ses livres d'étudiante. Elle cherche tout ce qui fait analogie avec la peinture et Gabriële trouve, dans l'*Esthétique* de Hegel, qu'elle lit en allemand, des points d'ancrage précis quant à la question de l'imitation de la nature. L'art selon Hegel ne doit pas imiter la nature, aussi parfaite que soit son imitation. « Rival de la nature, comme elle et mieux qu'elle, il représente des *idées* ; il se sert de ses *formes* comme de symboles pour les exprimer[107]. »

— Écoute, Francis, écoute ce que dit Hegel : « Si, dans la musique, chaque son isolé n'est rien par lui-

134

même et ne produit son effet que par son rapport avec d'autres sons, il en est de même des couleurs. » Tu dois faire la même chose, tu comprends ?

Par ailleurs, Gabriële se souvient d'avoir entendu parler du *Clavecin pour les yeux, avec l'art de peindre les sons et toutes sortes de pièces de musique*[108]. Elle explique à Francis qu'il s'agissait d'un jésuite d'un genre fantasque, physicien, adepte de la théorie de la gravitation de Newton, qui s'intéressait de près aux conceptions des proportions harmoniques de Jean-Philippe Rameau. En novembre 1725, il avait fait paraître au *Mercure de France* un article concernant un clavecin qu'il veut fabriquer, clavecin qui permettrait de transformer les sons en couleurs « de manière qu'un sourd puisse jouir et juger de la beauté d'une musique et qu'un aveugle puisse juger par les oreilles de la beauté des couleurs ». Le père prétend avoir réussi à fabriquer un clavecin à partir d'un prisme pour faire « apparaître les couleurs, avec leurs combinaisons et toutes les harmonies qui correspondent précisément à celles de la musique ».

Après avoir couru tous les bouquinistes de Paris pour retrouver l'exemplaire du *Mercure de France,* Gabriële, revue en main, fièvre au front, lit à Francis :

— Le père Castel affirme qu'il y aurait ainsi « une autre manière de peindre les sons, en les fixant sur une toile, ou sur une tapisserie ». Peindre les sons ! Francis, tu dois peindre les sons !

Francis Picabia, sensible à ses arguments, sait que Paul Gauguin lui-même, qui vient de mourir et dont l'influence sur la jeune génération des peintres est prégnante, cherchait beaucoup du côté de la musique : « La couleur, écrivait-il, étant en elle-même énigmatique dans les sensations qu'elle nous donne, on ne peut logiquement l'employer qu'énigmatiquement, toutes les fois qu'on s'en sert non pour dessiner, mais pour donner les sensations musicales qui découlent d'elle-même, de sa propre nature, de sa force intérieure, mystérieuse, énigmatique[109]. » Ou encore : « La couleur qui est vibration de même que la musique[110]. »

Picabia se drogue et travaille, de jour comme de nuit, avec une Gabriële au ventre arrondi, comme perchée sur son épaule. Une sorte d'oiseau de compagnie si intelligent qu'il fait parfois un peu peur. Elle commente, il questionne ; il essaie, elle interroge. Ils habitent ensemble un intéressant royaume, leurs esprits s'agencent en d'innombrables pièces qu'ils visitent, excités, comme on court, grisés, dans des lieux interdits. Dans son roman *Caravansérail*, Picabia parle de « cette femme [qu'il considère] comme l'une des plus intelligentes qu'il [lui] ait été donné de connaître[111] ». Ils débordent l'un sur l'autre, le cerveau de Gabriële apparaissant comme un réservoir de matière à étaler sur la toile. La joie et l'intensité de l'action de peindre oscillent avec son insatisfaction du résultat. Il reprend, recommence, il peint comme il respire. Picabia se lave de sa *starification* de peintre impressionniste, il ne fait pas parler de lui, le monde qu'il partage avec Gabriële est une retraite, une coupure du vacarme trop mondain de ses anciens succès.

136

Ils sortent peu. Animé par l'élaboration d'une nouvelle peinture, ils ne se préoccupent pas de l'autre gestation, celle de l'enfant. Oui, elle est enceinte, mais ils ne sont encore que deux, sans obstacle.

Francis Picabia prend aussi ses quartiers dans cet autre continent qu'est l'opium, avec d'autant moins de scrupules que sa femme travaille pour lui, préparant les théories qui lui manquent pour avancer.

Quand Francis et Gabriële se retrouvent, après une nuit ou deux d'évaporation, les conversations reprennent de plus belle. Gabriële en témoigne dans *Aires abstraites* : « Convaincus de l'arbitraire et du mensonge de notre pauvre création du monde, nous n'en étions pas moins soumis par une nouvelle gestation, à chercher un arbitraire nouveau que nous devions fabriquer de toutes pièces sans autres moyens que l'abandon au hasard ou à l'intuition. » L'intuition, c'est Gabriële qui la développe pour s'en servir de principe et de fondement au raisonnement discursif qu'elle tient de la musique. Le hasard, cette cause imprévisible, est l'apanage de Francis. Il en a le don. Et le hasard ici se nomme myopie – et concerne des phénomènes optiques.

Pendant le séjour en Espagne, Gabriële s'est rendu compte que Francis lui avait caché un détail important. Sa vue baisse. Elle baisse même très rapidement et le peintre devrait se résoudre à porter des lunettes. Mais évidemment il n'en portera jamais, par coquetterie – Francis Picabia attache de l'importance à son apparence, à la façon dont il s'habille, se parfume, se rase, à ses accessoires de voyage, tout ce qui enveloppe son corps et ses gestes. L'idée de mettre des lunettes de vue lui est tout simplement impensable. La jeune mariée comprend alors une des clés de l'évolution de la peinture : ce ne sont plus les détails que Francis Picabia cherche à scruter, mais «l'organisation générale des ensembles[112]». Parce que ses yeux lui font défaut, le peintre s'attache maintenant aux formes globales, s'approchant ainsi d'un nouveau style, radicalement différent.

La créativité de l'erreur, le défaut contourné, sont des mouvements qui permettent de trouver quelque chose que l'on ne cherchait pas tout simplement parce qu'on n'imaginait pas que cela puisse exister. Le vin de Champagne est né d'un défaut de conservation des bouteilles de verre. Le chewing-gum devait être à l'origine un latex pour fabriquer des pneus. Les corn flakes, inventés par M. Kellogg, un aliment pour calmer les ardeurs sexuelles de ses patients. La coquetterie de Picabia – sa recherche de l'élégance, ce désir de séduire qui l'amène à se passer de lunettes – va accélérer la révolution artistique en cours dans sa vie.

Gabriële, au fil des semaines et des conversations, réussit enfin à formuler la question qui les préoccupe en ces termes simples :

— Vous admettez la musique, donc le monde arbitraire des sons ; pourquoi ne pas admettre celui des formes et des couleurs ?

Autrement dit, puisque les compositeurs d'aujourd'hui créent une musique «abstraite», pourquoi les peintres ne pourraient-ils pas faire la même chose ? Cette question va entraîner une réponse. Et cette réponse s'appelle : *Caoutchouc*. Cette œuvre mesure 47,7 cm de largeur et 61,5 cm de hauteur. C'est un mélange d'aquarelle, de gouache et d'encre de Chine sur du carton. On peut y voir des formes de couleur avec, au centre, des cercles noirs tracés les uns sur les autres, en superposition.

Francis Picabia la réalise en juin 1909, au retour de son voyage de noces en Espagne. Pour la première fois, un peintre peint quelque chose qui ne représente RIEN. Avant Picasso. Avant Kandinsky.

Avec *Caoutchouc*, fruit de la pensée musicienne de Gabriële, Francis Picabia peint l'une des premières « peintures abstraites ». Si ce n'est, selon certains historiens, la « première œuvre abstraite de l'histoire de l'art [113] ». Sans le savoir, et surtout sans jamais le revendiquer, Gabriële s'affirme comme un « personnage de premier plan du mouvement des arts » et exerce sur Francis Picabia « une profonde influence libératrice [114] ». « À aucun autre moment peut-être qu'en ces jours de 1909 et 1910, l'influence de Gabriële Buffet sur l'œuvre de Picabia ne sera aussi capitale [115]. »

L'histoire de l'art, telle qu'elle a été écrite jusqu'à aujourd'hui, a usage de retenir que la première œuvre d'art abstraite est une aquarelle de Kandinsky, datée de 1910. Elle ne porte pas de titre. Et l'on peut y voir des taches vives qui semblent virevolter dans tous les sens, des lignes de couleur noire, qui donnent une impression de fils entrelacés dans les airs. Les lignes et les formes occupent tout l'espace du tableau, de façon assez régulière, rythmée, donnant une sensation d'harmonie dans ce qui est présentement un véritable chaos. Certains critiques ont mis en doute la datation de cette œuvre, refusant à Kandinsky la paternité de l'art abstrait. Selon eux, cette aquarelle prétendument datée de 1910 serait en réalité l'esquisse d'une huile sur toile, appelée *Composition VII*, et qui sera achevée à l'automne 1913.

Au fond, qu'importe de savoir qui de Kandinsky ou de Picabia réalisa la première toile abstraite. La seule façon d'être juste, d'être sûr de ne pas se tromper, est d'affirmer avec Karl Ruhrberg que «l'abstraction jaillit presque au même moment en plusieurs endroits, sans que les artistes en aient eu connaissance : chez Delaunay et Kupka à Paris, chez Kandinsky à Munich et chez Mikhaïl Larionov à Moscou [116] ».

Dès le 17 janvier 1910, la Seine enfle peu à peu, gonfle dangereusement, d'heure en heure, jusqu'au débordement. Les canalisations de Paris cèdent, c'est un jaillissement dans les égouts de la ville, puis l'inondation dans les tunnels du métro.

Ce jour-là, Gabriële perd les eaux et accouche le lendemain, un mardi, d'une toute petite fille, un joli paquet froissé. Prénom, Laure-Marie. Comme son ancêtre. Mais cette Laure du nouveau siècle est fragile, elle n'a pas hérité la puissance de sa grand-mère de Jussieu. Laure Marie Catalina Picabia fait intrusion dans le couple de ses parents. Francis et Gabriële comprennent, mais il est un peu tard, qu'ils ne seront plus jamais deux. Laure-Marie portera les stigmates de ce deuil, le deuil de la liberté, car les parents Picabia n'ont pas le cœur tendre, même pour les nourrissons. D'ailleurs, les dieux de la jeunesse, les dieux de l'insouciance, sont furieux. Pour preuve, la montée des eaux qui chaque jour augmente, irréversible, avec de violentes accélérations. En ce mois de janvier débute la plus grande crue de l'histoire de Paris, la plus importante observée depuis le XVIIe siècle. Paris est littéralement sens dessus dessous. Aux entrepôts de Bercy, les tonneaux de vin flottent à la dérive, comme des bouchons de liège recouverts de neige. Rue du Chevaleret, au dépôt de voitures de la compagnie d'Orléans, les bancs des automobiles transbahutées sur les toits semblent reposer sur une patinoire d'acier. Les habitants sont délogés par des échelles, marchent à la queue leu leu sur des passerelles de fortune, comme les passants sur la place Saint-Marc en période d'*aqua alta*. Et puis l'eau continue de monter, envahissant les passerelles, les rendant inutiles, pauvres brindilles emportées par les flots, et les vieilles dames sont transportées à dos d'homme, puis hissées sur des «bachots», et tout ce qui navigue, du moins flotte ou tout simplement surnage, est récupéré, fabriqué, recyclé en flottilles incertaines, en radeaux glissant sur l'eau. Les députés avec leurs moustaches vont à l'Assemblée nationale sur des radeaux de fortune, faisant rire jaune le zouave du pont de l'Alma, qui a de l'eau jusqu'aux épaules. C'est un lac qui a envahi la ville, puis c'est une mer, Paris est devenue une Venise gelée jusqu'aux os.

Paris se noie, Gabriële aussi. La maternité, perte de son corps et de son esprit, ne lui sied pas, elle qui se sent comme un lapin dont on a ouvert le ventre puis dépouillé la fourrure, laissant la peau à vif. Sa tête, elle ne sait pas où on l'a mise, mais il est certain que quelqu'un, cet enfant sans doute, la lui a prise. Son cerveau, son arme de séduction, sa parure érotique, se retrouve piétiné par les petons d'un nouveau-né. Plus de mémoire, plus d'intelligence. Et la douleur indicible. Quelque chose s'est arrêté, avec cet enfant qui n'avait rien demandé, surtout pas de naître. Et la Seine continue de déborder. Et toutes les horloges de la ville, ainsi que les ascenseurs, s'arrêtent le 21 janvier à 22 h 53 précises, car la machine à vapeur de l'usine de la Compagnie des horloges pneumatiques, qui fournit le réseau d'air comprimé de Paris, est inondée. Gabriële vacille. Comme, dit-on, la colonne de Juillet sur la place de la Bastille, qui serait en train de s'effondrer.

En dix jours, Paris a sombré, partout on assiste au spectacle ahurissant d'une ville inondée. Les gares sont arrêtées, il n'y a plus de trains, partant, plus de voyageurs. La gare d'Orsay est une gigantesque piscine vide ; l'esplanade des Invalides, un lac carré. Partout règne le silence. C'est Caron qui avance la nuit, silencieux, sur sa barque lente.

À Paris et en banlieue, les dégâts sont considérables, les marchandises pourrissent, les maisonnettes sont disloquées, les pavés de bois se détachent et s'éparpillent dans l'eau comme des livres qu'on aurait jetés par la fenêtre, par centaines, par milliers, flottant çà et là. Le pont métallique de Sully, à l'entrée de l'île Saint-Louis, a réussi à laisser passer les eaux sans rompre, grâce à la poutraison de fer, le fleuve s'est arrêté à quelques centimètres de la clef de ses arches extrêmes, retenant les ordures, les déchets, les carcasses et toutes les branches des arbres, qui s'agglutinent comme des cheveux sales au fond d'une baignoire.

Partout l'odeur est ignoble, d'ordure croupie, de chou pourri, d'épluchures et de vase. Toute la saleté de Paris remonte des égouts, sueur d'un corps malade, et c'est une crasse extrême dans laquelle on patauge. Les panneaux publicitaires qui émergent de l'eau, vantant les mérites du cirage Marcerou, des bijoux Fix ou du parfum Jicky de Guerlain, semblent aussi dérisoires qu'une robe de cocktail le soir du naufrage du *Titanic*. Dans *Le Journal des débats*, on peut lire : « Au nombre insensé de pelures d'oranges, qui passèrent sous les ponts, piquant de points vivement colorés la masse boueuse et jaunâtre des eaux, on a pu juger du rôle que joue ce fruit dans l'alimentation parisienne [117]. » Dans cette débâcle générale, Gabriële regarde son bébé fragile, qui n'a pas choisi le bon moment pour naître. Triste augure pour l'arrivée du premier enfant Picabia. La noyade. Il n'y a plus d'électricité, plus d'eau courante. Les radiateurs ne fonctionnent plus. Au Jardin des plantes, les animaux meurent de froid, sans arche ni Noé, la ménagerie des serpents est la première inondée, la girafe succombe à une pneumonie, seuls les ours blancs s'acclimatent à cette brusque invasion des eaux.

C'est un miracle que Laure-Marie ne meure pas. Une photographie de janvier 1910 montre Francis Picabia près de la rue de Lille inondée. Il est debout, un chapeau un peu ridicule posé sur sa tête, mais il ne perd rien de sa prestance. On imagine qu'il a évacué leur appartement, avec une barque semblable venue les chercher, ils ont sorti par la fenêtre leur nouveau-née emmaillotée à la diable. Francis devait être heureux dans ce chaos de la nature. D'ailleurs, il semble sourire de satisfaction sur cette photo où nous le regardons.

Le 28 janvier 1910, le maximum fut atteint avec une cote dépassant celle des plus hautes crues connues jusqu'alors : 8,50 m au pont de la Tournelle. Ce n'est que le 15 mars 1910 que l'on put dire en toute certitude que la Seine était rentrée dans son lit. Pendant ce temps, Gabriële rêve d'en sortir, de son lit. De ses seins gonflés jaillit un lait chaud qui semble intarissable.

Laure-Marie grandit, un gentil bébé qui prend forme discrètement. Elle se déploie en silence. Parfois Francis s'arrête près du berceau, et fixe sa fille avec concentration, pendant quelques minutes. Gabriële le soupçonne de se poser la question : « Mais qu'est-ce que ça fait là déjà ? » Et puis, il s'éloigne.

Devant le spectacle angoissant de cet homme qui se désintéresse de sa fille, les yeux de Gabriële se détournent. Non pas pour contourner la peine, mais pour se poser sur *Caoutchouc*. Elle regarde la toile comme pour y lire leur avenir, plus loin. La peinture

Picabia en barque, crue de la Seine, 1910.

qui contamine et prolonge la vie. La peinture, plus éternelle que les enfants. Y puiser la force. Gabriële s'arme. Francis est multiple. Ils cohabitent à plusieurs dans cet homme-là. Ce n'est pas qu'une posture ou un égoïsme, non, Gabriële sent un problème plus terrifiant.

Francis augmente considérablement sa consommation d'opium, pour fuir sa nouvelle paternité, fuir les responsabilités de la famille. L'opium a ceci de merveilleux que vous oubliez tout, vos problèmes, vos enfants, vos ennuis d'argent, vos relations sociales, vos complexes... Mais Francis oublie aussi de travailler. Alors il fout le camp, sans ultimatum, sans menace, sans y mettre d'importance, il prend ses affaires, sa voiture et part chercher *l'air et le silence.* Pour pouvoir peindre. Bien sûr. Francis a besoin de sentir sa voiture entrer physiquement en lui, pendant des heures et des heures. Il a besoin de voir les paysages sans fin, sans obstacle pour l'œil, il a besoin que l'horizon soit sa seule destination, sans cesse reculée, inatteignable, il a besoin de s'approcher du soleil, d'aller à sa rencontre, de son étreinte matinale, de la brûlure sur la peau, il a besoin de l'eau, de la mer infinie, du bonheur de la nage tôt le matin à l'heure où reviennent les pêcheurs, il a besoin de s'entourer d'hommes et de femmes dont les préoccupations ne sont pas les siennes, de nouer des affinités aussi profondes qu'elles sont fugaces, avec des villageois, des paysans, il a besoin d'être regardé comme un visiteur, un inconnu, un demi-dieu. Pour pouvoir peindre. Bien sûr.

Personne ne se demande de quoi Gabriële, elle, a besoin. Parce que c'est une femme et une jeune mère, elle est censée être comblée. Or Gabriële est différente des autres femmes de son époque, Gabriële est une étrangère dans sa société, comme étrangère en son pays.

Elle se souvient des comptines de son enfance, des chansons du pays dont les nourrices se servaient pour distraire et endormir les enfants. Elle se souvient en particulier de la chanson de l'insurgé qui doit mourir avant l'aube pour avoir tué son commandant. Et pourtant, ces chansons, elle ne les chante pas à Laure-Marie. Les sons ne parviennent pas à sortir de sa bouche. Elle aussi s'arrête au-dessus du berceau, parfois, une ou deux longues minutes, perdue dans une songerie sans dessein où se découpe l'inquiétant diktat de ce corps d'enfant rose.

Francis est parti encore une fois. Elle ne les compte plus à présent, ses évasions, fugues, fuites perpétuelles. Ses escamotages. Est-ce qu'elle s'en émeut ? Oui, peut-être. En revanche, elle ne se pose pas la question des autres femmes. La nature viscérale de séducteur de Francis amuse Gabriële, comme on prend plaisir à regarder des fourmis construire une galerie à la loupe. C'est minuscule et c'est fascinant. Son besoin de corps à corps, de sexe gai, de foutre et de parfum âcre, elle le conçoit, comme on développe une tendresse pour les manies des autres. Elle ne ressent pas cela. Ni la jalousie. Ce sont deux fièvres qui lui sont étrangères.

Au bout de deux semaines d'absence, elle reçoit ce télégramme de son mari : «Paradis terrestre découvert. Venez[118].»

Francis essaie, mais il ne peut se passer d'elle, Gabriële. Alors il tyrannise et ordonne, avec une économie de mots et de mea culpa dont le caractère odieux conserve néanmoins un certain charme.

Donc elle *vient*.

Gabriële débarque à Cassis avec armes et bagages. La nounou, le nourrisson, les malles, les chapeaux, les robes, les provisions. Oui, c'est un paradis, il avait raison.

Ce message, si picabiesque, l'a sommée de venir. Elle l'a rejoint. Et pourquoi pas. Francis les a accueillies avec grands gestes et embrassades. Bonheur des retrouvailles. Il embrasse sa femme et son enfant comme jamais, il semble si heureux de les voir – c'est un autre homme qu'à Paris, lavé de sel et de soleil, les mauvaises humeurs sont loin. Gabriële est touchée par ses attentions, il a demandé à un villageois de l'aider à installer un petit lit d'enfant, pour que tout soit prêt à leur arrivée. Ce lit qui veut donc dire que Laure-Marie existe, qu'il lui arrive de se souvenir qu'il a un enfant. Ils retrouvent la joie qu'ils ont connue à l'atelier de Montmartre, une vie de bric et de broc, un déjeuner de quelques fruits et d'un bon pain, juste la chaleur du plaisir d'être ensemble, de rêver. Francis a été prolixe, il a beaucoup peint pendant son séjour, il fait visiter ses toiles à Gabriële et réclame son avis. Elle lui a tellement manqué.

Gabriële se baigne tous les jours, très tôt le matin, quand il reste des lambeaux de nuit dans la lumière aveuglante du Midi. Elle est seule sur la plage, elle est la première levée de la maison. Elle prend sa robe de bain dans un panier. Mais la laisse sur la plage et se baigne nue. Elle plonge même la tête sous l'eau, ses cheveux détachés, si longs, collés à sa nuque et ses épaules. 4 h 30 du matin. Qui lui reprocherait cette impudeur et cette libération ?

Cassis. Lieu de son enlèvement, mieux, de son ravissement. La plage où il lui demanda d'attendre. Attendre qu'il rompe avec sa maîtresse, qu'il mette ses affaires en ordre, qu'il revienne, où il la pria d'être à lui, de ne pas disparaître. Jamais.

Est-ce que le paradis est un choix fortuit ?

Les jours passent, vacances volées au reste de la vie. Gabriële et Francis retrouvent l'équilibre, comme d'habitude, dans le chaos. Ils ne s'entendent jamais aussi bien que lorsqu'ils n'habitent pas chez eux, ne dorment pas dans leur propre lit, ne sont pas là où ils devraient être. Ils ont l'amour bandit, l'amour voyou.

Ce matin, Gabriële sort de sa baignade et regarde le jour qui se lève. La journée va être belle, douce et chaude comme la précédente. Pourtant, quelque chose vient se loger dans son cœur, elle ressent une piqûre – dont elle comprendra, plus tard, qu'il s'agissait d'une intuition. Pour le moment elle attribue cette sensation à une douleur de la nage, ou de la faim, tandis qu'elle remonte le petit chemin, elle aperçoit la nounou qui berce Laure-Marie dans le jardin, dans la maison, l'odeur de café moulu et du pain chaud qu'elle fait livrer en même temps que le lait et les légumes pour le déjeuner. Pourtant il manque quelque chose. Sur cette impression, elle demande à la nurse :

— Est-ce que tout va bien ?

— Oui, madame. Monsieur m'a simplement demandé de vous prévenir qu'il partait.

— Qu'il partait où ?

— Je ne sais pas, madame. Il m'a dit de vous dire aussi qu'il était allergique aux chenilles. Voilà [119].

Allergique aux chenilles ?

Son mari ne manque pas d'humour.

Elle est de nouveau enceinte. Elle ne le lui a pas dit. Elle n'a pas eu le temps. Elle n'a pas eu l'envie.

*

— Je me rends compte que, toi et moi, nous ne savions rien de Gabriële et Francis. Nous ne connaissions rien de leur vie. Pas même leur existence. À mesure que nous écrivons le livre, je ressens plus violemment cette ignorance. Comme une claque. Pas toi ?

— Tu as raison. Je ressens aussi cette étrangeté-là. Plus on apprend des choses sur eux, plus notre ignorance d'autrefois m'apparaît bizarre.

— Moi, je peux dater au jour près ma prise de conscience d'être l'arrière-petite-fille de Picabia. Ce fut lors du vernissage de la grande exposition qui lui était consacrée au musée d'Art moderne. Je devais avoir une vingtaine d'années. Maman nous avait subi-

150

tement proposé de l'accompagner. Tu te souviens ? Ce soir-là, nous avons pris la voiture pour aller à Paris. Quand je me suis promenée dans les allées du musée, j'ai eu ce vertige : « Comment, c'est notre arrière-grand-père qui a peint tout ce bordel ! Où est-ce que ça commence et où cela finit-il ? » J'ai peu de souvenirs de cette soirée, mais ceux qui restent sont d'une précision de gravure. Le champagne était incroyablement bon, un vieux peintre m'avait demandée en mariage, et je me souviens d'un tableau en particulier, que j'ai regardé plus longtemps que les autres. Le visage d'une femme espagnole. Avec le reflet de la vitre, je voyais mon propre visage s'y superposer, les yeux dans les yeux. Mais après cette soirée, j'ai fermé cette porte. Je ne me suis plus intéressée à Picabia. Avant longtemps. Picabia, c'était ma mère. Notre mère. Et c'était bien comme ça.

— Oui, je vois de quel tableau tu parles. Tu as exactement la même forme de visage, les mêmes yeux et cette façon de regarder en souriant tout en fumant une cigarette. Moi, ce dont je me souviens, c'est que nous nous sommes retrouvées dans la queue du vernissage, devant le musée, au milieu d'une foule de gens invités, des Parisiens chic, le tout-Paris des cocktails du soir. J'avais été frappée du fait que nous n'étions pas du tout habillées comme eux. Nous venions d'un monde très différent. Ce décalage m'a procuré une sorte de honte : nous n'étions pas sophistiquées. Nous n'étions pas « chic » comme les Parisiens. Cela m'a énormément marquée et il faut croire que j'ai voulu me rattraper, depuis. En revanche, j'avais tout à fait conscience que nous, nous étions *de la famille* du peintre. Ma prise de conscience s'est faite avant la tienne. Je devais être au collège ou au lycée. Comme maman ne nous en parlait jamais, un jour, en cachette, j'ai cherché ce nom, Picabia, dans un dictionnaire *Le Petit Robert*. Avec une sensation d'interdit. J'ai découvert la vie de Francis dans les grandes lignes. Quelques dates et des mots sur la peinture que je ne comprenais pas vraiment.

— C'est bizarre de repenser à cette époque. Ça provoque en moi une réminiscence violente. Triste et gaie. Un *nous* qui n'existe plus.

9

Le double monde

Francis a fui les chenilles pour replonger corps et âme dans le bouillon parisien. Maintenant qu'il a trouvé la «voie», ou du moins le chemin, il veut toutes affaires cessantes retrouver l'agitation de la vie artistique de ce printemps 1910. Cassis a agi comme une cure de désintoxication. Ses envies d'opium se sont diluées dans la mer Méditerranée, il va pouvoir profiter de l'énergie débordante de la capitale.

Gabriële rentre en train, de son côté. Les jeux de *J'apparais-Je disparais* et *Fuis-moi, je te suis*, pour une femme enceinte pour la deuxième fois en moins d'un an, ont tourné à l'amer. Elle laisse son mari à sa peinture, ses sautes d'humeur et allergies fantasques. Elle pose ses valises chez sa mère, à Versailles, où elle trouve un peu d'ordre et de soutien. Francis, lui, reste à Montmartre où il a son atelier et se rend à Saint-Cloud, chez son grand-père, quand il a envie de linge propre et d'un dîner servi à table. Les jeunes mariés font maison à part.

Assez vite, pourtant, Picabia vient chercher sa femme, en voiture, dans le jardin de Versailles, comme au premier jour. Non pour lui proposer de reprendre leur vie de famille, mais leur vie de bohème. Et cela la séduit beaucoup, Gabriële. Difficile de dire non à un homme qui ne s'ennuie jamais, à un homme qui vous propose sans cesse de jouer. Alors, avec un grand éclat de rire, elle grimpe dans l'automobile et laisse s'éloigner derrière elle la maison de sa mère, sa fille et tous les soucis domestiques, qui deviennent tout petits jusqu'à disparaître totalement du paysage. Les voilà repartis dans le manège de la vie artistique parisienne. Les deux réussissent la prouesse, déjà épousés, de se fréquenter à nouveau comme de jeunes amants. Et de mettre au feu, encore un temps, les habits trop neufs et trop serrés de la vie maritale.

En quelques jours, les Picabia retrouvent la compagnie des peintres, qui, lorsqu'ils ne sont pas à Montmartre, sont à Montparnasse. Ils vivent constamment en société, font grappe à la Rotonde ou au Dôme pour la rive gauche, Picabia privilégie la rive droite, l'Élysée-Palace et le Weber. Plus bizarre. Mauvais genre.

Au milieu de tous ces gens, Francis veut être à la fois le centre et toujours en marge. Ce qui engendre beaucoup de déplacements et une certaine schizophrénie. Mais Gabriële retrouve cette urgence avec bonheur, un salon de peinture qui chasse l'autre, un carnet de bal incessamment rempli… Tout doit être rapide, tout doit avancer dans un perpétuel mouvement. Et la peinture, qui jusque-là représentait des choses figées (un paysage, un homme assis, une femme alanguie, un objet posé sur une table), va devoir à présent refléter les impulsions et les turbulences.

Cette nouvelle façon de peindre ne plaît pas à tout le monde. Gabriële note en vrac dans ses souvenirs : « Francis recommença d'exposer au Salon d'automne, puis à la Société normande de peinture moderne. Il retrouve un volumineux courrier journalier de coupures de presse et d'appréciations sur ses œuvres. Mais cette fois sous formes d'invectives, d'injures – voire de menaces. Mais cette animosité l'amusait, lui permettant des réparties cinglantes et humoristiques qui lui ont fait une cohorte d'ennemis [120]. »

Une cohorte d'ennemis ne va pas sans nouveaux amis. Et pas n'importe lesquels. Francis devient très proche de Pierre Dumont, qui organise les expositions du Salon de Rouen, auxquelles il participe. Ils projettent ensemble de créer un nouvel événement qui se tiendrait à Paris. Ils se sont liés avec Hedelbert, le directeur d'une galerie d'art contemporain rue Tronchet, et aussi avec les frères Villon, Raymond et Jacques.

Les deux hommes habitent une maison à Puteaux, au 7 de la rue Lemaître, qu'ils partagent avec le peintre tchèque Frantisek Kupka. On a pris l'habitude de se réunir chez eux les dimanches. Tout le Paris artistique vient progressivement y prendre le café et le bain de l'insurrection picturale. On y parle de phénomènes occultes, tout autant que des travaux d'Henri Poincaré sur les théories des systèmes dynamiques. On s'échange des livres de Jean d'Udine sur la synesthésie et les traités de peinture de Léonard de Vinci, tout en s'adonnant aux jeux de boules ou de spirobole dans le jardin laissé à l'état sauvage. Les réunions dominicales, qui avaient commencé comme d'agréables rencontres où les conversations se mêlaient aux parties d'échecs, se radicalisent drastiquement. On discute alors l'avenir de la peinture. Et le cœur du débat en 1911, c'est «le cubisme».

L'usage du mot est tout nouveau. Il proviendrait d'un trait d'esprit du peintre Matisse devant un tableau de Braque, dont les *Maisons à l'Estaque* avaient la forme de cubes! Cette trouvaille devient le nom d'un mouvement, représenté par deux groupes. D'un côté, la peinture jaillie depuis 1908 de la «cordée Braque-Picasso». Ce sont les artistes de la galerie Kahnweiler. De l'autre, ceux que l'on surnomme les «Cubistes des Salons», c'est le groupe de Puteaux, avec Gleizes et Metzinger qui tentent de théoriser le mouvement. Les deux groupes cubistes ne s'ignorent pas, mais font bande à part. Picabia, lui, traîne avec la bande de Puteaux, même s'il se méfie de tout ce qui prend l'allure d'une confrérie.

Au Salon des indépendants du mois d'avril, Picabia expose à leurs côtés un tableau appelé *Printemps*. Les cubistes ont créé l'événement. Jusque-là, l'usage est d'accrocher les tableaux en respectant l'ordre alphabétique des peintres. Mais les cubistes se sont démenés pour réunir leurs toiles dans une seule et même salle, la salle 41. La réunion crée une vision commune. Le public est choqué par ces formes géométriques censées représenter la réalité.

Gabriële évolue dans ce milieu des peintres avec beaucoup d'aisance intellectuelle. En revanche, son gros ventre commence à entraver ses gestes et ses déplacements. À l'approche du terme de sa deuxième grossesse, elle pense, de façon somme toute raisonnable, qu'elle doit trouver pour son couple une nouvelle base commune. Elle a déniché un appartement, 32, avenue Charles-Floquet, sur le Champ-de-Mars, spacieux et calme, des pièces et des pièces pour ne pas trop se voir, pour se croiser sans s'étouffer. C'est elle qui a choisi le nouveau lieu d'ancrage, un immense appartement sur deux étages, avec un atelier. Les fenêtres s'ouvrent sur les arbres. Loin de Montmartre. Ailleurs.

Mais dès qu'elle cherche l'équilibre, la domesticité, Gabriële trouve le désordre. Elle aurait pu continuer ainsi, être la femme de Picabia et prendre son meilleur : leur grammaire commune, leurs discussions sans restriction de temps et de forme et s'épargner le quotidien. Mais deux enfants, c'est lourd, et il est exclu que Francis s'affranchisse totalement de ce poids.

Pendant son déménagement, Gabriële tombe sur un ouvrage écrit par sa grand-mère, un petit livre relié de cuir vert bronze. Elle pose l'exemplaire sur l'un de ses genoux, à plat, tandis que l'autre genou est occupé par son aînée, et elle relit ce passage : « Partout, dans les âges anciens, on trouve l'oppression à côté de la liberté. L'esclavage n'existe pas seulement comme un accident malheureux et funeste : il est le fondement sur lequel repose la puissance des nationalités [121]. » Soudain, le fantôme de sa grand-mère semble se tenir devant Gabriële pour lui poser cette question désagréable : « Tu crois avoir accepté, en toute conscience, d'être l'outil d'un autre. Mais en vérité, ne serais-tu pas tombée en esclavage ? » Et Laure de Jussieu disparaît, laissant Gabriële tourmentée. La réponse n'est pas toujours claire. Certains jours, elle se sent remplie de cette satisfaction que ressentent les hommes de l'ombre qui conseillent les chefs d'État. D'autres jours, elle se sent une femme. C'est-à-dire moins qu'un homme.

Son fils naît le 28 février 1911, en plein énième déménagement et pleine désaffection paternelle. Elle l'appelle Gabriel. Oui, elle a donné son propre prénom à ce tout petit garçon. Elle l'a porté, elle le porte, elle le garde en vie, il vient d'elle. C'est cela aussi, les enfants, un morceau de soi que l'on pose en dehors. Une étrange automutilation. Désormais, Mme Buffet-Picabia est une femme de 30 ans, mère de famille, une femme « prolongée » de deux enfants en bas âge, d'un ménage à faire tourner, garante d'une stabilité aux impératifs supérieurs. Il faut faire tourner la maison, comme l'assène une sagesse populaire dont Gabriële ne pensait pas un jour devoir se faire le chantre. Payer la nurse, l'entretien, la vie mondaine, la vie pratique. Être la gardienne du ménage, du temple, de la façade, de l'agenda. Être un chef de famille. Francis rigole, il sait si bien être malhonnête. Il lui explique que le concept même d'économie est un enfermement. Que c'est amusant d'être inconséquent.

Avec l'arrivée de l'enfant, Francis a repris l'opium. Une spirale sans surprise. « Je ne peux m'empêcher d'aimer l'ambiance que crée l'opium, de goûter le charme de ces nuits où toutes les tristesses, toutes les préoccupations de la vie restent derrière la porte [122] », écrira-t-il dans son roman inachevé *Caravansérail*. Quand il s'en va, c'est cela qu'il fait, il ferme une porte pour n'assumer aucune discussion rationnelle, il dé-campe. Gabriële se retrouve mandataire de l'intendance : *toutes les préoccupations de la vie*. Est-il utile de lui rappeler qu'elle, elle ne voulait ni mariage ni enfants ? Que c'est lui qui lui a vendu ce beau projet ? Non. Car Francis fuit, il prend une de ses voitures – et s'en va repeindre la nuit à la couleur de ses humeurs. Mais Gabriële coince encore sa main dans la porte pour empêcher la cloison d'être hermétique, pour que les espaces communiquent. C'est douloureux.

*

« Il faut comprendre qu'à cette époque, l'opium n'est pas un produit illégal, nous rappelle le galeriste Gérard Rambert. On trouve même en pharmacie du laudanum, un produit très courant, qui est tout simplement du sirop d'opium. Par exemple, pour endormir un nouveau-né agité, on applique une goutte sur son doigt, qu'on frotte ensuite sur la lèvre du bébé, pour qu'il la lèche. L'effet est immédiat. Le vieillard cacochyme passera une nuit de rêve avec trois ou quatre gouttes. Pour un adulte en bonne santé, il faudra compter dix gouttes le matin et dix gouttes avant le coucher, afin de se sentir bien tout au long de la journée.

« L'opium est une fabrique de songes. Il crée une atmosphère ouatée qui calme les grands mélancoliques, les dépressifs, les agités et les suicidaires. Il n'est donc pas étonnant que Picabia fût opiomane.

« Le temps n'existe plus, ni la faim, ni la soif, ni les lieux. Il n'y a plus de sujet. Cette drogue arrête tout dialogue intérieur. Les gens en prennent pour avoir la paix et pour que cessent les voix dans leur cerveau. Les heures passent, sans que tu t'en rendes compte. Tu sautes le déjeuner, tu sautes le dîner, tu ne ressens plus de violence, plus d'agressivité et puis, peu à peu, tu ne ressens plus la moindre véhémence, jusqu'à perdre toute volonté. Et enfin toute motivation. L'opium est un formidable révélateur de l'inanité des choses.

« À l'époque de Picabia, la consommation d'opium est tout à fait tolérée, de même que celle de la cocaïne et de la morphine. Par exemple, à propos de morphine, il n'est pas rare de voir, dans les dîners en ville, des dames sortir leur "nécessaire" pour se piquer l'intérieur de la cuisse en plein milieu du repas. Nous sommes chez les grandes bourgeoises ou les demi-mondaines, elles ont des jolies boîtes en argent, ciselées, avec leur aiguille dont l'injection est déjà préparée. Elles la vissent puis la passent à travers le tissu de leur robe pour se piquer. Elles font cela à table. Et cela n'est ni bien vu, ni mal vu : ce n'est pas plus grave que d'allumer une cigarette.

« Au début du XXe siècle, on fabrique l'opium à partir d'une plante, de son nom latin *Papaver somniferum* – le pavot. C'est une plante que l'on incise à l'aube, quand le soleil se lève, pour des questions d'oxydation de l'air. Du bulbe incisé va couler une matière qui ressemble à du gel, un latex blanc qui s'oxyde en quelques secondes et change de couleur pour devenir caramel foncé, chocolat. Une fois l'opium récupéré, il doit être nettoyé, parce que les paysans vont poser au sol leurs récoltes. Si bien qu'un mélange de poussière, de terre et de petits cailloux va s'y agglomérer. L'opium pur ne peut donc pas être consommé tel quel. Il doit être "préparé". Je vais vous donner la recette de Cocteau, qui fumait son opium à peu près à la même époque que Francis Picabia.

« Cocteau tenait à préparer lui-même son opium et sans doute avait-il bien raison. Il prenait une quantité de 100 g ou 150 g d'opium pur, qu'il mettait dans une casserole et y versait une bouteille d'un bon vin. Il diluait au bordeaux – c'est la méthode Cocteau. Ensuite, il laissait frémir sans bouillir, pour réduire. Le sirop obtenu était versé dans un linge – un tissu de laine ou de coton – pour filtrer les impuretés. Après ce premier filtrage, il recommençait la même opération, des heures et des heures. Et ça puait. Une odeur d'urine animale qui envahissait tout. À la fin, le sirop s'épaississait et il obtenait la même matière que la peinture qui sort du tube. Une matière humide, molle, qui peut se travailler, mais sans se verser dans un verre. Toujours avec cette odeur de pisse de chat. Au bout de la deuxième filtration, il obtenait un opium neuf. Cet opium dit "jeune" n'est pas très agréable à fumer, et certains lords anglais le faisaient fumer par leur personnel, qui en récupérait ce qu'on appelle le *dross*, une matière dure et brillante, qui a la particularité d'avoir une teneur en morphine particulièrement haute. Ce *dross*, mélangé à de l'opium "jeune", va donner le *chandoo*. Il faut bien savoir doser, pour que l'alliage puisse coller au fourneau. Les apprentis fumeurs gâchaient une quantité importante d'opium avant d'apprendre à coller la boulette sur le fourneau sans qu'elle se détache une fois retournée à l'envers sur la lampe.

« Tout cela étant un peu compliqué à faire soi-même, on comprend pourquoi il existait à Paris de nombreuses fumeries d'opium. Elles avaient l'avantage que tout y était simple. Une vieille Chinoise avait préparé l'opium pour les clients, qui n'avaient plus qu'à poser leur visage sur un petit coussin chinois en dur. La vieille femme leur tendait la pipe toute prête, et idéalement le fumeur aspirait la boulette dont il bloquait la fumée entre le haut de l'estomac et le sternum. En une seule et longue aspiration [123]. »

10

Les yeux chauds

Hiver 1911. Francis Picabia ne peut pas sortir de son lit. Ce matin, il est apathique. Blême. Sans force. Malade, dit-il. Un rhume. Gabriële sait que cette maladie s'appelle opium mais elle ne dit rien et se propose de porter elle-même les toiles qu'il doit à son galeriste Hedelbert. Dans la voiture-taxi qui l'emmène rue Tronchet, Gabriële se recroqueville pour se blottir au milieu des tableaux qui encombrent le véhicule.

Quand elle arrive, Gabriële aperçoit au loin Hedelbert qui discute sur le trottoir avec un tout jeune homme à l'air grave. L'échange semble passionné, mais d'une passion concentrée et immobile, sans gestuelle. Au fur et à mesure que la voiture avance, Gabriële se demande quel âge peut bien avoir ce jeune homme, car sa concentration fausse les traits de son visage. Gabriële scrute son profil, un profil de statue, sans défaut, un grand front qui chute sur des arcades sourcilières saillantes, d'où s'enfoncent de vagues et consternants yeux gris. Gabriële regarde sa bouche qui dessine une ligne ambiguë, le renflement de la lèvre inférieure provoque une moue androgyne, une moue sans dédain mais puissante, qui s'adresse au monde par sa seule présence, autoritaire. Le jeune homme passe machinalement une main dans ses cheveux, geste qui vient perturber les efforts, que l'on devine répétés, de plaquer vers l'arrière la chevelure d'un blond pâle et libre qui ne se range naturellement qu'à la diable. À ce moment précis, Gabriële se souvient qu'elle l'a déjà croisé plusieurs fois, ce jeune homme, oui, elle ne l'a pas oublié. Dégingandé et flottant dans un costume bradé, paraissant plus grand qu'il ne l'est sans doute, le corps porte tant bien que mal un cou blanc et lisse où s'incruste, comme taillée à la hache, la glotte proéminente des hommes trop maigres. Elle imagine ses longs doigts passer doucement sur ce cou, dans un réflexe, comme on suit du bout de l'ongle le rebord d'un objet familier qui se trouve à notre portée. Maintenant elle en est sûre, Gabriële a déjà rencontré ce jeune homme, çà et là, dans des vernissages, elle sait même son nom, car elle connaît ses frères, elle est allée chez eux à quelques reprises, peut-être même que ce jeune homme est venu chez elle, avenue Charles-Floquet, quand la maison est ouverte, des heures durant, parfois des jours.

Il découle de certains visages comme de certains paysages l'évidence d'une attraction animale, un instinct déconcertant d'accaparement. Gabriële n'avait pas oublié ce jeune homme, ni le tranchant inattendu de sa conversation intelligente, ni la lumière grave de sa pupille alertée. Sa grâce et sa timidité, portées tranquillement à l'avenant des éclats de voix, de rire, l'avaient déjà *arrêtée*. Comme on se cogne à un mur parce qu'on ne regarde pas devant soi. C'est drôle et embêtant en même temps.

Gabriële sort du taxi, troublée. Le conducteur s'empresse de l'aider à manœuvrer le marchepied. Les deux hommes interrompent leur conversation. Gabriële regarde le jeune homme tourner vers elle son profil écorché de lune pauvre. Il l'a reconnue, c'est certain, il sait que c'est la femme de Picabia. Il court vers elle, l'aide à descendre et, tandis qu'Hedelbert va ouvrir les portes de la galerie, le jeune homme cale les tableaux sous ses aisselles, avec une force incroyable pour un corps si frêle, il se saisit de tout en un mouvement. Les voilà tous les deux sur le trottoir, le jeune homme penche son visage vers celui de Gabriële et sourit immensément, un de ces sourires qui vous donnent envie de nicher au chaud dans la bouche, d'y faire une maison de fortune. Longtemps. Marcel Duchamp se présente à Gabriële Buffet.

Au loin, profonde dans les yeux gris, l'autre rive.

Pour le remercier, elle l'invite à dîner.

Le jour de cette rencontre, à la galerie rue Tronchet, Marcel Duchamp a 24 ans. Il est le cadet d'une fratrie d'artistes, les frères Villon, qui reçoivent, tous les dimanches, la branche dissidente du cubisme. C'est chez eux que se tiennent les fameuses réunions de la rue Lemaître, les « dimanches de Puteaux ». Ses deux frères, Jacques (dont le vrai prénom est Gaston) et Raymond, sont nés Duchamp. Ils sont les frères aînés de Marcel et d'une petite sœur, Suzanne. Gaston, qui est peintre, a choisi ce pseudonyme en hommage au poète François Villon, et surtout par souci d'épargner à son vrai patronyme d'éventuelles disgrâces. Raymond, qui est sculpteur, se fait appeler Duchamp-Villon. Un juste milieu. Ils viennent d'une famille bourgeoise de Normandie, le père est notaire, la mère joue du piano, toute la fratrie est artiste. Les frères aînés se sont installés à Paris dès 1894. Le jeune Marcel Duchamp débarque à son tour à Paris en 1904, après avoir obtenu son baccalauréat – pour faire comme eux, tout comme eux. « À l'âge de 16 ans, j'ai pensé pendant six mois que j'aimerais être notaire comme mon père, mais c'était juste parce que j'aimais mon père. J'*adorais* mes frères [124] », dira-t-il plus tard.

Quand il arrive à Paris, Marcel vit à Montmartre chez Jacques-Gaston, où il découvre la communauté exaltée des peintres désargentés et le quartier général du Chat Noir. Marcel veut être peintre. Il s'inscrit à l'Académie Julian, mais épouse aussi sec la vie de bohème et sèche les cours, préférant croquer dans ses carnets les scènes de la vie parisienne, au hasard des terrasses qui l'accueillent le jour et la nuit. En 1905, il présente le concours d'entrée aux Beaux-Arts de Paris. Il est recalé. Après un retour à Rouen et un passage obligatoire par l'armée, il s'installe dans la capitale, rue Caulaincourt, seul et enfin livré à lui-même, ses frères ayant entretemps emménagé à Puteaux pour s'éloigner des turpitudes montmartroises.

Le caractère de Marcel se précise. Duchamp se rend compte qu'il préfère la compagnie des humoristes à celle des peintres, alors il fait des dessins sati-

STEICHEN Edward, *Marcel Duchamp.*

riques. En 1908, il déménage à Neuilly, et il expose pour la première fois au Salon d'automne, parrainé par ses frères, qui sont membres du comité d'organisation. Son travail passe inaperçu. Il s'en fiche. Puis, au Salon des indépendants de 1910, Marcel expose deux études de nu féminin, qui cette fois-ci ne passent pas *complètement* inaperçues. Un article de la revue *L'Intransigeant*, datée du 19 mars, parle des « nus très vilains de Duchamp [125] ». Il en rigole et se dit que, même mauvaise, cette critique a le mérite de le sortir de l'anonymat. Marcel est un petit frère, un jeune homme timide qui n'aime ni faire des effets ni se mettre en avant. Il est heureux quand il se sent faire partie de la bande. Marcel Duchamp reste à la marge, il observe, il passe dans les fêtes mais ne danse pas, assiste aux réunions de Puteaux mais n'intervient pas dans les conversations, il se tient en retrait, il joue aux échecs et apprécie de plus en plus le calme qu'il a trouvé à Neuilly. Et recherche moins l'engouement des groupes. Il a déjà l'âme dissidente. On lui prête des liaisons, mais personne n'en sait grand-chose. Il est séduisant mais non séducteur.

Au vu de toutes ces qualités, Gabriële sent bien que la rencontre avec Francis Picabia va faire des étincelles. Ils partagent le goût des icônes que l'on brise, de l'art de l'ironie et de l'ironie de l'art, des blagues en toutes circonstances et de la mort de Dieu. Certes, ils ont dix ans d'écart et tout les sépare. L'un débarque d'une famille douce et aimante de notables de province, l'autre descend de l'aristocratie fortunée et asphyxiée, qui méprise sa propre fortune. Le jeune

168

Duchamp est secret, délicat, et empreint d'une modestie feutrée, Picabia est bruyant, impudique, flambeur
et flamboyant. Mais ils sont deux aimants. Et lorsque
Gabriële présentera Marcel à son mari, celui-ci se
retrouvera face à un magnifique, un sublime, un ines-
péré double inversé.

Le soir où Gabriële l'a invité à dîner, pour le remercier de l'avoir aidée à porter les tableaux de son mari,
Duchamp arrive à l'heure, bien élevé, un bouquet de
fleurs dans les mains. La bonne lui ouvre la porte,
surprise de la ponctualité du jeune homme, elle n'a
pas l'habitude que les invités des Picabia soient à
l'heure. La jeune femme lui demande de patienter au
salon, excusant Francis et Gabriële qui finissent de se
préparer, car ils reviennent tout juste du Jura où ils
ont déposé les enfants à Mme Buffet. Elle l'encourage
à enjamber les valises restées dans l'entrée, à moitié
éventrées. Marcel s'exécute et s'assoit sur le canapé,
gentiment, poliment, son bouquet de fleurs toujours
dans les mains.
Au bout d'un certain temps, Francis finit par arriver. Une fraîche odeur d'eau de parfum envahit le
salon, Francis a les cheveux encore mouillés, il porte
un beau costume clair, une chemise en lin et un nœud
papillon. Mais pas de chaussures. Ses pieds sont nus.
Alors ça, Marcel n'a jamais vu. Francis marche ainsi,
librement, sur le tapis, comme si tout était normal, en
servant du champagne au jeune homme. Il s'excuse
pour le retard, ils reviennent de voyage, un séjour
dans la famille de sa femme, sa formidable femme,

qu'il ne faut surtout pas s'aviser d'appeler « madame Picabia » parce qu'elle déteste ça. Francis s'adresse à Marcel comme s'il le connaissait depuis toujours, avec aisance et familiarité, comme s'ils s'étaient quittés la semaine dernière, il lui raconte ses quelques jours passés à Étival. Vous comprenez, lui dit-il, ma femme avait une tante peintre qui s'appelait Alphonsine. Toute son enfance, ma femme a vu les tableaux de cette tante accrochés aux murs de leur maison de famille. Mais elle a fini par avoir un malaise devant toutes ces croûtes disposées les unes à côté des autres. C'était trop. Alors voilà ce que nous avons fait avant de partir. Ma femme a décroché tous les tableaux de la pauvre Alphonsine. Elle les a entassés dans le jardin. Et puis elle a foutu le feu à toutes ces merdes. Un grand feu de joie, pour signifier la mort de la peinture académique. Voyez-vous, ma femme est une vandale. Un voyou. Qu'il est dangereux de fréquenter, car elle brise les marbres respectés par les générations passées.

Puis Francis s'approche de Marcel, qui écoute, impressionné, son bouquet de fleurs dans les mains. Et Francis lui ressert du champagne, qui mousse et coule sur le tapis.

— Ayez quelque chose là-dedans, dit Francis en se frappant la poitrine, et vous verrez bien si vous devez faire de la peinture [126] ! Et si vous voulez être suivi, apprenez à courir plus vite que les autres.

Sur ce, arrive Gabriële, qui demande à Francis de ne pas faire fuir leur invité. Pas tout de suite. Le dîner est servi. Marcel donne son bouquet à la maîtresse de maison, qui, au lieu de le mettre dans un vase, le range dans un tiroir. À table, Gabriële expose à Marcel Duchamp les questions que le couple se pose par rapport à la peinture.

— Et j'ai eu cette idée, ce sentiment, explique Gabriële, puisqu'on avait créé une matière musicale, qu'on pourrait créer une matière picturale.

— La question de l'art aujourd'hui est : qu'est-ce que pourrait être cette matière picturale ? ajoute Francis. En d'autres termes, il faut se demander ce que désormais on va mettre sur une toile[127].

Pendant le repas, Marcel écoute attentivement l'un, puis l'autre. Il découvre une nouvelle façon de parler, de recevoir à dîner, d'être un couple marié. Et puis ils ont des préoccupations secrètes sur la peinture, qui ressemblent aux siennes. Ils sont si différents des couples qu'il a rencontrés chez ses frères. Lorsque les desserts arrivent, Francis propose de partir faire une promenade en voiture, ils pourraient aller en Normandie, ou pousser jusqu'en Bretagne – et pourquoi pas carrément à Cassis ? En partant tout de suite, ils pourraient attraper le soleil qui se lève. Marcel ne sait que répondre. Gabriële regarde sa montre et rappelle à Francis qu'ils sont malheureusement attendus chez des amis. Francis l'avait complètement oublié. Il demande à la bonne de rapporter les desserts en cuisine, il faut partir sur-le-champ. Tous les trois. Marcel est embêté, il ne veut pas les déranger et propose de rentrer chez lui. Mais Francis le lui interdit formellement : la soirée ne fait que commencer. Et c'est parti. Tout le monde s'habille pour sortir. Gabriële récupère dans le tiroir le bouquet qui a commencé à faner, pour ne pas arriver les mains vides, et tout le monde quitte l'appartement. Sur le chemin, la voiture de Francis est arrêtée par une autre voiture qui entrave sa route. Gabriële le supplie d'être patient et de ne pas sortir son pistolet. Elle se retourne vers Marcel pour lui expliquer, en levant les yeux au ciel, exaspérée :

— Picabia a l'habitude de tirer sur les pneus de la voiture qui le précède lorsqu'elle tarde à lui donner le passage[128]…

Francis, Marcel et Gabriële arrivent dans un hôtel particulier où tous les convives, les yeux enfiévrés, les paupières rendues lourdes et chaudes par l'alcool, les embrassent en leur mangeant les joues. Pas un seul peintre autour de la table, observe Marcel, mais des gens joyeux et drôles qui ne se prennent pas au sérieux. Francis s'amuse avec des bouts d'asperges qui traînent dans une assiette. Il les lance à la tête de quelques jolies et jeunes danseuses qui piaffent en face de lui. Les jeunes femmes répondent en lui tirant la langue. Gabriële, de l'autre côté de la table, est en grande discussion avec un médecin à la barbe longue, qui semble fasciné par ses paroles. Francis se penche vers Marcel et lui explique, les pupilles dilatées : que voulez-vous, ma femme a un cerveau érotique, qui rend les hommes fous, à condition qu'ils soient très intelligents. Marcel répond : Heureusement pour vous, c'est une catégorie d'hommes qu'on ne croise pas souvent.

Après ce dîner, Francis Picabia s'intéresse de plus près au groupe de Puteaux, car c'est là qu'il retrouve le jeune homme tous les dimanches. Marcel, de son côté, sort de sa solitude pour passer du temps avec le couple Picabia. Peu à peu, le plaisir d'être ensemble devient une nécessité. Les longues soirées de conversation avec Duchamp remplacent les nuits d'opium, elles sont pour le peintre tout aussi enivrantes. Francis tombe à corps perdu dans l'intelligence abyssale du jeune homme.

Marcel Duchamp parlera de cette période comme du début d'une révolution et utilise un *nous* exclusif, qui ne comprend que lui et Francis. «Entre 1911 et 1914, ça a été pour nous une explosion. Nous, c'était assez comme les deux pôles, si vous voulez, chacun ajoutant quelque chose et faisant éclater l'idée par le fait qu'il y avait deux pôles. Étant seuls – il aurait été seul, j'aurais été seul – peut-être moins de choses se seraient-elles produites en nous deux [129]. »

En novembre 1911, quelques jours après la fermeture du Salon d'automne, Pierre Dumont et Francis Picabia organisent rue Tronchet la première exposition de la Société normande de peinture à Paris. Marcel Duchamp expose un tableau, *Sonate*, qui représente les femmes de sa famille avec une technique cubiste. Picabia présente trois tableaux. Deux sont intitulés *Jardin* et le troisième, *Cygnes*. L'événement devient la première manifestation du groupe de Puteaux. Néanmoins, à l'intérieur de ce mouvement, Duchamp et Picabia restent des électrons libres, ils expérimentent différentes manières, remettent les acquis en question et se refusent absolument à toute appartenance théorique ou communautaire.

Gabriële avait eu l'intuition que ces deux-là s'entendraient, mais elle n'avait pas imaginé qu'ils n'allaient plus jamais se quitter. Très vite, ils se connaissent par cœur et agissent comme des familiers de longue date. Quand l'un surgit à une soirée, les convives cherchent instinctivement les deux autres. La discussion, ce fluide puissant qui circulait entre Francis et Gabriële jusqu'à sa mise à mal par le rivage du réel, se libère à nouveau. Avec Marcel, ils retrouvent l'élan que les esprits chagrins ne prêtent au couple que pour un temps limité, cette sensation de construire ensemble l'immortalité, par la seule force des cœurs trempés dans le cambouis du monde. C'est Duchamp qui crève l'abcès suspendu entre les deux Picabia depuis la naissance de leurs enfants. Ils peuvent à nouveau s'aimer et aimer Marcel, dans le désordre, dans l'ordre, les têtes en bas, les corps en haut. Le prude Marcel accompagne les Picabia partout. Dans les virées fantastiques, dans une ivresse de loups, de mondes parallèles de drogués et de voyants, de nuits ressuscitées et de jours prometteurs.

Et les semaines passent, durant lesquelles Marcel s'installe quasiment avenue Charles-Floquet. Il fait sauter Laure-Marie et le bébé Gabriel, surnommé Pancho, sur ses genoux. Ils créent un groupe à trois, dont la première règle est l'absence de règles. De nouveau, la pensée est en marche. La présence de Marcel permet un renouveau, un regain d'énergie vitale, dans l'élaboration d'une autre façon de peindre. Gabriële

écrira : « Sous une apparence de timidité quasi roman-
tique, il possédait l'esprit le plus exigeant dans la dia-
lectique, le plus épris de spéculations philosophiques
et de conclusions absolues[130]. »

Marcel Duchamp s'intéresse à la philosophie,
mais aussi à l'aéronautique, depuis qu'il a assisté au
décollage et à l'atterrissage d'un avion à Toussus-le-
Noble en Seine-et-Oise[131]. Or, il se trouve que Francis
connaît bien un célèbre aviateur, Henri Farman, qui a
fait des études d'art à Paris. Si bien que dans leur jeunesse Francis et Farman étaient devenus amis. Farman
avait ensuite abandonné les beaux-arts pour devenir
cycliste, pilote automobile, et enfin pilote d'avion.
Pionnier dans son domaine, aventurier, il a inventé le
terme d'« aileron » et bat chaque année de nouveaux
records d'aviation.

Une nuit, par hasard, Francis croise Henri Farman
dans un cabaret, L'Âne rouge. Les deux copains se
tombent dans les bras. Avant de se quitter au petit
matin, Francis demande à son vieil ami s'il accepterait
d'organiser un baptême de l'air pour un jeune homme
qu'il connaît et à qui cela ferait plaisir. Marché conclu.

Le rendez-vous est donné à Chartres. Francis, Marcel et Gabriële embarquent en voiture. Au dernier
moment, les deux grands frères de Marcel demandent
à être de la partie. Il faut dire que Jacques et Raymond commencent à s'agacer un peu de l'influence de
Picabia sur leur petit frère. Autrefois, on parlait des
trois frères Duchamp « comme une portée de petits
chiens qui font tous la même chose, disent le même

175

mot, ont les mêmes réactions[132] ». Mais depuis sa rencontre avec le couple Picabia, Marcel s'émancipe. Les frères ont peur que cette mauvaise blague se termine en catastrophe aérienne. Alors ils surveillent.

Gabriële se souvient de leur arrivée au rendez-vous, à l'orée d'une immense prairie, terrain de ces machines volantes. « Nous découvrons avec stupéfaction un monde totalement neuf d'objets bizarres – sortes de jouets monstrueux faits de bâtons et de ficelles, munis d'antennes, c'est-à-dire d'hélices, qui tournent au ralenti[133]. » Cette vision effraie les hommes, qui se rétractent devant le danger. Ils ne veulent pas monter dans l'avion d'Henri Farman, immédiatement surnommé la « cage à poules ». Francis est bien embêté. Lui non plus ne se sent pas le courage, malgré son goût pour les expériences limites, de faire son baptême de l'air. Mais il s'en veut d'avoir dérangé son ami pour rien.

— Vous n'auriez pas une combinaison pour femme ? finit par lancer Gabriële, à qui personne n'avait rien demandé.

Les trois frères Duchamp se retournent, incrédules. Raymond explique qu'il serait non seulement insensé mais déraisonnable « qu'une mère de famille s'embarque dans un machin aérodynamique[134] ». Francis, lui, est enchanté : sa femme est décidément la seule personne sur qui il puisse *toujours* compter.

Gabriële, maintenant revêtue d'une combinaison beige rappelant par la coupe celle d'un ouvrier de chantier, les cheveux retenus serrés dans un foulard, prend place dans le biplan de l'aviateur. Sans une hésitation ou l'ombre d'une crainte. Impériale. Elle doit s'asseoir sur un objet mi-tabouret mi-selle de vélo à l'arrière du pilote, dans une sorte de niche encombrée de ficelles et de câbles. Henri Farman la prévient :

— Vous ne touchez surtout à rien, c'est très dangereux !

La machine s'agite, roule et décolle. Le bruit, se souvient-elle, est « infernal ». Un tremblement de terre, tout vibre et brinquebale. Farman se retourne de temps en temps, pour vérifier que sa passagère est en vie. Il est impossible de se parler dans ce vacarme, alors Gabriële lui fait des signes pour dire que tout est OK. Et se découvre pour elle une vision que peu de ses contemporains partageront : la terre en mouvement, telle que la voient les oiseaux, une palette de jaunes, de verts et de bleus. Le vol ne dure que quelques minutes, mais trente mètres au-dessus du sol, cela semble une éternité, sensation hors du temps et de l'espace que seuls provoquent les chocs véritables, et l'avion entame sa descente. L'atterrissage est sportif. Le retour à la terre, violent. Son mari et les frères Duchamp courent à sa rencontre. Visages éberlués. Sans voix. Gabriële remercie très gracieusement Henri et descend de la machine infernale.

Le jour de ce baptême de l'air, Marcel a rebaptisé Gabriële. Désormais, il l'appelle « Gaby ». Cela lui est venu tout naturellement, pendant qu'elle était dans les airs. Un surnom qui n'a rien d'innocent. C'est ainsi que Raymond Duchamp appelle sa fiancée, Gabrielle Bœuf. Gaby – un surnom d'amoureuse chez les deux frères Duchamp. Oui, cette journée passée dans les airs a bouleversé quelque chose en Marcel. Il a eu terriblement peur d'un accident, peur que Gaby meure sous ses yeux. Marcel est tombé amoureux de Gabriële.

Parfois, il est plus simple de s'aimer à trois.

Deux peintres, une femme, trois possibilités.

« J'ai toujours pensé, dira Gabriële Buffet, que cette journée passée chez les inventeurs de l'air avait marqué une large ouverture sur des horizons nouveaux pour les inventeurs du domaine plastique. Ce fut l'occasion, dès notre retour à Paris et pendant plusieurs jours, de discussions passionnées qui devaient aboutir à l'intronisation de la machine, création des hommes, dans les plus hauts lieux de l'art [135]. »

11

Prenez garde à la peinture

Gaby, c'est chic, ça a du chien. Ce diminutif plaît beaucoup à Francis, qui l'utilise aussitôt. Il aime aussi que ce surnom soit l'expression du désir de Marcel pour sa femme. Car personne ne peut ignorer à présent que Marcel éprouve pour Gabriële une attirance pulvérisante. Mais cela doit rester une idée. Marcel ne tente rien, il ne cherche pas à la séduire. Il s'installe à ses côtés, mais la considère intouchable. Peut-être de façon délibérée. L'existence d'une muse offre une force galvanisante. La femme devient l'absolu, l'horizon, l'idéal, l'au-delà. Pour ce jeune homme qui souffre d'une très grande timidité, aimer une femme impossible lui permet de garder ses distances avec les autres femmes. Parfois Marcel se retire et s'évade à Neuilly, un temps, pour se laver du trop-plein de bruit et de coulures, travailler au calme, peindre dans le silence pour pouvoir après replonger de plus belle dans le bain Picabia. Et, bien sûr, dans le lac Gabriële. Cette femme, car elle est femme, avec ses traits arrondis de vestale moderne, ses yeux fendus, fentes à jamais insondables et inaccessibles, est un être affolant. Mais il fait face à une ambiguïté terrible, il désire Gaby tout autant qu'il désire préserver ce couple ultime qu'il adore. Il voudrait épouser le monstre à deux têtes. Se liquéfier en eux.

Ce qui ne l'empêche pas d'accompagner Picabia dans les virées fantasques où l'on se cogne aux femmes qui appartiennent à la nuit. On parle d'amour fou. Pas de sexe.

Pour l'instant.

Gaby, elle, fait semblant de ne rien voir. Dans tous ses récits, Gabriële Buffet, sobre et secrète comme Duchamp, s'omet volontairement de l'équation. Il faut rester pudique avec la postérité. Mais elle est au cœur du trio, témoin direct et privilégié de l'influence substantielle et radicale qu'exercent les deux hommes l'un sur l'autre. Ils partagent en effet cette intuition que l'art ne peut se réduire à une conception de la vie mais EST la vie.

Pour le salon de la Société normande, Francis a peint deux toiles : *Les Chevaux* et *Le Poulailler*. Il s'est plongé pour cette dernière dans des images de la ferme de Miremont qui inspirèrent à Edmond Rostand la pièce de théâtre monumentale *Chantecler*. Les époux Picabia s'étaient rendus à la première en janvier 1910 au théâtre de la Porte-Saint-Martin. Une soirée mémorable. Tout le Paris lettré et critique était dans la salle. Les places se revendaient sous le manteau et à prix d'or. On murmurait que le jeune dramaturge avait travaillé huit ans sur sa pièce. Après le succès de *Cyrano de Bergerac*, on l'attendait au tournant. Les huées commencèrent à fuser au troisième acte. L'ambiance était électrique.

— Je vais acheter une ferme, annonça Francis en sortant de la représentation.

— Une ferme ?

— Oui. Je veux des poules, des chats, des ânes. Je veux de la paille jusque dans mon lit.

— Il n'y a pas d'âne dans une ferme.

— Je veux une ruine ! On la reconstruira ensemble.

De là à vouloir vivre dans une ferme, s'était dit Gabriële, amusée. En revanche, une chose est claire sur le fonctionnement Picabia : prétendre aller dans son sens, ne pas opposer de refus frontal, on sera toujours surpris du résultat.

Peu après le vol de Farman, la lubie de Francis le reprend. Il décide d'acheter une maison de campagne. Ce n'est pas une surprise pour Gabriële. Elle sait que c'est une façon pour lui de construire un refuge, de bâtir un château qui soit celui de leurs rêves, de leurs utopies – et le trio qu'ils forment avec Marcel est une forme d'utopie amoureuse. En cette fin d'année 1911, après avoir enchaîné le Salon des indépendants, le Salon d'automne, l'exposition parisienne de la Société normande, et tous leurs cortèges de clameurs et soubresauts, il déclare un matin à Gaby :

— J'ai entendu parler d'un monastère bénédictin abandonné. C'est à quelques heures de Paris. On peut le transformer en ferme, non ?

— Quand ça, Francis ?

— On part demain, avec la Peugeot.

— Demain, je dois voir Heidi.

— Impeccable. On l'emmène.

Heidi, c'est Adelheid Roosevelt. Son mari, André, est un petit-neveu du président américain. C'est aussi un aventurier. Il est alpiniste, aviateur, réalisateur de films. Il s'entend à merveille avec Francis. Heidi, elle, apprend la sculpture avec Raymond Duchamp-Villon. Elle a été l'une des premières Américaines architectes, Gaby l'aime beaucoup.

Les deux couples embarquent donc dans la Peugeot rutilante pour aller visiter le monastère-ferme bénédictin[136]. À une époque où il n'est pas si aisé de se déplacer, où chaque voyage s'organise avec force préparatifs, Francis Picabia possède la modernité et la folie douce de multiplier les départs sur un coup de tête. Toute lubie se transforme en quête. Aller voir la mer, quérir une meilleure lumière, acheter une ferme, pour le plaisir du vent aveuglant et de la vitesse. Le coup de tête n'est pas une image, Francis peut se lever au milieu d'un dîner, embarquer Gabriële et Marcel et partir de nuit en voiture, bientôt délivré par la vibration de la tôle dans son corps, comme on soulage une addiction. Conduire est une décharge d'adréna-line, la pratique d'un sport à risque. Les routes n'ont pas de revêtement adéquat, il n'existe encore que de rares panneaux pour prévenir des dangers, le moteur – quand on parvient à le faire démarrer – peut caler sans prévenir, et évidemment les voitures ne sont pas conçues pour protéger les passagers des intempéries : une pluie provoque une bérézina, sans parler de la poussière qui s'infiltre et recouvre l'intérieur. Le bruit tonitruant des machines doublé d'odeurs infectes fait comparer les engins à des incarnations diaboliques.

Ce jour-là, tout se passe à merveille. La voiture ne fait aucun caprice, le voyage est très joyeux et la ferme, formidable. Pourtant, sur le chemin du retour, Picabia est sombre. Il annonce qu'il n'achètera pas cette maison. D'ailleurs, il n'achètera rien. Plus jamais. C'est fini. Accroché à son volant, désormais silencieux, Francis semble assailli par de sombres démons.

Gabriële comprend. À ce moment précis, elle prend conscience que son mari traverse des cycles, qui se succèdent de façon plus ou moins rapide. Et que c'est une sorte de maladie. Pourquoi le comprend-elle ce jour-là plutôt qu'un autre jour ? Il aura fallu plus de trois ans de mariage pour que Gaby saisisse que Francis alterne des phases volubiles, euphoriques, désinhibées où il dépense sans compter et multiplie les projets, et des phases d'abattement et de mélancolie. La médecine n'a pas encore popularisé en 1911 le concept de «folie maniaco-dépressive». Le terme a été employé pour la première fois seulement quatre ans auparavant. Pour être précis, deux psychiatres français ont travaillé simultanément sur le sujet dans les années 1850, l'un, Falret, parle de «folie circulaire», l'autre, Baillarger, de «folie à double forme». Gabriële n'en a pas connaissance, mais elle a compris que son mari a des cycles binaires. Un temps il se plonge dans l'intensité du bouillon parisien, il enchaîne les nuits sans sommeil, peint énormément, relève les défis, multiplie les projets. Un gros ogre maniaque, dont l'appétit est une forêt sublime sans clairière. Puis, dans un autre temps, il ne jure plus que par le calme, le silence, le désert mondain. Et devient hypocondriaque.

La drogue n'arrange rien. Marcel est fasciné par les disparitions de Francis dans les maisons d'opium. Il se souvient : « Il avait des ouvertures sur des mondes que je ne connaissais pas du tout. En 1911 et 1912, il allait presque tous les soirs fumer de l'opium [137]. » Mais depuis que Duchamp est entré dans leur vie, Gabriële trouve que les choses sont différentes. Francis est plus stable. Et puis quand il fout le camp pour une nouvelle lubie, un nouveau coup de cafard, Marcel reste, il répare, il tient la barque. Il est devenu le confident de la femme, l'ami le plus précieux, une évidence. Il s'agit de ne pas détruire le triangle. « Le jeune Normand parviendra toujours à réparer les pots cassés, quelque tendu que soit le conflit [138]. » Quand tout est redevenu calme, c'est le tour de Francis de s'accaparer Marcel. Il aime leur relation à trois, mais il aime aussi l'avoir pour lui tout seul.

Un matin, Francis embarque Marcel pour Rouen, à l'occasion de l'organisation du salon de la Société normande. En chemin, leur voiture est arrêtée par des sergents de ville. Les deux peintres sont menottés et emmenés au poste, sans ménagement [139]. Marcel et Francis n'y comprennent rien. Leur interrogatoire dure plus de dix heures. On leur demande où ils se rendaient, pourquoi, où ils se trouvaient le mois précédent, et celui d'avant, d'où vient la voiture, les mêmes questions en boucle et sur tous les tons. Mais que se passe-t-il ? Gabriële, prévenue le lendemain, vient les chercher pour témoigner de leur identité. Ils sont finalement relâchés, ébahis de ce qui vient de se produire. Un jeune gendarme finit par les éclairer : on les a confondus avec les braqueurs qui défraient les gazettes depuis trois mois, la bande à Bonnot. Marcel a été pris pour Raymond Callemin – surnommé par les journaux « Raymond la science » parce que c'est l'intellectuel de la bande. Et Francis Picabia confondu avec Jules Bonnot en personne.

Pas besoin de lui faire un dessin, Picabia s'est passionné pour l'affaire depuis le début. Et pour cause : c'est le premier casse de l'histoire accompli à l'aide d'une voiture. Le braquage de la Société générale, rue Ordener, a rendu Jules Bonnot et ses hommes très célèbres. Ainsi que leur limousine Delaunay-Belleville vert et noir de douze chevaux, modèle 1910. « Des hommes de goût ! » explique Picabia au jeune gendarme qui les raccompagne.

Sur le chemin du retour à Paris, Francis et Marcel sont enchantés d'avoir été confondus avec les ennemis publics de la nation, de dangereux anars. Les deux peintres oublient instantanément l'angoisse de la garde à vue, dont ils racontent tous les détails à Gabriële, jusqu'à plus soif. Picabia organise sur-le-champ une soirée « Bande à Bonnot » avenue Charles-Floquet, pour que tout Paris sache comment Marcel Duchamp est désormais fiché comme « sympathisant anarchiste dangereux [140] ». Les grands frères de Marcel n'apprécient pas vraiment la blague.

Raymond Duchamp-Villon a fait des travaux dans

sa cuisine. Alors, pour les fêtes de Noël, il a demandé à ses amis et ses frères de lui offrir des petits tableaux destinés à égayer la pièce. Évidemment, Francis Picabia n'a pas été sollicité… Marcel entreprend de peindre un *Moulin à café*. Trouve-t-il la demande de son frère un peu *décorative* ? Veut-il lui reprocher son inimitié envers Francis ? Quoi qu'il en soit, au lieu de peindre un moulin à café « cubiste » pour la cuisine de son frère, Marcel peint le fonctionnement de la machine, comme une notice visuelle de la mécanique du moulin à café. C'est un cadeau humoristique. Et pourtant, c'est aussi un manifeste. Plus tard, Marcel prendra conscience que ce moulin était pour lui un début fondamental. L'année suivante, Picabia fera à son tour son premier dessin mécanique [141]. Quelque chose de très important est en train de se passer, au moment où les deux hommes se détournent du cubisme. « Ce qu'il y a eu de très curieux avec Marcel et Francis, c'est qu'ils ont tous deux immédiatement dénaturé la raison d'être des machines, leur personnalité utilitaire, ils leur ont donné d'autres significations [142] », racontera Gabriële en parlant de cette époque. Or cette réflexion sur la mécanique et les machines va être nourrie par la première exposition du mouvement dit « futuriste » de Filippo Tommaso Marinetti, qui se tient à Paris en février 1912 à la galerie Bernheim-Jeune. Les futuristes sont dans la ville, « Tout le monde était surexcité [143] », se souvient Gertrude Stein, la collectionneuse américaine installée à Paris, la grande amie de Pablo Picasso.

Le 5 février, Gabriële se rend au vernissage avec

Francis et Marcel. C'est la cohue. « Tellement de foule, qu'il fut difficile de voir les peintures [144] », se souviendra Marcel Duchamp. Le manifeste du futurisme, qui regroupe des peintres italiens, est écrit par Marinetti. Il commence ainsi :

« Nous déclarons que la splendeur du monde
s'est enrichie d'une beauté nouvelle : la beauté de
   la vitesse.
Une automobile de course, avec son coffre orné
   de gros tuyaux,
tels des serpents à l'haleine explosive.
Une automobile rugissante,
qui a l'air de courir sur de la mitraille,
est plus belle que la *Victoire de Samothrace*. »

Les futuristes italiens parlent de faire table rase, liquider la vieille peinture. Ils enjoignent à démolir les musées et les bibliothèques, qu'ils comparent à des cimetières. Ils veulent combattre le moralisme et créer une nouvelle génération d'artistes en marche pour une révolution. Ils se donnent dix ans pour changer la peinture. Et « quand nous aurons quarante ans, que de plus jeunes et plus vaillants que nous veuillent bien nous jeter au panier comme des manuscrits inutiles ». Cette rage, cette colère et surtout cette radicalité séduisent beaucoup Marcel et Francis. Gabriële est plus circonspecte. À son goût, ces Italiens s'agitent un peu trop sur l'avènement d'un « homme nouveau » et la « beauté du coup de poing ». Ils chantent l'homme au volant, mais le mépris de la femme. Quoi qu'il en soit, les discussions entre Francis, Marcel et Gabriële s'embrasent comme un incendie que les futuristes auraient excité de leurs allumettes. Machine, mouvement, vitesse. Leur attraction pour les machines est la même : les futuristes parlent du « vol glissant des aéroplanes, dont l'hélice a des claquements de drapeaux ». Tout est là.

Quelque temps plus tard, Marcel Duchamp se rend à l'exposition de la locomotion aérienne, au Grand Palais. En rentrant de l'exposition, il va chez les Picabia pour leur raconter ce qu'il y a vu d'intéressant.

— Je me suis retrouvé à visiter l'exposition avec le sculpteur Brancusi. Et aussi Fernand Léger. On regardait une hélice d'avion. Et j'ai dit à Brancusi : « C'est fini la peinture. Qui ferait mieux que cette hélice ? Dis, tu peux faire ça [145] ? »

— Bien vu, acquiesce Picabia.

Marcel et Francis, nourris l'un de l'autre, sont en pleine fureur créative. Leurs préoccupations artistiques sont déchaînées, radicales, électrisantes. Dès lors, leurs œuvres respectives commencent à discuter entre elles. Comme le tableau *Jeune homme triste dans un train* peint par Duchamp fin 1911, auquel fait écho *Figure triste* de Picabia réalisé en 1912.

Francis veut libérer la peinture de l'imitation et, sous la houlette cérébrale de Gabriële, il cherche à faire de la peinture une composition symphonique [146]. Marcel, lui, reprend des termes musicaux quand il parle de peinture : un dessin doit être fait de « couleurs qui sont les timbres différents de ton harmonie », écrit-il à sa sœur Suzanne [147]. Francis travaille sur différents tableaux, dont *Port de Naples*, avec des éléments « disposés selon un rythme propre à la composition musicale [148] ». Marcel Duchamp, lui, vient de terminer son *Nu descendant un escalier n° 2*. Il a pensé ce tableau d'après une petite huile préparatoire réalisée fin 1911, d'où le « n° 2 ». Il loue une barque pour le faire transporter au Grand Palais par voie de Seine.

Le projet pictural est de représenter (d'imaginer ?) une figure mobile (un corps nu qui descend) dans un environnement fixe (un escalier). La palette est cubiste (teintes brunes, verdâtres, brique) mais le sujet est duchampien. Le corps est littéralement invisible, ne s'expriment qu'une mécanique, une idée d'un corps qui se meut, une action tellement décomposée qu'elle ne donnerait rien à voir de naturaliste, mais un enchaînement si rapide et naturel que l'œil n'aurait pas le temps d'organiser sa perception pour la transmettre au cerveau autrement que par l'idée de l'enchevêtrement. C'est une composition de la décomposition du mouvement. En revanche, le titre est inscrit bien lisiblement à même la toile, en lettres capitales au bas du tableau. Et sans appel. NU DESCENDANT UN ESCALIER. Marcel décide de présenter son tableau au prochain Salon des indépendants, dans la salle réservée aux cubistes, avec tous les membres du groupe de Puteaux.

Ce matin qui précède le vernissage, Gabriële boit son café à la terrasse de La Rotonde. Elle cherche un peu de calme pour affronter la journée du lendemain.

Les soirées d'ouverture des salons sont toujours de grands moments de nervosité pour Francis – qu'il soit en extase et invite les cent cinquante personnes du vernissage à venir dîner chez eux, ou qu'il se mette à insulter les critiques et veuille partir sur-le-champ s'enfermer dans un hôtel de bord de mer. Gabriële connaît la chanson, suffisamment pour pouvoir elle-même écrire le mode d'emploi Picabia. Ce serait d'ailleurs amusant. Faire une notice du peintre espagnol. Il adorerait, songe Gabriële en fumant une cigarette. Elle se plonge dans la lecture du quotidien *Le Matin*, daté du jour, mardi 19 mars, qui traînait sur le comptoir. La terrasse est encore clairsemée, Gaby profite du calme pour lire l'article consacré à la bande à Bonnot. Depuis l'arrestation rocambolesque de ses deux compagnons, elle suit de près tous les rebondissements de la chasse à l'homme. Un des membres de la bande a eu l'insolence d'écrire au journal pour provoquer la police. Il a même signé sa missive de son empreinte digitale. Tout à sa lecture, Gaby ne voit pas tout de suite que Marcel traverse la terrasse pour la rejoindre. Sa démarche est nerveuse, brusque, il se cogne dans les chaises. La jeune femme lève la tête, pose son journal et jauge l'humeur de son ami comme seuls les intimes savent le faire. D'office, elle commande au serveur un Picon bière. Elle a compris que quelque chose ne va pas.

En effet, Marcel est furieux. Fébrile et livide. Il parle mais ses phrases partent dans tous les sens et Gabriële s'étonne du déchaînement colérique de son ami, lui d'habitude si flegmatique.

— C'est une trahison, Gaby. Mes frères sont venus chez moi, habillés comme des croque-morts[149]. Pour me dire que les gens du Salon veulent que je change le titre de mon tableau.

— Le *Nu descendant l'escalier*?

— Oui. Je dois changer le titre avant le vernissage.

— Pourquoi, la Bible dit que c'est contraire à la religion cubiste? demande Gabriële.

— Non. Leur petit temple révolutionnaire ne comprend tout simplement pas[150] qu'un nu puisse descendre un escalier.

— Que vas-tu faire?

— Je vais décrocher mon tableau[151].

— Parfait. Un tableau fantôme dans le catalogue, ça va plaire à Francis.

Le Salon des indépendants a été pensé à l'origine comme un lieu de liberté pour les peintres. Un lieu de renouvellement de la peinture, un laboratoire, qui s'affranchirait totalement des récompenses et des jurys.

Or c'est ce même salon, soi-disant moderne, qui vient de demander à Marcel Duchamp de prestement changer le titre de son tableau, juste avant l'ouverture, le 20 mars 1912. Une façon « douce » de lui expliquer que son tableau ne fait pas l'unanimité. Plus précisément, ce sont les « placiers » de la salle cubiste, la fameuse salle 41, messieurs Gleizes et Metzinger, qui n'aiment pas le tableau. Courageusement, ils ont demandé aux grands frères de Marcel d'enjoindre à leur cadet de cacher cette toile que le public ne saurait voir.

L'incident «tourne les sangs» à Marcel Duchamp, selon son expression. «Qu'ils aillent au diable[152]!» s'exclame-t-il. Francis Picabia l'encourage et prend sa défense:

— Gleizes se prend pour un socialiste révolutionnaire, mais il est resté un petit-bourgeois de Courbevoie[153].

Marcel ne s'alignera sur aucune doxa. Pour lui comme pour Francis, en 1912, la peinture est déjà un pont vers l'ailleurs, elle n'est pas une fin, encore moins un sujet à étiquette. Le jeune homme de 25 ans, encore abrité par ses frères au sein du groupe de Puteaux, va larguer les amarres.

Meurtri par cet incident, il se sent humilié, dénigré par sa propre famille. La violence inouïe de cet acte – qu'un groupe de personnes qu'il admire le contraigne à retirer son tableau de l'exposition – aura des répercussions indélébiles en lui. Il se retranche à Neuilly pour panser sa déception. Le dimanche, il ne se rend plus à Puteaux. Il reste en froid avec ses frères.

Il ne veut plus peindre, lit des jours entiers. Il se passionne enfin pour Nietzsche, dont Picabia lui parle sans cesse depuis qu'ils se sont rencontrés. Gabriële raconte: «Duchamp s'enferme dans la solitude de son atelier de Neuilly, ne gardant le contact qu'avec certains amis dont nous sommes. Parfois il "part en voyage" dans sa chambre et disparaît. Période d'évasion en lui-même où s'opère la mutation du *Jeune Homme triste dans un train* en une incarnation luciférienne captivante et redoutable[154].»

Francis s'inquiète pour Marcel. Il doit faire quelque chose pour que la blessure du jeune homme soit moins vive. Il s'identifie à cette douleur, qu'il comprend. Alors il agite son réseau, fait le tour de ses connaissances et réussit à convaincre le célèbre galeriste catalan Josep Dalmau d'exposer le tableau du jeune homme. Peu de temps après l'insulte, le *Nu descendant un escalier* rejeté des Indépendants est enfin exposé à Barcelone. Dalmau l'accueille dans le cadre de l'exposition d'*Art Cubista*. La toile ne fait pas parler d'elle, mais peu importe. Elle a été acceptée, accrochée et vue.

En fait, le tableau n'est pas passé totalement inaperçu : un jeune homme l'a remarqué. Et même plus que ça. Il a été frappé par cette vision. Hypnotisé. Ce jeune homme, c'est l'encore inconnu Joan Miro, qui, à 19 ans, fait ses études à l'Escola d'Art de Francesc Gali. Miro dessinera une *Femme nue montant un escalier*, des années plus tard, en 1937, dans un hommage évident à Duchamp[155].

Les jours, les semaines et les mois passent. Marcel se réconcilie avec ses frères. La bande à Bonnot est arrêtée au mois d'avril. Le siège de la maison où Jules Bonnot s'était retranché a donné lieu à une véritable scène de western, la police ayant balancé la dynamite pour en finir. La traque a presque éclipsé le reste des actualités, notamment le drame de ce paquebot de luxe qui a coulé au large des côtes de Terre-Neuve – le *Titanic*. Gaby rencontre l'un des survivants du naufrage lors d'une « virée coup de tête » à Amsterdam avec Francis et son galeriste Hedelbert.

Le Salon des indépendants, où Picabia a exposé trois toiles, a fermé le 16 mai. Une chaleur étouffante s'abat sur la capitale. L'atmosphère s'affole. Après les gels de printemps du mois d'avril, le thermomètre ne cesse de grimper. À Paris, on dépasse les trente degrés à l'ombre. Francis peint complètement nu pour lutter contre la chaleur. Une sorte de nu peignant un tableau, qui fait peur aux enfants. Laure-Marie a tout juste 2 ans, fillette discrète mais qui entraîne par la main son petit frère Gabriel-Pancho qui, à 1 an, commence tout juste à marcher.

Dans la moiteur d'une soirée parisienne, le trio se rend au théâtre Antoine pour voir *Impressions d'Afrique*. C'est la première. Ils sont très intrigués, car ce spectacle est devenu en quelques jours le seul sujet de toutes les conversations parisiennes. Pourquoi ?

L'auteur est Raymond Roussel. C'est un jeune écrivain à peine plus âgé que Gabriële, qui se distingue par un costume de dandy mélancolique et des nœuds papillons grandiloquents. Gabriële a entendu dire qu'il avait voulu être musicien, compositeur même et qu'il avait abandonné. On raconte qu'il s'est fait construire une roulotte de luxe, avec robinetterie en or et chambres pour les domestiques [156]. Il trimballe une souffrance d'artiste maudit, mais il est richissime. Sa famille vient de la grande bourgeoisie de la finance.

D'abord romancier, il s'est ensuite lancé dans le théâtre. Des langues acides expliquent ce changement par l'appât d'une gloire et d'une reconnaissance que ses romans échouaient à trouver. La pièce *Impressions d'Afrique* est donc tirée de son roman homonyme. La première représentation a fait un flop. « Ce fut plus qu'un insuccès, ce fut un tollé. On me traitait de fou, on "emboîtait" les acteurs, on jetait des sous sur la scène, des lettres de protestation étaient adressées au directeur [157]. » Loin de se décourager, il tente une nouvelle mise en scène. Il fait coller des affiches à la sauvage partout dans Paris. Ce sont des bandes dessinées publicitaires qui présentent les scènes principales de la pièce : il est question du nain Philippo qui a la tête aussi grande que le corps, d'un ver de terre qui joue de la cythare, d'une statue en baleines de corset qui roule sur des rails en mou de veau, d'un mur de dominos évocateur de prêtres (sic), d'un unijambiste qui joue de la flûte avec son propre tibia (ingénieux), ou encore (on prend son souffle) du caoutchouc caduc contre lequel repose à plat le cadavre du roi nègre Yaour IX classiquement costumé en Marguerite de Faust [158]. La liste est longue et prometteuse. Tout le monde en parle. La curiosité est à son comble. Roussel est un excentrique, un jusqu'au-boutiste, et une chose est certaine : il sait créer l'événement.

En sortant d'*Impressions d'Afrique*, les trois sont sous le choc de ce qu'ils viennent de voir. Un Picabia survolté s'exclame :

— C'est le nouveau père Ubu [159] !

Francis a particulièrement apprécié le début de la pièce qui décrit « minutieusement des spectacles de cirque que d'ingénieuses machines impossibles jouent avec une précision parfaite, comme des robots que l'homme ne peut maîtriser [160] ». Gabriële est euphorique. Elle a ri pendant deux heures. Marcel est pénétré. Frappé. La pièce, dira-t-il plus tard, l'a fait basculer ailleurs [161]. Ce grand carnaval, au sens médiéval du terme, où les fous deviennent les rois, où la raison s'ignore, est ressenti par le trio comme un renversement. Si on met tout à l'envers, si l'impossible devient la nouvelle mesure, que voit-on ? « C'était formidable… », raconte Duchamp, qui évoquera encore cette soirée de mai 1912 quarante ans plus tard : « Une chose importante pour vous est que vous sachiez combien je dois à Raymond Roussel qui m'a délivré, en 1912, de tout un passé "Physico-plastique" dont je cherchais déjà à sortir [162]. »

D'abord, quel est le sujet de la pièce ? Un paquebot occidental, le *Lyncée*, fait naufrage près de côtes africaines. Le roi local, Talou VII, capture les rescapés et les contraint à organiser des spectacles extraordinaires pour un grand gala appelé le « gala des incomparables », tout en les tourmentant. Ils ne seront libérés qu'au lendemain de leur représentation.

Roussel écrit selon un procédé qui repose sur des associations de mots. Les explications de Roussel sur sa méthode peuvent donner une idée de la bizarrerie ressentie par les spectateurs. « Je prenais le mot palmier et décidais de le considérer dans deux sens : le sens de gâteau et le sens d'arbre. Le considérant dans le sens de gâteau, je cherchais à le marier par la préposition "à" avec un autre mot susceptible lui-même d'être pris dans deux sens différents ; j'obtenais ainsi (et c'était là, je le répète, un grand et long travail) un palmier (gâteau) à restauration (restaurant où l'on sert des gâteaux) ; ce qui me donnait d'autre part un palmier (arbre) à restauration (sens de rétablissement d'une dynastie sur un trône). De là le palmier de la place des Trophées consacré à la restauration de la dynastie des Talou[163]. »

La langue du texte devait être assez confuse pour le public, perçue comme incohérente par une majorité, mais aussi comme un champ poétique inattendu pour d'autres, comme Duchamp, Gaby et Picabia. La langue devenue une musique, un bruit, un jaillissement tour à tour euphonique ou disphonique. L'immense et le miniature, le propos général et le détail sont évoqués pêle-mêle, dans le même souffle. Tout fait sens, ou tout crée du sens, sans considération de hiérarchie ou d'échelle.

Par ailleurs, le « gala des incomparables » donne lieu à des spectacles dans le spectacle, Roussel ayant apporté un luxe de moyens et d'imagination pour créer des machineries spectaculaires, notamment une machine qui peint ! Pour Duchamp et Picabia, qui commencent à cette époque à se passionner pour la mécanique, on peut subodorer le choc esthétique ressenti lors de la représentation, qui nourrit leurs propres intuitions.

Ce spectacle, dans les souvenirs de Marcel Duchamp, lui a « montré la voie d'une création sans écho du monde extérieur[164] ». Roussel a créé un nouvel horizon d'attente pour le jeune homme. « Encore

197

aujourd'hui je considère Raymond Roussel d'autant plus important qu'il n'a pas fait école[165]. »

Mais prenons le souvenir pour ce qu'il a aussi été sur l'instant, l'instant insaisissable, dont la juste vérité s'évanouit presque concomitamment à son existence : simplement une soirée au théâtre, où la surprise est telle qu'ils n'écoutent même pas les dialogues, la salle est ivre sans alcool, elle interpelle les comédiens, on baigne dans le scandale, c'est un vent de liberté absolue.

Et ils rient.

Marcel, Gabriële et Francis rient à s'en tordre les côtes.

Des côtes en corsets de baleine ou en mou de veau.

On peut bâtir des cathédrales de réseaux de sens et conjonctions pour comprendre comment Marcel est devenu Duchamp ou Francis est devenu Picabia. Mais ce que Gabriële se rappelle avant tout, c'est qu'ils étaient très heureux, ce soir-là. Tous les trois. C'est rien et tout, à la fois.

Ce mois de mai se transforme en canicule. Gabriële entrevoit l'été qui se profile comme un bocal sans air. Elle aimerait bien partir loin de Paris quelque temps, seule. Sans Francis et les tourbillons qu'il génère, sans Marcel dont l'intensité du lien qui les unit l'effraie parfois. Elle ne peut faire totalement abstraction de ce corps qui est là, qui la porte. Elle surprend souvent à la volée le regard de Duchamp sur elle, si lourd, si évident, dans des cafés saturés de gens, où le bruit des conversations amplifie les sueurs de tous ces êtres

198

enchevêtrés. De tous ces êtres survoltés. Elle le trouve irrésistible, mais irrésistible comme un enfant trop intelligent. Ils sont devenus si proches. Tous les deux. Tous les trois. C'est cela, il faut bien qu'ils soient toujours trois.

Certains soirs, avenue Charles-Floquet, elle s'endort entre les deux hommes, dans un lit qui n'a plus de cadre, ni de limites, elle écoute leurs respirations qui se mêlent. Oui, deux souffles qui s'harmonisent en elle comme une mélodie libre et déconstruite.

Elle n'avait jamais bien compris ces histoires de corps, cette charge animale grossière où l'on perd la tête à vouloir consommer la chair de l'autre. Absurde. Où l'apparition d'un visage vous écorche l'estomac. Absurde. Où la suggestion de la multitude des creux, des plis et des dépressions d'un corps étranger vous fascine au point que vous pourriez tuer sans ciller ce que vous êtes au monde pour vous étendre dans ce paysage. Pour le privilège de se perdre, en lui, l'autre, de saisir et d'être compromise, de tout abandonner.

Quand elle voit Marcel, elle a envie de lui. D'une manière nouvelle et intransigeante.

Une guillotine.

C'était donc ça.

Je devrais partir quelque temps en Angleterre, songe-t-elle.

12

Parade amoureuse

En mai 1912, Gabriële prépare son voyage pour
Hythe avec les enfants. La veille de son départ,
Marcel Duchamp l'appelle au téléphone[166]. Il lui
demande l'adresse de sa villa anglaise, comme on
soutire une information confidentielle à un allié de
l'ombre. A-t-il été enhardi par la sensation du désir
de Gabriële ? A-t-il compris qu'elle fuyait pour ne pas
lui succomber ? Ce jour-là, il lui téléphone dans un
état de confusion inédit pour lui dire une chose et
une seule.

Qu'il l'aime.

Je t'aime, Gabriële.

Avec un ton de révolutionnaire.

Avec un aplomb performatif, celui qui transforme
les mots en événement.

Elle a gardé son calme.

Bien sûr que l'on s'aime.

Mais fallait-il le dire ?

Fallait-il le dire comme ça ?

Il a réclamé son adresse. « Je veux savoir où tu es, je veux pouvoir te trouver, t'écrire. » Elle la lui donne, comme elle se serait donnée.

Le trio brûle. Le triangle est piégé.

Jusqu'ici, ils ne se sont jamais rien caché. Tous les trois.

Mais tout éclate. Gaby va partir. Marcel décide de quitter Paris pour l'Allemagne.

Lui aussi doit fuir, se défaire des traces de Gabriële dans sa vie quotidienne. « Sa décision de confesser son amour à Gabriële Buffet-Picabia paraît suffisante pour expliquer son brusque départ de Paris et son voyage à Munich[167]. » Il n'a pas la force de revoir Picabia avant de prendre le train. Francis, son grand frère en peinture, son soleil en éclipse perpétuelle. Il l'aime. Et il aime sa femme. Il ne sait plus lequel des deux il aime le plus. Il ne sait pas s'il commet une trahison, ou bien si le véritable amour entre eux, c'est bien d'aimer la même femme.

Partir de Paris, il suffoque, partir au plus vite... Marcel termine son tableau *Le Roi et la Reine entourés de nus vites,* point final d'une série de dessins qui poursuivent son travail sur le mouvement : *2 Nus : un Fort et un Vite*, *Le Roi et la Reine traversés par des Nus en vitesse*, *Le Roi et la Reine entourés de Nus vites*[168].

Le Roi et la Reine.

Le Roi Picabia.

La Reine Gabriële.

Avant le départ de Gaby, il dépose devant sa porte son dessin *2 Nus : un Fort et un Vite*.

Cadeau trop signifiant ?

Alors oui, elle lui a donné son adresse en Angleterre.

À cet homme si intense. À cet ange cannibale.

Elle est partie à Hythe.

Un fort et un vite. Francis et Marcel.

Comment choisir ? Il ne faut pas choisir. Tout coïncide. Tout se tient. Ensemble. Elle n'enlèvera jamais Picabia d'elle. C'est impossible. Ils pourraient se détruire, se déchirer, tout. D'ailleurs, peu importe. Gabriële, elle, n'a aucune crainte de la réalité de la solitude. Mais rien ne ferait se disjoindre cet état.

Ils sont. Un seul corps. Une matière. À penser. À peindre.

Mais si Marcel veut lui écrire.

Il est le bienvenu. En eux.

Gabriële arrive à Hythe avec Laure-Marie et Pancho. « Ayant choisi cette villégiature lointaine pour échapper pendant quelque temps aux agitations de Paris, il m'avait paru que la Manche à traverser devait m'en séparer davantage [169] », écrira-t-elle avec pudeur, mais clarté pour qui sait lire entre les lignes. Le versant plus inconscient de ce voyage est l'émoi que Gabriële ressent face à l'absence de Marcel. Il lui manque, elle est moins forte sans lui. Leur relation atteint un pic inattendu. Ce qui renforce son envie de s'exiler. Il lui faut bien une mer pour se séparer des deux hommes de sa vie.

La gracieuse station balnéaire de Hythe se situe dans le Kent. De petites ruelles raides, quelques églises et la mer. Polyglotte, Gabriële apprécie la langue anglaise, dont elle savoure l'incroyable efficacité poétique. Elle a loué une villa qui appartient à une vieille dame, tout ce qu'il y a de plus britannique, vivant dans un décor de fleurs séchées et de coquillages. La propriétaire des lieux a une passion pour les collages, qu'elle fabrique avec des images découpées dans les journaux et les magazines, qu'elle colle, encadre et accroche aux murs. Gabriële, caustique, commente : « Comme d'autres échappent à leur refoulement en écrivant d'interminables romans qui sont un grand charme de la littérature anglaise, cette femme consacrait ses loisirs solitaires à la confection de petits tableaux très ingénument licencieux[170]. » On imagine que les collages évitèrent de peu un destin d'allume-feu pour la cheminée.

Gabriële se pose, un peu, laisse Marie et Pancho jouer avec la nounou, pour s'adonner à son rituel intime, marcher pieds nus sur la plage, dégrafer robe et cheveux, et plonger dans l'ailleurs liquide, loin du monde.

Ce matin, elle reçoit une lettre avec un timbre allemand. Marcel. Elle ne l'ouvre pas tout de suite. Elle pressent que son contenu va l'ébranler.

Marcel Duchamp est arrivé à Munich le 21 juin. Il est accueilli par le peintre Max Bergmann, qu'il surnomme le peintre des vaches. Cet ami lui a trouvé une petite chambre au 65 de la Barerstrasse, près de la vieille Pinacothèque[171]. Cela favorisera bientôt une de ses routines : s'y rendre chaque jour, pour y admirer les nus de Cranach l'Ancien. En dehors de cette lettre à Gabriële, Marcel donne peu de nouvelles à ses proches, comme s'il laissait délibérément voleter un voile de mystère sur cette parenthèse munichoise.

Duchamp s'habille de solitude, il fume de longs cigares à paille appelés Virginia, il ne cherche pas à rencontrer les acteurs du milieu artistique allemand, il préfère les lire, comme Kandinsky dont il achète *Du spirituel dans l'art*, que Gaby lui a recommandé[172]. Il écume les expositions, les galeries, les musées (celui de l'Alchimie). Il découvre Paul Klee et le *Blaue Reiter*, le «Cavalier bleu», un groupe d'artistes munichois qui prêchent un renouveau spirituel de notre civilisation. Mais Marcel reste en retrait.

Munich convient parfaitement à sa langueur douloureuse. Il digère la déception amoureuse – ou plutôt l'aporie amoureuse – dans une ville où il est anonyme, où rien ni personne ne lui renvoie l'image de son amour déçu. «Je suis allé à Munich où j'ai passé deux mois enfermé dans une chambre d'hôtel, sans rencontrer une seule personne[173]», se souviendra Marcel cinquante ans plus tard. Il fera aussi allusion au fait qu'à ce moment-là, un réflexe de survie l'encourage à transformer sa passion inassouvie en matière artistique. Il laisse le chagrin infuser en lui pour parcourir de nouveaux territoires possibles, pour inventer des signes révolutionnaires.

Le jeune Marcel est au cœur d'un tournant. Il est en train de se dégager de toute influence et de dessiner une voie inédite : aller au-delà du visible, aller vers le «non-rétinien». À l'instar de nombreux autres artistes cubistes, Duchamp introduit dans son travail depuis 1911 la notion de quatrième dimension qui correspondrait à l'invisible que doit montrer la peinture. « Quel est cet invisible que Duchamp veut montrer ? Celui des idées, de l'âme et des mouvements du corps, des pulsions érotiques, du temps et de l'espace qui se déforment[174]. » Le travail que débute Marcel à Munich est un processus qui va durer plus de dix ans. « Je traçais le plan général d'une œuvre de grande taille qui m'occuperait longtemps par suite de nombre de problèmes techniques nouveaux à résoudre[175]. » Duchamp réalise à Munich sa *Première recherche pour : La Mariée mise à nu par les célibataires.*

On aura compris que la « mariée » est abstraite, c'est une idée. Tout comme l'est la « vierge », thème de deux autres dessins également réalisés en Allemagne (*Vierge n° 1* et *Vierge n° 2*). Ces deux « idées » se couplent dans une autre œuvre : *Passage de la vierge à la mariée.* Vierge ou mariée. Se dessine l'aura d'une femme interdite, impénétrable, focale de convergence des obsessions de Duchamp pendant son séjour à Munich. La mariée, c'est Gabriële.

Pendant ce séjour allemand, Marcel réalise un dessin qui représente deux escrimeurs au combat, dont les corps sont traités comme des robots. « S'amusait-il de sa situation, à travers le thème de deux hommes se battant, peut-être pour l'amour d'une femme[176] ? » Ce ne sont pas les seuls exemples d'œuvres en lien avec la place de Gabriële dans la vie de Marcel. « On peut penser que la tentative vaine de Duchamp de courtiser la femme de son ami a servi de point de départ pour le croquis *Mécanisme de la pudeur* et, par là même, la nouvelle peinture grand format, *La Mariée mise à nu par ses célibataires même*[177]... » Ou encore que «les *2 personnages et une auto (étude)* de Duchamp font preuve d'une ironie caustique pour créer une image touchante de la situation apparemment insoluble dans laquelle il se trouve avec son amour pour Gabriële Buffet-Picabia.» Dans une autre œuvre moins connue, *Avoir l'apprenti dans le soleil*, on voit un cycliste monté sur une feuille de papier à musique. «La boucle minuscule peut signifier non seulement le sol (latin pour le soleil) mais aussi représenter une clef de "Sol" ou un "G". Il est difficile de ne pas penser à Gabriële Buffet-Picabia[178].»

Mécanisme de la pudeur, La Mariée mise à nu par ses célibataires même, 2 personnages et une auto (étude), Avoir l'apprenti dans le soleil, 2 nus : un Fort et un Vite, Le Roi et la Reine traversés par des nus vites... La somme des œuvres inspirées par Gabriële Buffet semble conséquente, au regard de l'ensemble de sa création.

À Hythe, Gaby reçoit la lettre de Marcel Duchamp. Une lettre d'amour, mais d'un amour qu'il sait impossible.

Qu'est-ce qui lui prend ? songe-t-elle.

Leur trio *s'emboîtait* si parfaitement. Un triangle si lisse. Sans défaut. Elle n'avait pas prévu. Quoi ? Ce déchaînement. Et elle si forte, si imperturbable.

Un roc. Une montagne. Elle est, oui, fissurée par ce retournement.

Dans sa lettre, Marcel compare leur situation à celle de Jérôme et Alissa, héros du roman d'André Gide *La Porte étroite*. Parue trois ans auparavant, cette histoire met en scène deux sœurs qui aiment le même homme. L'héroïne, Alissa, se sacrifie pour laisser sa sœur épouser celui qu'elle aime aussi. S'ensuit une série de méandres amoureux, tragiques, où la mort des sentiments se mêle à la mort physique. L'héroïne écrit : « La route que vous nous enseignez, Seigneur, est une route étroite – étroite à n'y pouvoir marcher à deux de front [179]. » Sur terre, les âmes jumelles ne peuvent véritablement s'aimer.

Le transfert qu'effectue Duchamp est pour le moins surprenant. Pour symboliser sa passion avec Gabriële, Marcel choisit des héros aux amours incestueuses : dans le roman, Jérôme et Alissa sont cousins. Il est vrai que Marcel et Francis sont comme des frères, ou des amants. Duchamp dira (en 1966) : « Une autre caractéristique du siècle est que les artistes vont par paires : Picasso-Braque, Delaunay-Léger, de même que Picabia-Duchamp... C'est un curieux mariage. Une sorte de pédérastie artistique. » Gabriële est cette sœur, et cette épouse d'un frère-amant, les deux époux ayant eux-mêmes une ambiguïté fraternelle, on s'y perd. Elle a six ans de plus que Marcel Duchamp, à l'époque cela compte. Il est très jeune, perçu comme un éternel célibataire, un homme sans attache sentimentale ; elle est une figure de femme mûre, une figure d'épouse et une mère. Son corps est celui d'une femme qui a déjà vaincu deux accouchements. Duchamp décide d'aimer un fantasme démultiplié. Une *femme totale*, une incarnation de tous les possibles et tous les interdits, une femme englobante, supérieure, que l'on pourrait décomposer en une multitude de figures évocatrices comme son *Nu descendant l'escalier.*

Une déesse tellurique et intellectuelle.

Il lui avait avoué son amour par téléphone, au moment de quitter Paris. Il se réfugiait donc dans la distance, immédiatement après avoir ouvert un champ dangereux. Marcel bouscule puis fuit. Il peut admirer son fantasme de loin, et souffrir d'amour, être désespéré. Mais que veut-il ? Ou, précisément, son amour ne cherche-t-il pas à s'ébattre dans un univers d'absolu, dans une certitude que le réel ne viendra jamais ternir le spirituel, pour reprendre la problématique de *La Porte étroite* ? Marcel fait un cauchemar à Munich en 1912 : « Au retour d'une brasserie où il avait absorbé trop de bière, il rêva la nuit, dans la chambre d'hôtel où il achevait de peindre la *Mariée*, que celle-ci était devenue un énorme insecte du genre scarabée et qu'elle le labourait atrocement de ses élytres[180]. » Au-delà de l'aura kafkaïenne du songe, on peut y voir la figure féminine trop pleine, dévorante, monstrueuse ; le mystère féminin, la MARIÉE déjà aimée par un autre, possédée par un autre. Mais VIERGE également, c'est-à-dire métaphysique, transcendantale.

Tout comme les époux Picabia semblent s'épanouir

dans la relation en triangle, le jeune Marcel puise sa passion dans l'atypique complicité de cette relation. Ébauche d'une vie définie comme une œuvre d'art et dont les créations artistiques proviennent du même geste que les choix de la vie quotidienne et privée. Tout se mélange. « Donc, si vous voulez, dira-t-il, mon art serait de vivre ; chaque seconde, chaque respiration est une œuvre qui n'est inscrite nulle part, qui n'est ni visuelle ni cérébrale. C'est une sorte d'euphorie constante[181]. »

Ainsi, casser la plénitude du triangle par ce geste fait en échappée, c'est peut-être un acte en soi. Marcel ne cherche pas à posséder Gabriële ni à éliminer Picabia, qu'il aime intensément. Ce qu'il fait, c'est entrer dans la quatrième dimension.

C'est produire un *tableau vivant*[182].

Ce matin-là, depuis la fenêtre de la cuisine de sa petite bonbonnière anglaise, Gabriële entend un bruit éléphantesque et mécanique, qu'elle ne connaît que trop bien. Le vrombissement d'un moteur. Déjà ? pense-t-elle. Elle se doutait bien que son mari allait débarquer un de ces jours, sans la prévenir.

L'engin s'arrête dans le jardin de sa villa. Gabriële voit la silhouette de Francis sortir de la voiture, puis celle d'un autre homme.

Le cœur de Gaby se met à battre. Francis serait-il allé chercher Marcel en Allemagne, pour reformer le trio ? Elle sait qu'il en est capable. Mais elle aperçoit une immense carrure masculine qui se déplie et s'extirpe de la voiture, s'époussette et sourit. C'est un homme grand, très corpulent, qui pourrait avoir trente comme quarante ans. Difficile de donner un âge à cet homme qui porte un costume de «monsieur», un peu d'un autre siècle. Tiens donc. Ce n'est pas Marcel Duchamp qui a fait le voyage au côté de Picabia.

13

La Poésie est comme lui

Avec les deux hommes arrivent le bruit et la poussière. Ils sont sales car Francis a l'habitude d'enlever le pare-brise et le garde-boue de ses voitures pour gagner de la vitesse. Ils sont fort joyeux, ils sont affamés. Gaby improvise un dîner de tartines, de rôti, de pudding, de confiture, d'omelettes, de petits pâtés et de pommes de terre. Les ventres sont des puits sans fond. « Ils n'arrêtaient point de boire et de manger, se souvient-elle, ni moi de les approvisionner tout en continuant une conversation pleine de calembours, de citations et de mystérieuses allusions qui les mettaient en joie, autant l'un que l'autre [183]. »

Les voyageurs pillent sa tranquillité et ses placards, mais la joie communicative de ses convives emporte Gabriële. Elle observe le nouveau venu. Il s'appelle Guillaume Apollinaire. Le poète du Bateau-Lavoir, *le* critique d'art. C'est donc lui. Tout le monde le connaît de loin, comme sa bande, les peintres de la galerie de Daniel-Henry Kahnweiler, Picasso en tête. Mais c'est la première fois qu'elle se retrouve à sa table. Ou plutôt, qu'il se retrouve à la sienne.

Francis et Apollinaire racontent à Gabriële comment ils se sont rendus à Hythe sur un coup de tête. En ce mois de juin 1912, Picabia s'était retrouvé seul à Paris comme un âne dans un champ, Marcel étant parti à Munich, et sa femme en Angleterre. Picabia connaissait évidemment Apollinaire, mais n'en avait pas une bonne impression, car ce dernier omettait systématiquement de mentionner Francis dans ses comptes rendus d'expositions. Des oublis qui agaçaient le peintre. Mais voilà qu'ils se parlent pour la première fois. Les étés dans les villes désertées provoquent des rencontres inhabituelles. Comme toujours avec Picabia : aussitôt vus, aussitôt inséparables. Un « rapprochement ostentatoire[184] » qui est peut-être une revanche sur Picasso. Il se trouve aussi que Marie Laurencin vient tout juste de quitter Guillaume, lequel n'a rien contre noyer son chagrin d'amoureux en bonne compagnie. Quelle meilleure compagnie d'excès que Francis Picabia ? Celui-ci raconte : « Presque tous les soirs nous nous retrouvions pour aller fumer de l'opium chez des amis ; c'était alors bien amusant d'entendre ce brave Guillaume entrer en discussions interminables avec des petites femmes du monde, ou plus spécialement de Montmartre et Montparnasse, sur le charme de la littérature ou sur celui de l'amour[185]. » Ils s'enivrent, baguenaudent, jouent à chat perché sur le Champ-de-Mars en pleine nuit, se baladent en voiture, draguent les créatures attirantes, les prostituées sœurs de plaisir et d'ombre, mangent et boivent jusqu'à l'aube. Guillaume est un gourmet. C'est la fête. Ils parlent beaucoup, des heures, des nuits. Sur la peinture. Sur l'art. Sur la poésie. Guillaume n'est pas d'accord avec les visions de Picabia mais il est charmé par son intensité, dès qu'on creuse au-delà du fabuleux mais superficiel vernis de ses blagues, éclats et pitreries. Francis, qui méprisait un peu de prime abord le poète trop sensible et traditionnel à son goût, découvre un homme profond, puissant et moderne. *In fine*, ils parlent tous deux la même langue, celle des dérangés.

Francis n'a plus qu'une idée en tête : il faut le présenter à Gabriële. Il est certain qu'Apollinaire va tomber à la renverse devant l'intelligence de sa femme. Et puis il ne peut pas véritablement aimer quelqu'un d'autre si elle n'est pas là pour l'aimer aussi.

Les voici tous deux attablés au Café de la Paix en compagnie du poète Paul-Jean Toulet et de Claude Debussy, que Gabriële connaît bien. Ils viennent d'écluser un certain nombre de cocktails, quand Picabia propose à Apollinaire de partir *immédiatement* pour l'Angleterre, il veut lui présenter Gaby. « Il suffit de rouler jusqu'à Boulogne, et de là on embarque[186] ! » Le problème, c'est qu'Apollinaire s'est engagé à donner une conférence le soir même.

— Je ne peux pas planter le public. C'est dans deux heures. Tout est prévu.

— Eh bien, voilà, c'est parfait. Je t'enlève, mieux, je te dérobe !

Et Francis, toujours prompt à faire tourner le moteur, emmène Guillaume. Sur-le-champ. Tant pis pour la conférence. En chemin, les deux compagnons s'arrêtent à Étaples, dans le Pas-de-Calais, où Derain avait séjourné pour peindre. D'une pierre, deux coups. Puis direction Boulogne-sur-Mer. Ils y prennent le bateau. Ils ne préviennent pas Gabriële, c'est une surprise. Un homme si fantasque qui tient à ce point à présenter sa femme à un nouvel ami, sans attendre, c'est que cette femme ne doit pas être banale, pense Guillaume. Il sait peu de choses de Gabriële. Il l'a déjà aperçue, bien sûr.

Elle est frappée par la gaieté d'Apollinaire, sa bonhomie mal dégrossie qui tranche avec une érudition disproportionnée. Il parle sans arrêt, commente d'un enthousiasme égal un livre lu la semaine passée et le pâté qu'il est en train de dévorer, en utilisant pour l'un et l'autre les mêmes qualificatifs. Il charme, il réjouit. Il touche à tout. Il habite l'espace, il aime la route, la villa, les rideaux, les enfants. Tout l'amuse. Il visite la maison en commentant chaque recoin et chaque bibelot. Les petits collages de la propriétaire accrochés en masse aux murs, comme un salon de peinture de poupées, le ravissent. Il en tombe à la renverse, théâtral, il déclare que c'est extraordinaire, que ça vaudrait plus qu'un Picasso. Exubérant, facétieux. On ne sait jamais si ce qu'il dit est à saisir au premier, deuxième ou millième degré.

Au début, elle s'est méfié de lui, parce qu'elle l'a pris pour un menteur. En effet, en arrivant à Hythe, Apollinaire a affirmé parler un anglais *fluent*. Or, lorsque Gabriële et lui vont regarder les fameux collages de la propriétaire, elle se rend compte que le poète ne parvient pas à en déchiffrer les titres. Il ne parle en fait pas un traître mot d'anglais ! Jusqu'à un petit dessin au titre étrange, qu'elle n'arrive pas, elle, à déchiffrer. C'est peut-être de l'ancien anglais vieilli et incompréhensible, dit Gabriële. Soudain, le poète traduit le titre à la perfection et déclare qu'il s'agit *évidemment* d'un dialecte irlandais très ancien. Traduction qui sera vérifiée et attestée ultérieurement. « Inutile d'insister sur le succès de cette déclaration, écrira Gabriële. L'histoire du "dialecte irlandais", magnifiquement amplifiée et diffusée par Picabia, fit le tour de Paris quand nous y fûmes de retour [187]. » Guillaume fait rire Gabriële, qui met pourtant toujours du temps à tomber sous le charme de la grandiloquence.

Tout Apollinaire est là. Entre les inventions et les vérités, on s'y perd, tant le bagout et les anecdotes improbables se succèdent à propos d'infimes détails ou de l'art et la vie en général. Il est vrai qu'Apollinaire est chargé de travaux à la Bibliothèque nationale, ce qui explique pour Gaby son savoir impressionnant et hétéroclite. C'est un homme curieux, passionné, intense. Elle se sent vite en famille avec lui. La famille des hommes capables de voir la réalité autrement. En revanche, il reste flou sur lui-même, sur son enfance, son passé. Son exubérance ne garde pas moins l'homme secret. C'est un homme tout entier investi dans le moment présent, la prochaine discussion, le prochain projet ; tout l'emplit, mais il ne se confie pas. Il est impressionné par Gabriële, comme elle l'est par lui. Il ressent immédiatement son intelligence hors norme, la facétie anticonformiste derrière ce visage sérieux. Une drôle de femme, pense-t-il, comme on en rencontre peu.

À 32 ans, Guillaume Apollinaire est un écrivain reconnu. Outre les multiples articles et chroniques qu'il écrit, il a déjà publié des œuvres en prose : *L'Enchanteur pourrissant* et *L'Hérésiarque et Cie*, et un premier recueil de poèmes, *Le Bestiaire ou Cortège d'Orphée* (sans oublier le livre érotique anonyme et vendu sous le manteau, *Les Onze Mille Verges*). Il est célèbre pour ses chroniques d'art, qui sont plutôt des captures sensibles d'instantanés que des critiques objectives et théoriques. Il écume les salons et se lie étroitement aux artistes peintres, Picasso mais aussi Max Jacob, le Douanier Rousseau, Georges Braque parmi tant d'autres, et surtout la peintre Marie Laurencin, avec qui il entretient une relation amoureuse tumultueuse à partir de 1907. C'est un homme que beaucoup décrivent avant tout comme d'une impressionnante stature. Un colosse au regard vif et sentimental.

Quelquefois, Guillaume a évoqué Francis avec Pablo Picasso. Apollinaire a perçu une sorte de détestation immédiate, sans objet véritable. Les deux peintres espagnols ne se côtoient pas et, *a priori*, ne s'aiment pas. L'un, pauvre comme Job, a bouffé de la vache enragée, l'autre est né avec un lingot d'or dans la bouche. Deux mondes.

Picasso et Apollinaire furent les meilleurs amis du monde. Jusqu'à une sale affaire, une histoire louche, qui a nourri toutes les rumeurs, les dîners en ville et les colonnes de faits divers des journaux. Gabriële et Francis n'ont pas très bien compris ce qui s'était passé. Ce soir-là, ils vont ouvrir grandes leurs oreilles pour enfin connaître la véritable histoire du « vol de *La Joconde* » par la bouche d'un des protagonistes.

Apollinaire rencontre Picasso en 1905. Ils deviennent tout de suite des oiseaux inséparables. Ils font tout ensemble, s'aiment, s'épaulent et s'amusent comme des frères. Mais le 22 août 1911, le mur du Salon carré où est accrochée Mona Lisa, le chef-d'œuvre de Léonard de Vinci, est vide. C'est la sidération. Le personnel du musée, en arrivant au matin avant l'ouverture, reste ébahi : *La Joconde* a été volée. Une enquête est ouverte. L'histoire déjà fantastique devient encore plus improbable quand l'une des pistes suivies par les enquêteurs remonte jusqu'au poète Guillaume Apollinaire. Il se trouve que, quatre années auparavant, il a été mouillé dans une histoire de statuettes ibériques dérobées au célèbre musée. Son secrétaire de l'époque, un certain Guy Piéret, était en effet à l'origine de cette louche acquisition. Il avait alors remis les précieux objets au poète Apollinaire, qui n'avait pas trop regardé leur provenance et les avait vendus à Pablo Picasso. Le peintre s'en est inspiré pour peindre son *Bordel d'Avignon*, qui deviendra l'incandescent tableau *Les Demoiselles d'Avignon* (du nom de la rue d'un quartier chaud de Barcelone, la « Carrer d'Avinyó », sans lien avec la cité des papes). Ainsi fiché, le nom du poète ressort lors de l'enquête sur le vol de *La Joconde* commis en août 1911.

Apollinaire, qui n'a rien à voir avec le vol du tableau, prend tout de même peur en voyant cette histoire de statuettes exhumée. Début septembre, il demande à Pablo Picasso, qui se trouve en Espagne, de rentrer immédiatement à Paris pour se débarrasser une bonne fois pour toutes des gênantes statuettes ibériques. Les deux amis songent d'abord à les balancer dans la Seine, mais Apollinaire n'en a pas le cœur, alors, au matin du 5 septembre 1911 (deux semaines après la disparition de *La Joconde*), il préfère les faire porter anonymement à la rédaction de *Paris-Journal*, afin qu'elles soient discrètement restituées au musée.

Mais Apollinaire est dans le viseur des flics. Le 7 septembre, on l'incarcère à la Santé pour l'interroger en bonne et due forme[188]. Une «impression de mort» saisit le prisonnier qui croit s'«anéantir[189]». Après quelques jours, le juge d'instruction fait chercher Picasso pour le confronter à Apollinaire. Dans le bureau du juge, le peintre, interrogé sur ses liens avec l'accusé, détourne les yeux de la silhouette d'Apollinaire et déclare fermement : «Je n'ai jamais vu cet homme[190].»

En l'absence de preuve, Apollinaire sera libéré. Mais il reste profondément meurtri par l'attitude de Picasso et par sa détention à la Santé qui inspirera une section de son futur recueil de poèmes *Alcools*. Quand le poète racontera dans une lettre de 1915 cette rocambolesque histoire à son amoureuse d'alors, il qualifiera son ami de «grand artiste mais sans scrupules aucuns[191]».

Au-delà du beau hasard qui provoque la naissance

des affinités, on peut remarquer que Francis et Guillaume deviennent amis à la même période où ce dernier se brouille avec Pablo Picasso.

Après l'incroyable récit du « vol de *La Joconde* », pendant lequel Francis n'est pas mécontent que son rival Picasso tienne le rôle du lâche et du traître, Gabriële propose aux hommes de sortir. Elle emmène ses deux compagnons dans un music-hall de campagne, abrité sous un chapiteau de cirque. Tour à tour, des chanteuses décaties grimées en stars américaines, des *performers* drolatiques et déprimés viennent chercher la claque dans une poussière éclairée de néons rougis. C'est absurde et hilarant pour les deux hommes, qui par ailleurs ne comprennent pas un mot des *speeches* des artistes. Gabriële, assise comme il se doit entre Guillaume et Francis, traduit un mot ou une phrase à la volée, qui à sa gauche qui à sa droite, sous les réclamations des deux amis. Ils applaudissent à tout rompre, enchantés comme à la première d'une pièce de Raymond Roussel.

« Après la performance, nous retrouvâmes les artistes dans un petit bar sur la jetée, racontera Gabriële. Maintenant, en costume de plage et sandales, ils semblaient fort pauvres, mais ils continuaient de rire, de danser et de s'embrasser pour eux seuls tout comme ils l'avaient fait avant pour le public. Ce spectacle d'un humour et d'une fraîcheur si imprévus et si peu français m'avait déjà charmée la veille au soir, et le plaisir évident qu'y prirent les voyageurs ne put qu'augmenter celui que j'en avais moi-même. » Devenue vieille dame, Gabriële soulignera que « cette soi-rée anglaise dénuée d'art et de littérature, à laquelle s'associait une belle nuit d'été, [lui] est restée en mémoire dans la grisaille d'un passé déjà lointain, comme un souvenir rare et précieux [192] ».

Dès le lendemain, Guillaume et Francis, incapables de rester en place, décident qu'il est urgent de rentrer à Paris, et convainquent Gabriële de repartir avec eux. On empaquette les affaires et les enfants. Gabriële possède cette capacité à vivre chaque journée comme une potentielle aventure. Ne jamais savoir précisé-ment avec qui on dînera le soir ou dans quelle ville on se couchera à la nuit tombée, ou qui l'on épousera sur une ivresse. C'est une manière de vivre. Elle quitte Hythe sans regret et bien plus tôt que prévu. Vouloir faire une retraite, quand on est la femme de Picabia, est une gageure.

La famille prend le bateau pour traverser le détroit, Gabriële regarde la terre anglaise s'éloigner, ainsi que la lettre de Marcel qu'elle a laissée dans le tiroir d'un bureau de la villa de Hythe. Cet abandon est à des-sein. Les mots sont en elle, comme le trouble. Rien qu'à elle, rien qu'en elle.

Le nouveau trio fait une halte à Boulogne-sur-Mer après la traversée, dans un petit café près de la jetée. Gabriële se souviendra précisément de ce moment. Apollinaire se montra souvent inquiet et réticent sur l'évolution de Francis.

« C'est un art inhumain, inintelligible au sentiment qui risque de rester purement décoratif, disait-il.

— Est-ce que le bleu et le rouge sont inintelligibles ? ripostait Francis. Est-ce que le cercle et le triangle, les volumes et les couleurs ne sont pas aussi intelligibles que cette table ou cette tasse ?

— N'est-il pas rationnel, disais-je à mon tour, d'envisager une utilisation de la couleur et de la forme pure qui soit dans le domaine visuel ce que la musique est dans le domaine sonore [193] ? »

De retour à Paris, les trois ne se quittent plus. Après Marcel, c'est maintenant Guillaume qui débarque chaque soir avenue Charles-Floquet et devient « le compagnon habituel de toutes les sorties en bons et mauvais lieux, de toutes les expéditions imprévues pour lesquelles il était toujours prêt [194] ». Marcel, lui, est toujours en Allemagne. Il fait un détour par Berlin, d'où il écrit des lettres à ses frères : « Je vous écris d'un café dit *littéraire*... il y a surtout beaucoup de femmes qui n'ont rien de littéraire [195]. »

Au mois de juillet, Apollinaire, Francis et Gabriële se rendent tous les trois à la fête du « Prince des poètes ». Cette fête est une joyeuse tradition qui remonte à Clément Marot et Ronsard. Elle consiste, comme son nom l'indique, à élire à vie le prince des poètes français. Leconte de Lisle et Paul Verlaine se sont passé le flambeau. Celui qui tenait la couronne depuis 1898, le parnassien Léon Dierx, vient de mourir, le 11 juin. Un vote est alors organisé pour trouver son successeur. Et c'est Paul Fort qui est élu. Pour fêter cela, la revue *Comœdia* organise le 12 juillet un gigantesque banquet dans les jardins du bois de Boulogne, où se trouve la fête foraine Luna Park; Guillaume Apollinaire emmène les Picabia pour aller réjouir le nouveau Prince.

Après un banquet dont les tables sont dressées au dessus d'une mer de carton-pâte, les convives se dispersent dans la fête foraine où s'animent pêle-mêle les manèges et les animaux costumés. Devant la baraque d'un photographe reproduisant un pont de bateau avec bastingage, les trois amis posent, grisés par cette célébration dionysiaque. Une Gabriële chapeautée, encadrée de son époux et de son ami poète à nœud papillon, s'éclaire d'un nébuleux sourire.

Une hydre merveilleuse à trois têtes. Une image immortalise ce jour-là le nouveau trio.

Ils se connaissent depuis peu, mais on les voit comme complices de toujours dans cette capture d'un instant figé pour l'éternité. Picabia dira: «Jamais je n'ai eu un compagnon plus gai, plus spirituel, ayant autant d'entrain qu'Apollinaire.» Gabriële aime chez Apollinaire sa manière de rire en parlant et en plaçant sa main, comme une excuse, devant sa bouche. Elle aime cette propension obsessionnelle à créer de l'étonnement en toute occasion, à voir hors du cadre des jours, à chercher le bizarre. «La vraie forme de son génie résidait dans ce choix qu'il faisait autour de lui des mots, des aspects, des êtres auxquels il insufflait des valeurs précieuses et des raisons d'existence par ces procédés d'illusionniste [196]», écrira Gabriële.

La force du duo Guillaume et Francis jaillit de la confrontation. Ce qui les anime et les enrichit, ce sont leurs désaccords. Contrairement à la relation entre Francis et Duchamp, deux frères nourris d'intuitions artistiques communes, Apollinaire et Francis ne sont pas frères, ce sont deux ennemis qui adorent passer du temps ensemble. «Guillaume avait découvert auprès de Picabia un aspect de l'évolution qui ne laissait pas de l'inquiéter, mais dont il ne pouvait nier la force et l'élan[197].» Ensemble, ils ont mille idées, mille arguments à défendre, ils sont envoûtés par cette atmosphère artistique où tout est à déconstruire et recréer. Ils assènent et ils doutent, ils s'engagent et blaguent. Une formidable énergie lie les deux hommes et Gabriële. Par sa formation, elle est une redoutable rhéteuse. «J'étais donc bien préparée pour ces débats et en prenais ma part en fournissant des références et des comparaisons[198].» Un beau jour, se souvient Gaby, Guillaume Apollinaire déclare qu'il a trouvé un nom à cette nouvelle forme de l'évolution de la peinture : «À côté du Cubisme et du Futurisme, vous représenterez dorénavant l'Orphisme.» Apollinaire range dans ce «vous» plusieurs peintres dont Robert Delaunay, Léger, Picabia, Marcel Duchamp. L'Orphisme. Gabriële sait qu'elle n'est pas étrangère à cette trouvaille. Mais contrairement à d'autres, elle réécrit l'histoire en sa défaveur. Plusieurs témoignages suggèrent en effet que ce terme d'«orphisme» aurait été inventé par elle, puis repris par Apollinaire. Ainsi peut-on lire dans *Le Flux et le Fixe* de Jean-Noël von der Weid, à propos du terme orphisme : «Néologisme formé sur l'incitation, dit-on, d'une jeune musicienne d'avant-garde, ancienne élève de Busoni à Berlin, Gabrielle Buffet, la première femme de Picabia.» Mais qu'importe, au fond, de rendre à César ce qui appartient à César, si César lui-même n'en veut pas. Ce qui compte, c'est qu'Apollinaire, pour définir la peinture nouvelle, l'inscrit au cœur du champ gabriëlesque : la musique – car le héros mythologique Orphée, parti chercher sa femme jusqu'au fond des enfers, est un musicien.

Les joutes verbales tour à tour humoristiques et sérieuses du trio accouchent d'un projet que Picabia fomente depuis quelques mois : une grande exposition dissidente pour étendre l'esthétique cubiste. Un événement qui permettrait d'ancrer l'évolution du mouvement et de réunir un certain nombre de peintres «hors du groupe de la rue Vignon [199]». Le 28 de la rue Vignon, c'est la galerie Kahnweiler, le marchand d'art de Picasso, Braque, Gris et Derain, qui fut aussi l'éditeur en 1909 de *L'Enchanteur pourrissant* d'Apollinaire. Picabia ne veut pas que le cubisme appartienne à Picasso, il veut donc l'affirmer avec une exposition cubiste, sans les créateurs du cubisme. Son obsession vis-à-vis de Picasso commence à grandir et manger son cerveau. Elle le brûle, mais le fait aussi agir, entreprendre, organiser. En contribuant à ce projet, Apollinaire apporte son soutien et se détache de ses premières amitiés. Il prépare une grande conférence dont l'idée est de systématiser cette nouvelle vision de l'art, qui existe sous forme intuitive et spontanée chez Picasso et Braque, et de la théoriser. De leur côté, Metzinger et Gleizes mettent la dernière main à leur livre, *Du cubisme*, qui doit sortir à la fin de l'année 1912.

Il est décidé que l'exposition se tiendra en octobre, pour s'imposer comme une alternative au Salon d'automne. C'est le branle-bas de combat. Gabriële est au cœur de cette effervescence : «Les réunions commencèrent pour mettre sur pied ce projet élaboré tout d'abord sans intention ferme, entre cent propositions plus ou moins cocasses comme il s'en faisait toujours entre Picabia et Apollinaire lorsqu'ils se livraient à leurs assauts de paradoxes. Elles eurent lieu avenue Charles-Floquet où nous habitions alors ; il fallait décider des peintres, des œuvres, du local[200].»

Gabriële, dont les vacances anglaises ont été singulièrement amputées, décide de laisser à son agitation l'avenue Charles-Floquet, devenu un véritable QG, et de partir chercher le calme à Étival. Elle veut y laisser les enfants pour qu'ils profitent du Jura dans la chaleur du mois d'août, elle se dit qu'elle fera des allers-retours entre Paris et Étival au gré de ses envies et de la capacité de Picabia à se passer d'elle.

Gabriële a besoin de se retrouver seule pour pouvoir penser à Marcel.

14

Adam et Ève

Depuis l'inattendue déclaration d'amour téléphonique de Marcel, le jeu triangulaire a changé. Précisément parce que cette nouvelle donne ne penche plus du côté du jeu, mais impose un sérieux inhabituel. Marcel attend une réponse à sa lettre. Que lui dire ? Elle est attirée par lui, par sa jeunesse et sa beauté désarmante. Il réveille sa peau. Gaby voudrait tout garder : l'intensité du trouble et la légèreté ludique des rapports anticonformistes. Mais Francis Picabia, avec ses défauts et contre toute logique, est le seul homme à qui elle peut donner une vie entière.

Dans sa lettre de juin, Marcel l'a suppliée de la voir, seul à seul. Gabriële louvoie. Elle lui écrit les soirées avec Apollinaire, l'exposition qui prend forme pour le mois d'octobre et que l'on a décidé d'appeler la Section d'or, elle lui raconte Étival, l'odeur forte d'humus en automne, l'odeur sucrée du foin en été, les arômes fleuris des pollens au printemps et en hiver les fumées des feux de bois[201]. Elle décrit les arbres qu'elle entend chanter pour elle seule, les sapins en

226

cathédrale et l'absolu silence de la nuit, plus intense que tous les tintements orphiques des soirées parisiennes. Elle lui conseille de rencontrer Kandinsky. Elle l'imagine à Munich, debout devant les tableaux de Cranach, arrimé aux comptoirs des brasseries à partager avec la foule anonyme des tombereaux de bière, elle connaît bien l'Allemagne, elle revit sans peine à travers lui la liberté berlinoise, si sensible dans ses souvenirs.

Tout de même, elle ose écrire en bas de page qu'il lui manque et finit par suggérer un rendez-vous dans le Jura. Elle explique à Marcel qu'elle doit retourner à Paris quelques jours, car Picabia la réclame, il a besoin d'elle – il a *toujours* besoin d'elle. Elle va laisser ses enfants sous la garde de sa mère. Elle indique que, sur son trajet, elle passera par la gare d'Andelot, à la jonction des lignes de Paris et d'Étival. Elle disposera d'une heure d'attente pendant sa correspondance. Une heure où elle sera seule, puisque c'est ce qu'il veut. Des mots qui viennent frapper contre la porte étroite. Mais c'est un rendez-vous impossible. Étant à Munich, Marcel ne pourra pas s'y rendre et Gabriële le sait. Elle choisit le jeu. Ce rendez-vous qu'elle donne, comme autrefois les dames lâchaient leur mouchoir afin de voir s'il serait ramassé, est un leurre.

Sauf que sur le quai de la gare d'Andelot, Marcel est là.

Gabriële descend du train. Elle n'en croit pas ses yeux. Il faut imaginer aujourd'hui ce que devait être un trajet Munich-Andelot en 1912.

Insensé.

Pour voler une heure.

Pour savoir.

Pour vivre.

Une idée fixe, voir Gabriële seul à seul. Marcel n'a pas hésité. Il voyage depuis quarante-huit heures. «Duchamp monte en troisième classe. Il effectue un parcours de plus de 700 kilomètres qui a entraîné d'innombrables correspondances, le transportant du lac de Constance à l'Autriche, puis à la Suisse, au-delà du lac Léman et des montagnes[202].»

Gabriële ne parlera de ce moment qu'à la toute fin de sa vie. Quand les protagonistes seront morts. Elle, dernière survivante d'une époque sans équivalent.

La gare d'Andelot, en rase campagne, est désertée. C'est une soirée chaude, mais qui se rafraîchit à la nuit tombée, un petit banc de bois accueille Marcel et Gaby. Une malle laissée, stoïque, sur le quai. Pas de refuge, pas de possibilité de manger quelque chose ou de boire un verre pour mettre une forme ou un semblant de cadre à cette folie, pas de mise en scène, le dépouillement comme réceptacle des cœurs.

Au bout d'une heure, le train pour Paris arrive. La situation leur échappe, chaque mot s'habille d'une intensité magnétique, les gestes deviennent des symboles.

Gabriële hésite, puis le laisse partir.

Les suivants aussi.

Jusqu'à ce qu'il n'y ait plus d'autre train.

La nuit est tombée et ils sont seuls au monde.

Au début, Gaby se moque de Marcel. «C'était une sorte de folie, d'idiotie, de voyager de Munich dans le Jura pour passer quelques heures de la nuit avec moi», se souviendra-t-elle des années plus tard.

Puis elle cesse de se moquer, parce qu'elle ne peut pas cacher que son cœur bat trop fort.

Peut-être n'ont-ils parlé que d'eux.

Du couple qu'ils ne pourraient jamais former.

Des corps en mouvement mais prisonniers.

Du cœur étonné de ne pas battre toujours à la même place.

Peut-être Marcel a-t-il embrassé Gabriële.

Peut-être Gabriële a-t-elle embrassé Marcel.

Ils s'étaient déjà *embrassés* dans leur vie. Maintes fois. Pas comme ça. Tous les baisers ne se ressemblent pas.

Tout ce voyage, ce rendez-vous volé au nom d'un amour spirituel, l'amour gidien sans chair et sans salive.

Un rendez-vous absolu.

Un tableau vivant.

«C'était totalement inhumain de se trouver assise près d'un homme et dont vous sentez qu'il vous désire tant et de ne même pas avoir été touchée… avant tout, je devais faire très attention à tout ce que je lui disais, parce qu'il entendait les choses d'une manière totalement alarmante, manière absolue[203].»

Au petit matin.

Bruit du train auroral.

Les mèches du chignon, qui n'ont pas résisté à la nuit, s'évadent comme des lunatiques.

Gaby prend le train.

Marcel l'accompagne jusqu'au bout, et l'aide à monter, la petite porte, étroite, des locomotives.

Une dernière main se presse.

La peau de l'autre.

C'est à nous.

Nous le scellons.

Marcel Duchamp, resté seul, respire lentement l'air de la gare d'Andelot, un air devenu combustible. Puis il monte dans le premier train qui part en sens inverse. Et s'en retourne en Allemagne, mille kilomètres plus loin, *Jeune homme triste dans un train*.

*

Les quais des gares
Sont de silencieux nulle-part
Il faut que les hommes alentissent
Les sauts des masques
Afin que les femmes fléchissent
Pour que de leurs vasques
tombe la nuit des beaux adieux
et les garçons mélodieux

Les quais des gares
Sont de silencieux nulle-part

Où les hommes sans bagages
Tentent les aventures sans droites
et persuadent le langage
de battre à l'intérieur des vertes boîtes
Alors le prochain train hasardeux
N'emporte de loin en loin
Que les yeux

Gare d'Andelot, Jura.

15

Têtes superposées

Pendant le mois d'août 1912, Marcel Duchamp
peint le fameux tableau *La Mariée.* On y voit un corps
décomposé en organes, viscères et veines, organisés
selon une étrange mécanique qui envahit toute la
toile. Les couleurs brunes, chair, abricot et pourpre
reprennent celles des nus de Cranach que Marcel a
visité à la Pinacothèque. «J'aime ces Cranach… je les
adore. La nature et la matière de ses nus m'ont inspiré
pour la couleur chair[204].»

Marcel termine son séjour à Munich presque aussi
seul qu'il l'avait commencé. Il y visite le musée de
la Technologie[205], plus de sept mille objets présentés dans des vitrines en bois retracent l'histoire des
machines. Il découvre aussi Karl Valentin, un artiste
qui se produit dans les bistrots munichois. Clown et
musicien, il joue de vingt instruments qu'il actionne
seul grâce à un mécanisme de son invention. Karl
Valentin a aussi organisé une fausse exposition, humoristique, d'objets farfelus. À l'entrée de ce musée déri-
soire, le spectateur était prévenu : «Que celui qui n'a

pas le sens de l'humour n'entre pas.» On pouvait y voir exposé, très sérieusement, «un vieux balai» à côté de «Mona Lisa, le tableau récemment volé au Louvre à Paris».

Quand Marcel rentre en France la première semaine d'octobre 1912, il a hâte de retrouver les Picabia. Son premier geste est d'offrir son tableau *La Mariée* à Francis. Un cadeau à un rival aimé qui sonne comme un équilibre. Je donne en échange de ce que je t'ai pris. Dans l'ombre. Un cadeau charnel: «Dans *La Mariée*, il avait appliqué la peinture avec une sensualité très tactile, la répandant parfois avec ses doigts nus. Plus tard, à l'occasion d'une interview, il dira que *La Mariée* fut, parmi toutes ses productions, sa peinture préférée [206].»

Le trio se reforme instantanément, avec la même fièvre qu'avant. La séparation n'a rien changé, ensemble ils ont la sensation que leurs corps flottent au-dessus des autres. Pourtant, ils ne sont plus tout à fait les mêmes. Picabia porte le deuil de son grand-père Alphonse Davanne. Même s'il reste discret sur sa douleur, Gabriële et Marcel savent que Francis a perdu la figure tutélaire de son enfance et qu'il en est très ébranlé. Ses obsèques sont célébrées en grande pompe, l'ancien président de la Société française de photographie est honoré pour son activité de chercheur et d'inventeur. Le jour de l'enterrement, Marcel et Gaby entourent Francis, avec entre eux le secret de la gare d'Andelot. Un secret recouvert et enfermé, mais qui agit comme une mutinerie silencieuse.

Duchamp aussi a changé. Refroidi par les coulisses du milieu de l'art à cause de son aspect collectif autoritaire, et surtout humilié par le refus de son tableau au Salon des indépendants, il se révolte tout à fait. Marcel, comme Arthur Rimbaud qui cessa d'écrire du jour au lendemain, décide d'arrêter de peindre. Il veut travailler. Il veut se confronter à la vraie vie, au réel, à la dureté du labeur. «Une sorte de prise de position intellectuelle contre la servitude manuelle de l'artiste[207].» Gabriële et Francis sont circonspects. Comment Marcel, qui leur semble inadapté, va-t-il supporter un quotidien d'employé de bureau? Qui pourrait l'embaucher comme salarié? Il serait bien incapable de vendre quoi que ce soit à qui que ce soit. Les Picabia cherchent une solution idéale, une planque qui permettrait à Marcel de gagner de l'argent tout en restant dans sa bulle. Francis fait appel à son oncle maternel, Maurice Davanne, conservateur à Sainte-Geneviève, pour lui trouver un poste de bibliothécaire.

«J'avais 25 ans, on m'avait dit qu'il fallait gagner sa vie, et je le croyais[208].»

La bibliothèque Sainte-Geneviève se trouve place du Panthéon. Plusieurs fois par semaine, Gaby grimpe jusqu'en haut de la rue Soufflot, dans ce quartier qui lui rappelle ses études à la Schola Cantorum, pour apporter un déjeuner à Marcel. Assis sur les bancs en pierre, le jeune bibliothécaire parle à Gaby des ouvrages rares qu'il peut consulter, il se passionne pour les philosophes anciens et pour les traités d'optique et de perspective, comme ceux de Jean

235

du Treuil, de Jean-François Niceron et d'Abraham Bosse[209]. Ils inventent un jeu qui consiste à déchiffrer les noms gravés sur la façade de la bibliothèque. Ils mettront du temps à comprendre que l'emplacement des noms inscrits sur le mur correspond à celui où se trouvent, de l'autre côté, les rayonnages consacrés à leurs livres.

Le 1er octobre s'ouvre le Salon d'automne, sous la verrière du Grand Palais. Le prêt de ce lieu pour l'exposition a fait polémique : un certain Pierre Lampué (conseiller municipal du cinquième arrondissement pour le quartier du Val-de-Grâce) réclamait l'interdiction de l'événement, effrayé par la mauvaise influence du cubisme sur les bonnes gens. Il n'obtint pas gain de cause, mais les cubistes furent relégués dans une salle discrète et toute sombre – il espérait que le faible éclairage allait atténuer le choc pour les spectateurs. Deux toiles de Picabia y sont présentées, dont *Danses à la Source*.

Le soir du vernissage, Gabriële parle avec Kupka, dont la toile *Fugue à deux couleurs* se trouve près de celles de Francis. Kupka explique à Gabriële que son travail joue sur la ligne et la couleur comme les œuvres de Bach jouent sur la cadence et le son. Soudain, Gabriële entend un visiteur qui s'écrie, devant le tableau de Picabia :

— Si je tenais le peintre qui a fait cela, je le tuerais[210].

Le lendemain, elle lit dans un article du *Petit*

Parisien : « Le record de la haute fantaisie est détenu cette année par M. Picabia[211]. » Le Salon d'automne se déroule donc avec son lot annuel de polémiques et de débats plus ou moins fanatiques, qui s'expriment dans les journaux et les revues. Mais le véritable événement, celui que tout Paris attend et qui promet des escarmouches violentes, c'est le salon de la Section d'or. Il a été baptisé ainsi par le frère aîné de Marcel Duchamp, Jacques Villon, qui a trouvé son nom en lisant le *Traité de la peinture* de Léonard de Vinci, ainsi que *De la divine proportion*, de Luca Pacioli. Le nombre d'or correspond à un idéal géométrique, érigé en théorie esthétique. Les membres de Puteaux l'ont choisi pour éviter l'étiquette « cubiste », pour ne pas « faire école », pour se démarquer des mouvements en *-isme* et des groupes. L'exposition sera celle de la mesure de la beauté absolue : la Section d'or.

L'exposition s'ouvre le 9 octobre à la galerie Floury, à 21 heures, au 64 bis, rue de la Boétie, une semaine après le vernissage du Salon d'automne. C'est Picabia qui a trouvé le lieu et qui finance le projet. Il est ravi d'avoir investi les locaux d'un ancien marchand de meubles – et non une galerie « traditionnelle ». C'est inhabituel, iconoclaste, et l'espace convient aux dimensions des toiles.

Cent quatre-vingt-cinq tableaux sont présentés, dont certaines toiles réalisées par Marcel à Munich. Son *Nu descendant l'escalier* est enfin dévoilé à Paris. On compte aussi treize tableaux de Picabia, dont cinq peints pendant l'été, qui n'ont jamais été montrés[212]. L'exposition est une manifestation collective de peintures modernes, sélectionnées sans jury ni comité. Trente artistes exposent, parmi eux les frères Duchamp, Kupka, Léger, Gris, Delaunay… Dix mille invitations ont été envoyées sur lesquelles Apollinaire a écrit un court article intitulé : «Jeunes peintres ne vous frappez pas !»

Guillaume tient sa conférence. Il explique au public, un mélange de jeunes artistes, d'amateurs, de critiques et de journalistes :

— Le Cubisme orphique est la deuxième grande tendance de la peinture moderne. C'est l'art de peindre des ensembles nouveaux avec des éléments empruntés non à la réalité visuelle mais entièrement créés par l'artiste et dotés par lui d'une puissante réalité[213].

«Je crois bien, se souvient Gabriële, que c'est à cette même occasion qu'il cita un aphorisme que l'un de nous avait jeté à l'état embryonnaire et interrogatif lors de nos habituelles discussions qui était à peu près ceci : la peinture nouvelle est à la peinture représentative ce que la musique est à la poésie. L'une ne peut ni remplacer ni supprimer la raison d'être de l'autre[214].» *L'un de nous*, dit l'effacée Gabriële.

C'est la plus grande exposition cubiste jamais réalisée.

Gabriële, évidemment, a participé au travail de préparation et d'élaboration de la Section d'or. Mais, comme à son habitude, elle disparaît une fois que la

238

fête commence. Avec son âme de metteur en scène, elle a l'art de filer en coulisses avant la représentation. Celle qui a préparé le salon avec Francis sans ménager sa peine se dérobe pour le vernissage, et s'évade à Éti-val dès le début du mois d'octobre. Étrange femme. Il y a une vérité de Gabriële dans ses échappées. Elle est au cœur de la matrice, elle s'active, pompe de ses bras et de son intellect, communique, arrange, propose, soutient, ravive, débrouille les écheveaux, affine les idées, mais quand la lumière recouvre tous les efforts, elle n'est plus là. Elle laisse aux hommes le soin de jouir. Elle laisse aux hommes les délices des caresses de l'ego.

Pourtant Francis l'a suppliée de rester. Ce n'était pas un ordre, ni la démonstration d'une autorité virile. Non, il avait peur.

Il lui dit qu'il a besoin d'elle à ses côtés. Cette expo-sition est très différente des autres, il en a eu la charge, la responsabilité. Sans elle, il ne réussira pas à affron-ter la foule des curieux et des journalistes. Gabriële l'a rassuré, elle l'a embrassé et lui a promis de lui envoyer, par-delà les montagnes, toute l'énergie nécessaire. Et puis elle a pris son train, avec ses bagages et ses enfants sous le bras. Arrivée dans le Jura, Gabriële s'est mise à respirer. Elle peut enfin poser ses doigts sur le grand piano de la salle à manger. Son esprit affûté dans les salons mondains demeure celui d'une montagnarde. Elle a besoin de rocaille, d'un ciel qui se mêle à la terre, d'épines des sapins, des grosses chaussures lacées jusqu'aux mollets, de repas pris en silence après les efforts physiques de la marche et de la grimpe. Elle se lave de Paris.

Le soir du vernissage de la Section d'or, une fois les enfants couchés, Gabriële s'installe près du feu avec sa mère. Elle sourit en songeant qu'à cet instant même elle devrait être en robe de soirée, corsetée et parfumée, en train d'expliquer à des critiques la notion d'orphisme. Paris se trouve à quatre cent cinquante kilomètres d'elle, les bûches éclatent dans la cheminée, l'odeur du pin s'éparpille, les flammes délavent le regard, pour rien au monde elle ne voudrait être ailleurs que dans sa maison d'enfance. Jamais elle n'a autant joui du silence, de la quiétude, de la douceur d'un foyer, qu'en sachant qu'elle s'est échappée d'une obligation à laquelle il était pourtant impossible de se soustraire. Francis et Gabriële partagent cette maladie, qui consiste à fuir les situations imposées par les circonstances. Ils éprouvent ainsi leur liberté, au risque de vexer leurs amis.

Au beau milieu de la nuit, tandis que Gabriële s'est glissée dans les draps d'un grand lit réchauffé par les pierres brûlantes tirées du feu, des coups de klaxon se font entendre.

Gabriële, qui n'est plus jamais complètement surprise d'entendre arriver au loin le bruit du moteur, pour une fois, s'étonne. À cette heure, Francis devrait être en train d'embarquer tout le monde à la Closerie des Lilas pour fêter la fin du vernissage. Il est impossible que ce soit sa voiture qui entre dans la cour de la maison : cela voudrait dire qu'il aurait raté son propre vernissage.

Inquiète, le cœur battant, Gabriële se lève de son lit pour apercevoir l'automobile qui bruyamment roule vers l'entrée de la maison. Une lumière s'allume, sa mère aussi a été réveillée et sort dans le froid, la carabine de son mari à la main – l'habitude d'une femme vivant seule au milieu de nulle part.

Mais trois silhouettes sortent de la voiture, en criant comme des marins ayant dépassé le détroit de Gibraltar, couverts de poussière, d'huile et de cambouis[215]. Gabriële et sa mère reconnaissent évidemment la voix de Francis, qui hurle que son estomac est vide. Il est suivi par Marcel Duchamp et Guillaume Apollinaire. Mme Buffet, pragmatique, leur demande de se dépêcher pour ne pas refroidir la maison restée ouverte, tandis que Gabriële, sans voix, accueille dans son giron de femme irremplaçable ses trois hommes, ses trois garçons. Gaillards mais épuisés. Ils sont tout aussi affamés qu'à leur arrivée à Hythe. Gaby s'en va dans la cuisine et leur prépare des œufs et du fromage. Par la fenêtre, elle regarde naître dans le ciel les premiers rayons mouillés du matin, en riant toute seule. Son mari est complètement dingue, songe-t-elle. C'est dans ces instants que son esprit attisé lui rappelle qu'elle l'aime, cet homme-là, avec rage.

Le ventre plein, les trois hommes réchauffés s'écroulent de fatigue dans les chambres de la maison. Guillaume ne s'est même pas rendu compte qu'il s'est endormi à côté d'une petite tête brune, Pancho, le fils de Gaby. L'enfant est tout étonné qu'un ogre soit apparu dans la nuit. Il faudra attendre que les garçons se remettent de leur périple nocturne pour que, autour d'un café fort et préparé avec art par Mme Buffet mère, ils racontent le récit de leur désertion.

La veille du vernissage de la Section d'or, Picabia avait senti monter en lui une crise d'angoisse qu'il a transformée comme d'habitude en coup d'éclat. Un de ses désirs impérieux-coups de tête. En vérité, il veut être avec Gabriële. Sans elle, son cœur pompe trop vite, jusqu'à se décrocher dans la poitrine. Sans elle, il croit qu'il peut mourir sur-le-champ.

Alors, en plein milieu du cocktail, il fonce sur Marcel et Guillaume, les attrape par le bras, pose leur verre de champagne et les pousse à sortir de la salle pleine à craquer. Devant la galerie où les invités arrivent par grappes sur le trottoir, Picabia demande à ses deux amis de l'attendre, sa nouvelle Peugeot 141 est garée rue La Boëtie. Les deux compagnons s'exécutent, sagement, ils ont compris qu'il ne fallait pas poser trop de questions. Arrivé devant eux, Francis les balance dans la voiture, comme des valises qu'on jette à la va-vite dans un coffre.

— Où va-t-on ? demande Apo.

— Découvrir le Jura, répond Francis, qui vient de commettre un enlèvement.

Marcel est soulagé. Il déteste les vernissages, les cocktails et toutes les sortes de mondanités qui l'obligent à faire bonne figure pour se vendre. Et puis tout ce qui est imprévu l'enchante. La fameuse « euphorie constante ». Il est le premier à monter dans la voiture de Francis, attrapant la couverture de petit-gris au vol. En lui-même Marcel pense qu'il ne s'agit pas pour lui d'une première escapade dans le Jura, ni d'une découverte. Et que ça, ses compagnons l'ignorent. Il est excité d'aller rejoindre Gaby. De lui faire cette surprise. Excité aussi que ce soit entre ces deux hommes, grands frères d'adoption, qui l'admirent, à la différence de ses vrais frères.

Guillaume, lui, est toujours prêt pour traverser la France de nuit, dans un engin de mort, c'est parfait. «On peut être poète dans tous les domaines, dit-il, il suffit que l'on soit aventureux et que l'on aille à la découverte[216].» Pour lui, ce n'est pas une figure de style.

La route est extrêmement dangereuse. Ils roulent toute la nuit pendant que s'abat sur eux sans relâche une pluie torrentielle. Exaltés par le danger, «Apollinaire et Picabia se défiaient, s'attisaient, faisaient assaut de formules bizarres, à la syntaxe hasardeuse, que Duchamp ponctuait à point nommé de sa voix nette et précise». Les chemins sont escarpés, parfois presque impraticables, boueux, avec des trous camouflés. Ils manquent l'accident plus d'une fois.

Mais ils restent joyeux, sûrs d'eux.

Invincibles.

Guillaume chante sans s'arrêter une chanson qu'il invente, comme pour conjurer le mauvais sort :

Tanguy du Gana
N'as-tu pas vu mon gas
Qui jouait de la trombone

Qui jouait de la flûte à mes gas
Qui jouait de la flûte[217] !

Quand ils arrivent à destination, Picabia explique à ses compagnons que la région où vit Gabriële s'appelle « la Zone ». Cette appellation remonte au XVIIIᵉ siècle. Suite à l'intervention du philosophe Voltaire qui s'était installé à Ferney, le roi de France accorda en 1776 le statut de zone franche au pays de Gex, dans lequel se trouve Étival. Une zone franche bénéficie de règles de commerce plus libres, notamment avec les pays frontaliers. Apollinaire écrira dans un calligramme un souvenir de cette particularité : « Et je fume du tabac de zone » – du tabac moins cher.

Certes, c'est la Zone, mais l'électricité vient tout de même d'arriver à Étival en cette année 1912. Sur leur chemin, ils sont surpris de voir briller aux fenêtres des maisons des ampoules en fil de carbone, d'une modernité inattendue pour ce coin perdu de montagne, précocité qui s'explique par la construction récente de petites centrales hydroélectriques dans ce coin du Jura, conclut le savant Apollinaire.

Celui-ci est particulièrement ravi de rencontrer Laurence Buffet, née Jussieu. La matriarche. *L'alma mater* de Gabriële.

« Avec cette facilité d'adaptation qui lui était naturelle, Guillaume s'était mis au ton de ma mère et ne cessait de la faire bavarder. Elle-même était fort heureuse d'exhumer ses vieux souvenirs pour lesquels nous ne manifestions pas d'habitude autant d'intérêt. Ils semblaient enchantés l'un et l'autre, ce qui m'amusait beaucoup, mais mon étonnement fut à son comble lorsque j'entendis Apollinaire citer à son tour des anecdotes sur tous les beaux esprits de ce temps comme s'il avait été lui aussi mêlé à leur intimité[218]. » Gabriële est sidérée qu'il connaisse même les œuvres de son grand-père Jussieu, qui avait écrit de petits volumes exaltant les vertus civiques. Jusque-là, elle avait pensé que l'érudition de Guillaume était en grande partie le trésor de son incroyable imagination. Elle disait souvent à Francis qu'elle adorait qu'Apollinaire fasse croire à son entourage que les folies qu'il inventait étaient *vraies*. Elle aimait aussi qu'il se fâche quand on mettait en doute la véracité de ses propos, car au fond, qu'importe le vrai du faux, du moment qu'il est poétique. Mais par cette rencontre avec Mme Buffet, Apollinaire lui a prouvé combien elle avait eu tort de prendre sa science à la légère. « Je n'osais plus jamais conclure aussi facilement à une plaisante imposture de sa part lorsqu'il donnait la recette exacte de la sauce au soja dont on accommode, en Chine, les petites-filles nouveau-nées qu'on mange comme des poulets de grain[219]. »

La petite colonie prend ses habitudes.

La journée, tout le monde travaille ou se promène dans les environs. Dès que la pluie cesse, ils partent en exploration vers la frontière « libre », en bordure de la Suisse. Ils s'habillent avec les manteaux en peau suspendus dans les couloirs de l'entrée, enfilent des pulls qui datent d'un autre siècle. Après leurs longues virées, ils rentrent trempés, jouent près du feu avec les enfants aux jonchets, un jeu d'adresse composé de petits bâtons de bois, d'os ou d'ivoire, qui ressemble au mikado. Ils cuisinent sous les ordres de Guillaume, qui a revêtu un tablier de servante, et retroussé ses manches, tandis que Marcel, ravi de servir à quelque chose, épluche avec concentration les légumes. Ces activités qui occupent les mains permettent aux esprits de se libérer, on parle poésie, peinture et révolution. Les heures les plus douces sont peut-être celles du silence partagé, Guillaume et Gabriële lisent avec tranquillité pendant que Marcel et Francis dessinent. Quelque chose de l'enfance est retrouvé, ils sont quatre frères et sœurs, quatre cousins, dans l'ennui des vacances. Sur une feuille d'écolier, Marcel saisit le profil de Guillaume, une pipe à la bouche et le regard tourné vers l'intérieur[220].

À l'approche du soir, Laurence Buffet organise de grandes tablées qui croulent sous les produits du terroir, «morilles, gibiers fins, crème inégalable, vins de la plaine, des Pays-Bas, comme on dit là haut[221]». C'est banquet tous les jours. Apo meurt d'extase quand il aperçoit les sacs remplis de victuailles qui reviennent du marché. Pendant les promenades où l'on chasse les fossiles à flanc de colline avec un petit marteau, Guillaume et Francis élaborent un plan pour les *Méditations esthétiques,* un ouvrage sur le cubisme qu'Apollinaire rêve de publier. Francis lui propose de le financer. Le marché est conclu au milieu d'un champ de vaches envahi de pluie, les deux hommes assis à côté d'un bouquet de gentianes qui commence à sécher, se serrent la main le temps d'une éclaircie, ils entendent le clocher du village qui sonne l'angélus[222].

On pourrait vivre comme ça cent ans.

Marcel et Gabriële se frôlent dans les couloirs, lourds et légers de leur secret. Hors du monde, on s'enhardit, et Étival est hors du monde. Une île. Quand ils ne sont plus que tous les deux, pour une seconde, le temps n'existe plus, le souvenir d'Andelot, si chaste, les brûle, alors un soir Gaby se saisit de tout. Marcel Duchamp en entier. Les os et la peau.

Laurence, la vieille mère, veille sur ces esprits en ébullition, pas fâchée que les Parisiens soient venus la distraire dans son ermitage jurassien. Elle ferme les yeux sur leur comportement de garnements qui parfois dépassent les limites de la bienséance. Les trois garçons se moquent ouvertement, méchamment, des tableaux de son fils Jean Challié, le frère de Gabriële, que Mme Buffet expose un peu partout dans la maison. « Bien qu'il n'eût pas été présent lors de leur visite, son influence plane sur le groupe[223] » car il s'est récemment et publiquement opposé au cubisme. Ses tableaux reçoivent des insultes et de la sauce de salade. C'est toujours mieux que le sort qui fut réservé aux toiles de la vieille tante Alphonsine. Le spectacle et l'odeur d'huile brûlée avaient réjoui Francis et Gabriële. Un exorcisme. Comme des démons sans tendresse, ils avaient liquidé les héritages.

Après le dîner et jusque tard dans la nuit, on prend ses quartiers dans le salon d'Étival, « une grande salle, charmante pièce, modeste et paysanne, mais dont l'authentique rusticité, les poutres mal dégrossies au plafond, la cheminée à hotte où brûlaient d'énormes bûches de sapin, faisaient un décor des plus "romantiques[224]" ». Guillaume aime à se lancer, pour ses compagnons, dans la lecture des derniers vers écrits dans la journée. Il se place au centre et parle tantôt avec pudeur tantôt avec emportement, en jouant avec la mélodie des rimes. Éclairé par les bougies, on se recueille à la messe iconoclaste des mots d'Apollinaire.

« Il dit ainsi plusieurs poèmes du recueil *Alcools* qui n'était pas encore paru à cette époque, et l'un d'eux qui retrace sa vie, son enfance et ses déboires fit à ma mère une grande impression :

Tu n'es qu'un petit enfant
Ta mère t'habille de bleu et de blanc
Tu es très pieux et avec le plus ancien de tes
Amis René Dalize
Vous n'aimez rien tant que les pompes de l'Église
Maintenant tu marches dans Paris tout seul
Parmi la foule
Des troupeaux d'autobus mugissant près de toi
Roulent
L'angoisse de l'amour te serre le gosier
Comme si tu ne devais jamais plus être aimé

« Ma mère lui demanda le titre de ce poème. "Il n'est pas encore terminé, répondit-il, et il n'a pas encore de nom…" Puis tout à coup gentiment, il se tourna vers elle et lui dit :

« "Je l'appellerai Zone [225]" ».

Le poème liminaire du recueil *Alcools*, qui sortira l'année suivante en 1913, trouve son nom au cœur du Jura.

À la fin tu es las de ce monde ancien
Bergère ô tour Eiffel le troupeau des ponts bêle ce
matin
Tu en as assez de vivre dans l'Antiquité grecque et
romaine

Chaque jour, les quatre amis se disent que demain, on rentre. Paris les attend car il faut préparer le décrochage des toiles de la Section d'or, compiler les dossiers de presse, faire le bilan de l'exposition… Le plus attendu est Guillaume Apollinaire, qui s'est engagé pour une série de conférences au sujet du cubisme. Mais chaque jour, Apo se défile. Au lieu de passer deux jours à Étival, ils restent environ deux semaines, comme en témoignent les différentes cartes postales envoyées aux amis. Un entrefilet de *Paris-Journal* annonce le 19 octobre : « Guillaume Apollinaire, souffrant, ne pourra faire ce soir sa conférence à l'Université populaire et sera remplacé par Olivier Hourcade. » Et le critique d'art Louis Vauxcelles, dans le journal *Gil Blas*, après avoir annoncé avec ironie qu'Apollinaire s'est fait excuser pour cause de rhume, ajoute qu'il connaît bien la raison de cette dérobade :

« Le traître avait filé en balade dans l'automobile d'un cubiste doré sur tranche[226]. »

Ce n'est pas la première fois qu'Apollinaire fait l'école buissonnière. Le soir même, pendant le dîner, Francis et Apo racontent à Mme Buffet, qui hésite entre rire et consternation, toutes les conférences manquées. Car c'est un des jeux préférés de Francis Picabia, dérober le poète à ses obligations. Ils racontent la scène dans un numéro de duettiste :

— Une autre fois, où nous dînions encore ensemble, Apollinaire me dit qu'il est « pressé », lance Francis.

— Je devais faire dans la soirée une conférence importante, explique Guillaume à Mme Buffet.

— Moi, j'avais envie de grand air !

— Francis m'engueule, il me lance : « Voyons fais pas l'imbécile, lâche ta conférence », dit Apo en imitant Francis.

— Je voulais juste faire un tour en voiture ! se justifie Picabia en feignant la naïveté.

— Je dis à Francis que c'est impossible, Delaunay va être furieux, je lui avais promis de parler de lui…

— Et de sa femme !

— Oui. De Sonia. Je devais parler des rideaux « simultanés » qu'elle m'avait brodés pour mon bureau.

— Heureusement, cinq heures plus tard, nous étions déjà à Chartres[227], conclut Francis en frappant Guillaume sur l'épaule.

Et Mme Buffet se met à rire, joyeuse que la jeune génération, ébouriffée, potache, s'amuse sous son toit. Le lendemain, Apollinaire envoie une carte postale à son ami Robert Delaunay, car la conversation lui a fait penser à lui. Elle est datée du 19 octobre 1912.

« Bonjour, Temps superbe. Amitiés. Guillaume Apollinaire. Chez Madame Buffet, Étival par Clairvaux (Jura). »

Cela donne une idée à Francis.

Picabia, qui est et restera toute sa vie obsédé par Pablo Picasso, suggère à Apo de lui envoyer une carte, à lui aussi. Sans l'avouer, il tient à ce que Picasso sache qu'Apollinaire est devenu « son » meilleur ami. Il veut le rendre jaloux, l'agacer, comme un enfant. Sauf que Guillaume est coincé. En refusant d'envoyer la missive empoisonnée, il risque de froisser Francis, ce type si formidable, bien plus fidèle en amitié que Pablo Picasso. Mais s'il l'envoie, il sait que Picasso va très mal le prendre. Et ça, il n'en a pas envie. Certes, Pablo lui a brisé le cœur le jour où il a affirmé, au commissariat, n'avoir « jamais vu cet homme » en parlant de lui. Ce chagrin est toujours aussi violent et profond. Pourtant, Guillaume tremble encore à l'idée de lui être désagréable.

Le voilà coincé entre deux Espagnols, situation délicate. Après quelques jours de réflexion, Guillaume Apollinaire trouve la solution qui va le sortir de l'embarras : il achète pour Pablo une carte postale, puis, de sa plus belle écriture, sous les yeux satisfaits de Francis, il écrit :

« Le 23 octobre 1912.

Bonjour !

Chez Madame Buffet, Étival par Clairvaux[228]. »

Francis l'a connu plus en verve et plus prolixe qu'un unique « Bonjour ! » mais enfin, cela lui suffit.

Sous les yeux de Francis, Apollinaire applique un timbre sur la carte postale et la glisse dans la boîte aux lettres. Mais ce que Francis ne sait pas, c'est qu'Apollinaire a « comme par hasard » fait une erreur dans l'adresse de Picasso. Au lieu d'adresser la carte postale au 242, boulevard Raspail, il l'a adressée au 142. Ainsi n'est-elle jamais arrivée à destination. Quelques semaines plus tard, elle reviendra chez Mme Buffet, avec les mentions « Pablo Picasso : inconnu » et « Retour à l'envoyeur ». Guillaume attribuera cette erreur aux mauvais services de la poste, évitant les vexations d'un côté comme de l'autre.

Le 23 octobre 1912, les quatre amis disent au revoir à Mme Buffet et quittent Étival ensemble avec la Peugeot de Picabia. Gabriële laisse les enfants et se mêle au départ pour le bain brûlant de Paris. Pendant les embrassades, elle se surprend à être sentimentale, car elle constate qu'elle a pris beaucoup de plaisir à partager avec Mme Buffet la compagnie de ces hommes si brillants. C'est une petite joie que cette femme vestige d'un autre monde ait pu entrapercevoir sa vie. Ce seront les plus beaux moments passés avec sa mère.

Sur ce chemin de retour, les quatre ne sont pas tout à fait les mêmes qu'en arrivant. Le séjour à Étival fut « comme une sorte de matrice où l'alchimie des esprits a permis à chacun de dégager des éléments constitutifs pour sa propre création dans un esprit que l'on pourrait qualifier de protodada[229] », se souviendra Gaby. Ils font étape à Avallon, d'où Apollinaire envoie une dernière carte postale à son ami le peintre Louis Marcoussis – c'est Guillaume qui a conseillé à ce Polonais au nom imprononçable de l'imiter francisant son patronyme et lui a suggéré ce nom d'un village proche de Paris[230]. En route, Francis songe aux *Méditations esthétiques* qu'il a promis de financer. Guillaume a dans son crâne et dans sa chair les poèmes de ce qui va devenir *Alcools*, des vers libres, des vers totalement fous qui brillent dans la nuit, des vers nés de la vitesse des routes et des paysages qui défilent à toute allure. Marcel lui aussi sera changé par ce voyage en voiture et tous les échanges de ce séjour parenthèse en montagne. Pendant ces quelques jours il a commencé à élaborer sa théorie du Grand Verre. Il écrira en arrivant une note intitulée *La route Jura-Paris*, qui tendrait « vers la pure ligne géométrique sans épaisseur ». Cette note évoque une fusion idéale entre l'homme et la machine, symbolisée par un « enfant-phare » qui « pourra, graphiquement, être une comète, qui aurait sa queue en avant, cette queue étant appendice de l'enfant-phare, appendice qui absorbe en l'émiettant (poussière d'or, graphiquement) cette route Jura-Paris[231] ».

Durant le trajet, le bruit de l'automobile est tel que les conversations sont criées. Gaby laisse les hommes chahuter, elle ferme les yeux, tourne son visage vers le vent et repasse dans sa tête les images capturées. Elle inscrit dans sa mémoire pour les décennies à venir cette vision de Guillaume et Francis qui marchent dans la forêt, échafaudent des projets, aveugles aux arbres qui les entourent, mais heureux les pieds dans la boue. Et Marcel, si beau, si énigmatique dans le poudroiement aphrodisiaque du feu de cheminée.

Avec un mélange d'éblouissement et d'appréhension, elle sait que ce mois d'octobre à Étival sera peut-être leur plus belle fugue, à tous les quatre.

Marcel, dans sa note inspirée du voyage, parlera de la «machine à 5 cœurs». Le cinquième cœur serait celui de la voiture.

Du moins, en apparence.

Parce que Gabriële sait, en repartant d'Étival, qu'elle y a conçu un cinquième cœur, qui bat déjà en elle.

Il sera l'enfant de cette parenthèse mythique.

*

Je suis allée passer quelques jours à Étival. Le grand salon, dont les meubles sans âge s'organisent avec chaleur autour d'une imposante cheminée en pierre, est le centre névralgique de la demeure. De cette pièce, une porte donne sur le magnifique jardin et brise le cocon en s'ouvrant sur l'horizon. Une ligne de fuite. On aperçoit par les fenêtres le mont Paradis, une colline chère à toutes les personnes qui ont vécu ici. C'est derrière lui que le soleil se lève en l'inondant de magenta, et que s'étendent les lacs d'Étival qui appartenaient à la famille Buffet, selon le roman familial[232].

La pièce est impressionnante. Au mur est suspendue une véritable galerie des ancêtres. C'est le portrait de la grand-mère de Gabriële, Laure de Jussieu, qui attire immédiatement le regard. Notre arrière-arrière-arrière-grand-mère écrivain. Elle est peinte à l'âge de 30 ans, sa beauté est troublante. Elle veille sur Étival.

Rien n'a changé dans ce salon depuis l'escapade de 1912.

Comme on plonge un élément organique dans le formol pour suspendre sa dégradation, cette pièce fut fermée et laissée en l'état de 1953 à 2006. Elle était appelée «le musée». Le temps retenu a figé l'histoire. J'étais très émue en y entrant la première fois, imaginant Apollinaire debout à côté de la cheminée dire ses vers qui ne portaient pas encore de titre. *L'angoisse de l'amour te serre le gosier.* J'étais enceinte, et il se trouve que j'ai subi une seule fois pendant toute ma grossesse un très violent malaise et c'était à Étival. Prise de vertiges, de crampes et d'incessantes nausées, je ne pouvais plus me lever. On m'a installée dans ce salon musée, avec force couvertures, musique douce et tisanes aux plantes, je n'ai pas bougé pendant trois jours, terrassée. Je somnolais, plus vraiment consciente de la frontière entre mes rêves et la réalité, abrutie par mon malaise. Effrayée par ce corps qui ne m'obéissait plus, qui se rebellait, se transformait. Nous étions au tout début de ce projet de livre. Je me demandais comment nous allions pouvoir écrire la vie de Gabriële, ma sœur et moi. Par où commencer ?

Dans ma torpeur de future parturiente, je découvrais mes ancêtres et les voyais prendre vie, sortir de leur cadre, ils étaient tous là, représentés sur les toiles accrochées au mur. Tous, sauf Gabriële. J'en fis la remarque. On me dit que le portrait de Gaby était seul dans une autre pièce, la salle à manger. Pourquoi ? On ne savait pas, c'était comme ça, comme si on avait voulu isoler la mystérieuse et terrible Gabriële.

La mettre à part.

16

Danseuse étoile sur un transatlantique

Dès le retour d'Étival, le quatuor fouetté par l'énergie parisienne veut se lancer dans tous les projets échafaudés pendant le séjour.

La dernière idée de Guillaume est de réunir, autour d'une revue intitulée *Poème et Drame*, un nouveau cercle artistique : une sorte de « Mont-Passy » – comme il existe les cercles de « Mont-Parnasse » et de « Mont-Martre » –, car il veut organiser les dîners dans la maison de Balzac, située à l'époque dans la commune de Passy. Il demande de l'aide à Gabriële. Le tempérament énergique de Guillaume et sa capacité à entreprendre s'accordent bien avec le caractère de Gaby. Il a la volonté de ses désirs. Il est de ces gens qui font – une nouvelle revue, un collectif, des articles, un nouveau salon – quand les autres parlent ou rêvent, quand Francis oscille entre phases maniaques et périodes d'aphasie, quand Marcel a besoin d'un temps infini pour décider la moindre chose, se réfugiant souvent dans la solitude.

Guillaume, lui, met en œuvre. Il a réuni un groupe

pour organiser ses dîners. Parmi eux, Sébastien Voirol et Henri-Martin Barzun, un poète expérimental qui fut le fondateur du « groupe de l'Abbaye » (une expérience communautaire inspirée de la rabelaisienne « abbaye de Thélème », qui veut échapper à la « commercialisation de l'esprit et de la création artistique »).

L'idée d'Henri-Martin et d'Apollinaire est donc d'initier une nouvelle dynamique de rencontres, autour de dîners organisés par des artistes. Gabriële, enthousiaste, retrousse ses manches. Il faut ordonner les courses, lancer des invitations, dresser des tables, payer des cuisiniers… C'est Guillaume qui a décidé que les dîners se tiendraient dans la maison de Balzac, rue Raynouard. Une maison à deux entrées (pour échapper aux créanciers) dans laquelle, du vivant de l'écrivain, on ne pouvait pénétrer qu'en donnant un mot de passe à la gouvernante. L'organisation du dîner de Passy est très joyeuse, Gabriële court à droite et à gauche dans Paris pour régler les diverses questions domestiques. M. de Royaumont, l'homme qui veille sur la maison tel un conservateur de musée, l'autorise à utiliser la vaisselle du maître, dont sa fameuse cafetière marquée des initiales « HB ». En sortant de la maison de Balzac, qui longe la rue Berton, depuis la ruelle en contrebas, on aperçoit « la vieille maison de santé du docteur Blanche ». Guillaume explique à Gaby que c'est là que le médecin soignait autrefois « diverses personnalités du monde artistique et littéraire, notamment Nerval et Maupassant[233] ». Gabriële y voit un mauvais augure : elle trouve son mari particulièrement sombre depuis quelque temps.

Marcel et Francis ne s'intéressent pas à l'agitation balzacienne qui occupe Guillaume et Gabriële. Certes, ils ont accepté l'invitation, pour ne vexer personne, mais ils se moquent gentiment de cette nouvelle lubie.

Nos deux hommes, on l'a dit, n'aiment pas les groupes. Ils n'aiment pas non plus que Gabriële leur échappe, ni qu'elle mette son énergie au service d'un autre, fusse-t-il leur ami. Au dernier moment, ils menacent de ne pas venir, ils préfèrent rester discuter tous les deux dans l'atelier de Francis et briller par leur absence. Mais Gabriële se fâche : ils ont promis, ils ne peuvent pas être si capricieux et désinvoltes. Finalement, Francis et Marcel se rendent en ricanant chez « Guillaume de Balzac » et raillent avec joie la décoration bourgeoise de l'auteur de *La Comédie humaine*. Autour de la table, on trouve aussi Jean Crotti, qui épousera Suzanne Duchamp, le peintre Georges Ribemont-Dessaignes qui est devenu un proche ami de Francis Picabia, le poète Paul Fort, les frères Duchamp, Albert Gleizes, les frères architectes Auguste, Gustave et Claude Perret. Gabriële est la seule femme. Elle en a l'habitude.

Sceptiques au départ, Marcel et Francis ne veulent plus quitter le dîner. Ils sont enchantés, fument et boivent jusqu'à pas d'heure, dans le jardin de Balzac dont la vue, en cette année 1912, devait donner sur un coin de campagne. L'air est doux, Francis discute avec Barzun, car le poète expérimental a une vision moderniste de la beauté « des fluides et des forces » qui l'intéresse beaucoup. Les convives, qui se regardaient en chiens de faïence au début du dîner, se donnent à présent de grandes frappes fraternelles dans le dos. Les cœurs amollis par le vin se jurent des amitiés éternelles. Et Gabriële ? Épuisée par la préparation du dîner, elle s'est endormie dans le lit du romancier. Personne ne remarque son absence, car les voix des femmes disparaissent dans les vapeurs d'alcool quand vient l'heure des séductions viriles.

Quelques jours plus tard, Gabriële et Francis reçoivent la visite de Walter Pach, un jeune peintre américain, bel homme moustachu au corps solide, âgé de 29 ans. Ils se connaissent déjà, car Walter a traîné ses guêtres aux dimanches de Puteaux. Il fait partie de ces artistes américains qui viennent «faire leurs classes» à Paris, entre Montmartre et Montparnasse, pour apprendre la peinture européenne, dont ils sont de fervents amateurs. Gabriële témoigne : «Il est certain qu'aux États-Unis, une génération de jeunes peintres s'intéressait à ce qui se passait en Europe[234].» Et elle ajoute, avec son sens de l'ironie, que la réciproque n'était pas vraie. Les artistes français, très centrés sur eux, se moquaient bien de tout ce qui se passait de l'autre côté de l'Atlantique.

Walter Pach leur parle d'un événement qu'il organise aux États-Unis. Une exposition monumentale pour laquelle il souhaiterait que Francis prête des toiles, si possible inédites. Une entreprise née dans l'imaginaire d'une poignée d'artistes new-yorkais qui rêvent d'organiser «la plus grande exposition d'art moderne du monde». Les New-Yorkais veulent réunir plus d'un millier d'œuvres, du monde entier, dans une salle gigantesque pouvant accueillir des centaines de milliers de spectateurs…

— À l'américaine, quoi[235], résume Gaby, cigarette et sourire aux lèvres.

Pendant que Walter Pach parcourt l'Europe pour rapporter aux États-Unis des caisses entières de toiles modernes, les organisateurs de New York s'occupent de collecter les fonds et de trouver un lieu d'exposition. Gertrude Stein reçoit une lettre d'une des organisatrices américaines : « Cela va faire du bruit ! L'événement national le plus important depuis la signature de la Déclaration de l'Indépendance[236]. »

Francis Picabia accepte de prêter des œuvres. Ainsi que Claude Monet, Henri Matisse, Auguste Rodin, Edvard Munch, Auguste Renoir, Constantin Brancusi, Odilon Redon, Georges Braque, Pablo Picasso, Robert Delaunay, Maurice Denis, les trois frères Duchamp, Raoul Dufy, Pierre Bonnard, Fernand Léger, Marie Laurencin, Vassily Kandinsky, Jules Pascin, Felix Vallotton, Maurice de Vlaminck, Édouard Vuillard, Alexander Archipenko[237]… et tant d'autres. L'exposition doit se tenir à New York au début de l'année 1913. Mais aucun artiste européen ne prévoit de s'y rendre. Partir en Amérique ? Pour quoi faire ? L'Amérique vient si souvent en France. Et puis c'est une aventure coûteuse. Risquée aussi.

Francis, en ce Noël 1912, broie du noir. La période des fêtes le déprime depuis qu'il est un petit garçon sans mère. Et puis, les derniers salons, on l'a dit, ne se sont pas bien passés pour lui. Le peintre s'estime sous-représenté, sous-exposé, incompris. Sans compter la mort de son grand-père, sans compter les ennuis financiers… Francis s'enfonce dans une phase de mélancolie aiguë. Marcel Duchamp et Guillaume Apollinaire sont les seuls êtres qui trouvent grâce à ses yeux, avec son invincible Gaby. En revanche, tous les autres ne sont que des imbéciles. Il ne veut plus voir personne et s'enferme dans son atelier.

Sur les conseils de la médecine, Francis a arrêté la consommation d'opium. Pour l'aider, on lui prescrit alors de la cocaïne. Les médecins encouragent la consommation de cette substance efficace «dans le traitement des mélancolies, des hypochondries et contre les dyspepsies». Freud y voyait aussi un excellent remède contre le mal des montagnes et un stimulant de la puissance sexuelle[238].

Gabriële, cette femme qui ne s'arrête jamais sur ses propres angoisses, veut sortir Francis de son spleen. Elle voit bien que le décor parisien lui pèse, il n'a plus d'énergie, plus d'enthousiasme, sauf quand il est sous *coco*. C'est ainsi que Francis Picabia surnomme ce médicament, dont il raffole. En riant, il dit qu'il s'est mis «aux sports d'hiver», qu'il glisse «sur les pentes glacées de la coco», écrit-il dans *Caravansérail*. Ironie de l'histoire, c'est mon ancêtre Jussieu, songe Gaby, qui introduisit en 1750 la cocaïne en France, en rapportant les plants de coca de Bolivie[239].

Gabriële sait que la souffrance de Francis est engendrée par le manque de reconnaissance. Depuis

qu'il a quitté son confort de petit maître impressionniste, ses efforts n'ont pas été vraiment récompensés. En matière de cubisme, tout le monde ne parle
que de Braque et, surtout, de Picasso. Francis, lui,
passe au second plan. Sa gloire passée lui colle aux
basques et rend son œuvre, pourtant tout aussi révolutionnaire, plus suspecte. Il n'est pas si facile pour lui
d'être «déclassé» en tant qu'artiste. Certes, il fait le
fier en public, il proclame haut et fort qu'il est heureux d'avoir abandonné la peinture facile, pour s'aven-
turer dans l'art moderne. Mais derrière le panache,
Gabriële lit la terreur de ne pas y arriver, l'humiliation
de ne pas être reconnu à sa juste valeur et la honte de
ne plus gagner autant d'argent.

« Avec sa période impressionniste, Francis avait eu
beaucoup de succès et son nom était alors internatio-
nalement connu. Mais en tant que leader de l'avant-
garde en peinture, il n'avait plus en France que des
détracteurs. Tout le monde le désavouait : les officiels
des Arts et Lettres, ses admirateurs, ses marchands de
tableaux, la presse entière… ! »

Il faut changer quelque chose, pense Gabriële.

Pourquoi ne pas commencer par changer de paysage ?

Elle lui propose de se rendre au vernissage de l'exposition organisée par Walter Pach, en Amérique.

Personne n'y va. Alors pourquoi pas eux ?

Gabriële, qui a beaucoup voyagé dans sa vie, sait
que les déplacements géographiques provoquent des
mouvements internes, très bénéfiques. Elle se souvient aussi qu'en 1905, son professeur, Vincent d'Indy,

s'était absenté quelques semaines de la Schola Cantorum pour se rendre aux États-Unis. Là-bas, il avait reçu un accueil formidable, bien au-delà de ses succès français – une conférence à Harvard s'était même tenue en son honneur. Gaby se souvient que d'Indy était rentré en France galvanisé par ce voyage où tous les honneurs lui avaient été rendus. Voilà ce qu'il faudrait à Francis, pour soigner sa bile noire.

Mais le voyage est cher.

Depuis qu'il ne vend plus de toiles impressionnistes, depuis qu'il faut nourrir quatre bouches, depuis qu'il dépense une grande part de ses revenus dans sa « médecine », depuis qu'il s'est acheté une énième voiture, Francis n'est plus à l'aise financièrement.

Gabriële demande de l'aide au père de Francis. Mais ce dernier est catégorique : il est hors de question de se lancer dans une telle folie. Il trouve que Francis et elle ne se comportent pas comme il faut, qu'ils jettent l'argent par les fenêtres. Heureusement que Gaby ne lui a pas dit qu'elle était de nouveau enceinte. De toute façon, elle ne l'a dit à personne. Pas même à Picabia.

À la seconde où Gabriële annonce à son mari qu'ils n'auront pas l'aval de son père ni l'argent pour faire le voyage, Francis n'a qu'une idée en tête, partir. Gabriële se souvient : « Malgré les conseils pessimistes de nos familles – c'était d'autant plus tentant[240] ! »

Gabriële est donc chargée d'acheter deux billets pour la *French Line*, qui relie Le Havre à New York. Coûte que coûte, car Francis a retrouvé le goût de la vie depuis qu'il annonce à tout le monde qu'ils embarquent sur un paquebot, direction l'Amérique.

En décembre 1911, Gabriële se rend dans les bureaux de la compagnie maritime la «Transat'», qui se trouve 6, rue Auber, dans le quartier de l'Opéra. Le bureau de vente est éclatant de modernité, les affiches sont dernier cri, les publicités montrent les gratte-ciel de Manhattan, des dépliants vantent le faste des lignes de croisière. Voilà exactement ce qu'il faut à Francis : du luxe, du dépaysement et de la vitesse. Mais Gabriële déchante vite. Les prix des billets en première et en deuxième classe sont inabordables. La traversée, qui dure six jours, correspond à une année entière de loyer ! Ils ne peuvent pas se le permettre. Quant à la troisième classe, c'est celle des migrants…

Gabriële s'apprête à faire demi-tour lorsque le vendeur lui montre des brochures sur la «troisième classe cabine», une classe intermédiaire entre la seconde et la troisième. Gabriële hésite, car dans ces conditions elle pourrait payer deux billets. Mais quelles conditions ? Allez, elle songe qu'à défaut de parcourir les salons luxueux du paquebot, Francis pourra toujours méditer devant la beauté des hélices et de la machinerie.

Elle prend deux billets pour le paquebot *La Lorraine*.

Bientôt l'Amérique.

La veille de leur départ, Francis a invité tous les amis chez Prunier, un restaurant situé 16, avenue Victor-Hugo. Une belle devanture bleu turquoise, où l'on

265

mange des huîtres et des crustacés. Tous les amis sont venus, sauf Guillaume. Pourquoi ? Francis est blessé par cette absence. Dans une carte postale datée du 29 janvier, écrite dès leur arrivée à New York, Francis demande à son ami : « Pourquoi n'êtes-vous pas venu la veille de notre départ dîner chez Prunier, nous comptions sur vous ? » Question réthorique, car Francis connaît la réponse. Le seul qui réussisse à lui voler Apollinaire, c'est encore et toujours Picasso. Malgré leur différend d'autrefois, malgré la honte bue, Guillaume accourt quand Pablo l'appelle. Et ça, Francis ne le supporte pas.

Marcel, lui, est venu chez Prunier. « Pourquoi me fuis-tu ? » semble-t-il dire à Gabriële par des regards insistants. Il se sent abandonné par ses amis-amants. Et leur trio ? Et leur secret ? Ce que Marcel ne peut saisir, trop jeune encore, c'est que seul Picabia subsiste au regard de Gabriële. C'est animal. Son mari est si fragile. Elle fait place nette pour pallier le gouffre.

Le lendemain du dîner, les Picabia se rendent au Havre. La ville a bien changé depuis que Claude Monet l'a peinte, cinquante ans auparavant. Le port est à peine reconnaissable avec l'implantation de la Compagnie transatlantique. On se croirait plongé dans une fourmilière où chacun suit sa ligne avec la tâche qui lui incombe.

Francis et Gabriële regardent les dames en fourrure avec toque de vison, les nurses en habit de nurse et les enfants attifés comme des adultes, les élégants en chapeau haut de forme et les militaires en congé, les étudiants désargentés rêvant d'aventure, les jeunes mariés en voyage de noces, des hommes d'affaires en mission, des hommes politiques en vacances, des touristes curieux de découvrir le Nouveau Monde, des familles de migrants venus de l'Est pour sauver leur peau, et des familles issues de l'aristocratie, qui détestent l'Amérique mais goûtent le charme de la traversée. Il y a aussi tout le personnel navigant, on compte un membre d'équipage pour deux passagers, des marins, des capitaines, des machinistes, des charpentiers, des menuisiers, des chefs de cuisine, des boulangers, des pâtissiers, des cambusiers, des bouchers, des poissonniers, des sommeliers, des bagagistes, des barmen, des maîtres d'hôtel, des grooms, des femmes de chambre, des médecins, des coiffeurs, des infirmières, des magasiniers, des secrétaires, des imprimeurs, des réceptionnistes, des téléphonistes, des pompiers, des agents de sécurité, des cafetiers, des chargés de buffet, des cavistes, des chefs argentiers, des garçons de pont et de salon, des cireurs, des musiciens – et même un dentiste[241].

Sans compter la foule des curieux qui ne montera pas sur le paquebot, mais qui vient assister au cirque de l'embarquement des marchandises : il faut stocker des kilos et de kilos de vivres, de quoi nourrir presque trois mille personnes pendant plusieurs jours. *La Lorraine* est équipée en réfrigérateurs, mais il faut toutefois faire monter à bord l'équivalent d'une grosse ferme : des bœufs, des cochons, des poules, des oies et des canards, afin de garantir aux passagers de la viande fraîche.

Le paquebot est un molosse. Gabriële et Francis sont estomaqués. Le spectacle des employés de la compagnie qui procèdent au chargement des malles et des valises hissées par des grues est si assourdissant que Francis se noie déjà avec délectation dans la folie ambiante. Gabriële voit l'œil de son mari s'allumer, grisé par toute cette énergie. Rassurée, elle se dit qu'elle a fait le bon choix. Tenter l'aventure.

Les Picabia montent sur la passerelle, ils suivent le flux des passagers bon chic bon genre, mais à l'entrée du paquebot, on leur explique que leur porte d'embarquement n'est pas la bonne : avec leur carte de « troisième classe cabine », ils doivent aller de l'autre côté. Précision faite, il leur sera formellement interdit de se rendre dans les parties première et deuxième classe du bateau. Banni des salons et fumoirs, Francis se sent humilié. D'autant que le garçon d'équipage le pousse d'un geste sur le côté, d'un geste autoritaire, pour laisser passer une jeune femme que tout le monde regarde. Un mouvement de foule la précède, les gens s'écartent pour laisser passer la vedette – une danseuse qui fait du cinéma –, on chuchote sur son passage, la rumeur s'amplifie, on dit que c'est « la Napierkowska » dont la beauté est unique. Devant cette étoile filante, Francis baisse la tête. Son visage se ferme. Il est livide de honte.

Silencieux, Francis et Gabriële se rendent dans leur cabine, qu'ils partagent avec deux autres couples, sur des lits superposés. C'est du luxe en comparaison des dortoirs de la troisième classe « sans cabine » où dorment les familles des migrants (entre 1830 et

1920, ils seront plus de trois millions à transiter par le port du Havre[242]). Gabriële regarde Francis poser sa malle, d'une marque prestigieuse, sur leur étroite couchette de fortune. Toute sa vie, elle a gardé le bon de commande de cette valise. Il date du 26 janvier 1909. C'était quelques jours après leur mariage, Francis avait fait faire cette belle malle à sangler sur la voiture pour partir en voyage de noces. Une valise fabuleuse, elle est bien usée à présent[243].

C'est la première fois depuis leur rencontre que Gabriële sent Francis en colère contre elle. Elle regrette d'avoir acheté ces billets. Gaby a peur que ce voyage aux États-Unis leur soit néfaste et qu'un jour ils cessent l'un l'autre de s'électriser.

Les machines du paquebot se mettent à gronder. Les sirènes annoncent le départ, provoquant une acide sueur d'adrénaline. Francis, quant à lui, ne veut même plus qu'on lui adresse la parole. Il s'allonge, tout habillé, sur son lit. Gabriële sait à quoi il pense : il imagine tous ces imbéciles sans talent, au-dessus de leurs têtes, qui regagnent leurs appartements coquets, leurs suites haut de gamme, riant dans leurs salles de bains démesurées, enfilant un smoking pour aller siroter des cocktails sur un air joué par l'orchestre… C'est lui qui devrait être à leur place, il aurait fait le show à la table du capitaine, en quelques heures seulement il aurait été l'objet de tous les regards, de toutes les conversations, à la terrasse des cafés, dans les fauteuils des fumoirs, tout le monde aurait cherché sa compagnie, parce que Picabia est un prince partout où il va.

Le silence est revenu dans leur cabine misérable. Le hublot au-dessus de leurs têtes luit comme une fausse lune parfaite et métallique. Il est 11 heures du soir, la salle à manger de la troisième classe s'est vidée. Les passagers des premières ont rejoint leurs suites, laissant les dernières notes de musique se dissiper dans l'air du large.

Gabriële prie.

Non pas Dieu, mais une prière magique, pour que les énergies changent de direction.

Une bourrasque de vent fait légèrement tanguer le bateau.

Puis une deuxième.

Et puis cela recommence. Encore, et encore. Quelqu'un, quelque chose, souffle sur l'eau, avec colère, la houle gronde, la surface de la mer s'énerve, les ondes s'arrondissent puis se soulèvent. Alors les éclairs déchirent le ciel et le hublot s'illumine comme sous les flashs d'un appareil photographique. C'est un miracle, songe Gabriële. Autrement dit, c'est une tempête. Une tempête qui va relancer les dés du hasard.

La Lorraine était un paquebot de la Compagnie générale transatlantique, mis en service le 11 août 1900, sur la ligne Le Havre-New York. C'est alors le plus grand paquebot français et le plus luxueux : toute la modernité du moment y est emballée dans une rassurante décoration Second Empire. L'architecture du bateau est pensée pour que les passagers jouissent de tous les divertissements possibles. Il y a des salles de sport, des galeries marchandes, un théâtre, des lieux de concert, des salons de bridge, des salons de musique et des fumoirs. Les passagers doivent absolument oublier qu'ils se trouvent en mer – donc en danger. Ils doivent oublier qu'ils ne sont pas sur la terre ferme, pour s'imaginer dans le plus fastueux des palaces parisiens.

Sauf, évidemment, en cas de tempête.

En ce mois de janvier 1913, un déferlement sans précédent secoue le paquebot, balaye la côte, menaçant une partie du littoral et emportant des digues. Gabriële se souvient : « Notre *Lorraine* se trouva aux prises avec une tempête furieuse et terrifiante de l'avis même des marins. Tantôt emporté au sommet des vagues de 10 ou 20 mètres, ses hélices hurlant dans l'air, tantôt englouti sous des montagnes mouvantes, il semblait impossible qu'il pût résister à de tels assauts [244]. »

Tout le monde a en tête les récits des célèbres naufrages du siècle précédent, dont les journaux raffolent, publiant les témoignages apocalyptiques de survivants. On sait que certains hommes n'hésitaient pas à noyer de leurs propres mains femmes et enfants, afin de gagner des places sur les canots de sauvetage. Tous les passagers sont au trente-sixième dessous. Sauf un.

La tempête revigore Francis. Les catastrophes lui fouettent le sang, Francis aime frôler la mort pour se sentir vivant, comme dans la vitesse de ses voitures. Éros et Thanatos. Les passagers, malades et terrifiés, osent à peine sortir de leur cabine. Ce qu'il y a de formidable dans le mal de mer, c'est que tout le monde est à égalité. Les vagues n'épargnent aucun estomac. Le roulis est diabolique. Comme tous les membres de l'équipage sont en train de vomir au fond de leur lit, Francis en profite pour visiter le paquebot. Enfin, personne ne vient lui demander sa carte de troisième classe. Le voilà, le funambule, qui déambule librement dans les couloirs. Et son regard se perd dans les coursives vides qui semblent se refléter à l'infini dans des miroirs. Fiévreux, il grimpe la cage d'escalier spectaculaire qui mène à la salle à manger de la première classe, dont les lignes droites et rigoureuses couvrent l'atmosphère d'une chape imposante et diplomatique. À cause des soubresauts de la tempête, il se cogne aux meubles Empire, se blesse sur des coins de table, mais rien ne l'arrête, il parcourt seul les salons monumentaux, décorés de couronnes de laurier, d'étoiles, de palmettes et d'abeilles, qui semblent virevolter dans l'air pour l'honorer. Soudain, dans le salon de lecture, entre les fauteuils hiératiques aux assises garnies d'un tissu à rayures, il l'aperçoit. Celle que, inconsciemment, il cherchait.

La danseuse.

La Stacia Napierkowska.

Cette déesse offre le spectacle d'une danse à quelques courageux aux yeux exorbités par la peur et le désir. Le spectacle est pour le moins sensationnel car Stacia danse presque nue, avec une grâce sublime, comme s'il n'y avait pas de tempête, comme si le monde s'arrêtait pour elle. Francis est bouleversé par sa peau de lait, une peau couverte d'un impudique déguisement oriental qui souligne les lignes d'un corps sculpté pour le dérèglement des sens. Une peau blanche, surface fraîche dans laquelle il voudrait s'étendre et se noyer.

Stacia Napierkowska a 22 ans. Elle a commencé dans la troupe des Folies-Bergère. Puis « remarquée » par le directeur de l'Opéra-Comique, elle fut engagée pour les Fêtes romaines qu'il organisait au Théâtre antique d'Orange. Elle se lance ensuite dans une carrière d'actrice du cinématographe. Elle joue avec le célèbre Max Linder et devient une vedette. En ce mois de janvier 1913, elle se rend aux États-Unis pour débuter une carrière internationale. Elle a passé un contrat avec la Transat pour donner des shows sur le paquebot et payer ainsi sa traversée.

Durant les six jours de tempête, Picabia gagne tous les soirs le salon vide où Stacia danse pour une poignée d'hommes foudroyés de désir. Gabriële se souvient qu'il y avait, parmi eux, un ecclésiastique, un père dominicain[245]. Elle imagine le saint homme regagner sa cabine, tremblant, cherchant à calmer la fièvre qui s'est emparée de son corps, jurant sur sa bible, son missel et son crucifix. Gabriële n'est pas dupe, elle sait pourquoi son mari s'habille chaque soir sur son trente et un et brave la tempête pour se rendre dans les salons de la première classe. Elle sait que Stacia est connue pour un numéro intitulé *La Danse du feu et de l'abeille*. Elle sent aussi que la danseuse n'est pas insensible aux charmes de son mari.

Insoumise, Gabriële porte comme une armure un

sentiment de supériorité sur les autres femmes, aussi sensuelles soient-elles. Son couple est si puissant et hors des contingences qu'elle ne se sent pas menacée par le désir de son mari pour d'autres corps. Elle sait que Picabia puise son énergie créatrice dans la séduction et dans l'étreinte. «Il n'y a pas de limites à l'imagination, sauf celles qu'imposent la routine ou la convention[246]», dira Francis Picabia à un journaliste américain. Il lui faut des modèles qui lui donnent envie de peindre, il lui faut des conquêtes qui lui donnent envie de se transcender. Gabriële sait que si, par jalousie, elle l'empêchait de vivre cet à-côté, sa peinture se tarirait. Or Gaby est amoureuse d'un homme qui peint. Pas d'un mari fidèle.

Gabrièle Buffet écrit : «Une femme dont le mari a beaucoup de maîtresses n'est pas forcément une femme trompée. Non, il n'était pas infidèle. Le jugement inverse est stupide, mais aussi très subtil.» À la lecture de cet extrait, on se rend compte que les arcanes du cerveau de Gabriële sont tortueux. Et iconoclastes. Pour elle, Francis n'était pas infidèle puisqu'il respectait leur entité indestructible. Elle utilise dans ce passage le mot «subtil» dans son sens vieilli, presque disparu, subtil au sens de «qui s'insinue avec grande facilité». Pour elle, les gens qui la considéraient comme une femme trompée avaient un jugement commun. Une pensée vulgaire. Et la Stacia ne l'inquiète pas.

La traversée sur *La Lorraine* touche à sa fin. La tempête est passée. Le peintre retourne dans sa cabine de troisième classe – *heureux qui comme Ulysse*. Il s'allonge auprès de Gabriële, sa femme insubmersible qui fonctionne comme une machine moderne, à toute vapeur. Les ponts s'ouvrent enfin et les passagers aperçoivent au loin les gratte-ciel de Manhattan, comme la promesse d'une fête qui bat déjà son plein. Une tension s'empare des voyageurs. Francis et Gabriële embarquent sur un de ces petits bateaux pilotes qui viennent chercher les passagers pour les mener du paquebot au port. Soudain, ils entendent la voix d'un Américain :

— *Hey ! Mister Piquébia !*

Ils se retournent. C'est un journaliste, venu poser des questions à Francis. Mais celui-ci reste totalement muet. Alors le journaliste tente sa chance auprès de Gabriële :

— *Madam Piquébia, what do you think of American women ?*

— *I don't know them yet ! Wait until I meet them and I will tell you*[247], répond-elle en riant, dans un anglais parfait.

Francis regarde Gaby – il est soufflé. Il ne savait même pas que sa femme parlait l'anglais. Décidément, Gaby est son joker. Comment survivrait-il sans elle ? Car elle va le sortir d'affaire. Parmi tous ces Américains qui attendent le débarquement, un groupe de journalistes est venu accueillir les «Piquébia», comme s'il s'agissait d'un couple présidentiel. Francis et Gabriële n'ont jamais vu ça. Sur le quai, un groupe d'hommes en bras de chemise, chapeau enfoncé sur le crâne, cigarette aux lèvres, les assaille de questions. Gaby, abasourdie, essaye de leur répondre un à un.

Francis, qui ne comprend rien, est aveuglé par les flashs qui crépitent. Et la danseuse Stacia, passée inaperçue, s'en va parmi la foule des voyageurs. «Nous ne l'avons jamais revue[248]», conclura Gabriële.

Ce voyage marquera une étape très importante dans l'œuvre de Picabia. Les mois suivants, il peindra plusieurs toiles inspirées de la danseuse, qui comptent parmi les plus révolutionnaires de sa production[249]. «J'insiste sur ce fait, dira Gabriële, car cette danseuse fut l'inspiration de tableaux qui sont parmi les plus beaux qu'il ait faits. Cette traversée a marqué une époque extraordinaire dans sa vie[250].»

Traversée qui fut l'idée géniale de Gaby.

Pas de jalousie. Pas de rancune. Et l'art comme unique urgence.

17

La musique est comme la peinture

« *It was a rather strange entry to America*[251] », se souviendra Gabriële à propos de ce 20 janvier 1913 et de leur étonnante arrivée à l'hôtel La Fayette, au cœur de Greenwich Village. À peine ont-ils ouvert les portes de leur chambre que le téléphone sonne – il ne cessera plus de le faire. Demandes d'interviews, de rencontres, de séances photographiques… Gabriële doit tout gérer en même temps, car elle seule peut répondre aux différents interlocuteurs. La situation est tout aussi étourdissante qu'infernale. Dès le lendemain, le *New York Herald* et le *New York City American* titrent, sous une photo de Francis prise au pied du paquebot : « L'arrivée du leader du cubisme ». Partout, on annonce le vernissage de l'exposition d'art moderne comme « une émeute et une révolution[252] ». Le *New York Sunday* a le malheur de préciser que les Picabia logent à l'hôtel La Fayette. Ils n'ont alors pas d'autre choix que de déménager car la foule des journalistes qui se presse pour les rencontrer devient incontrôlable.

Parmi les nombreuses invitations qu'ils reçoivent – impossibles à toutes honorer –, Francis et Gabriële acceptent celle de Mabel Dodge, un femme qui soutient activement l'exposition. Mabel est une riche héritière, fille de Charles Ganson, un banquier prospère de Buffalo. Mariée à 21 ans, joyeusement veuve à l'âge de 23, elle entame, durant son deuil, une liaison avec le plus célèbre gynécologue de Buffalo. Ses parents l'envoient en France pour l'éloigner de l'importun praticien. Mais elle passe de Charybde en Scylla, découvre la bohème parisienne, les joies de la bisexualité, épouse au passage un riche architecte. De retour aux États-Unis, elle s'installe à New York – pas question de s'enterrer chez ses parents près des chutes du Niagara – et décide d'y monter un salon sur le modèle de celui de Gertrude Stein. Un salon qui a la particularité d'être entièrement décoré de blanc, ce qui, à l'époque, n'existe nulle part ailleurs. Contrairement à Gertrude Stein, qui s'avère très sélective sur ses convives, Mabel Dodge ouvre ses portes à tout le monde, « du moment que la personne est intéressante ». Et puis elle est férue de politique. Très vite, on la surnomme « *the queen of the radical set in downtown New York* ». Son salon devient le plus réputé de la ville. Elle reçoit tous les mercredis.

Mabel tient absolument à accueillir les Picabia chez elle, dès leur arrivée. « Nous y allons – par curiosité surtout, se souvient Gaby. Mabel nous reçoit étendue sur un divan, tandis qu'une infirmière s'affaire autour d'elle. Elle est assez belle et parle un peu le français. Elle entreprend d'expliquer à Picabia qu'elle ne peut plus supporter New York et va émigrer dans un désert du Nouveau-Mexique pour libérer son esprit de toutes les contingences dissolvantes de la ville. Picabia lui répond par quelques blagues qu'elle ne comprend pas, heureusement[253]. » Mabel les encourage à s'installer au Brevoort Hotel, qui se trouve en face de chez elle. Les Picabia trouvent l'idée commode et opportune – ils échapperont ainsi à la cohorte des journalistes. Devenus voisins, Mabel et les Picabia se fréquentent quotidiennement et le couple fait chez elle la connaissance de nombreux activistes politiques. Gabriële s'entend avec Margaret Sanger, une ancienne sage-femme devenue la porte-parole de l'éducation sexuelle, régulièrement arrêtée pour ses articles sur le contrôle des naissances. Gabriële se passionne pour l'anarchiste russe Emma Goldman, fondatrice du journal *Mother Earth*, arrêtée elle aussi pour son combat en faveur des femmes. D'ailleurs, en ce mois de janvier 1913, des centaines de femmes manifestent sous l'arche de la place Washington pour exiger le respect de leurs droits. Gabriële les regarde, ces femmes qui se tiennent bras dessus bras dessous, marchant fièrement. Elle les trouve belles dans leur colère. Si le salon de Mabel Dodge est très « féministe », la présence des hommes y est tout aussi importante. La maîtresse de maison vit alors une histoire d'amour passionnée avec le journaliste et militant communiste Jack Reed. Chez elle, Gabriële et Francis croisent Max Forrester Eastman, directeur du magazine socialiste engagé *The Masses*. Ils fréquentent aussi celui qu'on surnomme « Big Bill

Haywood», une des figures les plus importantes du mouvement ouvrier américain.

À leur arrivée, ils ont aussi accepté une autre invitation qui va se révéler déterminante pour la suite des événements – et pour l'histoire de l'art. Cette rencontre est celle d'Alfred Stieglitz, un galeriste new-yorkais très influent. Ils font sa connaissance par l'intermédiaire de Paul Haviland, un bel homme, né en France de parents américains – ce qui facilite les discussions avec Francis. Le père de Paul possède une immense fortune – il vend de la porcelaine de Limoges sous le nom de «Haviland» à toute l'Amérique. Quant à sa mère, elle est la fille d'un critique d'art qui fut l'ami de nombreux artistes. Ainsi le petit Paul a-t-il posé pour Renoir quand il avait 4 ans.

Paul Haviland connaît la peinture, mais ce qu'il aime par-dessus tout, c'est la photographie. C'est ainsi qu'il s'est lié d'amitié avec Alfred Stieglitz qui dirige alors la galerie de photographie la plus en pointe, la Galerie 291, car située au 291 de la Cinquième Avenue. Alfred Stieglitz a aussi fondé une revue sur la photographie, intitulée *Camera Work*. Une référence.

Le problème, c'est que cet art récent ne rapporte pas d'argent. Et Stieglitz se retrouve avec de gros soucis pour boucler les fins de mois. Pour sauver la Galerie 291, Paul Haviland règle trois années de loyer d'avance et devient alors le plus proche collaborateur d'Alfred Stieglitz.

De temps en temps, ils proposent des expositions de peinture, entre deux accrochages de photographie.

Mais pas n'importe lesquelles : uniquement ce qui n'est pas académique. Man Ray, qui est alors peintre – et pas encore le grand photographe qu'il va devenir –, se souvient de la Galerie 291 : « C'est là où j'ai vu les premières sculptures de Brancusi, les premiers collages de Picasso. Pour moi, c'est une révélation [254]. » Plus tard, Man Ray comprendra pourquoi Alfred Stieglitz s'intéressait à ces artistes étranges bien avant tous les autres Américains : parce qu'ils étaient non figuratifs. Et, par conséquent, ils ne faisaient pas de concurrence aux photographes qu'il exposait dans sa galerie.

Stieglitz et Picabia ont tout pour se plaire. Encore une fois, Gabriële facilite les choses, car Alfred a vécu à Berlin pendant ses études, et les conversations peuvent ainsi passer d'une langue à l'autre. Les sujets de discussion tournent naturellement autour de l'opposition entre peinture et photographie. Francis Picabia, grâce à feu son grand-père Davanne, maîtrise le sujet. Stieglitz est très impressionné, il est rare de rencontrer de tels spécialistes. Tous deux s'accordent à dire que la peinture ne peut plus continuer de reproduire, tel quel, le réel. Il faut que les nouveaux peintres refusent de faire « ce que l'appareil photographique peut faire mieux qu'aucun d'eux [255] » – pour trouver *du nouveau*. Par ailleurs, Alfred Stieglitz engage de longues réflexions avec Gabriële sur le renouveau de la peinture. Le fruit de leur discussion donnera lieu à un article intitulé « La première grande clinique pour régénérer l'art », publié dans le *New York American*.

Le vernissage de l'Exposition internationale d'art moderne a lieu le 17 février 1913. L'événement est surnommé l'«Armory Show», car il a lieu dans l'arsenal du 69ᵉ régiment d'artillerie, au 305, Lexington Avenue, à l'angle de la 25ᵉ Rue, à la limite de Greenwich Village et de Madison. Un ancien dépôt de matériel d'artillerie, gigantesque, loué par les organisateurs pour quatre mille dollars.

Il fait déjà nuit lorsque les lourdes portes médiévales s'ouvrent sur une foule électrisée. Les étudiants vendent à la criée des programmes et des badges, avec l'inscription «The New Spirit», que les femmes accrochent à leur robe du soir. L'esprit est nouveau et la folie furieuse. Mille deux cents toiles ont été accrochées et trois fois plus de visiteurs se rendront au vernissage[256]. Du monumental. L'inauguration a lieu «dans une atmosphère inouïe qui tenait à la fois de la cérémonie religieuse et de la kermesse. Le soir du vernissage, jusque tard dans la nuit, c'est une véritable foule qui se pressait devant les toiles», écrira Gabriële. L'accrochage a été pensé de façon pédagogique. Pour la partie européenne, on commence la visite par les œuvres de Goya, puis viennent les classiques, Ingres, Delacroix, Courbet, suivis des impressionnistes, des nabis et des fauves – pour finir avec les fameux «cubistes» dont tout le monde parle : Picasso, Braque, Gleizes, Léger, Archipenko, Jacques Villon, Duchamp-Villon, Manolo… Marcel Duchamp et Francis Picabia sont accrochés l'un à côté de l'autre, dans une partie de l'exposition qui se trouve légèrement en retrait – si bien que leurs toiles attirent particulièrement l'œil.

Les organisateurs de l'Armory Show ont chargé Gabriële d'une mission spéciale. Elle doit conduire la visite pour un riche avocat, Arthur J. Eddy, qui a soutenu financièrement l'exposition. Eddy aime les figuratifs européens : il possède déjà des Whistler et des Rodin. Mais Gaby doit lui faire comprendre le langage des modernes, et l'encourager à acheter quelques toiles cubistes. Elle prend Arthur J. Eddy par le bras et l'emmène face aux toiles « même les plus difficiles et les plus rébarbatives à comprendre[257] ».

— Ces toiles étranges que vous voyez sont liées aux progrès techniques, explique-t-elle. Parce que la photographie, devenue le cinéma, a enlevé à la peinture son rôle le plus important. Autrefois, la peinture avait pour mission de garder l'image de la vie des hommes dans le temps. Aujourd'hui, tout est différent !

« Tout à coup, je me suis aperçue que j'avais derrière moi un auditoire nombreux s'efforçant de comprendre mon mauvais anglais et mes arguments[258]. » En effet, une foule soucieuse d'avoir une interprétation des œuvres exposées écoute religieusement les explications de la charismatique Gabriële Buffet. Parmi eux, des journalistes qui tendent leur carte pour obtenir interviews et rendez-vous avec elle dans les jours à venir.

Grâce aux mots éclairants de sa guide improvisée, Arthur J. Eddy va acquérir trois toiles : *Danse à la source 1* (acquise pour quatre cents dollars) de

Francis Picabia ainsi que *Portraits de joueurs d'échecs* et *Le Roi et la Reine entourés de Nus vites,* de Marcel Duchamp. Sur le moment, Gaby a l'impression qu'Eddy prend une option sur le futur, «comme certains retiennent des terrains dans la Lune pour le cas où cela deviendrait intéressant», dira-t-elle plus tard. Or ces toiles vont devenir des pièces maîtresses de l'art du XXe siècle.

Et l'avocat Arthur J. Eddy va s'imposer comme l'un des collectionneurs les plus avant-gardistes de son temps. Merci Gaby.

«Ce ne fut pas un succès, ce fut un scandale!» La formule est de Man Ray. L'Armory Show provoque au sein de la société américaine un mélange sans précédent de trouble, de fascination et de rejet. L'exposition devient un véritable phénomène dont Francis Picabia est le héros. Pas un journal, pas un magazine, pas une revue qui ne fasse le portait du «rebelle venu défendre le nouveau mouvement[259]». Du *New York Times* au *Tribune*, partout on s'arrache ses interviews dont les déclarations font frémir les lecteurs. L'ancien président Theodore Roosevelt, dans un article d'*Outlook Magazine*, se moque des cubistes: «Pourquoi pas octogonistes ou les chevaliers du triangle isocèle?» Même le maire de Chicago s'en mêle. Et dénonce la toile de Picabia, *Danse à la source*, comme preuve de l'immoralité des peintres cubistes[260]. Quant au *Nu descendant l'escalier* de Marcel – qui avait été refusé par ses propres frères –, il devient le tableau le plus célèbre des États-Unis! Les visiteurs vont devoir faire la queue plus de quarante minutes pour le voir. L'artiste

Juliette Roche se souvient : « Les gens venaient camper devant la salle ! Il y avait un vieux monsieur qui venait tous les jours, avec une besace pleine de sandwichs et un pliant. Il s'asseyait devant le *Nu descendant l'escalier* et mangeait ses sandwichs jusqu'à la fermeture. Il revenait le lendemain[261] ! » Tout le monde donne son avis, même Theodore Roosevelt, qui déclare que le tableau de Duchamp lui rappelle un « tapis navajo qui se trouve dans sa salle de bains[262] ».

Duchamp et Picabia, même séparés par l'océan Atlantique, demeurent indissociables. Réunis dans un succès phénoménal, qu'ils ne connaîtront jamais dans leur propre pays. Dans toute cette histoire, le rôle de Gabriële est déterminant. Marcel Duchamp devient aux États-Unis, en l'espace de quelques jours, l'objet d'une médiatisation folle, dont Gaby est la marionnettiste. Le maître des fils. Dans l'ombre, elle déclenche le phénomène du *Nu descendant l'escalier*, qui ira jusqu'à figurer sur un timbre de la poste américaine !

C'est elle qui « pense » le mouvement cubiste pour qu'il devienne accessible à l'oreille du public américain. Pour preuve : quand on lit les déclarations de Francis Picabia publiées dans la presse new-yorkaise, on se rend compte qu'elles sont directement dictées par le cerveau de Gaby – et pour cause : Francis ne parle alors pas un mot d'anglais. Or toutes ses déclarations sur la peinture font appel à la musique, si bien qu'on parlera même d'une période « musicaliste » chez Picabia.

Ainsi, dans le *World Magazine* du 9 février 1913,

Picabia déclare : « Je traduis simplement en couleurs ou en ombres les sensations que les choses font naître en moi comme s'il s'agissait de composer de la musique symphonique. »

Dans le *Globe and Commercial Advertiser* du 20 février 1913 : « Picabia dit que l'art ressemble à la musique par certains aspects importants. Pour le musicien, les mots font obstacle à la création musicale, tout comme les objets font obstacle à l'expression artistique pure. »

Dans le *New York Tribune* du 9 mars 1913 : « Le but de l'art est de nous faire rêver, tout comme celui de la musique, car il exprime un état d'âme projeté sur une toile, qui suscite des sensations identiques chez le spectateur. »

Dans le *New York American Magazine* du 30 mars 1913 : « La musique moderne a trouvé sa voie ; cette peinture moderne, elle aussi, sera reconnue et comprise dans un avenir proche.

Et dans la même interview : « J'improvise mon tableau comme un musicien improvise sa musique. »

Quand on sait que Francis ne connaissait rien à la musique avant de connaître sa femme, comment, derrière chaque phrase, ne pas lire Gabriële ? Sur place, les Américains ne s'y trompent pas. Ils s'adressent à Mme Picabia comme à une intellectuelle de haut niveau. Le couple impressionne par sa complémentarité et la solidité conceptuelle de madame. « On ne peut certainement pas parler de Picabia sans parler de sa femme, qui l'a accompagné à New York et qui parle avec une connaissance profonde et une grande aisance de l'œuvre de son mari. À son charme, elle ajoute une remarquable connaissance de l'anglais.» Ou encore : «En outre, Mme Picabia a l'avantage de parler du postimpressionnisme dans un anglais et un allemand d'une parfaite correction[263].»

Des années plus tard, alors qu'elle est interviewée sur ses souvenirs, un journaliste souligne sa parfaite maîtrise de la langue anglaise lorsqu'il s'agit de jongler avec des concepts pour le moins abstraits. L'œil rieur, Gaby répond du tac au tac :

— Virtuosité que je ne possédais pas lorsqu'il s'agissait de m'acheter une paire de bas[264] !

Gabriële est invitée à faire des conférences, donner des entretiens, répondre à des interviews. Lorsqu'on l'interroge sur la condition des femmes en Amérique, elle répond : «Elles sont considérées et légalement traitées à l'égal de l'homme ; toutes les situations leur sont ouvertes, alors que dans tous les autres pays, la femme est traitée sinon en esclave, du moins en éternelle mineure[265].» Les Américains adorent qu'elle leur parle des différences entre les États-Unis et la France car, d'une façon toute structuraliste, elle a l'art d'analyser les équivalences ou les oppositions de systèmes :

— Vos mythes sont la vitesse, l'espace, l'efficacité fonctionnelle, les machines. Alors que les nôtres ont leurs racines dans la mythologie et l'imagination.

Du Roland Barthes avant l'heure. Gabriële plaît infiniment aux journalistes. Gaby, comme toujours, ne se prend pas au sérieux. Elle n'est pas là pour écrire sa légende, mais celle de son mari.

WONDERFUL NEW ART CLAIMED BY FRENCHMAN

Photographies volées de Francis et Gabriële,
parues dans la presse américaine en 1913.

D.R.

Un jour de mars 1913, Francis et Gabriële reçoivent une drôle d'invitation. Le rédacteur en chef du *Cincinnati Enquirer* a «une surprise» à leur montrer. Il refuse d'en dire plus. Il faut que les Picabia viennent constater sur place.

Arrivés au bureau new-yorkais du journal, ils sont conduits dans les sous-sols où se trouvent les archives. Là, le rédacteur en chef leur tend fièrement des photographies. Ce sont des clichés de Francis et Gabriële, pris en octobre 1909 à Cassis, quelques jours après leur rencontre. Ils sont interloqués. Non seulement ils ne savaient pas qu'ils avaient été photographiés, mais comment se figurer le parcours ahurissant de ces images volées à Cassis, réapparaissant quelques années plus tard dans un sous-sol américain? Les photographies seront publiées quelques jours plus tard dans la presse, sous le titre «*Wonderful new art claimed by Frenchman*».

En se souvenant de cet article, Gabriële parlera de la presse américaine comme d'une «hydre redoutable aux milles tentacules, qui ne recule devant aucun moyen d'investigation pour satisfaire son appétit[266]».

Ce qu'elle ne raconte pas, c'est le trouble qu'elle ressent devant l'image de cette autre Gaby, celle d'avant Picabia. Celle qui aurait encore pu repartir à Berlin, ne pas se marier, ne pas avoir d'enfants, être créatrice et non pas le souffle spirituel au service d'un autre. Un souffle qui s'efface à la lumière. Vertige. Elle a choisi Picabia, et ce choix, elle l'assénera au monde, ce sera sa création.

Francis et Gabriële, partis pour rester deux semaines en Amérique, prolongent leur séjour de trois mois. Alfred Stieglitz propose à Francis de faire une exposition à la Galerie 291. Francis débarque à l'hôtel les bras chargés de matériel, il se met à peindre dans la seconde et les murs du Brevoort se couvrent de toiles, « des aquarelles, dira Gaby, qui étaient toutes plus extraordinaires les unes que les autres, qui, à l'heure actuelle, sont encore de l'avant-garde[267] ». En quelques jours et quelques nuits, Francis peint trente, quarante œuvres, la plupart sur carton, avec une rapidité extraordinaire. Avec ivresse. À mesure que leur chambre devient inhabitable, Francis plonge son corps dans les toiles. Gabriële sait qu'il n'est heureux que lorsqu'il « sent l'odeur de la peinture ». L'expression est de Marcel.

Alfred Stieglitz demande naturellement à Gabriële de rédiger la préface du catalogue : « Cette production de l'hôtel Brevoort est très remarquable : elle est encore nouvelle, même en regard de ce qui se fait actuellement. Ce sont des lignes, des traits, c'est l'abstraction la plus complète[268]. » L'exposition à la Galerie 291 est un succès. Elle a lieu deux jours après la clôture de l'Armory Show. Les seize œuvres exposées sont inspirées de la traversée en bateau et de la ville de New York. Un numéro spécial de la revue *Camera Work* se prépare, entièrement consacré à l'œuvre du peintre. Gabriële y publie un article, sous le titre « L'art moderne et le public » : « Le nombre de ceux qui comprennent réellement l'intérêt et la beauté des primitifs, du Greco et de Rembrandt, est aussi restreint que le nombre de ceux qui apprécient authentiquement les peintures modernes. Ce malentendu surgit parce que le public ne considère l'art que comme un simple passe-temps, une forme de divertissement qui lui est due. »

Toutes les toiles sont vendues, ou presque. Après le vernissage, Francis et Gabriële rentrent à pied au Brevoort, où ils logent depuis leur arrivée. Ils sont désormais chez eux dans ce large bâtiment dans lequel ils entrent en gravissant les marches d'un escalier majestueux, abrité par un vieux chêne. Le restaurateur, un Français appelé Raymond Orteig, a ouvert au rez-de-chaussée de l'hôtel un « Café » comme en France.

Ce soir-là, Orteig leur offre une coupe de champagne pour fêter le succès de l'exposition. Gaby et Francis, qui lui parlent désormais comme à un vieil ami, lui demandent pourquoi certaines parties de son hôtel ne sont pas entretenues, presque décaties. Pourquoi ne moderniserait-il pas un peu son établissement, pour le confort de la clientèle ?

— Mais quelle horreur ! Les gens diraient que ce n'est plus français ! leur répond-il.

Gaby et Francis rigolent. Voilà la réputation des Français : bon vivants, bon mangeurs, mais sales. La France… Elle ne leur manque pas du tout. Gabriële et Francis sont heureux comme jamais dans cette vie d'exilés, cette vie entièrement consacrée à l'art – loin des contraintes familiales et des soucis du quotidien. Malheureusement, il faudra bien rentrer, un jour.

La veille du départ, le 9 avril 1913, Gaby donne

une conférence sur l'art moderne à la demande des membres de l'association anarchiste Civitas Club. « Ce club anarchiste dérouta fort la notion européenne que j'avais d'une réunion de ce genre. Au lieu des énergumènes militants que j'escomptais, je me trouvai en présence d'un nombre imposant de femmes qui, malgré l'heure matinale – 9 heures du matin – croulaient sous les plumes d'autruches géantes et les bijoux. Jamais je n'avais vu tant d'élégances réunies, tant de belles automobiles (ô surprise du Nouveau Monde) [269] ! »

Le lendemain, les Picabia embarquent pour la France. Tristes. « Picabia est parti hier. La 291 le regrettera. Lui et sa femme sont les êtres les plus purs que j'aie jamais connus. Ils sont la pureté incarnée. Et cela, ajouté à leur étonnante intelligence, a fait de leur compagnie un plaisir de tous les instants [270] », écrit Alfred Stieglitz dans une lettre datée du 11 avril 1913. Le qualificatif de « pureté » ne manque pas de sel pour définir le terrible couple Picabia. Sur le chemin du retour, Picabia envoie à Guillaume Apollinaire, depuis le paquebot, un télégramme que l'on appelle, en termes techniques, une « Lettre Océan ». Le poète, enchanté par cette expression, en fera un poème – le premier de ses calligrammes.

Pendant la traversée qui les ramène au Havre, Gabriële songe au bonheur qu'elle a vécu durant ces quelques semaines, à la griserie d'une vie intense aux côtés de Francis, qui n'a pas connu une seule crise durant tout leur voyage. Gaby le regarde s'habiller, cet homme insensé, avec un smoking blanc qu'il s'est fait faire à New York, car ce soir le capitaine les a invités à sa table. Après le dîner, joyeux d'être ivres, ils rentreront dormir dans leur appartement-cabine *first class*.

*

Je parlais de Gabriële hier avec des amis, j'essayais d'expliquer notre initiative de réhabilitation : effacer son effacement. On me rétorqua alors que la patine « féministe » du geste pouvait être discutée. J'ai d'abord été choquée par cette réponse, car la liste est si longue de femmes dont le talent a été étouffé par les hommes. Je me suis agacée, énervée. Et en tentant de trouver les mots dans cet échange, j'ai formulé une idée qui n'était pas claire dans mon esprit. Je me suis demandé si le cas de Gabriële n'était pas, effectivement, différent. Car ce qui est troublant chez elle, c'est qu'on ne l'a pas empêchée d'être. C'est elle qui a voulu qu'on l'oublie. De plus, Gabriële, contrairement aux femmes que nous citions, n'était pas une artiste au sens strict. Elle possédait un regard autre. Elle est alors une sorte de médium. Elle est un messie. Mais un messie qui n'est pas prosélyte.

18

Cannibale

De retour à Paris, Francis s'enferme dans l'atelier de peur que son énergie new-yorkaise ne se dis-
perse dans l'air de Paris. Il ne veut voir personne et
fait venir des toiles gigantesques, des toiles de deux
mètres sur trois, qu'il couvre avec fièvre et rapidité,
le jour comme la nuit. Il ne parle plus, ne sort plus, ne
mange plus.

Pendant ce temps, Gabriële s'installe à Saint-Cloud
avec les enfants. C'est un peu ennuyeux comparé à
sa vie américaine, mais elle en profite pour réveiller
ses doigts en jouant au piano. Gaby est heureuse de
réhabiter la musique, comme si, après avoir longtemps
vécu chez quelqu'un d'autre, elle retrouvait sa propre
maison, avec ses odeurs familières. La musique sera
éternellement sa chambre d'étudiante, son identité
intrinsèque.

Puisque Francis peint sans relâche, Gaby prend des
places de concert. Le soir, elle sort seule, quittant la
maison de Saint-Cloud avec l'excitation d'une jeune

fille qui fait le mur pour rejoindre Paris. Le 29 mai 1913, elle se rend au théâtre des Champs-Élysées – qui vient d'être inauguré – pour voir *Le Sacre du printemps*, composé par Igor Stravinsky et chorégraphié par Vaslav Nijinski pour les Ballets russes de Serge de Diaghilev. Une moitié du public n'y comprend rien. L'autre moitié non plus, mais se laisse emporter par l'extraordinaire modernité de l'œuvre. Il faut dire que le ballet ne raconte pas une histoire à proprement parler. *Le Sacre du printemps* met en scène une série de «tableaux» dans lesquels on découvre les rites et les mythes païens de l'ancienne Russie. Les danseurs accomplissent des chorégraphies qui sont des «hymnes à la terre», durant lesquelles ils entrent en extase, avant qu'une adolescente soit sacrifiée à un dieu de la Nature appelé Iarilo. Les costumes de scène folkloriques donnent l'impression que des sorciers chamaniques ont envahi la scène. Ces êtres étranges évoluent d'une façon martelée, avec des mouvements saccadés déconcertants, qui peuvent sembler grotesques ou ridicules – voire gênants à regarder. Pour couronner le tout, la musique est «antisymphonique», c'est-à-dire non mélodieuse à l'oreille.

Cette partition de Stravinsky demeurera comme l'une des œuvres-manifestes de la musique contemporaine. Une partie de la salle est si choquée qu'elle hurle. Le directeur du théâtre, Gabriel Astruc, supplie les furibonds d'attendre que le spectacle soit terminé pour siffler, afin que l'autre partie de la salle puisse au moins entendre la musique ! Nijinski et Diaghilev souhaitent qu'on baisse le rideau, pour protéger les artistes. Mais les danseurs et les musiciens vont au bout de leur bataille. Aux saluts, c'est l'apothéose : de toutes parts fusent les injures mêlées aux cris de joie – et même des coups. Les femmes de la haute demandent à être remboursées de leur abonnement, pendant que les stravinskystes les traitent de « grues du faubourg ».

Dans la salle, Gabriële a « compris » Stravinsky comme peu de personnes étaient alors en mesure de le faire.

Elle fait « partie de la cohorte des gens qui l'ont défendu », se souvient-elle. En rentrant à Saint-Cloud, tard dans la nuit, bouleversée par ce qu'elle vient de vivre, elle se dit qu'elle a découvert un révolutionnaire, « un génie, la différence entre le talent et le génie, c'est un apport inconnu, une chose qui s'impose, même si vous ne la comprenez pas. C'est très mystérieux : c'est quelque chose en dehors de l'homme [271] ». Plus tard, bien plus tard, Gabriële aura une liaison avec lui. Mais pour l'instant, seule dans la voiture qui traverse la nuit, roulant vers les calmes faubourgs de Paris, elle est remplie d'un sentiment d'une violente euphorie, ce qui l'amène à penser à Marcel. Elle doit organiser ses retrouvailles avec lui – elle l'a abandonné si longtemps. Ils ne se sont pas écrit pendant que Gabriële était aux États-Unis. Dans quelles dispositions va-t-elle le retrouver ?

À sa fébrilité, à la façon qu'il a de la regarder, Gabriële comprend qu'il est encore amoureux d'elle. Le temps et l'éloignement n'ont fait qu'exciter son désir. Pour Gabriële, c'est insolite, singulier, inhabituel. Alors oui, Francis est comme sa peau même, son sang, mais Marcel réveille cette peau. Il la déshabille. L'amour physique est plein d'issues.

Gabriële raconte à Marcel le succès phénoménal que ses toiles ont rencontré aux États-Unis. Elle lui montre une liasse d'articles qu'elle a découpés dans les journaux et les lui traduit avec enthousiasme. Marcel a du mal à y croire. Il regarde les coupures de presse comme si elles étaient irréelles. Tout comme les billets de banque que Gaby a rapportés, l'argent reçu pour l'achat de ses toiles. De telles sommes… Marcel prend, dubitatif, la fortune dans sa main. Il demande à Gabriële si c'est Francis qui a organisé cette farce pour lui jouer un tour, ou pour lui donner de l'argent sans avoir l'air d'y toucher. Gabriële jure, solennelle : l'argent vient de ses toiles qui sont adulées de l'autre côté de l'Atlantique.

Sceptique, Marcel range les articles dans un tiroir avec les billets. Au fond, pour lui, tout cela n'a pas tant d'importance. Ce qu'il veut, c'est qu'on le laisse tranquille pour lire, travailler et jouer aux échecs. Et réfléchir. Ce qui l'intéresse, plus que le succès qu'il a reçu aux États-Unis, c'est la vie à New York. Il veut que Gaby lui raconte tout en détail, il aime cette façon précise qu'elle a de s'exprimer. Son regard en lame de couteau transforme les récits en voyage – on a l'impression d'y être. Gabriële lui raconte en particulier une vision qu'elle a eue dans la vitrine d'un magasin new-yorkais. On y voyait une roue d'automobile, debout, posée seule et isolée, derrière une glace. Un éclairage très violent, fait de «spots», mettait en relief cette roue, avec, au loin, un salon luxueux décoré d'un piano à queue, orné d'orchidées blanches posées dans un vase transparent, que mettaient en valeur des draperies de velours noir. «L'incohérence de ces éléments décoratifs destinés à la publicité tapageuse d'une marque de pneus nous fit longtemps un sujet de réjouissance et de commentaire», expliquera Gabriële Buffet.

Tiens. Une roue. Posée seule et isolée.

Marcel en oublierait presque la chose très importante qu'il veut lui montrer. Pendant son absence, Marcel a travaillé en pensant à elle : il a «composé». Oui, il a écrit deux œuvres musicales aux titres improbables : *Erratum musical,* pour trois voix, et *La Mariée mise à nu par ses célibataires même/Erratum musical* pour clavier ou autres instruments nouveaux.

C'est une musique «conceptuelle» qui cherche à éliminer les qualités sensibles ou expressives des notes de musique[272]. Il déploie devant elle toutes ses notes, ses brouillons, ses cartes. C'est un extraordinaire fouillis, que Gabriële regarde en souriant, bienveillante, amusée, en attendant les explications.

— *Erratum musical* doit être répété trois fois par trois personnes, sur trois partitions différentes composées de notes tirées au sort dans un chapeau, explique Marcel.

Gabriële a son idée sur la raison pour laquelle le chiffre 3 l'obsède – mais ce n'est pas le moment de faire des commentaires, le jeune homme est très concentré. À genoux, Marcel découpe des cartes disposées par terre, ainsi que des dizaines de bouts de papier griffonnés qu'il a éparpillés au sol. Il demande à Gabriële d'y inscrire des notes de musique, puis les mélange dans un chapeau. Gaby doit ensuite les tirer au hasard et les réinscrire sur une partition. Tout cela, vingt-cinq fois de suite ! Elle a le tournis, mais s'exécute patiemment, en riant. Gabriële se rend compte combien la joie de Marcel, son enthousiasme enfantin – et le fou désir qu'il a d'elle – lui ont manqué. C'est un jeune homme intense. Parfois, elle se demande s'ils n'ont pas eu tort, Francis et elle, de l'emmener dans le désordre bruyant de leur vie amoureuse.

Gabriële ne lui parle pas de Stravinsky, qui l'a subjuguée.

Elle ne veut pas le rendre jaloux.

Cette « tentative » de Marcel, ce cadeau d'amour, est touchant, mais on peut se demander s'il ne veut pas, inconsciemment, occuper le terrain de Gabriële. Une chose est sûre, c'est que ses deux hommes, Francis et Marcel, auraient pu la pousser à composer, la mettre en confiance, la traiter comme un pair créateur.

Mais non. Le seul homme qui, à cette époque, pousse Gabriële à s'exprimer, c'est Apollinaire. Au fond, c'est le seul qui l'ait *vraiment* regardée.

Gabriële le retrouve, son ami Guillaume, en plein déménagement. Pour décorer son appartement, elle lui offre une minuscule batterie de cuisine confectionnée avec des pièces de monnaie. Guillaume est ravi, il l'accroche au mur sans attendre[273]. Au milieu des casseroles et des malles à vider, elle lui raconte le séjour à New York. Guillaume comprend combien elle a aimé écrire des articles et donner des conférences. Il lui commande donc un article sur la musique, pour la revue *Les Soirées de Paris*, dont il est le nouveau directeur et propriétaire. Émue, Gabriële ne peut montrer combien elle est honorée, et accepte la proposition.

Ce soir-là, ils dînent tous les trois avec Francis, qui a sorti le nez de son atelier. Ils se sont donné rendez-vous dans l'unique restaurant chinois de Paris, rue Royer-Collard, près du Panthéon, dans le cinquième arrondissement. La clientèle est composée presque exclusivement d'Asiatiques : « La cuisine chinoise était, à l'époque, inconnue du public parisien[274]. » À la table voisine des trois amis se trouve assis un géant, un lutteur chinois qui engloutit son dîner avant de partir au combat. Francis et Guillaume sont fascinés par « son masque grimaçant d'idole cruelle [qui les] suit du regard bigle de ses yeux bizarrement fendus[275] ». En sortant du restaurant, ils le suivent pour assister au match. Quelques jours plus tard, avec ce souvenir, Francis peint une de ses toiles les plus célèbres, intitulée *Catch As Catch Can*.

Guillaume a enfin sorti *Les Peintres cubistes, méditations esthétiques*, ouvrage en grande partie financé par Francis Picabia. Il y expose ses différentes théories du cubisme et présente les dix peintres les plus importants du mouvement. La parution d'un livre est toujours un moment difficile. Gabriële accompagne son ami Guillaume pour surmonter les obstacles de la sortie. Déjà, à New York, elle avait couru les librairies pour les encourager à commander des exemplaires, dont la librairie Brentano's à Union Square[276]. À Paris, son soutien est essentiellement psychologique. Le livre est moqué par une partie de la presse qui ne comprend rien au cubisme. Lorsqu'ils sont gentils, les journalistes écrivent : « Si Guillaume Apollinaire m'était inconnu, je m'expliquerais son "cas" par le souci de se singulariser, ou le désir d'épater ses contemporains. Mais je ne puis le considérer ni comme un snob ni comme un délicieux fumiste. J'aime mieux avouer n'y rien comprendre. » Mais la plupart sont méchants. Guillaume est habitué à la moquerie des critiques. En revanche, il est choqué par le rejet de Picasso à l'égard de son livre. Pourtant, il lui réserve la première place des cubistes, et ce qu'il écrit à son sujet est tout simplement magnifique ! explique-t-il avec véhémence à Gaby. Or, Picasso fait savoir dans tout Paris qu'il n'aime pas l'ouvrage. Guillaume est inconsolable, furieux, et la cicatrice de « l'affaire de *La Joconde* » s'ouvre à nouveau.

Gabriële tente de calmer son ami, mais Apollinaire, piqué au cœur, envoie cette lettre à Picasso : « J'apprends que vous jugez que ce que je dis sur la peinture n'est pas intéressant, ce qui, de votre part, me paraît singulier. J'ai défendu seul comme écrivain des peintres que vous n'avez choisis qu'après moi. Et croyez-vous qu'il soit bien de chercher à démolir quelqu'un qui en somme est le seul qui ait su poser les bases de la prochaine compréhension artistique[277] ? »

Le 18 juin 1913, tandis qu'il peint comme un forcené, Francis reçoit un appel téléphonique le suppliant de rentrer immédiatement à Saint-Cloud. Il raccroche le combiné, tellement absorbé par sa peinture qu'il n'a pas écouté les raisons pour lesquelles il doit retourner de toute urgence auprès de sa femme.

Arrivé à Saint-Cloud, il trouve Gabriële alitée. Inquiet, il se demande s'il est arrivé quelque chose…

— Pourquoi es-tu couchée ? demande-t-il.

— Non seulement couchée, mais accouchée[278] ! lui dit-elle en plaisantant.

Gabriële vient de mettre au monde un troisième enfant. Une petite fille. Gabriële-Cécile, dite Jeanine.

La naissance de cet enfant est tout sauf un événement.

Elle sera pourtant la préférée de Francis.

Faisons le compte à rebours de la naissance de Jeanine.

Gabriële est tombée enceinte pendant le séjour à Étival. C'est peut-être parce qu'elle attendait un nouvel enfant qu'elle a décidé de prendre le large aux États-Unis. Soit pour s'éloigner de l'hypnotique Marcel, soit pour distraire Francis du poids d'une nouvelle gestation. Si on retrace les événements, Gabriële a donc affronté la tempête sur *La Lorraine* alors qu'elle était déjà enceinte de trois ou quatre mois. Puis, elle a vécu toute l'aventure américaine, les expositions, les rendez-vous, les rencontres, les traversées de la ville… tout cela, sans jamais évoquer sa grossesse. Quand on y songe, c'est surprenant. Aujourd'hui, on appellerait cela un « déni ».

Avec l'avant-goût de l'été, l'humeur s'inverse. Francis, comme d'habitude, passe d'un extrême à l'autre. Après s'être enfermé pendant plusieurs semaines, il veut à présent sortir tous les soirs, faire des courses automobiles, passer des heures à discuter avec Marcel et Guillaume, faire la bringue chez Maxim's. Il bat le rappel des copains, il veut tout le monde autour de lui. Max Jacob, blessé à la main, lui écrit pour refuser une de ses invitations : « On fait toujours la bombe avec toi et je ne puis faire la bombe bien que j'aime être avec toi. » Tous les autres sont heureux de le retrouver, parce que faire la fête avec Picabia est une chose inouïe, élevée au rang du grand art.

Gaby voudrait les suivre, ce n'est pas l'envie qui manque, mais le corps ne suit pas. Elle vient d'accoucher de son troisième enfant, il faut du temps pour se remettre. Après quatre mois de fusion avec Francis, le voilà qui disparaît de nouveau. Qu'il est injuste d'être une femme dans un monde où tous les plaisirs sont organisés par les hommes et pour les hommes.

Gabriële n'est pas rancunière et profite de sa solitude pour entrer en contact avec Gertrude Stein. Jusque-là, la papesse de l'art moderne, amie de Picasso, n'avait pas daigné s'intéresser à Picabia. Mais Gaby s'appuie sur le succès de l'Armory Show, et la recommandation de Mabel Dodge, pour lui présenter son mari. Même si Gertrude porte une préférence à Gaby, qu'elle juge vraiment *smart*, tout le monde tombe sous le charme de Francis. Gertrude et son frère Léo Stein sont amusés par son humour et ses manières désinvoltes, ses répliques qui fusent, toujours surprenantes[279]. Plus tard, forte de son succès, Gabriële demandera à Gertrude de bien vouloir rencontrer le jeune Marcel Duchamp[280]...

Alice Toklas, la compagne de Gertrude Stein – et fameuse cuisinière –, acceptera même Francis dans sa cuisine pour qu'il lui apprenne sa recette d'œufs bouillis, qu'elle intitulera « Les œufs Picabia ».

ŒUFS FRANCIS PICABIA
8 œufs
500 g de beurre
1 casserole
1 fourchette
sel, poivre
Casser les œufs entiers dans un bol.
Puis les mélanger dans une casserole à feu très doux.
Remuer les œufs sans cesse avec une fourchette, tout en ajoutant, petit à petit, le beurre. L'opération doit prendre une demi-heure pour que le beurre s'incorpore parfaitement aux œufs, jusqu'à obtenir une substance suave « que seuls les gourmets seront capables d'apprécier[281] ».

Passé l'euphorie, le retour à Paris plonge Francis dans un état nauséeux. Il se sent mal, à l'étroit, il a l'impression que la ville est un musée et ses habitants, des statues de cire. Il a besoin de retrouver la Méditerranée, de peindre torse nu dans le soleil du sud de la France. Il embarque toute la famille pour Cassis. En juin 1913, Francis envoie cette carte postale à Guillaume : « J'espère que vous êtes remis et guéri de vos expériences. Ici bouillabaisse, soleil, grand air, etc. Dommage que vous ne soyez pas avec nous. »

Au cœur du mois de juillet, Francis fait un aller-retour en voiture à Amiens, pour se rendre sur le circuit de Picardie organisé par l'Automobile Club de France. Il revient vivant et en un seul morceau, ce qui est un miracle. Et puis il se remet à peindre des toiles aux titres étranges, des toiles démesurées et sublimes, que lui inspirent les souvenirs de la danseuse Stacia Napierkowska.

Pendant ce temps, Gabriële profite des vacances pour mettre sur pied un projet dont elle rêve depuis New York : ouvrir une galerie à Paris. Elle l'imagine sur le modèle de celle de Stieglitz, 291, et s'en ouvre d'ailleurs à lui à maintes reprises dans ses lettres. Alfred Stieglitz l'encourage et l'assure de son soutien. Ainsi, elle décide de se lancer. Et commence à acheter des tableaux. Elle acquiert avec un goût sûr des Picasso et des Braque. Elle pense un lieu nouveau, moderne, dans lequel elle assurerait pleinement ses dons d'entremetteuse de l'art. Toute revigorée de l'énergie new-yorkaise, elle veut faire à Paris ce qu'elle a vu là-bas. Un phalanstère artistique et avant-gardiste. Surtout, elle évacue dans la conception de cet endroit toute velléité commerciale, elle ne sera pas un marchand d'art, bien au contraire. Elle sera une montreuse, une éclaireuse, une assembleuse avisée.

Picabia, obsédé par son travail, ne prête à Gabriële qu'une oreille lointaine. Il approuve tout ce qu'elle fait par principe, mais ne s'investira pas dans son projet. Pas le temps. Elle qui le porte depuis leur rencontre, ne s'émeut pas de ne pas recevoir la pareille. Elle n'est pas étonnée, ni même blessée, elle ne connaît que trop bien son mari. Alors elle se tourne vers Georges Ribemont-Dessaignes, qui accepte immédiatement de devenir son collaborateur. Ami des Picabia, Ribemont-Dessaignes est un peintre familier des réunions de Puteaux et proche des Duchamp. Gabriële achète une petite boutique (ses finances sont restreintes) au 29, rue d'Astorg dans le huitième arrondissement pour y installer sa galerie qu'elle baptise l'Ours.

Un nom étonnant. Pourquoi celui-là ? Gabriële revient des États-Unis et l'idée de cette galerie est née là-bas, on peut alors prêter au nom son homonyme anglais : *ours*. « Les nôtres » désignerait en creux le foyer français des idées new-yorkaises. Et puis, pourquoi pas, elle se suggérerait comme une montreuse d'ours, une dompteuse d'art, révélant aux gens ce qui leur fait peur.

Cet été 1913 est le plus créatif, le plus bouillonnant d'idées que les Picabia aient connu depuis leur rencontre. Pendant que Gabriële fait des plans sur la comète, Francis peint des œuvres importantes, dont deux toiles qui s'intitulent *Udnie* et *Edtaonisl*. Dans une lettre envoyée à son ami new-yorkais Alfred Stieglitz, Francis écrit que ces toiles « n'ayant plus de titre, chaque tableau aura pour nom un rapport avec l'expression picturale, nom propre absolument créé pour lui [282] ». « Udnie » serait l'anagramme d'« indue », en référence aux danses hindoues de la Napierowska. Ce serait aussi une référence à Jean d'Udine, qui a publié un ouvrage théorique en 1910, *L'Art et le Geste*, dans lequel il affirme une correspondance entre les sons, les couleurs et le rythme. Quant à « Edtaonisl », ce serait l'anagramme de « dans etoil », donc de « danseuse étoile ».

Aux yeux de Gabriële, ces toiles sont les plus belles que Francis aient peintes jusqu'alors, malgré l'hommage évident à la danseuse Stacia Napierkowska. Elle a vu Picabia les créer, fascinée.

Regarder Francis peindre est une chose dont elle ne se lassera jamais. Depuis qu'ils sont mariés, elle a vu sa façon de peindre évoluer. Ce n'est pas seulement le sujet des toiles qui a changé, mais surtout, avant tout, la façon de les peindre, physiquement. Francis s'est libéré des postures statiques et concentrées qu'il adoptait autrefois, debout dans la nature, face à son chevalet. Aujourd'hui, il danse littéralement quand il peint. Il exécute des mouvements dont il semble maîtriser la portée finale, qui dessinent sur la toile le résultat d'une série d'actions énergiques. Soudain, il s'accroupit, comme pour être surplombé, mangé, renversé par elle. Cette posture inconfortable le fait onduler telle une anguille, gesticuler, mimant avec son corps le mouvement qu'il veut porter dans ses traits de peinture. Puis il se relève, tourne le dos à son dessin comme un homme déçu, dépité. Il part en direction de la porte, brise là tout entretien. Mais, au dernier moment, il se retourne et, comme le ferait un acteur ou un enfant, tente de regarder sa toile avec les yeux d'un autre, comme s'il la voyait pour la première fois. Puis il court vers elle, se saisit de ses tubes et emploie la couleur comme elle vient, sans mélange, sans teinte. Il l'étale à même le sol, le parquet de l'atelier devient sa palette, il y essuie ses pinceaux avec rage, y écrase sa couleur à coups de brosses grosses et viriles. Les tubes s'éventrent joyeusement. Il cherche peu à corrompre les couleurs. Il aime le brut, le jaillissement de la matière hors du tube, inépuisable. À sa merci. Il fouette, il claque, il assène, et « ne re[vient] que peu sur la touche ». Francis semble toujours sûr de lui. Il court les yeux fermés pour attraper une image fantôme. Sa maîtrise technique du dessin est tellement assurée qu'il peut tranquillement la déconstruire, la malmener au gré de ses visions. Ce qui précède l'assaut de la toile blanche est un mystère fascinant pour Gabriële. « On aurait dit qu'il projetait sur le papier de fugitives impressions provenant de rêves ou de déformations[283]. » Picabia voit quelque chose dans sa tête, alors il part au corps à corps jusqu'à l'épuisement. Et Gaby partage sa sueur.

Dans une lettre à Stieglitz, Gabriële décrit ces deux œuvres qu'elle a vues naître sous ses yeux. Elle explique toute la force qui en émane, toute leur puissance et leur beauté. Elles sont une synthèse violente des impressions ressenties par son mari à New York.

Mais ce ne sera pas du tout l'avis du comité du Salon d'automne. Les membres du jury font la grimace en recevant les photographies des toiles que Francis Picabia leur propose. *Udnie* et *Edtaonisl* ne leur plaisent pas. Néanmoins, il leur est difficile de les refuser. Après de nombreuses discussions, le comité finit par trouver une solution diplomatique. Les toiles de Picabia seront exposées dans l'escalier. Reléguées dans l'angle mort, pour être moins visibles.

En apprenant cela, Francis est touché en plein cœur. Il pensait vraiment que sa «nouvelle évolution[284]», comme il l'appelle, serait comprise et appréciée par les Français. C'est tout le contraire. Une fois de plus, ses efforts ne sont pas récompensés. Gabriële écrit de nouveau à Stieglitz pour dire sa colère. L'incompréhension de ses contemporains pour l'œuvre de son mari la sidère. Elle a peur que Francis ne redevienne «neurasthénique». Comment se fait-il qu'il soit si dénigré dans son propre pays? Apollinaire a son idée. Il explique à Gaby que Picabia a le mauvais goût non seulement d'être riche, mais de le montrer. Car si d'autres sont des héritiers comme lui, ou commencent à faire fortune avec les marchands, ils ont la sagesse de ne pas en faire la publicité. En dilapidant sa fortune, en s'achetant des voitures, en invitant tous les copains à boire et faire la fête chez Prunier, Francis fait des jaloux. Et puis, ce qui est insupportable pour les autres, c'est qu'il ne veut entrer «dans le rang» de personne. Ni des classiques, ni des modernes. Pour lui, «un esprit libre prend des libertés même à l'égard de la liberté».

Et cela, on va le lui faire payer cher.

Gabriële épluche les journaux et constate avec amertume que la plupart des critiques parisiens ne parlent même pas des toiles de Francis Picabia exposées au Salon d'automne. Cachées sous l'escalier, elles sont invisibles ! À part dans la *Chronique française* du 30 novembre 1913 où l'on peut lire un lapidaire «fuyons Picabia, fuyons», ou dans la *Démocratie* du 3 décembre, où le journaliste déconseille aux visiteurs les alentours de l'escalier, à cause de Kupka (qui «effare») et de Picabia («qui s'évertue à faire de l'infernal»). Au même moment, le 9 octobre 1913, Kupka confie à un critique du *New York Times* : «J'en suis encore à tâtonner dans le noir, mais je crois être sur le point de découvrir quelque chose à mi-chemin de la vue et de l'ouïe[285].»

Un journaliste du *Matin*, un des rares curieux qui s'intéressent aux toiles incompréhensibles de l'escalier, se rend chez le peintre pour l'interroger. La discussion s'engage et les Picabia tentent de faire apprécier au malheureux les titres des toiles, *Udnie* et *Edtaonisl*. Ils tentent de lui expliquer qu'ils ne veulent «rien dire» parce qu'il n'y a «rien à comprendre». Et passent avec lui des heures à raconter, en long, en large et en travers, les théories d'un art abstrait. Ils sont heureux, car ils retrouvent le temps d'un après-midi ce jeu des interviews qu'ils donnaient ensemble en Amérique. Gabriële fournit des exemples au journaliste. Pour l'aider à déchiffrer leurs théories, elle évoque une mélodie célèbre de Mendelssohn intitulée *Mariage des abeilles* :

— Vous êtes bien d'accord que cette musique, admirable, n'évoque en aucun cas un frelon ?

Le journaliste acquiesce.

— Et pourtant vous acceptez bien son titre ?

Le journaliste acquiesce de nouveau.

— Dès lors, pourquoi ne pas accepter la même chose pour un tableau ? Un ensemble n'évoquant pas des lignes convenues[286] ?

Le journaliste opine du chef et semble convaincu. Puis il prend congé du couple et repart pour écrire son article, qui sortira deux jours plus tard.

Le 1er décembre 1913, Gabriële se rend au kiosque pour acheter *Le Matin*. Elle ouvre fébrilement les feuilles du journal, jusqu'à tomber sur ce gros titre, qui illustre une reproduction d'*Udnie*.

Le journaliste a intitulé son article :

« Ne riez pas, c'est de la peinture ! »

C'est le coup de grâce.

Affligé par le Salon d'automne et tout ce qui s'est ensuivi, Francis replonge dans la dépression. Quelques jours plus tard, Guillaume Apollinaire recevra cette lettre : « Cher ami, je suis à Gstaad avec ma femme pour plusieurs semaines, ayant grand besoin de calme et de repos complet. » Gabriële reste au chevet de Francis. Elle le soutient, le retient, cet homme à la mélancolie qui pèse si lourd. Elle affronte, sans jamais poser de questions ou de conditions. Il passe avant tout. Avant les enfants, avant les bonheurs faciles. Son mari-œuvre. Son mari-sang.

Elle écrit à Stieglitz que Francis est « neurasthénique et fatigué». «Il n'avait jamais admis de rester comme ça, un peu en marge», écrira Aragon à propos de Picabia dont il utilise le caractère pour son roman *Aurélien*. «Il se savait plus intelligent que les autres peintres, et une bonne fois pour toutes, il avait posé que le talent est affaire d'intelligence.»

Quand Francis reprend des couleurs, Gabriële décide d'inaugurer l'Ours, le 1er janvier 1914. Pour le nouvel an. Ça ouvrira le bal et amusera Picabia! Le quotidien *Gil Blas* en parle le 31 décembre, annonçant l'ouverture de la nouvelle galerie qui promet des œuvres originales, notamment des Picabia, et s'amuse en terminant l'article sur cette remarque étrange au lecteur: «Prendra-t-on vos ours? Voilà la question.» Mais l'ouverture effective de l'Ours est retardée, car les Picabia décident de partir à Saint-Tropez. Ou plutôt Francis, qui, retombé en phase mélancolique, veut s'éloigner de Paris et des mondanités. Ses oscillations d'humeur sont de plus en plus brusques et rapprochées. Il travaille à de nouvelles toiles pour prendre sa revanche au Salon des indépendants qui ouvre en mars. Pendant ce temps, Gabriële essaye d'écrire l'article qu'Apollinaire lui a commandé. Sans cesse, il la relance, pour la publier dans sa revue *Les Soirées de Paris.* Il veut ses visions, jugements et fulgurances. Mais Gabriële peine à le terminer, car Francis la retient dans ses filets, il ne soutient que mollement ses entreprises personnelles, ses *échappées de lui.*

St-Tropez le 11 janvier 1914

Mon cher Apollinaire,

Nous sommes à Saint-Tropez depuis 4 jours et pour (illisible) Ne vous inquiétez pas pour les épreuves en couleurs un de nos amis doit aller en surveiller le tirage.

Ma femme n'a pas terminé son article sur la musique donc cela sera si possible pour le numéro de février. Je n'ai pu donner à mon ami l'adresse de l'imprimeur. Je vous prie de me l'envoyer. Je vais exposer aux indépendants 2 choses, *La Chanson nègre* et *Culture physique*. Je compte travailler et compte pour cela sur le calme.

Écrivez-nous cher ami et affectueusement de nous deux.

Votre F. Picabia
Hôtel Sube
Sté anonyme [287] !

St-Tropez
Mardi 24 février 1914

Mon cher ami, je tiens mal mes promesses n'est-ce pas ?? Enfin avec quelques mois de retard voici un commencement d'article, mais qui fait quand même un petit tout dont vous pouvez disposer à votre guise si vous le jugez intéressant pour votre revue. Nous avons depuis quatre jours une tempête invraisemblable et St-Tropez n'est pas très réjouissante.

Francis travaille beaucoup, il me charge pour vous de tous ses souvenirs amicaux que je joins aux miens.

Envoyez-moi les bonnes feuilles.

Gabrièle Picabia[288]

Quelques semaines plus tard, le 15 mars 1914, Apollinaire publie des reproductions de six tableaux de Picabia (dont deux en couleurs, précise en gros la couverture) et l'article «La musique aujourd'hui» signé de Gabrielle Buffet (avec deux *l*). Les deux Picabia sont réunis côte à côte dans le numéro 22 de la revue *Les Soirées de Paris*.

Dans son article, Gabrièle théorise son intuition. «Grâce à des bruiteurs mécaniques et perfectionnés, une reconstitution objective de la vie sonore deviendrait possible. Nous découvririons la forme des sons en dehors de la convention musicale, et ceci est après tout aussi vraisemblable que de voir la peinture abandonner la représentation objective pour s'échapper dans le domaine de la spéculation pure.» Elle évoque les souvenirs de ses discussions avec Edgard Varèse, du temps de Berlin. Il lui arrive de penser à lui, le bel Edgard, comme elle penserait à un monde parallèle et étrange, qui aurait pu exister, si sa route n'avait pas croisé celle de son peintre espagnol.

Le Salon des indépendants ouvre en mars, mais Francis, fait rare, décide de le manquer. Les Picabia arrêtent le temps.

Comme le peintre Paul Signac, venu à Saint-Tropez

pour fuir la «merde intellectuelle» et qui n'en partit plus, prisonnier des charmes du vieux port et de ses parfums iodés entêtants, Gabriële et Francis s'alanguissent à l'ombre de la citadelle et ne semblent plus vouloir rentrer à Paris. Le vieux Paul Signac les invite de temps en temps à boire un verre d'un cassis de choix et faire un tour sur son bateau. Il défend le pointillisme ! Cela fait rire Francis. Mais c'est un homme souple, qui ne cherche pas la querelle, il aime recevoir les peintres qui lui apportent un vent piquant de la capitale. L'ermite râle contre l'«invasion» que subit la huitième merveille du monde, il parle de s'exiler bientôt, si les fêtes parisiennes s'opiniâtrent à coloniser son paradis.

Gabriële, fidèle à ses promenades en solitaire, aime particulièrement se rendre à la chapelle Sainte-Anne perdue entre les pins, et s'arrêter devant les ex-voto vieux de cent ans, déposés par les marins en remerciement de la protection de leur sainte patronne. Ici, dans le silence des vieilles pierres fêlées et loin des odeurs d'huile et de térébenthine, elle peut penser la musique et s'évader dans cet au-delà de la «forme des sons».

Gabriële n'est pas mécontente d'avoir pour cette fois manqué le Salon des indépendants.

Les deux tableaux que Francis a envoyés ne sont pas vraiment remarqués. Même le commentaire censément laudatif du camarade Apollinaire reste tiède : «Par contre, le raffinement un peu sec, mais si précis, si élégant des toiles de Picabia, *Chanson nègre* et *Culture physique*, ne passera point inaperçu et l'influence qu'a déjà exercée ce peintre si combattu nous garantit son importance[289]. »

Le véritable événement du salon est un duel ubuesque entre Apollinaire et un certain Arthur Cravan. Personne ne sait très bien alors qui est cet homme étrange, que Gabriële décrira plus tard comme un colosse qui « mesurait plus de deux mètres de haut. Son corps d'athlète admirablement proportionné supportait une tête olympienne d'une frappante régularité, mais ses yeux avaient souvent une expression vague et étrange. » Il ne s'appelle pas Cravan, son véritable nom est Fabien Lloyd. Lorsqu'on lui demande ce qu'il fait dans la vie, il répond : « Poète et boxeur. » Avant chacun de ses matchs, il tient absolument à ce que l'arbitre mentionne à l'assemblée – venue assister à un combat de boxe – qu'il est apparenté à Oscar Wilde du côté de sa mère. Personnage remarquable pour le moins, il est avant tout un agitateur.

À l'occasion du Salon des indépendants, Arthur Cravan a décidé de se moquer des chroniques d'art d'Apollinaire. Il a fabriqué lui-même sa propre revue, intitulée *Maintenant*, qu'il distribue avec une brouette, tel un tract, aux visiteurs du salon. Les articles de cette revue ont pour but de lyncher tous les peintres dont les tableaux sont accrochés en bonne place, ceux qui ont les faveurs de la critique. « Chagall ou chacal vous montrera un homme versant du pétrole dans le trou du cul d'une vache. » « Je préférerais rester deux minutes sous l'eau que devant ce tableau : j'étoufferais moins. » « Suzanne Valadon connaît bien les petites recettes, mais simplifier, ce n'est pas faire simple, vieille salope !» «Metzinger, un raté qui s'est rac-croché au cubisme. Sa couleur a l'accent allemand.» «On va croire peut-être que j'ai un parti pris contre le cubisme. Aucunement : je préfère toutes les excentri-cités d'un esprit même banal aux œuvres plates d'un imbécile bourgeois.»

Le couple Delaunay est particulièrement attaqué : «M. Delaunay, qui a une gueule de porc enflammé ou de cocher de grande maison, pouvait ambition-ner avec une pareille hure de faire une peinture de brute. [...] Mme Delaunay qui est une cé-ré-brâââle, bien qu'elle ait encore moins de savoir que moi, ce qui n'est pas peu dire, lui a bourré la tête de principes pas même extravagants, mais simplement excentriques.» Guillaume Apollinaire est visé nommément, de même que son ancien amour, Marie Laurencin : «En voilà une qui aurait besoin qu'on lui relève les jupes et qu'on lui mette une grosse... quelque part pour lui apprendre que l'art n'est pas une petite pose devant le miroir. Oh ! chochotte ! (ta gueule !) La peinture c'est marcher, courir, boire, manger, dormir et faire ses besoins. Vous aurez beau dire que je suis un dégueu-lasse, c'est tout ça.»

Les intéressés ne prennent pas du tout l'article de Cravan avec humour. Sonia Delaunay porte plainte. Apollinaire, Grand Siècle, envoie ses témoins pour le provoquer en duel, afin de venger l'honneur de Marie Laurencin. Gabriële, inquiète, essaye de l'en dissuader, mais depuis Saint-Tropez ce n'est pas facile. Le boxeur, qui n'a cherché que l'amusement et la provocation, fait parvenir une lettre d'«excuse» fort drôle au poète dans laquelle il précise qu'il s'est mal fait comprendre : « Concernant mademoiselle Laurencin, on devait compléter ainsi la phrase : "En voilà une qui aurait besoin qu'on lui relève les jupes et qu'on lui mette une grosse paléontologie au Théâtre des Variétés." »

Le duel n'aura pas lieu.

Mais la presse continue d'attiser la pagaille et d'évoquer l'affaire, jusqu'en avril. Cravan est condamné à huit jours de prison ferme pour injure à Sonia Delaunay.

C'est le moment où les Picabia décident d'arrêter de hanter Saint-Tropez comme deux spectres sentimentaux et de revenir à Paris. Francis se concentre sur des aquarelles qu'il veut envoyer à Amsterdam, où se tiendra au printemps une exposition. Il s'amuse à piocher des locutions latines dans les pages roses du Larousse et à les traduire à la va-vite pour intituler ses peintures, ce qui donne *Force comique* ou encore *Impétuosité française*. Il prépare aussi des toiles importantes pour le prochain Salon d'automne : *Mariage comique* et *Je revois en souvenir ma chère Udnie*. Ce sont d'immenses compositions abstraites. Il est probable que *Je revois en souvenir ma chère Udnie* soit une réponse ou un écho au tableau *La Mariée* que Duchamp a peint à Munich, et qu'il a offert à Francis. « Les deux œuvres présentent de fortes similitudes par leurs formes, proches à la fois de l'organique et du mécanique. Il y a aussi une même figure placée en haut à gauche dans *La Mariée* et reproduite, inversée en haut à droite, dans la composition de Picabia[290]. »

Gabriële accueille en mai Marius de Zayas, qui a fait la traversée de l'Atlantique pour venir à Paris. Il souhaite emprunter des tableaux pour une exposition à New York. Gabriële lui ouvre sa petite collection commencée pour sa galerie l'Ours, qui malheureusement est mort-née. Mise en sommeil pour cause de départ des Picabia à Saint-Tropez, le projet de Gaby s'est éteint aussi vite qu'elle l'avait conçu. Et pourtant, cette exposition n'aurait pas été des moindres, car dans une lettre à Alfred Stieglitz datée de juin 1914, Marius de Zayas indique qu'il est en « pourparlers » avec Mme Picabia afin de lui racheter « les 18 Picasso [291] » qu'elle a acquis pour feu sa galerie. Marius de Zayas se dit aussi très impressionné par *Je revois en souvenir ma chère Udnie*, il écrit à Stieglitz qu'il aimerait organiser une exposition Picabia, et rapporter le fameux tableau.

Par ailleurs, Gabriële lui présente Guillaume Apollinaire. Les deux hommes se plaisent aussitôt et parlent sans attendre de collaboration entre leurs deux revues. De Zayas, Picabia, Apollinaire et Duchamp projettent de monter un spectacle collaboratif d'après le texte de Guillaume, *À quelle heure un train partira-t-il pour Paris ?*

Nous sommes à l'été 1914, toute la bande est en pleine énergie créatrice. Les projets se dessinent, les amitiés s'exaltent, Guillaume écrit pour la galerie 291, Zayas est emballé par tous les potentiels liés à ses pérégrinations parisiennes ; Picabia nage dans sa peinture pure et abstraite ; Duchamp crée ses premiers *protoready-made* (l'appellation « *ready-made* » viendra plus tard). En effet, il achète un porte-bouteilles au BHV et fait de cet achat un acte qu'il définira comme « une réaction d'indifférence visuelle, assortie au même moment à une absence totale de bon ou mauvais goût[292] ». Par ailleurs, il commence une œuvre qui se compose d'un album avec des dessins, des textes, des morceaux de papier. Cette œuvre prendra le nom de *La Boîte de 1914*. Mais aussi, il esquisse sur les murs de son appartement son projet du *Grand Verre*.

Les idées fusent, rien ne semble pouvoir arrêter les appétits et visions artistiques.

Mais le 3 août 1914, c'est la guerre.

« Ensuite, écrira Gabriële Buffet, il y eut la guerre qui dispersa les projets, les familles, les amis et fit s'évanouir pour un temps les étonnants mirages de cette période extraordinaire de débauche cérébrale. »

*

Gabriële a possédé une importante collection d'œuvres, offertes par les artistes qu'elle inspirait, qu'elle aidait. Elle acheta aussi beaucoup de tableaux aux amis.

Pourtant, quand elle est morte en 1985, à l'âge de 104 ans, son appartement était presque vide.

Les tableaux de Picabia et de Picasso avaient disparu. Les dessins de Marcel Duchamp s'étaient envolés. Les lettres que Guillaume Apollinaire lui écrivait n'étaient plus dans ses tiroirs. Il ne restait qu'un lit,

quelques meubles usés, un réfrigérateur poussié-
reux ouvert aux clochards du quartier. Gabriële ne
fermait plus la porte depuis longtemps. Quand elle
entendait du bruit, elle indiquait à l'invisible intrus
d'une voix désarticulée de centenaire : « Il doit rester
des yaourts dans le frigidaire. Servez-vous. » Les clochards prenaient les yaourts. D'autres prenaient ses
souvenirs.

Où sont passés tous les trésors qu'elle possédait ?
La réponse est simple, nous n'en savons rien. Les
archives du dadaïsme ont été éparpillées au vent. Tout
a disparu. On lui a tout pris, de ses bijoux fabriqués
par Calder au moindre de ses papiers administratifs.
Gabriële Buffet est morte dépouillée de tout ce qu'elle
possédait.

Parfois, elle ne réagissait plus, déjà absente au
monde, elle restait couchée, souvent à même le sol,
son esprit flottant au-dessus de ce corps caduc. Une
lutte silencieuse entre la demi-vie et la demi-mort.
Elle pouvait rester ainsi plusieurs jours. Et un matin
se relever, se servir un verre de whisky, comme pour
remettre le corps en branle, l'épousseter des pruines
de l'au-delà, reprendre ses esprits et constater qu'elle
était encore là. Si un visiteur se présentait alors, il était
étonné de la présence toute fraîche de la vieille dame,
qui pouvait se lancer dans une conversation fluide et
acérée sur n'importe quel sujet.

Jusqu'à ce qu'un jour, le corps s'évade tout à fait.

Gabriële Buffet est morte, larguant les dernières
amarres. Un cadavre mince, débarrassé de lui-même,
un fantôme dilué dans l'air, comme un savon resté

trop longtemps dans l'eau. Dépossédée, certes, mais tranquille, pas offusquée pour un sou, ses richesses étaient restées en elle. Son esprit, ses souvenirs.

L'histoire de l'art est faite de passions, de trahisons, d'amitiés déçues, d'hommes et de femmes malheureux en amour. L'histoire de l'art est faite d'une semence vitale, à l'image de ce tableau offert en 1946 par Marcel Duchamp à la femme dont il était amoureux, un tableau intitulé *Paysage fautif* qui est un jet de son sperme sur une bande de satin noir. Dans la *Revue du XXe siècle*, Gabriële écrit : « On parle, on écrit beaucoup sur les arts. Des critiques éminents dissèquent les œuvres, les expliquent, les blâment ou les louent. Il me paraît qu'ils en parlent rarement du point de vue qui intéresse l'art lui-même. » Or, quel est ce point de vue ? Il est la vie. La vie de ceux qui créent. La vie de ceux qui regardent. La vie quotidienne, pragmatique, mais aussi parfois sublime et dangereuse des corps et des esprits. Que Braque ait collé un morceau de papier journal sur une toile car ce jour-là il n'avait plus de quoi se payer un tube de gris n'enlève rien au geste, c'est la naissance du « collage » et c'est révolutionnaire. Notre grand-tante, Anne Picabia, la femme de Gabriel-Pancho, dont Yves Klein fut fou amoureux, racontait en riant, ivre morte à la terrasse de la Mascotte, rue des Abbesses : « Le bleu de Klein ! Mais on l'achetait à la mercerie du coin ! » Ce bleu unique, ce bleu mystique, sujet de mille interprétations sur les mystères de sa fabrication. Mais que ce bleu soit acheté en mercerie n'entame en rien son caractère sacré, si vous avez envie qu'un bleu soit métaphysique.

Alors bien sûr, cette vie des gens qui sont devenus des monuments, il arrive qu'on la réécrive un peu après coup, pour qu'elle s'emboîte à la légende. On omet des aspects, on en souligne d'autres, les anecdotes devenant des symboles, pour modeler le mythe. Ce qui est très particulier dans le cas de Gabriële Buffet, c'est que, contrairement à ce que font les gens, elle a réécrit sa légende pour se retirer de l'histoire, pour s'effacer, en minimisant son rôle auprès des artistes. Tandis qu'en général on fait exactement l'inverse, on se gonfle, on se donne de l'importance. Ce fut notre gageure de déterrer quelqu'un qui voulut rester dans l'ombre.

19

Machine sans nom

La mobilisation générale a commencé le 1er août 1914, le lendemain de l'assassinat du pacifiste Jean Jaurès d'une balle dans la tête en plein Paris. La mobilisation générale, c'est l'appel théorique de tous les hommes aptes au service militaire et c'est la première fois qu'elle est décrétée en France (pour la guerre de 1870, seule l'armée de métier avait été mobilisée).

Quand une guerre éclate, toutes les familles se retrouvent scindées en deux camps : ceux qui combattent et ceux qui s'y refusent. C'est ainsi qu'en 1914, le milieu artistique se retrouve totalement, violemment, divisé en son cœur. Les combats politiques remplacent les combats esthétiques, il n'est plus question de savoir qui est cubiste ou ne l'est pas – mais qui va fuir ou mourir.

Marcel et Francis n'ont jamais caché leur position antimilitariste. Ils pissent sur le moindre uniforme. Et refusent par principe de se retrouver sous les drapeaux.

Guillaume Apollinaire, au contraire, rêve de servir

la France. Le 5 août, il dépose une demande d'engagement volontaire, renseigne qu'il est «russe (polonais)», «homme de lettres», qu'il sait nager, parler allemand et italien, qu'il sait «un peu» monter à cheval et «un peu» tirer[293]. Tous ses amis se moquent de lui. Picabia est sidéré par l'engagement de son ami poète. Comme tous les autres, il juge cette attitude patriotique absolument bourgeoise et surannée. Tous les autres, sauf Gabriële : «Lorsque Guillaume nous apprit de Nîmes, après un long silence, son engagement et son incorporation dans un régiment d'artillerie, cette conduite glorieuse digne du plus héroïque petit-bourgeois français qui stupéfia tous ses amis, me parut être la réaction dans un autre domaine, de tout ce qu'il avait refoulé, de traditionnel et d'instinctif dans sa vie et dans sa forme littéraire. »

Malgré leurs oppositions d'idées et de sentiments, Francis et Guillaume continuent de s'écrire, de s'aimer. Pour la première fois dans ses lettres, Francis tutoie Apollinaire. Les temps troublés dézinguent les postures. On va à l'essentiel.

Marcel Duchamp, réformé à cause d'un souffle au cœur, échappe à la mobilisation. «Je suis condamné à rester civil pendant toute la durée de la guerre. Ils m'ont trouvé trop malade pour être soldat. Je ne suis pas fâché de cette décision : vous le savez bien[294] », écrit-t-il à Walter Pach.

Son frère Gaston part au front.

Son frère Raymond est nommé médecin officier. Il travaille avec sa femme Yvonne à l'hôpital militaire de

Saint-Germain-en-Laye. Cette dernière désapprouve la conduite de Marcel, qu'elle considère comme un planqué. « L'appel aux armes, se souvient Gabriële, frappait tout le monde autour de nous. Ce retour aux valeurs à l'emporte-pièce fut cause d'un cruel désarroi dans notre petit groupe. Notre monde d'abstraction et de spéculation s'évanouissait, s'effilochait comme un château dans les nuages. »

Chez les Picabia, c'est la panique. Francis se morigène de ne pas avoir pris la nationalité espagnole ou cubaine à 21 ans. Il est donc mobilisé, ce qui le plonge dans un état d'hébétude. Heureusement, Gabriële, fille de son père, a des relations dans l'armée. Elle prend les choses en main et parvient à arranger la situation de Francis. Il est nommé « chauffeur » auprès d'un général ami de la famille Buffet. Ce général habite dans leur quartier, à la caserne de La Tour-Maubourg. Non seulement Francis n'ira pas mourir au combat, mais il a la chance de pouvoir dormir toutes les nuits dans son lit… Gaby l'*alma mater* protège son mari. Son tout.

Pendant ce temps, Gabriële s'engage au service de la Croix-Rouge. Comme beaucoup de femmes, dès le début du conflit elle ressent le besoin de se rendre utile, en s'inscrivant dans l'une des trois sociétés issues de la création de la Croix-Rouge française : la Société de secours aux blessés (SSBM), l'Association des dames françaises (ADF) et l'Union des femmes de France (UFF).

Vêtue d'une blouse blanche et d'une coiffe, Gabriële s'affaire selon les besoins : préparation des colis pour les soldats, aide aux cantines mises en place pour la population, tri de vêtements, organisation d'hôpitaux auxiliaires… Elle a confié les enfants à sa mère pour avoir les mains libres. Surtout que Francis semble ne pas comprendre la gravité de la situation. Il s'amuse à terrifier son général, en le conduisant à une vitesse excessive. Non seulement il pilote comme un aliéné, mais pour aggraver son cas il ne peut s'empêcher de donner son avis sur la guerre et l'armée. Au début, le général Boissons fait mine, complaisamment, de ne pas entendre les élucubrations subversives de son chauffeur. Mais au bout d'un certain temps, ces propos séditieux, associés à une conduite plus dangereuse que la vie au front, finissent par agacer le militaire. Par amitié, il fait savoir à Gabriële qu'elle devrait calmer son mari et lui rappeler ce que signifie être «le 2ᵉ classe Picabia». Ses obligations et ses devoirs. Gabriële a peur que Francis soit envoyé au combat et le supplie d'adopter une attitude plus raisonnable.

En septembre, c'est la bataille de la Marne. Le gouvernement français est contraint de se replier à Bordeaux.

Et Francis avec.

Et bientôt Gaby qui le rejoint.

Marius de Zayas écrit à Stieglitz en octobre, pour lui dépeindre le couperet qui s'est abattu sur leurs amis français : «Toute activité intellectuelle a disparu depuis que la guerre a éclaté», précise-t-il à son ami. Il pense que «ce conflit privera le monde de nombreux artistes et signifiera la fin de l'art moderne[295]».

Il s'en retourne à New York en emportant trois toiles majeures de Francis (destinées à un Salon d'automne qui n'aura plus lieu) : *Je revois en souvenir ma chère Udnie, Mariage comique* et *C'est de moi qu'il s'agit*. Dans une lettre à Walter Pach, Duchamp écrit la brutale morosité de la guerre : « À Paris la vie est toujours aussi bête. Depuis hier, il faut éviter toute lumière qui pourrait indiquer Paris aux zeppelins ; à partir de 6 heures, boutiques à demi closes, plus d'enseignes lumineuses, les rues juste éclairées et à la première alerte, obscurité complète[296] ! »

Fin octobre, Guillaume, en garnison à Nîmes, écrit à Francis qui se trouve toujours à Bordeaux. Dans la dernière lettre, il lui demande de l'aider, grâce à ses relations, à obtenir une permission afin d'aller dans la zone des armées pour le compte d'«une très aimable et charmante femme». Il s'agit de la comtesse de Coligny-Châtillon. Qu'il appellera Lou. Ils vivent une liaison tumultueuse. Apollinaire demande aussi à Francis de l'aider financièrement, si cela lui est possible. Pour se retrouver, les amants ont besoin d'argent. Guillaume lui assure sa joie d'avoir été déclaré apte à servir militairement et lui raconte son quotidien. Il fait un «froid de chien», on s'emmerde en garnison quand on n'a pas le sou, et on a obligé Guillaume à se laisser pousser la moustache. Le poète s'interroge : «Mais je ne sais par quelle aberration, nous ne nous occupons pas du tout de la guerre.» Francis et Gaby font tout leur possible pour aider les jeunes amants.

En novembre, Francis a regagné Paris. Il est effrayé à l'idée d'être appelé sur le front. La situation est sinistre. Les hommes partent en masse. Son père, Pancho Martinez Picabia, travaille à l'ambassade de Cuba à Paris. Il parvient à dégoter pour son fils une « mission » improbable : aller négocier avec le gouvernement cubain des achats de sucre et de mélasse pour la France.

L'occasion est inespérée.

Francis doit s'acquitter de sa mission à Cuba avant l'été. Il entrevoit la possibilité de faire en chemin une escale à New York pour saluer les copains. Gabriële lui rappelle qu'il ne s'agit pas d'un voyage d'agrément et lui conseille de s'acquitter d'abord de sa mission, afin d'être en règle avec l'administration française. Mais Francis rétorque qu'il ferait ainsi d'une pierre deux coups en réglant une autre mission : une mission « Duchamp ». En effet, encouragé par Walter Pach qui apprécie beaucoup son travail, Marcel a décidé de partir aux États-Unis. Francis l'aide à financer son voyage et veut le retrouver à New York, avant d'aller à Cuba, pour le présenter à toutes ses relations. Gabriële, pas vraiment convaincue, sait que Marcel pourrait très bien se débrouiller seul et que Francis trouve de bonnes raisons pour aller passer du bon temps et retarder les tractations « sucre et mélasse ». Avant l'été, lui rappelle Gabriële. Tu dois régler ta mission avant l'été.

Picabia embarque le 27 mai 1915. Suivi quelques jours plus tard par Marcel Duchamp. Celui-ci a préparé son départ, en secret de ses frères. « Je n'ai parlé à personne de cette intention, écrit-il à Walter Pach. Je vous demande donc de me répondre à ce sujet sur une feuille séparée de votre lettre, afin que mes frères ne sachent rien[297]. »

En regardant son mari partir, Gabriële ressent ce départ comme une fuite en avant : « Picabia ne quitte pas seulement la France pour fuir la guerre mais aussi les contraintes : le mariage, la paternité, la famille[298]. » En effet, la fille aînée des Picabia, Laure-Marie, a maintenant 5 ans, Pancho en a 4, et Jeanine, vingt-trois mois. Il faut bien avouer que Francis ne les trouve pas bien passionnants, ces êtres bruyants. Gabriële encaisse, Gabriële assume, elle préfère cet abandon plutôt que de voir son mari partir pour la guerre.

Au début de l'été, elle se retrouve donc seule, chargée de famille. Sur le front, c'est le carnage, le gaspillage de chair humaine. Apollinaire lui envoie des lettres, il donne des nouvelles, comme la plupart des soldats qui rassurent leurs familles de mots réconfortants. Il a la grâce, l'élégance, de lui parler d'elle. Comme d'habitude, il l'encourage à écrire, lui suggère des sujets d'articles sur lesquels, il en est sûr, elle excellerait. Guillaume est cet ami de toujours qui a peur d'ennuyer avec ses propres soucis, c'est le Cyrano de Bergerac qui cache sa plaie au front pour distraire sa cousine au couvent. Il est si doux, si prévenant qu'il épargne à Gaby la moindre inquiétude, tandis que celle-ci se débrouille toujours pour lui faire passer quelques billets ou rendre des services à Lou, la nouvelle amoureuse d'Apo. Lui ne manque jamais de la remercier, l'appelant « ma très chère amie[299] », il prend des nouvelles des enfants, «Pancho et sa gaieté, Laure-Marie et son port lointain de reine[300]». Il lui raconte en détail ses journées de soldat : les armes, ses progrès à cheval, ses espoirs de prendre du galon. Il est le seul à qui elle parle de Francis, de son inquiétude quant à ses humeurs et son comportement. Guillaume termine ses lettres en embrassant Gaby «fraternellement».

Elle décide de partir à Étival avec les enfants. L'air de la montagne leur fera du bien et la nature jurassienne, généreuse, offrira nourriture et protection. La région d'Étival ne connaît pas les combats ni les destructions car elle est bien éloignée du front. En revanche, la guerre est omniprésente. Gabriële voit passer les troupes de soldats français et les troupes alliées quand elles traversent les villages. Les hôpitaux de la région débordent, si bien que les établissements scolaires sont transformés en hôpitaux auxiliaires gérés par la Croix-Rouge[301]. Gaby s'affaire auprès de ces jeunes soldats cassés aux corps en lambeaux, elle essaie de ne pas flancher face à la douleur de ces corps juvéniles broyés. Le soir, elle se couche harassée, l'esprit vidé, mais une chose l'inquiète de plus en plus : elle est toujours sans nouvelles de Marcel et Francis.

Et l'été 1915 passe, étrange, entre les promenades dans la montagne avec les enfants et les journées à l'hôpital. L'inquiétude monte. À la fin du mois d'août, Gaby reçoit une lettre de son mari. Enfin. Il était temps.

Gaby déchire l'enveloppe, le cœur battant. Elle lit d'une traite, s'arrête de respirer, et soudain c'est un immense éclat de rire qui se déploie dans sa gorge. Un rire de soulagement – Francis est vivant, sacrément vivant ; un rire de colère – Francis est l'homme le plus gonflé qu'elle connaisse ; et un rire caustique – comment a-t-elle pu penser une seconde que son mari était en danger ?

Francis n'est pas mourant. Il n'a pas été assassiné par des Cubains, ni emprisonné par des militaires français. Non. Picabia est en train d'ouvrir sa galerie d'art à New York, *The Modern Gallery*, au coin de la Cinquième Avenue et de la 42ᵉ Rue. Elle doit être inaugurée en octobre, avec une exposition de ses toiles, évidemment – il a donc besoin de faire rapatrier certaines œuvres entreposées à l'atelier parisien. C'est là que Gabriële intervient : Francis a besoin qu'elle transporte les toiles, de toute urgence, à New York. Qu'elle fasse vite. Et qu'elle fasse attention aux tableaux pendant la traversée. Point final. Gaby n'en croit pas ses yeux. Elle est estomaquée. Ce type est tout simplement fou à lier, pense-t-elle.

Gaby n'avait pas ri depuis très longtemps. Depuis le départ de Francis, en fait. Voilà pourquoi elle aime ce mari ingérable. Avec lui, la banalité et l'ordinaire n'existent pas.

Elle repose sa lettre et pense à Francis. Sans s'en rendre compte, pendant ces longues semaines d'absence, elle se l'était interdit. Pour se protéger. Mais soudain il est revenu dans son crâne comme un débordement. Il lui a manqué, ce mari trop bruyant, trop talentueux, trop vivant, ce mari qui ne pense qu'à la peinture, parce que la peinture est la seule chose qui lui donne le courage de s'intéresser à la vie et de regarder les gens, ce mari qui évite de s'attarder sur le petit portrait ovale de sa mère morte, ce mari qui a toujours la réplique pour faire rire, le mot qui vous enchante, avec ce don d'improviser et de se moquer de tout le monde. Son mari qui, devant l'immobilité de la campagne, s'ennuie tellement qu'il se met à manger les feuilles des arbres pour la faire rigoler. Gabriële se souvient des derniers jours qu'ils ont passés ensemble avant son départ. Un soir, il avait invité à dîner chez eux tous les gens rencontrés dans la journée, un jockey célèbre, un joueur d'échecs, une jeune femme ravissante avec ses deux cousines et leurs mères, un banquier qui avait connu *un type* qu'il avait rencontré sur un bateau et un jeune auteur qui n'avait pas encore écrit de livres mais qui, Francis en était sûr, était un génie de la littérature. Parmi eux, un marchand venu visiter l'atelier.

— Cela ne vous gêne pas que l'on vous regarde peindre ? lui avait demandé l'observateur, un peu fielleux.

— Pas du tout, avait tranquillement répondu Francis.

— Pourtant, il paraît que les grands peintres détestent qu'on les regarde faire, avait persévéré le marchand.

Francis avait bien compris, derrière la fausse naïveté du propos, la pique qui lui était destinée. Continuant son geste comme si de rien n'était, il avait simplement répondu, dans un sourire :

— Eh ben ! Ils doivent être gais en amour[302] !

Et toute l'assemblée s'était marrée. Voilà. C'était la dernière fois que Gabriële avait rigolé. Et il avait fallu que cette lettre arrive pour que le rire revienne.

Mais ce n'est pas tout.

Cette lettre, c'est l'appel du large.

L'excitation de l'aventure.

Les retrouvailles avec New York.

Gabriële s'organise. C'est le branle-bas de combat, elle doit mettre les enfants à l'abri – les planquer dans une pension à Gstaad –, retourner à Paris, prendre les toiles de Francis sous le bras, des toiles immenses et lourdes, et s'embarquer pour l'Amérique !

« J'étais comme un homme. Je ne voulais pas restreindre ma vie. J'ai toujours vécu ma vie comme une aventurière, en m'autorisant des choses que les autres ne s'autorisent pas. J'aurais voulu beaucoup plus voyager. J'ai parfois été frustrée de ne pas vivre les aventures que je voulais vivre – alors j'ai vécu des aventures à l'intérieur des relations que j'avais avec les gens[303]. »

20

La ville de New York aperçue
à travers le corps

Gaby arrive aux États-Unis en octobre 1915. Mais les retrouvailles à New York ne se passent pas comme elle l'espérait. Francis est nerveux, fatigué, focalisé sur l'ouverture de sa galerie – quand elle pense qu'elle a dû lâcher la sienne, son Ours, elle a le cœur serré. Il ne fait même pas l'effort de demander des nouvelles des enfants ni de la guerre. Il se précipite sur les toiles que Gabriële a rapportées, les regarde longuement – puis s'écroule sur le lit de leur chambre du Brevoort, désespéré : elles sont moins bonnes que dans son souvenir. Il est écœuré.

Gaby regarde autour d'elle : la chambre ne semble pas vraiment habitée. Il est fort probable que Francis vienne à peine de s'y installer. Où logeait-il avant ? Pas trop de questions, songe Gaby, commençons par le plus important.

— Et Cuba ? demande-t-elle.

— Quoi… Cuba…, répète Francis qui a l'air de ne rien comprendre.

— Oui, comment s'est passée ta mission là-bas ?

— J'y suis pas allé.

Gabriële est effarée. Ce n'est pas une question de morale : elle comprend très bien qu'il soit plus intéressant de peindre à New York plutôt que de mener une «mission sucre» à La Havane. Mais enfin, c'est mieux qu'être sur le front dans les tranchées. Francis risque un jugement en cour martiale si l'on découvre qu'il ouvre une galerie d'art sur la Cinquième Avenue au lieu de concourir à l'effort de guerre – c'est inconscient. Francis met son coussin sur sa tête et pousse des râles comme si Gabriële était responsable de la situation. Cet homme est un enfant, songe-t-elle en soupirant. Dès le lendemain, elle achète des billets pour Cuba et organise le voyage. Ils partiront dès que l'exposition de Francis aura commencé.

Le 24 octobre 1915, la Modern Gallery est inaugurée au 500 de la Cinquième Avenue. Le *New York Tribune* publie un article consacré aux artistes français qui vivent à New York depuis le début de la guerre en Europe. Francis a précisé au journaliste de bien mentionner dans son texte qu'il est en «mission spéciale» et non en exil. Gabriële découvre les œuvres exposées, qui inaugurent selon elle «une recherche plastique absolument neuve et n'ont plus rien du brillant lyrisme d'avant-guerre». Les tableaux sont «graves, durs, ils s'inspirent des schémas de machines extrêmement simplifiées et sont accompagnés de phrases».

Mais cette fois-ci, Francis Picabia ne demande pas à sa femme de faire l'interprète auprès des journalistes, ni de livrer sa conception des œuvres. Son anglais s'est amélioré, Francis parle de lui-même, pour lui-même, vraisemblablement satisfait de son émancipation.

Le vernissage terminé, Gabriële réussit à convaincre Francis d'embarquer pour La Havane. Pendant la traversée, les discussions sont houleuses. Depuis que Gaby est arrivée à New York, elle a bien compris qu'il s'est amusé dans les bras d'autres femmes pendant son absence. Mais ce n'est pas le problème et ce n'est pas nouveau. Ce qu'elle ne supporte pas, c'est qu'il tente de le lui cacher et qu'il mente. Voilà ce qui la blesse. Francis finit par avouer une longue liaison avec Isadora Duncan – encore une danseuse. Il vivait chez elle jusqu'à leurs retrouvailles.

Gabriële se sent humiliée. Non pas d'avoir été trompée, mais que son mari lui ait menti en lui faisant croire qu'il habitait au Brevoort, qu'il ne connaissait pas cette femme qu'ils ont croisée le soir du vernissage. Cela blesse son intelligence. Cela la rabaisse aux yeux des autres, qui l'ont vue être enfarinée par son mari. Comment peut-il se comporter comme s'ils étaient un couple de petits-bourgeois sortis d'une pièce de Feydeau ? Francis ne sait pas quoi répondre.

Le voyage à Cuba ne se passe pas très bien. Le couple se rend à La Havane, puis à Colón au Panamá. La mission est plus longue et compliquée qu'ils ne le pensaient. Ils rencontrent de nombreux problèmes administratifs. Par chance, le consul de France est un Jussieu, de la famille de Gabriële. Il se montre compatissant envers les Picabia et leur procure tous les papiers nécessaires pour que Francis accomplisse sa «mission».

Le 21 novembre, Gabriële fête ses 34 ans au Pérou. Un drôle d'anniversaire, songe-t-elle. L'atmosphère est lourde, comme ce corps tourmenté par trois grossesses, qu'elle porte tel un manteau à la doublure trop épaisse. Francis fait un effort ce soir-là, mais Gaby sent bien que son mari a la tête ailleurs, à New York. Il envoie de Miraflores une carte postale à Alfred Stieglitz : «Je crois cher ami que j'arriverai en même temps que cette carte.» Il ne le croit pas, songe Gaby, il l'espère.

De la Jamaïque, ils écrivent à Apollinaire : «Mille lointains et affectueux souvenirs.» La carte, envoyée de Kingston, représente une fontaine du jardin botanique de Castelton. Guillaume Apollinaire la reçoit en plein feu. Il a demandé à être transféré dans l'infanterie, dont les rangs sont décimés – il veut devenir officier. Apollinaire est donc l'officier de Kostrowitzky, puisque c'est son vrai nom. Ses camarades soldats le surnomment «cointreau-whisky» – plus facile à prononcer. Guillaume est toujours heureux quand il reçoit des nouvelles de ses amis. Il n'éprouve pas de jalousie à les savoir en train de voyager, à mille lieues de la guerre. Lui se trouve au seul endroit où il voudrait être, sur le champ de bataille. Et puis il espère secrètement que Gabriële et Francis ont retrouvé la folie sacrée qui les unit.

Ce n'est pas le cas. De retour à New York, Francis pose ses valises à l'hôtel et annonce qu'il doit repartir aussitôt. Il est attendu chez Alfred Stieglitz pour peindre à la main la série de dessins mécaniques qu'il a réalisés pour la revue *291*. Francis doit colorer chaque exemplaire, un par un, travail qui lui prendra une bonne partie de la soirée. Lorsque Gaby se propose de l'accompagner, il a déjà disparu, laissant derrière lui un bout de papier griffonné avec une adresse, où il se rendra, quand il aura terminé. «33 West 67th Street / M. & Mme Arensberg». Est-ce une invitation ? Gabriële n'en est même pas très sûre. Elle soupire – et se sert un whisky, avec une goutte de cointreau. Gaby pense à Guillaume, et pour la première fois elle ressent la réalité de la guerre. Elle comprend qu'il pourrait vraiment mourir de cette vaste connerie.

À la nuit tombée, elle décide finalement de se rendre à l'adresse que Francis lui a indiquée. C'est toujours mieux que rester au Brevoort à noyer sa déception dans sa boisson tourbée. En marchant seule dans les rues de New York, elle retrouve un semblant d'énergie et de fièvre. Mais ce n'est qu'un semblant. Remontant Bowery Street, elle se rend à l'évidence : depuis son arrivée aux États-Unis, elle ne parvient pas à rétablir un véritable lien avec son mari. Francis est toujours distant, préoccupé. En d'autres temps, il aurait insisté pour qu'elle vienne donner son avis sur la revue *291*, il aurait été fier de la présenter à tout le monde. Mais là, c'est tout le contraire. Il l'abandonne à l'hôtel comme une valise encombrante. Pire – comme une épouse. C'est à peine s'il ne lui a pas suggéré de faire les magasins ou d'aller chez le coiffeur en attendant qu'il revienne. Gaby trouve cette situation désagréable et, surtout, très mystérieuse. Que se passe-t-il ? Francis serait-il tombé amoureux de cette Isadora Duncan ? Non. Il lui a juré que non, ce n'était qu'une passade – les danseuses sont insupportables à vivre, mais il ne peut pas y résister –, d'autant qu'Isadora est déjà engagée avec un autre homme. Quant à Marcel, elle ne l'a même pas vu depuis son arrivée à New York. Les deux hommes semblent avoir été aspirés par quelque chose. Mais quoi ? Gabriële a l'intuition qu'elle le découvrira chez M. et Mme Arensberg, où elle se rend d'un pas curieux.

Les Arensberg habitent près de Central Park, dans une rue à l'atmosphère gothique, aux maisons de briques rouges, ornées d'aigles et de feuilles de chêne, qui produisent une atmosphère de féerie noire. La porte d'entrée de l'immeuble ressemble à une porte de château médiéval, avec des arcs pointus, animés par des têtes sculptées d'animaux. Dans le vestibule, les mosaïques dorées flamboient dans la lumière électrique. Gabriële comprend pourquoi Francis ne lui a pas indiqué à quel étage vivent les Arensberg : il suffit de suivre le boucan.

Gabriële entre dans un appartement rempli de monde, où l'ambiance est électrique. Elle se défait de son manteau et pénètre dans un immense salon plutôt bas de plafond, aux volumes rectangulaires. Aux murs, elle reconnaît immédiatement des œuvres de l'Armory Show : des lithographies de Paul Cézanne, de Paul Gauguin, un petit tableau de Jacques Villon...

Parmi tous les tableaux, elle repère d'un coup d'œil un dessin de Francis. C'est étrange, ce dessin qu'elle ne connaît pas, comme un message qui lui signifie qu'elle n'est pas de cette vie-là. Un petit assassinat.

Louise Arensberg est la maîtresse des lieux. C'est une femme absolument charmante, âgée de 36 ans, qui a épousé un ami de son frère rencontré à Harvard, Walter Arensberg. Louise et Walter sont bien assortis, ils ont le même âge, sont issus de familles fortunées et partagent le goût des arts. Elle, c'est la musique. Lui, la poésie. En 1913, lors d'un passage à New York, ils visitent l'Armory Show et décident, sous le coup d'une révélation, de débuter une collection. Ils deviennent mécènes. Ils s'installent en ville. Et ouvrent les portes de leur appartement à tout ce que New York compte d'original et d'avant-gardiste : photographes, peintres, poètes, écrivains, danseurs, musiciens. Tout ce monde enfiévré et insatiable arrive dès que la nuit tombe, pour boire et s'amuser, vampires modernes.

Pour le moment, la soirée ne fait que commencer. Gabriële observe les discussions, les joueurs d'échecs dans un coin, les mangeurs de sandwichs dans un autre, les fumeurs de cigarettes et les buveurs de scotch, elle déambule, sourit à quelques visages connus, fait la connaissance de Walter Arensberg, discute avec Man Ray et reconnaît au loin la silhouette du peintre Pascin. Une heure plus tard, Francis finit par arriver, accompagné de toute la bande de la revue *291*. Il entre chez les Arensberg comme s'il était chez lui, tout le monde le connaît, tout le monde l'attend, tout le monde a quelque chose à lui dire, les Américaines surtout, ont apparemment toutes une chose à lui glisser à l'oreille, une langue rose ou un bon mot. Francis n'est pas ravi de voir que Gabriële est là, il la présente vaguement à ses nouveaux amis, un peu comme une cousine de province.

Aux douze coups de minuit, une femme spectaculaire fait son apparition dans le salon. Gaby devine, aux quelques regards gênés qui l'observent, que c'est la danseuse Isadora Duncan – celle pour qui son mari lui a menti. Gabriële se tourne et cherche la créature, la reconnaît, elle était allée l'applaudir avec Francis à la Gaîté-Lyrique, en 1909. C'était le moment où on ne parlait que d'elle à Paris. Après la représentation, Isadora avait fait passer une carte de visite signée à l'intention de Picabia pour l'inviter à dîner. Cette femme a décidément de la suite dans les idées, pense Gabriële. À l'époque, Francis n'avait pas été sensible à elle. Il avait même profité de l'intérêt qu'elle lui portait pour lui faire acheter une toile de Marcel. Toile qu'elle n'aimait pas et dont elle s'était rapidement débarrassée, en l'offrant à un ami, comme cadeau d'anniversaire. La toile s'est ensuite perdue dans la nature. Peut-être se trouve-t-elle aujourd'hui exposée entre un moulin à poivre et une nappe brodée, sur la table d'une brocante dominicale. Qui sait?

Gabriële n'a pas envie de croiser Isadora Duncan, alors elle se réfugie dans la cuisine où une Américaine extravertie commence à lui raconter son chagrin d'amour. Gabriële s'en fout royalement, mais c'est une bonne planque, il y a du vin à portée de main et une boîte à cigarettes égarée par quelqu'un. Gaby fume

des clopes tombées du ciel en écoutant cette Américaine, amoureuse d'un certain «Victor» qui malheureusement ne l'aime pas en retour. L'Américaine veut
des conseils sur la façon dont il faut séduire les Français, parce que coucher avec eux, c'est facile, ce sont
de vrais sauteurs, mais pour qu'ils tombent amoureux,
c'est une autre affaire. Gaby ne sait pas très bien que
répondre, alors elle pose des questions sur ce Victor,
pour passer le temps. Elle apprend que c'est un *woma-
nizer*, un collectionneur de femmes, un séducteur
rare, qu'il est beau à tomber par terre, et que c'est la
coqueluche du salon des Arensberg. Quand il arrive,
il ne parle pas, il reste silencieux et mystérieux, on
pourrait même le croire timide. Mais après quelques
verres d'alcool, le voilà qui devient désinvolte, son
œil s'allume, il se fait entreprenant et s'accapare les
femmes, les embrasse, leur touche les seins et les fesses
dans la pénombre des couloirs, puis il en choisit une
qu'il embarque dans son studio – car il vit dans cet
immeuble, dans une chambre prêtée par les Arensberg, côté cour –, il fait l'amour avec toutes mais ne
donne son cœur à aucune.

Gabriële se demande avec une très vague curiosité qui peut bien être ce Victor quand, soudain, on
entend dans le salon une *Marseillaise* entonnée par
des musiciens. Tout le monde se précipite, car Isadora
Duncan a décidé d'interpréter une danse «en hommage à la France en guerre». En général, elle termine
toute nue, alors évidemment, c'est l'émeute.

L'Américaine extravertie en profite pour prendre
Gabriële par le bras et lui montrer le fameux Vic-

tor, qui vient d'arriver. Gaby se hisse sur la pointe des pieds pour observer le tombeur de ces dames, le séducteur français de New York. Et là, bien sûr, tout s'explique. Victor, c'est Marcel.

Marcel Duchamp n'est plus du tout le jeune homme réservé et sauvage que Gaby a connu à Paris. Loin de ses frères, loin de sa famille, il a pu incarner un personnage totalement nouveau. Aidé par l'alcool, il se libère de sa timidité. Alcool qu'il consomme désormais quotidiennement et en quantité spectaculaire pour se désinhiber auprès de la gent féminine. Marcel expérimente la griserie des exilés, ce vertige qui permet de s'inventer et d'endosser le costume d'un autre. Il est arrivé à New York précédé d'une gloire inouïe. Tout le monde, hommes et femmes, voulait le rencontrer. Depuis l'Armory Show, il est, « avec Napoléon et Sarah Bernhardt, le Français le plus connu[304] » d'Amérique. À New York, Marcel se fait séducteur fou, prêt à toutes les audaces – et ça marche fabuleusement.

Plus tard, Gabriële décrira ce phénomène, en disant qu'elle retrouve un homme qui s'était parfaitement adapté au rythme violent de New York. « Dans les milieux intellectuels, il est le héros des artistes et des *girls*. De son isolement quasi monacal, il s'est jeté dans toutes les soûleries et dans tous les excès américains. » Une façon pudique de dire les choses. Mais dans l'intimité de ses lettres, Gaby surnommera Marcel son « archange aux pieds fourchus[305] ». Les choses sont claires : pour elle, le jeune Marcel s'est transformé en démon.

Pour gagner sa vie, Marcel donne des cours de

français à deux dollars de l'heure. «Des leçons d'amour aux Américaines», dit Picabia en riant. Naturellement, toutes les élèves sont tombées dans ses bras. «Il s'était mis à l'alcool, sans jamais perdre son propre contrôle. Il était très différent, très séduisant[306]», confiera plus tard Gabriële Buffet à son amie Malitte Matta.

Marcel a été rebaptisé «Victor» par Henri-Pierre Roché, qui est devenu son meilleur ami.

Un peu écrivain, un peu journaliste, Henri-Pierre Roché s'occupe, pour le compte de la France, de traductions et de relations avec les correspondants de la presse étrangère. Il fait surtout énormément la fête. Avec Francis, Marcel avait trouvé un grand frère qui ne le décevait jamais. Avec Roché, il trouve un jumeau. Les deux hommes se ressemblent physiquement, bien que Roché soit plus âgé que Marcel. «Marcel, écrit Roché, créait de la légende comme un jeune prophète, qui n'écrit guère de textes mais dont toutes les bouches répètent les paroles. Et les anecdotes de sa vie courante deviennent des miracles. Il était plaisir de vivre et fonctionnement léger[307].» Les deux hommes se sont connus chez les Arensberg. Le soir de leur rencontre, ils tentent de séduire la même femme. Vers 3 heures du matin, Marcel gagne la bataille. Henri-Pierre veut le féliciter mais, dans l'ivresse, il a oublié son prénom, alors il le surnomme «Victor» parce qu'il est l'homme de la «Victoire». Henri-Pierre Roché tombe immédiatement, littéralement, amoureux de Marcel: «Sa présence était une grâce et un cadeau – et il l'ignorait[308].» Les nuits suivantes, ils recommencent ce jeu, encore et encore, jeu qui consiste à choisir une femme et la séduire ensemble, parfois l'un gagne, parfois c'est l'autre, parfois leur conquête les confond, prenant l'un pour l'autre, et ce mirage les amuse. Il n'y a pas de jalousie entre eux, car le but ultime, c'est que la demoiselle accepte de passer la nuit *avec les deux*.

Ainsi peut-on lire, dans le journal intime d'Henri-Pierre Roché à la date du 18 avril 1917 : « Première fois chez Louise Norton, Duchamp et moi. Une belle nuit tous les trois où je lui fais un cunnilingus et deux fois l'amour. Je dois aider Duchamp qui réussit ensuite à lui faire l'amour, une fois. Puis, je suis fatigué, je rentre chez moi, et je passe une heure avec Beatrice Wood[309]. » En vérité, ceci est une traduction du journal intime qu'Henri-Pierre Roché prenait soin d'écrire en langage codé, pour que personne ne puisse comprendre le récit de ses exploits. L'original dit : « Première fois. chez Luiz. Tor et je sp. Bel nuit à trois. kpf. 2sp. I help Tor. Lui 1 sp. Fatigue. Home, une heure. Beah. » (Ce sulfureux journal intime, qu'Henri-Pierre Roché tiendra toute sa vie, sera la précieuse matière d'un roman tiré d'une relation d'avant-guerre, qu'il intitulera *Jules et Jim*.)

Gabriële décide de quitter la soirée des Arensberg pour rentrer à pied au Brevoort. Sans dire au revoir à personne, elle prend son manteau, son courage et s'engouffre dans la 67e Rue en direction de Greenwich. Mais au pied de l'immeuble, elle entend crier par la fenêtre : « Oh Gaby ! » Francis et Marcel, saouls, dévalent l'escalier, courent dans la rue, l'attrapent chacun par un bras et la soulèvent du sol. Gaby s'envole dans la nuit new-yorkaise.

— On te raccompagne, à pile ou face !

Robert Desnos racontera plus tard en quoi consistait ce jeu : «Picabia et Duchamp vivaient en Amérique à *pile ou face*. Pile ou face pour prendre telle ou telle rue, pile ou face pour se lever ou se coucher, pour dormir ou rester éveillé, etc.[310]» Ils mettront des heures à rentrer au Brevoort.

Malgré les rires retrouvés, Gabriële a compris que tout a changé. Elle avait eu une bonne intuition. Ce soir-là chez les Arensberg, elle a su pourquoi la vie en Amérique ne sera plus comme à Paris. Elle n'est plus l'objet d'un fantasme érotique sophistiqué. La cristallisation, le jaillissement du désir secret, les caresses folles, les frôlements de peau, tout cela est parti avec la guerre, avec leur jeunesse. C'était le XIXe siècle. Aujourd'hui, Marcel a 28 ans. Francis en a 36. Le jour, ils travaillent comme des acharnés. Mais la nuit, ce qui les préoccupe vraiment, c'est ce qui se passe entre les jambes des femmes. Voilà le grand mystère. Voilà ce qu'ils trouvent toutes les nuits dans l'appartement des Arensberg. Désormais, les temps ont changé : l'époque est au «sexe». «Dans les *parties*, après la danse, les gens s'embrassaient et se pelotaient beaucoup. "Ici ça n'a pas d'importance", m'avait prévenue Henri-Pierre Roché. Ce n'était pas tellement de la camaraderie, c'était un jeu très sexuel. Je dirais : à la limite du jeu et de la sexualité[311]», se souviendra Gabriële. Le salon des Arensberg comme celui de

Mabel Dodge sont des laboratoires d'expérimentations artistiques, politiques, mais aussi d'expérimentation du sexe et des drogues. « Juste avant la guerre, Mabel avait organisé une Peyotl-party pour tous ses amis[312]. » Gabriële n'est pas pudibonde, simplement, tout cela n'est pas son *truc*. Elle « tripe » avec des concepts, des projets, des mots, des discussions sans fin. La donnée est donc la suivante : le trio amoureux n'existe plus. Elle le savait, que les désirs sont changeants, que les équilibres sentimentaux sont instables, fugaces. Elle sait aussi qu'un cerveau, aussi puissant soit-il, ne peut pas lutter contre des pulsions sexuelles. Gabriële n'a aucune envie de brider la liberté de son mari, ce serait contraire à sa façon de vivre et de penser. Elle pourrait faire ses valises et rentrer à Paris. Mais elle n'a pas envie de jouer le rôle qu'on veut lui assigner : celui de la mère de famille, avec le sens des responsabilités, qui accomplit son devoir et s'occupe de ses enfants dans un pays en guerre. *Mère Courage* n'est pas sa partition. Non, elle ne se sent redevable vis-à-vis de personne. Elle va rester en Amérique. Les hommes veulent s'amuser, eh bien, elle aussi va retrouver ses préoccupations de jeune fille.

Et le destin s'en mêle, brusque et généreux, comme souvent dans la vie de Gabriële. Il met sur sa route un fantôme d'autrefois, un beau souvenir de sa jeunesse, grand, hirsute – et musicien. Le 19 décembre 1916, le majordome de l'hôtel Brevoort prévient Gabriële qu'un vieil ami l'attend depuis plus de trois heures au bar du Café français. Cela fait sept ans qu'elle ne l'a pas vu, le *ténébreux et inconsolable* prince Edgard

Varèse. Gaby est tout de suite heureuse de reconnaître sa silhouette. Elle l'étreint avec bonheur, son élixir de jeunesse. Il a changé, il est encore plus beau : « Une tête antique et une manière d'être qui séduisait tout le monde[313] », se souvient Gabriële. Les amitiés amoureuses ne s'éteignent jamais quand elles ne sont pas consommées. Une excitation chimique passe entre eux. Gaby devient soudain légère. Désirable et dévisagée.

Edgard est arrivé en ville la veille, à bord du *Rochambeau,* avec en tout et pour tout trente-deux dollars dans sa poche. Il a fui la guerre et le milieu parisien qui ne comprend rien à ses aspirations. À Paris, il avait entendu dire que Gabriële Buffet était partie à New York avec son mari. Alors il a tenté sa chance. Il s'était demandé comment la retrouver dans l'immensité de cette ville étrangère, mais il ne lui avait pas même fallu vingt-quatre heures, Picabia étant si connu à New York. Edgard est donc venu directement au Brevoort pour attendre Gaby. Et voilà.

Il aura fallu une guerre pour que les deux amis qui s'étaient connus à Berlin se revoient à New York. C'est drôle, constatent-ils, quand ils habitaient Paris, leur ville, ils ne se fréquentaient pas. Il faut rattraper les années d'éloignement. Edgard et sa femme Suzanne ont eu une petite fille, Claude, maintenant âgée de 5 ans. Ils ont divorcé peu de temps après sa naissance – deux artistes dans un couple, cela en fait toujours un de trop. Suzanne a été engagée dans la troupe du Vieux-Colombier. Lui se consacre à la musique. Gabriële raconte son mariage avec Francis, ses trois enfants. Edgard la félicite, avec maladresse, d'avoir épousé un peintre si célèbre. Gabriële entend dans sa voix une forme de jalousie vis-à-vis de Francis, car Varèse se sent encore incompris, méprisé, en difficulté. À Berlin, ils étaient deux étudiants, avec les mêmes espoirs et la même ambition. Des pairs. Aujourd'hui, les choses sont différentes. Malgré ses aspirations, Varèse n'a pas réussi à percer ni à se faire entendre. Tandis que Gabriële, aux yeux de Varèse, fait partie de l'élite des artistes, elle « en est ». Pourtant, elle aussi le jalouse. Elle lui envie sa liberté de vivre et de créer, elle lui envie d'être resté dans le monde de la musique. Cette jalousie réciproque va les coller l'un à l'autre, comme deux aimants inséparables.

Gaby et Edgard se mettent à arpenter les trottoirs de New York comme autrefois ceux de Berlin. De temps en temps, ils s'arrêtent, interrompent le fil de leur conversation, lèvent les yeux pour regarder la vie autour, comme deux acteurs fusionnant avec le décor. « Les aspects de la ville, de la publicité lumineuse inconnue chez nous, et de l'architecture souvent grandiose, nous apportaient des impressions vraiment neuves et de réels étonnements[314] », se souviendra Gaby.

Elle lui demande des nouvelles du « milieu » qu'elle ne fréquente plus. Vincent d'Indy, leur ancien professeur de la Schola, est plus que jamais un patriote fanatique. Il a souhaité s'engager en écrivant au ministre de la Guerre : « En dépit de mes 62 ans, j'ai encore bon œil, bon estomac et bonnes jambes[315]. » Mais il ne sera pas engagé au front et devra se contenter de composer pour les fanfares des chasseurs alpins. Il met sur pied avec Camille Saint-Saëns une «Ligue nationale pour la défense de la musique française» qui veut interdire de jouer de la musique allemande. Debussy aussi est en proie à des sentiments nationalistes violents. Malade d'un cancer, il ne peut pas s'engager physiquement, mais signe désormais ses œuvres d'un «Claude Debussy, musicien français». Maurice Ravel a supplié d'être incorporé dans l'armée française. Malheureusement, il est réformé en raison de sa petite taille et de son faible poids: «Il me manque deux kilos pour avoir le droit de me mêler à cette lutte splendide[316].» Eugène Ysaÿe, trop vieux pour se battre, se rend dans les tranchées, seul avec son violon parmi les soldats: «Je veux jouer pour vous ce qui est beau, parce que je vous respecte et je vous aime.»

En entendant les sonorités des noms de sa jeunesse, une brûlure acide serre le cœur de Gabriële. Elle repense au bristol que Vincent d'Indy lui avait envoyé pour la naissance de Laure-Marie, sa première fille. «Je vous félicite, pardon de la brièveté de ce mot, je vous écrirai plus longuement plus tard.» La lettre promise n'était jamais arrivée. Gabriële comprend alors la déception de son professeur, qui avait senti qu'elle était désormais perdue pour la cause.

Edgard raconte à Gabriële comment il a finalement réussi à faire représenter son poème symphonique *Bourgogne*, sur lequel ils avaient travaillé ensemble toute une nuit à Berlin. La soirée fut un échec, accompagné d'un scandale. Edgard se plaint de la «frilosité esthétique de sa terre natale». Au cours de leurs discussions, Edgard et Gabriële se rendent compte qu'ils ont tous les deux assisté au *Sacre du printemps* – le même soir. Ils parlent de la représentation puis des problèmes théoriques que Stravinsky soulève. Edgard expose ses idées sur de nouveaux instruments qu'il voudrait inventer, de nouvelles machines. Il évoque tous ses projets : un nouvel orchestre, de nouvelles partitions… Gaby sourit, son ami Varèse n'a pas changé, il a toujours une constellation d'idées et de fulgurances qui traversent sa tête de génie, mais il ne sait pas quoi en faire, comme encombré par sa propre intelligence.

Les jours passent dans cette joie profonde, de retrouver les discussions d'autrefois. Et leur obsession commune, la musique. Gabriële fait découvrir à son vieil ami la vie nocturne de New York, plus excitante encore que le jour. Elle le plonge dans une profusion de lumières et de sons, les affiches lumineuses intermittentes sont hypnotiques, elle l'entraîne voir des revues à grand spectacle, «auprès desquelles le Casino de Paris faisait figure de parent pauvre». Ils s'engouffrent ensemble dans les boîtes à matelots du port et dans les clubs de jazz, émerveillés par l'habileté et le rythme des danseurs de claquettes, enchantés par la beauté des corps et leur aisance dans la danse. Au music-hall, ils rient ensemble de l'imprévu et du non-sens de certains numéros, avec leurs effets comiques typiquement américains. Varèse est subjugué. «Le rugissement de New York devint son inspiration [317].»

Gabriële lui fait découvrir le jazz, musique alors inconnue en France, qu'elle compare à de la drogue, prenant possession des corps, des tripes et des esprits. Ils passent des heures côte à côte, aspirés par les rythmes et les sonorités déroutantes de cette musique. Ils échangent leurs impressions sur la «tendresse de la ligne mélodique» du saxophone et la «mesure éche-velée, coupée de contretemps, et pourtant magnifique de précision, ce génie musical qui inspire les impro-visations du saxophone que les instruments accom-pagnateurs savent suivre et étayer jusqu'au point de rencontre final[318]».

Duchamp et Picabia n'en reviennent pas. Gaby a disparu de la circulation avec ce type débarqué de nulle part. Envolée, Gabriële. Ou plutôt, volée. De temps en temps, ils les aperçoivent en grande discus-sion, au Café des Beaux-Arts ou au Polly's. Le nou-veau copain de Gabriële intrigue tout le monde : il est beau, drôle à tomber et promène sur tout un regard allumé. Beatrice Wood dit qu'il a «des yeux bleus pénétrants qui voient tout» et lorsqu'«il sourit, le paradis s'ouvre». Un soir, Gaby débarque avec Edgard chez les Arensberg.

— Alors comme ça, vous êtes musicien ? demande Francis à Varèse.

— Non, il organise des sons, répond Gaby avec un sourire énigmatique.

— Et comment ? questionne Marcel.

— Je vais inventer des instruments susceptibles de

dépasser les limites des sons sélectionnés par la «réso-
nance physique des corps», explique Edgard.

— Sa musique va abandonner le domaine imaginaire pour retrouver l'objectivité des «bruits» du
monde[319], traduit Gabriële.

Gaby et Edgard sont l'attraction du soir. On leur
pose mille questions, ils répondent avec des mots précis mais déroutants pour exprimer la pensée qui les
agite. Marcel et Francis redécouvrent Gabriële. Flan-
quée d'Edgard à son bras, elle intrigue, elle fascine.

— Qui est cet homme? demande-t-on à Marcel et
Francis.

— Un vieil ami de Gaby, répondent-ils, jaloux.

Tels sont pris qui croyaient prendre. Gabriële a
repris le dessus, elle a réussi à créer l'envie, la surprise
et le désir. Gaby redevient celle qui mène la danse.
Elle est de nouveau une figure incontournable de l'in-
telligentsia artistique. Dans son poème sur le salon
des Arensberg, écrit en 1916, l'écrivain Allen Norton
la cite, comme si elle était l'un des personnages les
plus importants des lieux:

Where I first saw Time in the Nude
Where I met Mme Picabia
Where Christ would have had to sit down
And Moses might have been born with propriety[320]

C'est là que d'abord j'ai vu le Temps Nu,
Là que j'ai rencontré Mme Picabia,
Là que le Christ aurait dû s'asseoir
Et que Moïse aurait dû naître comme il se doit

Francis avait oublié combien il l'admire, sa femme iconoclaste. Le désir d'un autre a rallumé le sien. Cette femme qui ne fait pas semblant, chez elle la liberté n'est pas une pose à la mode. « Je la trouvais combien plus vraie, plus belle, que tant de femmes qui se servent de leur joli visage pour aguicher les hommes[321]. »

Un soir, en rentrant dans leur chambre d'hôtel, Gabriële trouve un cadeau sur son oreiller. Un tableau, emballé dans du papier journal. Elle déchire l'emballage et découvre une gouache, intitulée *Gabrielle Buffet, elle corrige les mœurs en riant*, signée « le fidèle Picabia ». Francis aime écrire Gabrielle avec deux l, comme pour y cacher celles d'un oiseau.

Des années plus tard, Gabriële évoquera ce portrait comme l'illustration du lien inébranlable qui existait alors entre elle et son mari. Francis représente Gabriële comme un pare-brise ouvert, montrant qu'elle est à la fois sa protectrice, son rempart, et une fenêtre sur le monde. Le titre vient d'une locution latine des pages roses du Larousse, « *castigat ridendo mores* », qui est la définition de la « comédie », ce genre théâtral qui « corrige les hommes en les divertissant ». Là est la force de Gabriële. Elle ne fait pas la morale, elle ne fait pas la gueule, elle ne punit pas. Mais elle puise en elle-même une force de vie, elle rebondit, fait des pas de côté, se réinvente. C'est la raison pour laquelle Francis lui est *fidèle*, la raison pour laquelle il ne peut pas se passer d'elle. Marcel non plus. Un soir, il l'invite dans son studio et elle découvre avec amusement sa nouvelle lubie, « le soin avec lequel il guettait, sur son corps soigneusement épilé, l'apparition du moindre poil pour le faire instantanément disparaître[322]. »

Gaby présente Edgard Varèse à Francis Picabia. Elle a pris son temps, elle voulait le garder un peu pour elle, car elle se doutait bien qu'entre eux l'entente serait immédiate. Ils ont une obsession similaire : les machines. Francis en dessine pour la revue *291* et dans les toiles qu'il expose à la Modern Gallery, les objets industriels étant devenus pour lui une source infinie d'inspiration. Dans une interview à un journal américain, il déclare : « *The machine has become more than a mere adjunct of life. It is really a part of human life… perhaps the very soul… I have enlisted the machinery of the modern world, and introduced it into my studio.* » La machine comme âme de la vie humaine. De son côté, Varèse, sans le savoir encore, est déjà en train d'inventer la musique électronique. Dans une lettre à Sophie Kauffman, datée du début de l'année 1916, il écrit : « J'essaye de construire les nouveaux instruments que j'ai inventés. Ce sera merveilleux[323]. »

Mais cette fascination n'est pas leur seul point commun. Plus prosaïquement, « ils aimaient beaucoup sortir, boire et ils ne s'en privaient pas[324] », racontera Gabriële. Varèse a un sens de l'humour qui plaît énormément à Francis, en particulier quand il s'exclame à tout bout de champ : « C'est de la merde de Poincaré ! » Cela ne veut rien dire. C'est réglé. C'est génial. Picabia l'adore.

« Avec eux deux, on ne s'ennuyait pas, se souvient Gaby. Une fois, ils sont rentrés au petit jour, encore pleins d'entrain. Ils avaient inventé un jeu stupide, qui consistait à mesurer sa force en tenant l'autre par le bras. Bref. Évidemment, Picabia a fait plier le pauvre Varèse et lui a cassé le poignet. Cela les faisait rigoler quand même [325]… »

Mais cette amitié soudaine et puissante, comme souvent avec Francis, inquiète Gabriële. D'abord, selon ses propres termes, Varèse est « un grand détraqué » – et deux détraqués ensemble ne peuvent faire bon ménage très longtemps. Un soir, Gabriële ne sait pas comment, Edgard se retrouve à l'hôpital, le pied écrasé par un taxi sur la Cinquième Avenue. Les deux hommes sont ivres et morts de rire. Francis explique à Gabriële que c'est une aubaine, parce que l'assurance du chauffeur de taxi va devoir verser une belle somme d'argent à Varèse [326]. Mais Francis brûle sa vie trop fort et trop vite. Gaby se rend compte, insidieusement, que les sautes d'humeur de son mari empirent. Jusqu'à ce que le fil rompe. « Trop d'excès, se souvient Gabriële, trop de travail et de noctambulisme devaient aboutir pour Picabia à une grave dépression nerveuse, se manifestant par des crises de tachycardie paroxysmales qui le laissaient sans force dans l'angoisse d'un recommencement. » Tout va mal. Et même le rire de Gaby ne parvient plus à corriger le tir.

21

La nuit espagnole

Gabriële a besoin de couper un temps avec Francis, dont les changements d'âme et d'humeur distillent un poison invisible mais violent au sein de leur couple. Elle fait un rapide aller-retour entre le mois de mars et le mois d'avril 1916 pour aller voir ses enfants en Suisse et payer leur pension.

Lors de ce séjour éclair, elle retrouve trois beaux enfants, Laure-Marie, Pancho et Jeanine, dont elle se réjouit de l'enfantine gaieté et de la bonne santé, mais qui lui apparaissent implacablement étrangers. Malaise. Gabriële ne s'attarde pas.

Le paquebot qui la ramène en Amérique s'appelle *The Chicago*. Il fait partie de ces nouveaux navires « à classe unique » de la Compagnie générale transatlantique. Avec la guerre, les restrictions sont de rigueur, plus de distinction sociale, plus de classe cabine : tout le monde est logé à la même enseigne.

À bord, parmi la foule des passagers, Gabriële remarque une petite femme avec qui elle engage une conversation. Pourquoi elle plutôt qu'une autre parmi

les centaines de passagers à bord du *Chicago* ? Peut-
être parce que cette jeune femme de 26 ans arbore un
look atypique et un air perdu ? Peut-être est-ce encore
une fois le don de Gabriële qui est à l'œuvre : cette
faculté d'attraction pour les gens hors du commun,
même s'ils s'ignorent ?

La jeune femme prénommée Elsa a beaucoup de
choses en commun avec Gaby. Pour commencer,
elles viennent toutes deux de lointaines familles aris-
tocrates – Elsa, née à Rome en 1890 au palais Cor-
sini, est une descendante des Médicis –, ensuite elles
ont été élevées dans un univers intellectuel. Elles ont
toutes les deux fait des études et fui le cocon familial
pour s'émanciper. Et enfin, toutes deux ont épousé
leur mari immédiatement après l'avoir rencontré.

Mais à la différence de Gaby, Elsa est fraîchement
mariée. Son époux est un lord anglais, le comte Wilhelm Wendt de Kerlor, que Gabriële trouve certes
d'une beauté magnétique, mais qui ne lui inspire
aucune confiance. Elsa, déjà échaudée par ce mari
tout neuf, lui fausse régulièrement compagnie pour
retrouver Gabriële devant un verre de whisky bien
tassé au restaurant du bateau. Elle lui raconte que
Wilhelm est un homme insaisissable. Sa particule est
douteuse mais son charme infini. On ne sait jamais,
dans tout ce qu'il raconte de sa vie, de son passé, ce
qui est vrai et ce qui ne l'est pas. Il est végétarien et
médium. Quelques années auparavant, il avait recommandé à son meilleur ami de se garder de monter à
bord d'un bateau, en raison d'un cauchemar qu'il avait
fait dans lequel il le voyait se battre pour survivre au

milieu d'une foule de gens, au milieu de l'océan, et se noyer. L'année suivante, son ami avait péri à bord du *Titanic*. Kerlor est devenu un spécialiste de la théosophie et de tout ce qui touche au domaine du paranormal. Mais on l'a vite accusé d'être un bonimenteur, jusqu'à un fâcheux procès intenté contre lui. «Un an presque jour pour jour après avoir épousé l'homme de mes rêves, je partage maintenant son destin humiliant[327]», explique Elsa à Gaby, avec lucidité.

Pour éviter la prison, le lord dut s'acquitter d'une dette symbolique de cinq livres et fut sommé de quitter le pays. Elsa et lui ont fait leurs bagages et sont allés vivre en France quelques mois, avant de se décider à partir pour New York. Et c'est ainsi que Gabriële Buffet rencontre sur le *Chicago* Elsa Schiaparelli, qui deviendra quelques années plus tard une créatrice de mode provocatrice et avant-gardiste.

Elsa Schiaparelli, petite femme dont le visage s'orne de sourcils épais un peu trop rapprochés de la ligne des yeux, au menton légèrement prognathe et au front bombé, n'est pas un *minois ravissant*. Elle raconte à Gabriële qu'elle était une petite fille horrible : «J'avais des yeux énormes, et j'étais tellement maigre que je paraissais affamée. Je ne pouvais d'ailleurs pas me leurrer sur mon compte car ma mère me comparait sans cesse à mes grandes sœurs – qui étaient évidemment mignonnes à se pâmer !» Pour pallier cette disgrâce, elle prit l'habitude de soigner sa tenue et sa coiffure, avec un détail original, une coquetterie qui attire l'œil et les compliments. Gaby se sent très proche d'Elsa. Les cœurs se parlent. Elle lui confie ses propres souvenirs d'enfance. Elle lui raconte sa solitude et son impression perpétuelle d'être une enfant bizarre.

C'est la première fois que Gaby développe une amitié féminine.

Arrivées à New York, les deux femmes n'ont plus envie de se quitter. Gaby conseille à Elsa de s'installer avec son mari au Brevoort et lui offre de leur servir de guide dans les prochains jours. Pendant la traversée, elles ont fomenté des projets ! Comme Gaby a rapporté de France un stock de lingerie française, qui n'existe pas en Amérique, elle a proposé à Elsa de s'enquérir d'un magasin intéressé par leur rachat et de partager les gains[328].

Gabriële présente Elsa à Francis, qui va encore plus mal qu'avant son séjour en Suisse. Il est en proie à de violents épisodes dépressifs. Physiquement, il fait peur à voir. Il agit comme un enfant tyran, il reproche à Gaby à la fois de l'avoir laissé et d'être à nouveau là. Que veut-il ? Qu'elle s'apitoie sur la fatigue de ses excès ? Qu'elle soit jalouse des femmes qu'il collectionne ? Qu'elle fasse cesser la guerre ? Qu'elle parte ou qu'elle reste ?

Gaby défaille intérieurement. Dans un pays elle a laissé ses enfants qu'elle ne reconnaît plus, et dans un autre elle a rejoint un mari qui se désagrège. Elle ne sait plus où elle habite. Alors elle se réfugie dans l'amitié d'Elsa. Elle l'emmène découvrir les clubs de jazz et les parcs de la ville. Partout où elle va, Gaby cherche les arbres. Les deux femmes puisent l'une en l'autre un réel réconfort. La situation sentimentale d'Elsa n'est pas plus reluisante. Son mari vit aux crochets de sa dot qui s'amenuise dangereusement. Elle ne se nourrit que d'huîtres et de glace, non par snobisme, mais parce qu'au Brevoort, c'est ce qu'il y a de moins cher sur la carte ! Les deux femmes, prises dans la tourmente de mariages chaotiques, tentent chacune de conseiller l'autre pour sortir de l'impasse.

Francis ne peint pas, il dort et il dort mal. Il ne quitte presque plus son lit. Il gobe des pilules, mais ne touche presque plus à l'alcool. Un corps trop lourd qui cherche une vidange. Gabriële, qui a tout supporté de lui, se rebelle. Elle n'a soudain plus le cœur de jouer les *garde-fou*. Quand ils sont dans la même pièce, l'atmosphère tendue flirte avec l'embrasement. Elle confie son mari aux soins du docteur Collins. De son côté, Francis s'est entiché d'un banquier français richissime, Jacques Bordelongue, qui, devant son état, lui propose de le rejoindre pour une cure à l'hôtel Gramathon. C'est un complexe luxueux, près de New York, avec golf, tennis et cabarets. Picabia s'y installe avec Bordelongue, qui s'accommode parfaitement de l'humeur cyclothymique du peintre. Pendant ce temps, Gaby se ressource auprès d'Elsa, à qui elle présente tous ses amis new-yorkais.

Le banquier Bordelongue doit se rendre à San Sebastian. Il invite les Picabia à l'accompagner. Francis est nostalgique de l'Espagne, il veut convaincre Gabriële d'entreprendre le voyage avec lui. Gaby hésite, elle ne sait si partir avec son mari sera l'occasion de se relier ou de se quitter. Elsa l'encourage à y aller et décide Gabriële. Les deux femmes se jurent de se retrouver sur ce continent ou sur un autre. Plus tard, c'est effectivement Gabriële qui présentera à Paris Elsa Schiaparelli au couturier Paul Poiret, et ainsi lancera la carrière d'une des plus grandes stylistes du XXᵉ siècle[329].

De la fin de l'année 1915 jusqu'au départ du couple en Espagne en juin 1916, il semblerait que Picabia n'ait plus peint. Une seule œuvre est répertoriée, qui date probablement de cette période où Gaby est venue le rejoindre. Picabia l'appelle *La musique est comme la peinture*. «Picabia s'inspire ici d'un diagramme illustrant les effets d'un champ magnétique sur des particules alpha, bêta et gamma[330]», explique le catalogue raisonné. Nous avons eu l'impression, nous, qu'il peignait les effets de la fusion de Gabriële et Francis. Qui est le champ magnétique de l'autre ?

Les Picabia embarquent sur le *Canopic*, paquebot britannique, direction Algésiras. Là, ils prendront le train pour San Sebastian. Mais la vraie destination de Francis, c'est Barcelone. Son pays, comme il dit. Là où, tout jeunes mariés, ils ont scellé leur pacte, pense Gabriële. Un pacte faustien.

L'Espagne, terre neutre, a recueilli de nombreuses artistes fuyant les conflits. Quand les Picabia arrivent à Barcelone, ils se retrouvent *in medias res*, en terrain familier. Arthur Cravan, le provocateur, est là depuis plusieurs mois, avec son frère Otto Lloyd et l'épouse de celui-ci, Olga Sacharoff, tous deux peintres. À Barcelone, Arthur Cravan n'écrit pas, il boxe. Deux mois auparavant, il a fait trembler le ring dans un match contre le champion du monde Jack Johnson. Ou plutôt fait trembler la salle d'étonnement et d'incompréhension. Il a été mis knock-out dès les premiers coups, provoquant des huées. Supercherie, vanité ou ivresse ? En tout cas, le rédacteur de *Maintenant*, qui fâcha si violemment Apollinaire, est toujours au cœur de situations baroques. Cette violence suicidaire attire beaucoup Francis, qui cherche absolument à rencontrer Cravan dont la devise, «Tout grand artiste a le sens de la provocation», aurait pu être prononcée par Picabia lui-même. De même que ses fréquentes annonces de suicide en public ne peuvent qu'enchanter le peintre. Arthur Cravan, si dur avec les gens – avec les femmes en particulier –, porte instinctivement à Gaby une sorte d'amitié farouche. Une générosité sans calcul. Arthur Cravan deviendra «intime de la première femme de Francis Picabia, qui le soutient à plusieurs reprises [331]».

Les Picabia sont heureux de retrouver à Barcelone la camarade Marie Laurencin – que Cravan avait salement insultée dans sa revue. Et la réciproque est vraie. Marie, ancienne compagne de Guillaume Apollinaire, est une vieille amie de Francis. Ils partageaient, du temps de leurs 20 ans, d'endiablées parties de chat perché enivrées et nocturnes. Marie garde le parfum de Paris, si lointain, le Paris d'avant 14. Elle a le spleen des déracinés, elle broie du noir depuis son arrivée en Espagne et n'arrive plus à peindre. Elle a dû fuir la France à cause de la nationalité allemande de son mari, Otto von Wätjen. En effet, ces deux-là se sont mariés quelques mois avant la déclaration de guerre. Après le début du conflit, Marie Laurencin a perdu ses droits français et dû passer en jugement pour désertion, sous le motif : « Française ayant déserté son pays en épousant un Allemand ». À la fin du procès, le couple a simplement obtenu l'autorisation de quitter la France. Marie Laurencin raconte son procès à Gaby :

— Comment avez-vous pu vous séparer de votre pays, comme ça, avec un mari allemand ? a demandé le juge.

— Mais je vous promets que je ne couche pas avec lui ! a répondu Marie.

Malheureusement pour elle, qui en était très triste, c'était la vérité. Son mari, qui avait des principes étranges, lui disait :

— On ne couche pas avec quelqu'un de sa famille. Or, maintenant que nous sommes mariés, tu es de ma famille. Alors je ne peux pas coucher avec toi.

Gabriële que rien ne choque reste un temps silencieuse avant de commenter d'un laconique : « Il y a des choses bizarres[332]. »

Le couple Gleizes se trouve aussi à Barcelone. Ainsi que le poète Max Goth, de son vrai nom Maximilien Gautier, et l'aristocrate lyonnaise Valentine de Saint-Point, lointaine parente de Gaby, car elles sont toutes deux arrière-petites-nièces de Lamartine. Pasionaria iconoclaste, elle publia en 1912 *Le Manifeste de la femme futuriste*, qui commençait par ces mots : « L'humanité est médiocre. La majorité des femmes n'est ni supérieure ni inférieure à la majorité des hommes. Toutes deux sont égales. Toutes deux méritent le même mépris. »

C'est une vraie colonie intellectuelle en exil qui se forme à l'arrivée des Picabia au mois de juillet 1916[333]. La joyeuse bande part passer l'été dans la station balnéaire de Tossa de Mar, une petite ville portuaire située à cinquante kilomètres de Barcelone. On peut les voir poser sur une photo en costume de bain, ravis, tout à leurs jeux de plage. L'image est étonnante. Ils sont insouciants. Des touristes.

Picabia, à l'extrémité gauche de la photo, bombe le torse et bande les muscles en une imitation ironique d'Arthur Cravan. Gaby est la deuxième en partant de la droite, avec un chapeau blanc, entourée de Marie Laurencin et d'Olga Sacharoff.

Les corps sont délassés, amusés, en pleine guerre – sont-ils conscients de la dissonance ?

La bande se montre peut-être un peu trop joyeuse, comme si elle devait forcer un bonheur estival qui passe mal. Alors oui, les jeux d'esprit reprennent, on parle peinture, poésie, on danse le flamenco, on va à la corrida, on se déguise, Picabia prend vite la tête du groupe, retrouvant sa seconde peau flamboyante de trublion en chef, d'organisateur de jeux sublimes et absurdes. Il acquiert un voilier, passion presque aussi intense chez lui que la voiture. Gleizes le peindra à maintes reprises, sous le même titre : le *Bateau de Picabia*.

Francis est en apparence presque guéri de sa neurasthénie.

Gabriële, en revanche, pense aux autres qui sont au combat. Elle pense à eux bien plus qu'à ses propres enfants. Elle pense à Braque, Derain, Léger, aux frères Duchamp – et surtout à l'ami Apollinaire. Ils ont appris, en arrivant en Espagne, que Guillaume a été blessé à la tête par un éclat d'obus. Il est vivant, probablement en convalescence. Ils n'ont pas encore eu plus de détails. Francis, comme toute la bande, est antimilitariste, la question n'est pas là. Pour eux, la guerre n'est qu'une vaste connerie. Mais le monde s'abîme, et pour Gabriële le goût de l'eau est bien salé, parfois, sur la plage de Tossa de Mar.

En septembre, Francis écrit à Guillaume, pour lui dire qu'il est en Espagne avec Gaby depuis deux mois. Il lui enjoint d'écrire, de donner de ses nouvelles. « Écris-moi ce que tu fais, si tu es heureux. » Étrange question. Francis précise : « Enfin raconte-moi un peu de ta vie de soldat. » C'est le décalage.

Tout ce monde lit quotidiennement les journaux, et suit fébrilement les actualités, chaque lettre venue de France est lue avec angoisse, partagée à voix haute. Les informations sont mises en commun. On attend la possible entrée des États-Unis dans la guerre, maigre espoir de voir la fin du conflit. Par ailleurs, Barcelone est en proie à de violents affrontements. La situation est instable depuis 1914, quand la Catalogne a créé la Mancomunitat de Catalunya, une organisation regroupant les conseils généraux de la région, c'est-à-dire créant un gouvernement autonome. Depuis, Madrid fait la guerre à Barcelone. Catalanistes, nationalistes, anarchistes s'affrontent. Et parfois, quelques bombes explosent.

Francis ne peint pas. Certes, il dessine des vues de Tossa de Mar et des portraits de femme. Mais lui, si prolifique, outre increvable de peinture, ne peint pas.

En revanche, il écrit. Il n'arrête pas depuis sa traversée sur le *Canopic*. Une poésie arrachante, coupante, ironique, belle et sale. La poésie qui répond au monde en guerre, aux frères qui vont se faire arracher les bras au nom de rien. Il défèque des mots hurleurs et égoïstes, incongrus et sans forme.

Déjà dada.

Des poèmes peints.

La parenthèse espagnole a calmé superficiellement la mésentente entre les deux Picabia. Mais Francis a besoin d'une mère, d'une amante, d'une muse, d'une pute, d'une compagne cérébrale. Francis a beaucoup de besoins et Gaby n'est pas bonne à *tout* faire. L'ambiance « colonie » commence à étouffer Gabriële. En revenant des *vacances* à Tossa de Mar, elle ressent l'envie de silence et de solitude. Sa meilleure excuse pour échapper au groupe, ce sont les enfants. Elle explique à tout le monde que, sans nouvelles d'eux depuis plusieurs semaines, elle décide d'aller les chercher. Sans surprise, Francis ne propose pas de l'accompagner.

Picabia, resté seul, s'épanouit comme pissenlit au soleil. Il commence une intense relation sexuelle avec Marie Laurencin. Il ne s'encombre d'aucune barrière morale, peut-être même que posséder la femme d'un

La bande barcelonaise sur la plage de Tossa de Mar en 1916.
(Dans l'ordre à partir de la gauche : Francis Picabia, Juliette Gleizes,
Otto von Wätjen, Marie Laurencin, Gabriële Buffet,
Olga Sacharoff ; sur le sable, Albert Gleizes et Dagoussia ;
au fond, de profil avec chapeau, Mme Szilard.)

ami, même ancienne, représente une transgression qui, pour lui, ne fait qu'ajouter du piment – il faut espérer qu'Apollinaire ne le sût jamais.

Francis retrouve ainsi le goût de la vie nocturne et des excès. Mais Picabia est un créateur avant tout, le farniente et le sexe sont nécessaires mais accessoires. La seule chose qui l'intéresse vraiment, c'est travailler. Marie Laurencin et lui décident de créer une revue sur le modèle de la revue new-yorkaise *291*. Une revue avant-gardiste qui permettrait aux cerveaux en exil de s'exprimer. Écrire, réfléchir, dessiner. L'art ne peut s'arrêter, même pendant la guerre. Ce sera, logiquement, la revue *391*.

Au retour de Gabriële, Francis loue un grand appartement au 28, avenue de la République-d'Argentine, afin d'accueillir l'encombrante progéniture. Une photographie capture la famille réunie à Barcelone. Tous les enfants sont bien peignés, fillettes enrubannées de nœuds à cheveux et Pancho en marinière immaculée d'écolier. Gabriële ne regarde pas l'objectif, elle est tournée vers ses enfants et caresse la nuque de son fils. Elle est perchée sur l'accoudoir d'un fauteuil chic, un trône sur lequel est assis Francis Picabia, qui lui fixe l'objectif, le regard coincé, les bras ballants, le nœud papillon légèrement de travers. Il semble demander au photographe : « Mais où diable est la sortie ? »

Des décennies plus tard, Gabriële commentait cette photo, avec une pointe acidulée de cynisme : « La famille royale » – et elle riait.

La famille Picabia à Barcelone (1916-1917). «La famille royale».

Une autre photographie atteste la présence de Gabriële en Espagne au mois de décembre. Elle pose en compagnie de Marie Laurencin, qui tendrement se love contre elle. Gaby, quelque peu en surplomb, fixe cette fois-ci l'objectif avec un mince sourire pénétrant et un regard déterminé. Elle sait que Francis et Marie ont entamé une *pasión* pendant son absence. Tout simplement parce que Picabia ne lui cache plus rien et qu'il fait tout passionnément. Se rappelant l'histoire du procès en désertion infligé à Marie et de son humoristique défense («Mais je ne couche pas avec mon mari!»), Gaby se dit que Laurencin a trouvé un mari qui voulait bien coucher avec elle, même si c'est le mari d'une autre. Rire jaune. On peut toujours compter sur Francis. Des années plus tard, elle commentera un portrait de Marie Laurencin dessiné par Francis en Espagne, où il la représente en ventilateur, par ces mots: «Mon mari avait besoin de fraîcheur.»

Gaby, elle, aime passer du temps avec Cravan. Ils se donnent rendez-vous tous les jours dans les cafés des ramblas. Un jour, il ne vient pas. Il a disparu, sans adieu, un matin, le boxeur. C'est son style. Gaby reçoit une petite morsure au cœur, et puis elle la range avec les autres.

Le premier numéro de la revue *391* paraît en janvier 1917. Sur la couverture, une machine à roues et câbles appelée «NOVIA», ce qui peut signifier en espagnol «la fiancée» et parfois «la mariée». Clin d'œil à Marcel. La revue est adressée au «premier occupant» et signée «le saint des saints Picabia».

Picabia porte la revue, il a retrouvé une énergie vorace. Il y publie certains de ses textes, dont un poème troublant, intitulé « Mie ». *Mie*, la mie, la moitié, Gaby.

> *Malentendu qui surpasse la raison,*
> *Création du vice à un degré supérieur*
> *En somme je n'entre pas en ligne de compte*
> *Elle pense que je suis un monstre*
> *Je l'ai choisie sans me laisser distraire*
> *Un seul jour avait allumé en moi*
> *Ce lien merveilleux et immortel.*

Peu rancunière, Gabriële participe activement à la revue *391*, créée par son époux et Marie Laurencin. Elle écrit, elle organise, elle est à la fois auteur, secrétaire de rédaction et chef de fabrication.

Un jour, elle reçoit les épreuves d'un numéro qui comportent une grosse erreur. Max Jacob leur a envoyé un poème qui parlait de « petits oiseaux ». Mais le typographe catalan, qui ne parlait pas français, a imprimé sans s'en rendre compte les « polis soiteaux ». Gabriële montre les épreuves à Francis, en riant :

— On va le laisser, non ?

— Tu as raison. C'est beaucoup mieux comme ça.

Pendant ce temps, le mouvement dada est en train de naître en Suisse. Et *391*, sans le savoir, est déjà dada. Gabriële raconte dans *Aires abstraites* que « *391* devait être une blague. Et puis c'est devenu très vite le véhicule de toutes les revendications, de tout ce qu'on avait à dire contre la société, la guerre, etc. Naturellement il fallait que ce soit dissimulé, sous un humour noir, qui est devenu de plus en plus agressif à mesure que *391* a pris d'autres proportions».

Elle écrira aussi qu'il n'était pas forcément judicieux de mettre en rapport les deux groupes. Pour elle, les exilés français ne sont pas dans la contestation de l'ordre établi et ne constituent pas un groupe cohérent de réflexion sur l'art, contrairement au groupe zürichois. Pour elle, seul Picabia, par sa production littéraire, incarne déjà l'esprit dada.

Francis veut retourner aux États-Unis. Comme il l'écrit à Apollinaire, «8 mois d'Espagne, c'est beaucoup». Guillaume, de son côté, aurait aimé faire un saut à Barcelone. Il a collaboré à distance à *391*, en envoyant un sublime calligramme, «L'Horloge de demain». Picabia lui a glissé une invitation dans le numéro 3 de la revue: «À peine remis de ses triomphes littéraires et guerriers, verrons-nous ici Guillaume Apollinaire? Plusieurs le désirent. Mais le Dieu des Armées abandonnera-t-il son lieutenant? Saint Max Jacob, priez pour nous.»

Après que Gaby eut à nouveau fait seule un aller-retour en Suisse pour confier ses enfants, le couple Picabia reprend le bateau en mars 1917 pour traverser l'Atlantique. Il est possible que Francis ait eu des démêlés avec la police espagnole, qui aurait intercepté un de ses dessins mécanistes en pensant qu'il s'agissait d'un schéma militaire. Picabia soupçonné d'être espion, c'est cocasse. Le couple emporte les tableaux de Marie Laurencin pour les faire exposer à New York. Gabriële a tergiversé sur cet énième voyage. Elle voudrait rentrer à Paris. Elle n'a plus tellement le goût de l'Amérique. A-t-elle encore tellement le goût de Picabia ? Finalement, sur l'insistance de Francis, elle part. Peut-être sent-elle qu'une nouvelle distance provoquerait une rupture dont le couple ne se remettrait pas. « Nous sommes repartis pour New York car Picabia ne pouvait pas rester en place au même endroit[334] », dit-elle.

Et puis, le 10 avril, s'ouvre à la Grand Central Gallery la première exposition de la nouvelle Society of Independant Artists, que Duchamp, Arensberg et Man Ray ont participé à fonder. Francis et Gabriële ne manqueraient ce vernissage sous aucun prétexte.

22

Culotte tournante

Sur le paquebot qui les ramène de Barcelone à New York, le temps s'arrête. Les voyages en bateau ont cette particularité de suspendre le temps de la traversée, vous ne foulez plus aucun pays, vous êtes en mer, *no man's place*, vous passez le temps en distractions légères, des vacances hors d'un monde que vous avez laissé en quittant la terre ferme. Le choc à l'arrivée des Picabia aux États-Unis est d'autant plus fort.

Le 6 avril 1917, le président américain Wilson déclare la guerre à l'Allemagne. Le conflit n'est plus seulement européen. Gabriële se souvient qu'ils sont entrés dans le port de New York le jour de la déclaration de guerre. « Nous étions pris par les phares de tous les côtés, il y avait une atmosphère étonnante, inouïe[335]. » C'est la guerre mondiale. La première.

À chaque coin de rue, des baraques en toile ont été installées à la va-vite. Ces baraques font office de bureaux d'inscription pour les engagements volontaires. Pour motiver les troupes, des *girls* sexy ont été engagées. Elles tiennent les guichets de fortune à côté des gradés, haranguent la foule en promettant « un baiser et la gloire » à celui qui signe. Gaby constate que cette Amérique faussement puritaine recourt aux plus bas instincts pour recruter de la chair à canon.

Francis est moins attentif que Gabriële à l'entrée en guerre des États-Unis. Fort de son expérience barcelonaise et de sa revue *391*, il a hâte de retrouver les amis de New York pour continuer ses projets artistiques. Son esprit est accaparé par l'ouverture de la première exposition de la Society of Independant Artists, où il présente deux toiles, dont *La peinture est comme la musique.*

Cette Society of Independent Artists est censée être la sœur jumelle de la Société des artistes indépendants, qui organise à Paris le salon du même nom – salon qui avait demandé à Marcel Duchamp, en 1911, de rebaptiser ou de dégager son *Nu descendant l'escalier.* Cette version américaine du Salon des indépendants est composée d'un certain nombre de membres organisateurs dont la plupart ont autrefois participé à l'élaboration de l'Armory Show. Mais il y a aussi de nouveaux membres, dont Marcel Duchamp, Walter Arensberg ou encore Man Ray.

Le principe est le suivant : toute œuvre a le droit d'être exposée, sans qu'aucun jury de sélection donne son aval. Pour être accroché aux murs, il suffit à l'artiste d'envoyer six dollars et de remplir un simple formulaire. Les œuvres sont ensuite exposées, de façon démocratique, dans l'ordre alphabétique – sans aucun critère de « jugement esthétique ».

Pourtant, une œuvre va poser problème. Elle a été envoyée par un certain Richard Mutt, artiste, qui vit à Philadelphie. Son œuvre est une vasque en faïence blanche, que l'on trouve communément dans les sanitaires publics. Autrement dit, un urinoir, tout ce qu'il y a de plus banal et industriel – une pissotière telle qu'on en trouve dans les gares. L'artiste ne l'a pas fabriqué lui-même, mais acheté dans un magasin, puis il a simplement inscrit un titre à la peinture noire : *Fountain*. Bref, une vasque plaisanterie.

Mais cette blague potache et provocatrice va violemment diviser les membres organisateurs. D'un côté, les présidents de l'exposition, William J. Glackens et Charles E. Prendergast, sont agacés par cet envoi qu'ils jugent ridicule. Dans l'autre camp, Arensberg, Duchamp et Man Ray exigent de garder l'œuvre puisque R. Mutt a payé ses six dollars. Le règlement stipule que toutes les œuvres envoyées doivent être acceptées sans critère de jugement esthétique. Les règles sont les règles.

Les présidents, qui n'en croient pas leurs oreilles, imposent leur veto.

Beatrice Wood, présente lors de leur réunion, décrit la scène aux Picabia fraîchement débarqués à New York :

— On ne peut pas exposer cela ! s'indignait William J. Glackens.

— Si, cet homme a donné six dollars, rétorqua calmement Arensberg.

— Enfin c'est impossible, c'est dégoûtant ! cria Prendergast.

— Non. C'est blanc. Avec des lignes très harmonieuses, fit remarquer Duchamp.

— Vous voulez dire que si quelqu'un avait payé six dollars pour une œuvre peinte au crottin, nous serions dans l'obligation de l'accrocher?

Et Arensberg de conclure avec une tristesse ironique :

— Je crains bien que oui[336].

Mais les défenseurs de l'urinoir n'obtiennent pas gain de cause. Les présidents maintiennent leur veto. Et l'œuvre de R. Mutt n'est pas acceptée. Marcel Duchamp, qui prend personnellement ce refus, en écho à celui qu'il essuya autrefois, est en colère. Il participe à cette société d'artistes dans l'unique but de créer une exposition sans jugement de goût ni de valeur. Il démissionne de la société qu'il a lui-même fondée.

Le couple Picabia n'est pas retourné vivre à l'hôtel Brevoort, par manque de moyens. Francis et Gabriële n'ont plus du tout d'argent. Plus rien. Une amie, Louise Norton – qui est en train de divorcer du poète Allen Norton –, met à leur disposition sa maison de la 88e Rue. Amoureuse de la France et des arts, Louise héberge tous les Français en exil et fauchés. Albert Gleizes et sa femme Juliette vivent au premier étage. (Le même Albert Gleizes qui avait demandé aux frères de Marcel de s'occuper du *Nu*.) Francis et Gabriële s'installent au rez-de-chaussée, tandis qu'Arthur Cravan passe de temps en temps occuper un canapé. Celui-ci réapparaît aussi brusquement qu'il avait disparu. La troupe barcelonaise se reforme. Dans un building.

Francis se sent chez Louise comme chez lui, il organise presque tous les soirs des *afters*. «Le rez-de-chaussée habité par les Picabia était une chose invraisemblable, se souvient Juliette. Il y avait toujours une bande de gens autour de lui, assez épars. Avec Cravan. Ils débarquaient à partir de 2 ou 3 heures du matin, puis déferlaient jusqu'au petit jour.» Au réveil, Picabia déverse sur elle toutes les angoisses que lui procure sa gueule de bois. Il attrape une pile de journaux pleins des nouvelles de la guerre, monte au premier étage et fait la revue de presse à Mme Gleizes. «Ensuite, se souvient-elle, il redescendait en disant à sa femme : J'ai déprimé Juliette, je vais beaucoup mieux[337] !»

La colocation avec les Picabia n'est pas de tout repos pour les Gleizes. Une nuit, Marcel et Francis dévorent le gigot entier qu'Albert conservait dans le réfrigérateur de la cuisine commune. Après le festin, ils laissent un os nettoyé auquel un chèque est attaché. Gleizes n'apprécie ni la farce ni l'esprit de Francis. En revanche, la propriétaire des lieux sera très heureuse de la présence tapageuse des Picabia dans sa maison – c'est grâce à eux que Louise fait la rencontre de celui qui va devenir son mari : Edgard Varèse.

Marcel et Francis reprennent leurs habitudes de célibataires. Francis renoue des liens avec sa danseuse, Isadora Duncan. Un jour, celle-ci demande à Marcel Duchamp de venir de toute urgence chez elle. Elle ne peut pas lui expliquer pourquoi au téléphone, mais il faut qu'il se dépêche. Quand Marcel se présente chez elle, Isadora le prend par la main et le mène mystérieusement dans sa chambre. Là, elle désigne un grand placard fermé. «J'ai une œuvre d'art à te montrer», lui dit-elle. Duchamp ouvre la porte. Et découvre Francis, complètement nu, en train de boire une tasse de chocolat.

Marcel lui-même s'empêtre dans des imbroglios amoureux impossibles à démêler. Il flirte, dans le désordre, avec des élèves, les sœurs Stettheimer, avec Beatrice Wood, la maîtresse d'Henri-Pierre Roché, avec la dramaturge Sophie Treadwell, et se dispute les faveurs d'une poète moderniste appelée Mina Loy – qui lui préférera Arthur Cravan... Ce papillonnage n'empêche pas son cœur de chavirer quand il voit Gabriële débarquer à New York, après huit mois de parenthèse espagnole. Gaby lui lance un : «Bonjour, monsieur R. Mutt», auquel Marcel répond par un sourire épaté. Elle avait compris. Évidemment.

Gaby est une des rares à savoir. Marcel entretient la supercherie le plus longtemps possible. Il consacre un numéro de sa revue *The Blind Man* au refus de la *Fountain*. Il titre : «L'affaire Richard Mutt !»

Ce numéro paraît en mai. Gaby signe un article. L'édito de Duchamp revient sur le scandale : «Que Mr Mutt ait ou non construit de ses propres mains la *Fontaine* est sans importance. Il a pris un article courant et l'a présenté de telle sorte que sa significa-tion utilitaire a été annulée par son titre et son aspect, conférant à cet objet une nouvelle dimension.»

Gaby en a le vertige. L'audace de Marcel bouleverse les principes établis et va transformer les modes de pensée, de création, ainsi que les procédés de fabrication. Elle sait qu'il est le plus fou, le plus fort d'entre eux, il appartient lui-même à une autre dimension. Elle revoit en souvenir son regard gris, focale hallucinante du corps maladroit de jeune provincial débarqué, à l'époque de leur première rencontre devant la galerie d'Hedelbert, elle retrouve aujourd'hui cette couleur d'anthracite sauvage dans les yeux de l'homme qui est devenu la *star* Marcel Duchamp, comme disent les Américains.

Une étoile. C'est bien cela, il n'est pas terrestre.

En parallèle de la revue *The Blind Man*, Marcel aide Henri-Pierre Roché à fonder une autre revue, intitulée *Rongwrong*. (À l'origine, elle devait s'appeler *Wrongwrong*, mais une erreur de typographie décida avec humour du nom final.) Francis commence à être jaloux de l'amitié qui lie « son » Marcel et Henri-Pierre Roché. Alors il lance un défi, présenté comme une source d'amusement. Mais c'est une vraie bataille qui sourd, pour redéfinir les territoires intellectuels et les rapports de force.

Francis propose à Henri-Pierre Roché de l'affronter lors d'une partie d'échecs, qui se tiendra dans le salon des Arensberg. L'enjeu est le suivant : Francis impose que le perdant sacrifie sa revue. Si Picabia perd, il arrêtera de publier *391*. Si c'est Henri-Pierre Roché, il tuera dans l'œuf *Rongwrong*. Tout le salon des Arensberg se réunit pour suivre les adversaires autour du plateau noir et blanc. Sans verser une goutte de sueur, Francis gagne. La revue *391* est sauvée. *Rongwrong* s'arrête. On ne plaisante pas avec les parties d'échecs.

Depuis son retour à New York, la vie de Gaby n'est plus qu'une fête perpétuelle, sans différence entre le jour et la nuit. Francis ne tolère ni solitude ni silence, il invite chaque personne qu'il croise à le suivre partout où il va et ne se déplace qu'avec un essaim d'êtres étranges. Il veut être entouré, courtisé, distrait, par un cirque permanent et bizarre. Marcel, lui, cherche les limites. Lors d'une soirée de collecte de fonds pour *The Blind Man*, il manque de se tuer en grimpant, complètement ivre, en haut d'un mât. Un autre soir, il se hisse en haut de l'arc de Washington Square et hurle dans la nuit pour déclarer «l'indépendance de Greenwich Village[338]». Un soir au Joel's, lors d'une altercation avec des Américains («plus saouls que nous», précise-t-il), Marcel reçoit des coups de poing. «Je saigne encore, et c'est enflé. Pas grave[339].»

Gabriële a le sentiment d'assister à des fêtes d'apocalypse. Elle reconnaît chez son mari une phase d'agitation intense, prélude à la chute neurasthénique. Son malaise grandit dans tout ce joyeux fatras. Les fêtes deviennent *out of control*. On s'amuse de tout, du pire, c'est carnaval tous les jours. Pour Juliette, ces soirées deviennent peu à peu quelque chose d'«absolument hallucinant. Il y avait un côté fin du monde.»

Gaby trouve un réconfort auprès de son amie Elsa Schiaparelli. Elle lui avait présenté toute la joyeuse bande, mais Gabriële préfère désormais la voir seule à seule. Elles se donnent du courage, échangent des informations utiles quand il s'agit de s'en sortir dans un pays qui n'est pas le leur et avec des maris qui ne veulent plus l'être[340]. Gabriële aime aussi passer du temps avec Arthur Cravan. Elle s'inquiète pour lui. Sans argent, il erre dans la ville, dormant chez les uns, chez les autres. Quand le temps est doux, il lui arrive de dormir à l'entrée d'une station de métro qu'il a rebaptisée sa «villa» – parfois il dort à la belle étoile, dans Central Park. Gabriële lui donne de l'argent pour le sortir de l'embarras et lui propose de l'accueillir chez eux. Il lui répond avec une gentillesse désarmante qu'il préfère son jardin de Central Park : «Les écureuils sont devenus mes amis, ils couchent dans mes poches[341].»

En avril 1917, l'amie Heidi Roosevelt, retrouvée à New York, propose à Marcel et Francis de faire une conférence «éducative» sur l'évolution des arts. Il s'agit de vulgariser, pour un milieu exclusivement snob et mondain, leurs nouvelles expérimentations artistiques. Duchamp et Picabia acceptent et les invitations sont lancées. Gabriële s'inquiète que les deux garçons aient si facilement dit oui à ce genre de manifestation, qu'ils ont plutôt l'habitude de fuir et de railler.

— T'inquiète, Gaby, on leur parlera pas de peinture, rassure Marcel.

— On va surtout leur faire comprendre qu'ils sont tous des cons[342], explique Francis.

«Tous des cons», *dixit* Gabriële, qui racontera comment Marcel et Francis préparent leur mauvais tour. Leur but est de recréer un scandale, comme celui que fit Arthur Cravan avec sa revue *Maintenant*, qui avait failli lui coûter un duel avec Apollinaire.

La veille de l'événement, ils annoncent à Heidi Roosevelt qu'Arthur Cravan les remplacera comme conférencier. Heidi est un peu déçue, car ses invités se déplacent pour rencontrer «Duchamp et Picabia», les deux vedettes. Qu'à cela ne tienne, Marcel et Francis promettent qu'ils seront présents dans la salle. Ils promettent aussi qu'ils répondront à toutes les questions de ses invités à la fin de la conférence.

Le jour venu, ils invitent Arthur Cravan à déjeuner au Brevoort. Gabriële, qui est de la partie, comprend peu à peu le but de l'opération. Les deux compères font boire Arthur. Un verre d'alcool, puis un autre, encore un autre… Une fois bien éméchés, ils le «chauffent» comme avant un combat de boxe : tous ces gens sont des trous du cul, ils ne méritent pas qu'on leur parle. Les hommes sortent fin saouls du restaurant et se rendent directement au lieu de la conférence.

Arrivé dans la salle, Arthur Cravan se dirige vers l'estrade, il a chaud, il titube, enlève sa veste, puis ses bretelles et sa chemise, devant un public médusé. Au moment où il prend place devant le pupitre, il retire son pantalon. Puis se retourne et montre ses fesses blanches aux dames choquées, avant d'insulter la salle. Déchaîné.

Duchamp conclut avec joie en se tournant vers Gabriële : «Quelle belle conférence !» En effet, c'est une belle conférence, songe Gaby, «une vraie manifestation dada d'avant la lettre », dira-t-elle plus tard. Mais à quel prix ? Car la police est appelée et Arthur Cravan sort encadré de *cops* et dûment menotté. Arensberg paye une caution pour lui épargner la prison. Gabriële n'apprécie pas vraiment qu'Arthur ait été « enivré » par Marcel et Francis, puis jeté en pâture, comme on le fait pour enrôler les soldats. « Après, se souvient-elle, ce pauvre Cravan était très malheureux : il disait qu'on lui avait joué un sale tour. »

Gabriële commence à trouver tous ces messieurs fatigants. Elle est déçue. Les affrontements d'ego prennent le pas sur le geste créateur. Tout se délite. La galerie 291 a fermé. La Modern Gallery tourne au ralenti. Stieglitz et de Zayas sont un peu en froid. De même que Duchamp et les Arensberg.

Les bacchanales tournent à l'orgie, les discussions sur l'art se perdent dans les blagues potaches et le tango des esclandres improvisés. Entre Marcel, Henri-Pierre, Francis et Arthur, elle voit une compétition inconsciente. Il ne s'agit plus d'art, mais de savoir qui aura le plus de femmes, le plus d'attention, le public le plus fasciné. Les États-Unis aussi sont en guerre, mais tout ce petit groupe semble l'ignorer. Une indifférence à la marche du monde, à la boucherie des peuples. Un entre-soi non pas aveugle, mais qui a décidé que ça ne le concernait pas.

Gaby étouffe. Elle passe quelques jours du mois d'août dans les montagnes Catskill, au nord de New York. Les montagnes ont cette qualité de dissoudre la reconnaissance précise du monde. Mais à son retour, son dégoût est encore plus fort de ce cabaret quoti-dien où chacun fait son numéro, où rien n'est grave, où Picabia devient ingérable. Gabriële envisage de partir, mais les papiers de Francis ne sont pas en règle pour pouvoir retourner en France. Peut-elle le laisser seul ?

L'été se termine, durant lequel Picabia a festoyé pour dix vies. Ses crises d'angoisse sont revenues, vio-lentes et inquiétantes. Il parle de retourner à Barce-lone, car cette ville calme ses cauchemars. Et puis il est en contact avec le galeriste Dalmau pour publier un recueil de poèmes. Il demande à Gabriële d'orga-niser au plus vite le voyage, il la veut à ses côtés.

Pour la première fois, Gaby l'informe qu'elle ne l'accompagnera pas. Qu'il se démerde pour ses papiers, ses billets, ses crises de nerfs et ses contrats d'éditeur. Elle partira de son côté pour la Suisse. Besoin de solitude.

*

Nous l'avons déjà dit, à mesure que nous écrivons ce livre, notre ignorance sur les Picabia nous frappe. Le silence qui régnait autour d'eux s'impose à nous comme une vaste interrogation. Dans notre enfance, notre mère ne nous parlait jamais de Francis ni de Gabriële. Certes, nous savions qu'il existait un peintre dans notre famille, nous entendions notre mère pro-noncer son nom. À force, nous avions deviné que ce « Francis Picabia » avait un rapport avec elle. Mais lequel ? Tout cela était très flou.

Nous n'avons pas connu notre grand-père maternel, Vicente, le quatrième enfant de Francis Picabia et Gabriële Buffet (qui n'est pas encore né, à ce stade du récit). Nous ne l'avons pas connu parce qu'il est mort bien avant notre naissance. Il est mort d'overdose provoquée, à l'âge de 27 ans. Notre mère avait 4 ans. Elle a donc été élevée sans père et, plus tard, elle ne nous parlera jamais de lui. Par conséquent, il y avait un trou dans l'arbre généalogique. Pas de grand-père. Donc pas d'arrière-grands-parents, c'est logique. Il existait comme une pièce condamnée dans la maison, que personne ne pénétrait, sans que la porte soit délibérément fermée à clef. On n'en parlait pas. C'était comme ça.

En revanche, nous avions une grand-mère maternelle qui, elle, prenait beaucoup de place : Myriam Rabinovitch. C'est elle qui avait épousé Vicente, notre grand-père fantôme, pendant la guerre. Il avait 23 ans, et elle, 20. Si bien que, quand nous étions petites filles, la famille de notre mère, c'était « la famille Rabinovitch » et pas du tout les Picabia.

Pour le coup, on en entendait parler quasiment tous les jours, des Rabinovitch. Ils étaient tous morts dans les camps, mais leurs existences évanouies étaient incrustées dans notre enfance comme une identité étouffante, ils occupaient toute leur place d'ancêtres dans la maison. Notre famille Rabinovitch avait fui les pogroms de Russie pour s'engouffrer dans la souricière française. Par miracle, notre grand-mère et notre mère avaient échappé à la mort. Les Rabinovitch existaient tellement dans nos vies qu'il n'y avait pas la place pour s'encombrer de fantômes supplémentaires.

Peut-être aussi que nous ne nous intéressions pas à Francis et Gabriële parce que, tout simplement, ils ne s'intéressaient pas à nous. Lorsque Gabriële est morte en 1985, nous avions 3 et 6 ans, et notre sœur aînée 12. Nous étions ses arrière-petites-filles. On peut penser que cela compte, dans la vie d'une femme, ses descendants. Eh bien non. Elle ne s'était pas occupée de notre mère, qui était pourtant sa petite-fille. Pourquoi ? Peut-être parce que Gabriële se sentait coupable du suicide de son fils, Vicente. Qu'elle voulait mettre tout cela loin d'elle.

Mettre loin la nuit où les gendarmes réussissent à la joindre pour parler de ce fils retrouvé à peine vif. Encore un peu là. Mort sur le chemin de l'hôpital. « On n'a rien pu faire pour lui. » Le problème, c'est qu'en vingt-sept ans rien n'avait jamais été fait pour lui. Il faut nier cela. Alors nier notre mère, Lélia.

On comprend qu'elle ne voulait entendre parler ni de Francis Picabia ni de Gabriële Buffet, qui ne s'étaient jamais souciés d'elle, qui n'avaient jamais pris dans leurs bras l'enfant vivant de leur enfant mort. Pourtant, impossible de ne pas être troublées quand nous regardons les photos de Francis Picabia. Notre mère lui ressemble tellement. Et il y a quelque chose de monstrueux dans ce constat. Comme un écho au pourquoi de ce livre : les liens familiaux ne répondent à aucune logique.

Dès lors, la question que nous nous posons au fur

et à mesure que nous rédigeons ce récit est : comment écrire sans trahir notre mère ?

Il est douloureux pour elle que nous choisissions d'écrire sur eux, sur ces gens-là, sur ce sujet.

Peut-être que l'une sans l'autre, nous ne l'aurions pas fait.

Peut-être fallait-il être deux pour assumer cette trahison-là.

23

Paroxy(s)me de la douleur

Quand on s'apprête à quitter un lieu, une question morbide peut s'inviter, très fugace : « Est-ce que je reviendrai ici un jour ? » La sensation est cette alarme froide qui traverse la peau lors d'une frayeur. Sitôt évanouie, on pense, un peu gêné : « C'est drôle, j'ai eu peur… »

C'est ce que ressent Gaby lors de sa dernière soirée à New York en septembre 1917. Les amis lui ont dit : « Pour ta dernière soirée, on t'emmène au restaurant ! » Elle s'est demandé, *dernière* par rapport à quoi ? Par rapport à la guerre ? Par rapport à la fin de mon couple ? Par rapport à cette ville, New York, qui est belle et narcotique et qui m'a vidée ?

Francis a insisté pour faire une virée en voiture, puis ils sont allés dîner au Mouquin Restaurant and Wine sur la Sixième Avenue. Un orchestre joue tous les soirs, on commande d'office champagne et homard pour Gaby. On rit encore, on ne parle pas des adieux. Après le champagne, Gaby veut un Mint julep glacé, en Amérique, on boit des *cocktails*. Elle regarde les hommes autour d'elle, dont les yeux s'agrandissent de rides, virgules assombries qui trahissent leurs excès.

Marcel reste sublime, toujours, ce pays l'a rendu *iconic*. Elle perçoit encore dans sa nonchalance le vestige du jeune homme timoré et intense du temps où Paris n'était pas en guerre et où Marcel n'était pas Duchamp. Elle sait qu'elle seule peut encore percevoir cela, car ce qu'elle voit en lui est devenu invisible. Elle voit toute l'histoire.

En s'endormant pour la dernière fois dans un lit américain, elle songe à la journée du lendemain. Francis l'accompagnera au bateau, il n'aura sans doute pas un mot pour les enfants, non par méchanceté mais par inadvertance, puis il embrassera sa femme, dans une de ces étreintes qui surgissent quand on se sépare pour un temps indéfini, il faut bien que les corps prennent de l'élan.

Sur le bateau pour la France, elle sera seule. Enfin. Chaque jour que durera la traversée, elle se rapprochera un peu plus des arbres et de la Suisse, rêvant d'y retrouver la nature, de se retrouver elle, dans ces marches dont l'épuisement qui en résulte est une survie. Elle a envie d'une musique qui ne s'entende que dans sa tête.

Elle les reconnaît à peine, tant les enfants ont grandi. Jeanine est plus téméraire que Laure-Marie. La petite prend souvent la grande par la main pour aller jouer. Pancho est un garçon souriant. Charmant comme son père. Moins fragile.

Gabriële fait des allers-retours entre Gstaad et Paris. Quand elle est en France, elle essaye de débrouiller l'imbroglio administratif du dossier Picabia auprès des autorités pour lui obtenir un passeport en règle. En Suisse, elle passe son temps dans la montagne, rince ses poumons avec la sueur froide, elle se transforme en cailloux.

Francis lui écrit de Barcelone. Beaucoup de lettres. Des poèmes. C'est amusant, pense-t-elle, quand il l'avait sous la main à New York, il n'avait plus rien à lui dire. Et maintenant qu'elle est partie, il est intarissable. Francis lui raconte une foule de menus détails, ses lettres sont remplies de précisions futiles, comme un enfant écrirait à sa mère. Il lui fait la liste de ce qu'il mange, le compte rendu de ses journées – il a croisé Picasso aux arènes –, demande des conseils sur l'agencement des poèmes pour son premier recueil à paraître. C'est ce qui le préoccupe le plus, ses poèmes. Il veut connaître l'avis de sa femme sur chacun. Gaby reste ses yeux et ses oreilles, même quand ils ne sont pas dans le même pays.

En rentrant dans leur appartement de l'avenue Charles-Floquet, Gaby pense à ces villes antiques, momifiées pour l'éternité dans leur quotidien le plus banal. Tout est resté figé depuis le début de la guerre dans ce vaste appartement à stucs blancs et moulures Louis XVI. Le bazar endiablé de la famille Picabia s'est simplement terni à cause de la poussière qui voile les tableaux posés pêle-mêle, les livres empilés au sol en colonnes précaires, les papiers, les revues, les cartes et les lettres coincés dans les interstices, les lampes à huile, des bateaux réduits, des chapeaux à voilette, des statues africaines en équilibre sur le long piano à queue. Au plafond, en lieu et place du luminaire, la bicyclette de course de Francis qui pend, miroitante et tranquille, en face des grandes fenêtres à rideaux roses en crêpe de Chine brodés ; dans l'atelier le sol recouvert de papiers, de dessins abandonnés et mégots de cigarettes, des tasses encore salies de l'ombre d'un thé sur une console de la cuisine, des jouets dans les chambres des enfants et sur une petite ardoise jetée à terre, les lettres bien rondes et enfantines tracées indiquant le prénom de sa propriétaire.

Gabriële dort là, mais ne touche à rien. Elle ne range rien, comme si ce lieu ne devait reprendre vie qu'avec Francis et les enfants, un jour. Comme avant la guerre. Elle l'espère, réinventant les images d'un bonheur familial qui peut-être n'a jamais existé. Elle observe tous ces objets domestiques comme si leur attroupement formait la promesse que les choses vont recommencer. Un soir, elle prend de la peinture noire et trace en lettres immenses sur le mur de l'entrée : BONJOUR PICABIA !

Gaby a également retrouvé Guillaume. Son poète trépané. Presque assassiné. Un obus dans sa tête. Elle va le chercher à la rédaction de *Paris-Midi* où il travaille, pour qu'ils déjeunent ensemble.

La première fois qu'elle l'a revu, son cœur est tombé en fracas coloriés. Il était bien vivant et il n'avait pas tellement changé. Elle a pris alors conscience du vide qu'il avait laissé chez elle. De l'inquiétude qu'elle avait éprouvée à son égard. Son ami parti jouer au soldat. Fou de joie de retrouver sa Gabriële, Guillaume l'a entourée de ses bras de géant et l'a soulevée de terre. Il fallait vite tout se raconter, ces guerres différentes qu'ils avaient vécues. « Il avait encore grossi, se souvient Gabriële, il portait la barbiche, et sur la tête, pour isoler sa cicatrice, une sorte de casque protecteur qui accentuait son type romain. Il était en uniforme de lieutenant d'infanterie. Il parlait volontiers de sa vie héroïque ; il me dit que le bruit des canonnades lui avait paru la seule épreuve insupportable et me raconta comme il avait été blessé, presque sans s'en apercevoir, alors qu'il lisait le *Mercure de France* appuyé contre un arbre. Une mare de sang, rapidement formée sur les pages ouvertes, lui dénonça qu'il venait d'être gravement atteint alors qu'il croyait n'avoir été seulement que heurté par une branche[343]. »

C'est tout lui, de confondre une balle de fusil avec une branche qui tombe. Guillaume aime parler de sa guerre et de sa blessure. Il lui parle d'un jeune homme, affecté comme infirmier à l'hôpital de Nantes, qui lui a envoyé des lettres avec des poèmes. Ce type n'a que 20 ans, mais il est habité et habile, explique-t-il à Gabriële. Il s'appelle André Breton et plairait beaucoup à Francis Picabia[344].

Quand Guillaume lui demande des nouvelles de Francis, elle ne cache pas que leur couple va mal. Et Guillaume en est presque plus affecté qu'elle. Il lui répète qu'ils ne peuvent pas se séparer, en insistant sur le verbe *pouvoir*. Comme un refrain. Comme s'il butait sur cette idée : Gabriële et Francis n'existent pas l'un sans l'autre. Un point c'est tout. L'idée d'une séparation lui semble plus choquante que tout ce qu'on entend de drames dans le pays en guerre. Apollinaire en conseiller conjugal, la bonne blague. Ces moments volés avec son poète à l'âme tendre éclairent les mois sombres d'automne 1917, Gaby ne se sent bien qu'avec lui. Elle n'a pas rencontré dans sa vie d'autres hommes à la délicatesse aussi naturelle que celle d'Apollinaire, à la générosité si désintéressée. Un cœur précieux comme le carrare.

Un soir qu'ils doivent se retrouver au restaurant L'Âne rouge, Guillaume arrive flanqué de Max Jacob. La soirée part joliment, les deux hommes très en forme rivalisent de mots spirituels. C'est à celui qui fera le plus rire Gabriële. Et l'atmosphère se fêle soudain. Max, devenu rouge de fureur en une seconde, prend Guillaume à partie : « Tu me voles toutes mes idées, tu ne serais rien sans moi ! »

Gabriële tente de dédramatiser l'éclat, de ramener les deux hommes vers l'humour et la légèreté, mais Guillaume est fermé, ne regarde pas son ami, qui continue de vitupérer. La violence de l'échange devient insupportable et Gaby s'échappe, prétextant la fatigue.

En rentrant chez elle, elle bute sur un pavé et, manquant de tomber, elle sort de ses pensées et prend conscience qu'elle s'est trompée de chemin. Comment peut-on se perdre dans un trajet si familier, répété tant de fois ? Gabriële ressent un léger tournis. Elle comprend d'où vient son égarement. Picabia va bientôt pouvoir rentrer en France, mais elle a peur des retrouvailles. Un mauvais pressentiment. Le lendemain, elle prend un billet pour rejoindre les enfants.

Picabia revient à Paris en novembre 1917, après plus de deux ans et demi d'absence. Gaby séjourne à Gstaad depuis plusieurs jours déjà. Francis arrive donc dans son appartement vide d'occupants et découvre le message d'accueil. « Bonjour Picabia ! » En séchant, la peinture noire a formé de longues coulures sombres jusqu'au plancher. Francis sourit et n'allume pas la lumière.

Gabriële l'avait prévenu qu'elle ne serait pas là pour l'accueillir. Lui qui déteste être seul s'étend sur le divan en cuir du salon, sans enlever ses chaussures. Il sent son cœur agité et reste à écouter longtemps, fou immobile, les tressaillements de métronome de sa maudite tachycardie.

Un mois plus tard, Gabriële rentre à Paris, c'est la fin décembre. Quand elle pénètre dans l'appartement avenue Charles-Floquet, elle sursaute. Picabia se tient debout dans le vestibule, solennel et crispé comme un enfant dissimulant un forfait. Gabriële ne dit rien, pose son bagage, se débarrasse de son manteau, de son chapeau, ses gestes sont lents et gracieux. Enfin, elle se plante bien en face de son mari et attend.

Les deux Picabia se regardent avec lenteur, comme on découvre une familière étrangeté dans un miroir défaillant. Mais il ne se passe rien. Néant. Jusqu'à ce que Francis rompe la posture et sorte de la pièce. Maintenant hors de vue, il s'adresse à elle : « Il faut que je te parle d'une femme… Germaine. »

Très bien, pense Gaby, nous y voilà.

24

Voilà la femme

Francis et Gabriële ont parlé toute la nuit.

Au petit matin, ils se sont lovés l'un contre l'autre pour dormir un peu, la proximité des corps est devenue une étreinte, ils ont fait l'amour, ils avaient oublié qu'ils étaient aussi deux corps. À présent ils sont immobiles, endormis, deux boxeurs knock-out, abattus, éreintés, rincés par une discussion fleuve noir.

Gaby a tout de suite compris la situation. Pour la première fois depuis leur rencontre, son mari est tombé amoureux d'une autre femme – cela pouvait bien arriver un jour. Il est tombé amoureux et malade, en même temps. Francis est torturé car il ne peut sincèrement pas vivre sans Gabriële. Cet homme qui a perdu sa mère ne peut supporter l'idée d'une séparation. Mais il souffre physiquement du manque de Germaine. Dans sa détresse, il a demandé à Gaby de trouver une «solution» – sans quoi, il risque de devenir fou.

Vers midi, Gabriële se détache du corps de son mari pour aller se préparer un café très noir, elle a besoin de s'éclaircir les idées. Elle sait qu'il faut prendre des dispositions, rapidement. Les menaces de Francis ne sont pas à prendre à la légère car la folie qui l'habite, surgissant parfois comme un djinn, n'est pas de la comédie. « Le diable me suit de jour et de nuit car il a peur d'être seul », dit-il. Gabriële sait que ce n'est pas pour plaisanter.

La première chose à faire est donc de rencontrer cette femme, Germaine Everling, pour évaluer la situation. Gaby prend le téléphone et compose le numéro que Francis lui a donné.

— Madame Germaine Everling ? Ici madame Picabia.

À l'autre bout du fil, un silence stupéfait. Germaine attendait, anxieuse, l'appel de son amant. Pas celui de sa femme. Elle racontera ce coup de téléphone insensé dans ses mémoires, *L'Anneau de Saturne*. Germaine dira qu'en entendant Gabriële pour la première fois, elle trouva sa voix « d'une musicalité rare, à la fois douce et aiguë, à la façon de certains fruits qui, sucrés lorsque l'on y mord, laissent pourtant aux lèvres une saveur acide[345] ».

— Bonjour, madame Everling. Je suis arrivée de Suisse hier soir. En rentrant chez moi, j'ai tout d'abord eu l'impression que ma maison avait brûlé pendant mon absence. Puis nous avons parlé de vous, toute la nuit, avec mon mari. J'ai à présent le grand désir de vous connaître. Venez donc ce soir dîner avec nous[346].

Germaine accepte sans réfléchir, si secouée par le caractère inattendu de la proposition qu'elle ne sait plus que dire. Gabriële de son côté est soulagée, la maîtresse de son mari ne semble pas être une hystérique ni une faiseuse d'histoires. Elles vont peut-être pouvoir *s'entendre*.

Francis, lui, sombre dans une transe mélancolique. Un delirium tremens lié à la révélation du secret, à l'anxiété de l'avenir, il est parcouru d'une fièvre huileuse et froide. Encore une fois, il voudrait tout et son contraire, il voudrait être seul, il voudrait être entouré de Gabriële et Germaine, il voudrait que l'une des deux disparaisse à jamais, parfois Gaby, parfois Germaine, il voudrait que l'on comprenne qu'il n'est pas un « *beautiful monster* » comme il se décrit parfois, mais une victime, des femmes, de l'amour physique, des obligations maritales. Il souffre à en mordre les draps de rage.

Si elle n'écoutait que son esprit, Gabriële ferait immédiatement demi-tour. Elle planterait là ce désastre et disparaîtrait. Le problème, c'est que Francis ne peut pas vivre sans elle. Son enfant, c'est lui. Si elle le quitte, elle le met en danger.

À 6 heures du soir, la sonnette retentit dans l'appartement de l'avenue Charles-Floquet. Gabriële essaye de cacher son anxiété. Elle prend l'air dégagé, calme, souriant. En ouvrant la porte, elle découvre Germaine, une belle plante au regard franc. Gaby lui propose de prendre le thé au salon. Germaine se laisse faire, hypnotisée et abasourdie.

Les deux femmes qui se font face ont terriblement peur l'une de l'autre. Elles se scrutent, s'évaluent et se dévisagent, tout en gardant un ton poli et bienveillant. Leurs tempes battent le sang, et les cœurs sont prêts à exploser. Mais elles pourraient mourir plutôt que le montrer. Germaine est impressionnée par le personnage de Gaby : « Picabia m'avait tant vanté l'intelligence de sa compagne, son esprit net, sa compréhension absolue de toutes choses que je redoutais d'affronter un être aussi supérieur. » Gabriële trouve Germaine vraiment très belle, comme elle l'avait imaginée. « Francis adorait être entouré de jolies femmes élégantes [347]. » En revanche, elle ne pensait pas qu'elle aurait l'œil aussi intelligent. Cela lui donne confiance pour la négociation qu'elle doit mener – il faut toujours avoir un adversaire à sa hauteur – mais cela la déstabilise aussi : Germaine Everling ne sera pas si facile à manipuler.

Pour cacher la peur qui l'envahit, Gabriële attrape une lime à ongles et commence à se manucurer, en s'excusant. Ce geste a l'avantage d'occuper ses mains qui tremblent, d'instaurer une forme de familiarité entre elles, et de montrer aussi que Gabriële est avant tout « chez elle ». Germaine sera très marquée par cette attitude, qu'elle interprète comme un signe de surpuissance de la part de Gabriële. Elle écrira dans ses mémoires : « Et, ce disant, elle passait et repassait un polissoir sur ses doigts, ainsi qu'un homme d'affaires aurait allumé une cigarette, au début d'une conversation décisive. »

Gabriële ouvre le bal, en posant les questions. Elle comprend assez vite que Germaine Everling, fort heureusement, n'est pas une oie blanche. Elle a vécu l'échec d'un premier mariage, elle a un fils prénommé

Michel et traverse actuellement un divorce pénible. C'est une femme, pas une jeune fille, quelqu'un avec qui Gaby va pouvoir parler « d'homme à homme », pourrait-on dire. Surtout, Gaby est rassurée qu'elle ne soit pas une « aventurière », mais une belle bourgeoise parisienne, une Madame Bovary moderne qui cherche à vivre selon son cœur et ses passions, sans être pour autant inconséquente. Elle écrira plus tard : « C'était une femme du monde et elle était amoureuse[348]. »

Au fil de la conversation, Gabriële saisit que Francis a menti éhontément à sa nouvelle maîtresse. Il lui a fait croire qu'il vivait seul et désespéré depuis que sa femme l'avait abandonné, alors qu'il était très malade – sur le point de mourir. En entendant ce récit, Gabriële ne sait si elle doit rire ou pleurer. Elle ressent surtout une fatigue abyssale. Elle se concentre alors sur le limage de ses ongles pour ne rien laisser paraître.

Soudain, Germaine Everling s'interrompt. Troublée. Elle vient d'apercevoir, sur un coin de bibliothèque, une photographie de Gaby et Francis, prise lors de leur voyage de noces, aux Martigues. Germaine Everling reconnaît la façade d'un hôtel où Francis l'a emmenée pour leur première nuit d'amour. Elle se souvient maintenant que le propriétaire l'avait confondue avec *madame Picabia*, avant de se reprendre, gêné de sa méprise. Elle avait ressenti un malaise saumâtre. Le lendemain, sur la plage, Francis lui avait parlé pour la première fois de *l'autre*, sa femme Gabriële, en jetant des cailloux dans la mer.

Les deux femmes ignorent qu'elles ont vécu à dix

ans d'écart une scène similaire que l'on pourrait intituler : femme stoïque sur une plage avec un Picabia,
qui annonce comme un coup de théâtre la présence
d'une *autre* femme, tout en jetant rageusement des
galets à la mer.

Après une heure d'entretien, Germaine Everling a
répondu à toutes les questions de Gabriële. Maintenant, c'est son tour d'infléchir la conversation, bien
que ce soit difficile pour elle, car elle voit en Gabriële
Buffet « un être très au-dessus de la moyenne – une
personnalité indiscutable[349] ». Germaine Everling
rassemble ses forces et son courage pour expliquer
à Mme Picabia que Francis veut déménager, s'installer dans son appartement à elle, où elle vit avec son
fils. Germaine se lance dans des explications interminables, sur le bien-être que Francis ressent quand il
vient chez elle. Elle lui explique qu'il aime la lumière
du matin pour écrire ses poèmes, qu'il apprécie l'ar-
rangement et la décoration des pièces, qu'il trouve
propices à sa création, etc. Gabriële l'écoute en
silence. Elle ne veut pas la blesser, ni la couper dans
son charmant monologue sur les conditions idéales
de travail pour Picabia. Comment lui dire, sans être
cruelle, que Francis a changé d'avis, qu'il n'a aucune
envie de déménager et manque de courage pour le lui
dire ? Toute la journée, il a supplié Gabriële de trouver des excuses. Il veut rester avenue Charles-Floquet,
dans son jus, dans ses meubles, mais ne sait comment
l'annoncer à sa nouvelle maîtresse.

Gaby se charge donc du sale boulot :

— Vous savez, moi, je ne me sens pas du tout la

propriétaire de mon mari. S'il préfère vivre avec vous, je ne saurai l'en empêcher. Seulement, il est malade. J'ai fait venir le médecin, il ordonne un calme absolu.

— Je ne comprends pas, il m'a quittée hier sans me donner aucun signe d'inquiétude…

— Ma chère amie, dit Gaby en coupant Germaine, vous allez découvrir que les crises de Francis sont violentes et toujours inattendues. Nous en reparlerons car j'ai beaucoup à vous dire sur ce sujet. Mais laissez-moi finir. Je ne veux pas vous séparer. Moi, je ne me sens aucune vocation de garde-malade. En plus, j'ai beaucoup de travail : les affaires de Francis ont été négligées en mon absence. Je vous propose donc de venir ici, chaque jour, lui tenir compagnie. Car pour le moment il a interdiction de sortir de sa chambre. Son cœur ne résisterait pas à un déménagement dans de telles conditions. En attendant, chaque fois que vous voudrez rester à dîner, c'est à moi que vous ferez plaisir. Nous sommes, je pense, l'une et l'autre au-dessus de toutes conventions bourgeoises…

En prononçant ces mots délirants, en formulant cette proposition indécente, Gabriële garde son flegme. Elle sait que c'est fou de proposer une chose pareille, inacceptable, mais c'est ce que veut Francis : vivre avec sa maîtresse chez sa femme. Alors Gabriële tente le tout pour tout, par amour pour lui – par pitié aussi. Loin de se démonter, face à une situation de crise, elle organise le chaos.

Contre toute attente, Germaine accepte l'invitation, en adversaire intelligente. Et pourtant, elle se décrit comme subjuguée, sidérée par le comportement de

Gaby. «Quelle élévation d'esprit, pensai-je, et quelle affection dépouillée doit-elle avoir envers son mari, pour accepter une situation que tant d'autres femmes jugeraient humiliante[350]. »

Le marché conclu, Gaby et Germaine Everling entrent dans la chambre de Francis. Germaine se souvient : «Assis dans son lit, vêtu d'une chemise de soie noire, il mangeait un potage au lait ! » Il tend la main pour embrasser celle de Germaine, tandis qu'il interroge Gabriële du regard.

— Nous sommes tout à fait d'accord. Germaine – vous permettez que je vous appelle Germaine ? demande Gaby en se tournant vers elle – Germaine te tiendra compagnie pendant mes fréquents déplacements.

Et les voilà tous les trois réunis dans la pénombre de la chambre des Picabia. Entre chien et loup. Le pacte des époux est sans limites et le rôle de chacun, étonnant. C'est Gabriële qui reçoit la maîtresse, pendant que Francis reste alité à boire sa soupe, comme un gros enfant malade. C'est elle qui assume, distribue les rôles et organise les agendas de chacun.

Gaby, chef d'orchestre. Le visage de Francis s'éclaire d'une lumière orange et inquiétante, tandis qu'il fume nerveusement une cigarette après l'autre – «cigarettes rapportées de Suisse, par une aimable attention conjugale[351] », notera Germaine Everling dans ses mémoires.

25

Lâcheté de la barbarie subtile

Dès le lendemain, Germaine se présente chaque jour avenue Charles-Floquet, précise comme un coucou suisse, et tient compagnie au peintre. Quand des amis sont de passage, Gaby a l'audace de leur présenter sa nouvelle compagne comme «la garde-malade de mon mari», sans se départir d'un sourire ambigu.

Germaine accepte tout, rassurée par les poèmes d'amour que lui glisse Francis, des mots rien que pour elle:

Tu es la plus douce qu'on puisse imaginer.
Tu étonnes les chanteurs de sérénade en Espagne.
Je t'ai comme une relique,
Ma petite fille m'est dédiée.
Aussi je vais beaucoup mieux.

Une petite fille, une relique. C'est une douceur tout à lui, presque un objet fétiche, une femme enfant qui s'abandonne, qui dorlote, qui câline. Soumise. L'inverse de Gabriële. Gaby lit parfois les poèmes dédiés à Germaine, car Francis les laisse traîner dans l'appartement, sans gêne. Devant la mièvrerie, elle lève les yeux au ciel.

Aussi fou que cela puisse paraître, Gaby voudrait protéger Germaine Everling de l'association de malfaiteurs qu'elle a elle-même mise en place. Elle s'inquiète que Germaine ait maigri, qu'elle semble fatiguée, souvent triste. Elle l'encourage à se changer les idées, aller au cinéma, sortir avec des amis pour respirer un air plus sain. Mais Germaine Everling ne parle plus à ses vieux amis, comme ces femmes qui mentent sur la situation dramatique de leur ménage, de peur qu'on les juge en victimes. Son seul rempart, c'est son amour fou, Francis est une drogue.

Gaby redoute que Germaine puisse sombrer. Une femme respectable n'est pas armée pour combattre dans cette guerre. Le soir, elle imagine Germaine rentrer dans son appartement, rue Émile-Augier. Elle l'imagine s'endormir avec une angoisse : mais qui est vraiment ce couple avec qui elle s'est alliée ? Des fous ?

Pour se rassurer, Gaby prête à Germaine les questions qu'elle se pose à elle-même. Pourquoi accepter tout cela ? Elle connaît la réponse qui la concerne : dans une dernière fidélité à Francis Picabia, elle organise le passage de relais.

Pour pouvoir, après, enfin se reposer.

Dans ses lettres, Francis parle beaucoup de son spleen à sa maîtresse. Il est de plus en plus mal. C'est un comble. Gabriële se démène, interroge son entourage pour trouver le meilleur médecin d'Europe. On lui conseille un neurologue très réputé, qui consulte à Lausanne. Le docteur Brunschwiller. Gabriële prend rendez-vous et organise le voyage, puis téléphone à Germaine, pour lui expliquer la situation. Celle-ci est terrassée à l'idée que Francis parte avec sa femme à cinq cents kilomètres de distance.

— Mais qui vous parle d'absence ? lui dit Gabriële. Je ne pense pas un instant à vous séparer. Laissez-moi emmener mon mari en Suisse : vous viendrez nous rejoindre dès que nous serons installés[352].

Germaine Everling, pas tout à fait rassurée, glisse une lettre incandescente d'amour à Picabia juste avant son départ.

Elle reçoit en réponse un billet lapidaire et sans fioritures :

« Nous sommes avant tout les plus grands amis, et nous comptons l'un sur l'autre. Francis, le 16 février 1918[353]. »

Germaine Everling ne comprend plus rien.

Gabriële, qui a vu la réponse, n'y comprend rien non plus.

On pourrait imaginer que ce départ en Suisse est un subterfuge de Gaby pour éloigner Francis de Germaine, l'air de rien. Mais non. Elle est réellement inquiète de l'état de son mari. Au fond, la présence de Germaine lui permet de partager la charge que représente un Francis en proie à une grave dépression. Germaine Everling est comme une partenaire, *partner in crime*, comme diraient les Anglo-Saxons. En cette fin d'année 1917, Picabia s'enfonce toujours plus loin dans une noirceur alarmante, même s'il peut donner le change avec des phases d'enthousiasme. Gabriële vient comme toujours à son secours, pour lui épargner des problèmes, elle est son élément structurant, sa colonne vertébrale. L'emmener en Suisse, c'est le confier aux meilleurs médecins, lui faire respirer un air moins vicié que celui de la capitale, se réunir avec leurs enfants, et puis l'éloigner des tentations de Paris, en particulier la drogue et l'alcool. Dans ce contexte, Germaine est une trousse de secours utile, une infirmière dévouée.

Les Picabia s'installent à l'hôtel Winter Palace de Gstaad. Gabriële s'épanouit dans la blancheur de ses montagnes, dans la coupure réparatrice de l'air gelé qui parcourt ses os lors de ses marches en solitaire. Francis reste alité dans la chambre d'hôtel, taciturne, replié en lui-même, il déteste la Suisse.

Germaine Everling, impatiente, entreprend les démarches pour venir le rejoindre. Un rendez-vous est fixé avec Francis à l'hôtel Mirabeau de Lausanne, mais l'Europe est toujours en guerre et, contrairement aux Picabia dont les amis haut placés facilitent les voyages, elle reste bloquée à la frontière à Bellegarde pendant huit jours.

Quand elle arrive enfin à destination, elle ne trouve qu'une note de Francis laissée à son intention à la réception de l'hôtel Mirabeau, qui l'informe qu'il est retenu car son fils Pancho est très malade.

Picabia finit par arriver. Il est fébrile et fuyant. L'amoureuse qui s'attendait à des effusions après son

410

pénible périple est déçue. Francis insiste sur l'état inquiétant de son fils, il semble ailleurs. Germaine demande des explications, Picabia finit par trancher : « C'est affreux. Je crois que je n'aurai jamais le courage de quitter ma femme et mes enfants… » Il s'excuse, il a besoin de se reposer, il part avec Gabriële à Gstaad. Il lui promet de la retrouver très vite, mais en attendant, pourrait-elle rendre visite au pauvre Pancho, resté à la clinique Montbrion de Lausanne ?

C'est inadmissible. Germaine le sait. Mais comme elle l'analysera plus tard, elle est aveuglée, comme le sont les âmes éperdument amoureuses. Et encore, elle est loin d'imaginer la vérité : c'est Gaby qui a dit à Francis de faire venir Germaine en Suisse – car il est trop indécis et cyclothymique. Un jour, Germaine est la femme de sa vie, le lendemain, il s'entiche d'une jeune beauté belge croisée à la réception de l'hôtel. Gabriële essaye de démêler les tourments de son cœur, et de trouver des solutions concrètes, comme si elle était son meilleur ami et non sa femme.

Gabriële et Francis, même si cela peut paraître étonnant, sont plus liés que jamais. Picabia ne cache absolument rien à son épouse. Et il s'en remet à elle. Elle est son double, sa famille, sa complice. Même s'ils décidaient de ne plus vivre ensemble, cela ne changerait rien. Ils sont liés, comme deux flammes jumelles, à la vie, à la mort.

Tous les jours, elle va marcher, c'est son salut. Cette femme si cérébrale devient sensuelle au contact des pins, des lacs et des chemins enneigés, comme si cette nature dure et accueillante lui permettait d'être tout à fait elle-même, de s'abandonner un peu.

Quand Germaine Everling rend visite au jeune fils des Picabia, comme Francis le lui a demandé, elle est un peu étonnée. Pancho se porte à merveille, il joue tranquillement dans sa chambre. Devant sa mine ébahie, la nurse la rassure sur l'état de l'enfant, oui, il est en convalescence, mais il va très bien depuis au moins une dizaine de jours et sa mère vient le voir régulièrement. Il n'y a aucun problème.

Germaine s'en retourne à son hôtel, troublée par les mensonges de Francis, les approximations. Quelques jours plus tard, il lui apprend au téléphone que Gaby part pour une excursion en montagne et lui demande si elle peut le rejoindre à Gstaad.

Bien sûr. Germaine arrive, mais Gaby rentre plus tôt que prévu de son excursion. Germaine n'en revient pas. Gabriële est omniprésente, omnisciente même. Une déesse inquiétante. Rien ne lui échappe. Il faut dire qu'elle est et restera toujours la première confidente de Francis. C'est comme ça. Germaine le comprend peu à peu.

Le ménage à trois se réinstalle. On peut imaginer les cancans dans l'hôtel. Ça bruisse autour d'eux, quand ils s'attablent pour dîner ou prendre un verre. Les Picabia, couple sulfureux. Tout ce petit monde fait des allers-retours entre Lausanne et Gstaad, selon l'humeur, et les différents médecins à consulter.

412

L'assurance tranquille de Gaby commence à se craqueler.

Elle reste l'âme du génial Picabia, la confidente du grand Francis, mais elle se demande si elle ne va pas y laisser toute sa peau. Elle écrit à son ami, son frère, le soldat Guillaume Apollinaire. Elle rêverait qu'il vienne la rejoindre en Suisse, avec lui elle trouverait une nouvelle force. Son message est pressant mais n'avoue rien de sa détresse.

« 1er mars 1918

S'il était possible que tu viennes ici pour te reposer cela serait une très grande joie pour moi. Viens donc si tu peux. Je trouve que ce serait épatant de former une petite colonie ici – est-ce impossible ?

Mille amitiés

Gabrièle Picabia. »

Mais Guillaume ne peut pas faire le voyage. Il semblerait que les Picabia ne se rendent pas vraiment compte que l'Europe est en guerre et que l'heure n'est pas aux déplacements de loisir. Qu'à cela ne tienne. Quelques semaines plus tard, Gabrièle rentre à Paris, « pour ses affaires », comme elle dit, mais surtout pour voir Guillaume. Il lui a parlé d'un « événement » auquel il voudrait qu'elle assiste, en laissant planer un mystère fort excitant.

À peine arrivée à Paris avenue Charles-Floquet, Gabrièle trouve un mot d'Apollinaire : « Veux-tu être témoin à mon mariage ? » Elle sourit, ravie, au moins l'un des deux est heureux en amour. Entre la musicienne et le poète, il existe cette amitié unique toute fondée sur la générosité. Pendant la guerre, c'est Gaby qui envoyait des petits colis ou de l'argent au poète en garnison, quand Guillaume, lui, insistait pour qu'elle n'oublie pas d'écrire et d'utiliser son magnifique esprit. Ils n'ont jamais vécu de compétitions ou de désaccords. Ils se sont reconnus, dès le début et pour toujours, comme des âmes fraternelles.

Gabrièle connaît déjà l'élue du cœur de Guillaume. C'est au cours de l'été 1917 qu'Apo a rencontré cette « jolie rousse » peintre, qui se fait appeler Jacqueline ou Ruby, bien que son vrai nom soit Amélia Kolb. Alors engagé auprès de Madeleine Pagès, Guillaume avait simplement noté que Jacqueline avait « des cheveux de soleil ». Mais très vite, il a rompu avec Madeleine et choisi Amélia, à qui il a dédicacé un poème de son recueil *Calligrammes* publié en avril 1918, quelques mois auparavant.

> *Elle vient et m'attire ainsi qu'un fer l'aimant*
> *Elle a l'aspect charmant*
> *D'une adorable rousse.*

Gabrièle choisit avec une rare attention une robe à la hauteur de l'événement, une création de son ami le couturier Paul Poiret, surnommé « Poiret le magnifique ». Elle a rendez-vous avec Guillaume et sa fiancée à 10 heures du matin, à la mairie du septième arrondissement de Paris. Nous sommes le 2 mai 1918. Apollinaire a souhaité un petit comité pour un événement « si sacré et si intime[354] ». Ni famille, ni amis.

Ne sont invités que les témoins choisis par le couple. Les deux témoins de Guillaume sont Pablo Picasso et Gabriële Buffet. Un drôle de couple. Si Picabia le savait, il enragerait.

Après le mariage civil, la joyeuse troupe entoure le couple pour l'union religieuse à la paroisse Saint-Thomas-d'Aquin. À la sortie de l'église, les convives vont déjeuner chez Poccardi, boulevard des Italiens. «La cérémonie fut suivie d'un repas si merveilleusement ordonné et arrosé que j'avoue n'avoir conservé qu'un souvenir confus des péripéties de ce jour mémorable[355]», écrira Gabriële. Le menu est composé de : hors-d'œuvre, raviolis *al pollo*, filet de turbot, entrecôte, asperges et fraises des bois, arrosé de chianti et d'asti spumante !

Gabriële profite de ce séjour parisien, ces quelques jours seule dans la capitale, sans enfants, sans mari – et sans maîtresse de son mari –, pour reprendre ses esprits. Car il faut qu'elle ait du courage pour retourner à Gstaad.

Quelques jours plus tard, elle reprend le chemin de la Suisse, revigorée. Une bonne surprise l'attend. Picabia a repris des couleurs, pense-t-elle en arrivant, et dans tous les sens du terme, parce qu'il s'est remis à peindre. Elle regarde sa dernière composition : une machine, assez complexe, composée de différentes turbines imbriquées les unes dans les autres. C'est très intéressant. Mais avant qu'elle dise quoi que ce soit, Francis précise : je vais l'appeler *Vagin brillant*.

Oui, décidément, Francis va mieux.

Tellement mieux qu'il a une aventure avec une

femme mariée, une cliente de l'hôtel. Cette femme est une peintre française à l'intelligence vive, charismatique et magnifique. Prénommée Charlotte, elle se fait appeler Carlos. Son mari, un Roumain, Costica Gregori, est un grand blond diaphane et effacé, « maladivement nerveux ».

Quelques semaines auparavant, le couple Gregori s'était entiché de Germaine Everling, au point de lui servir de confidents les soirs où la jeune femme se cachait dans les couloirs de l'hôtel pour pleurer. Ils ont suivi, jour après jour, les aventures rocambolesques du trio. D'autant que le nom de Picabia, qu'ils connaissaient de réputation, avait piqué leur curiosité. Petit à petit, le couple Gregori avait fini par faire connaissance avec Gabriële et Francis. Jusqu'à ce que l'inévitable arrive : Charlotte dite Carlos tombe amoureuse de Francis. Et couche avec lui – profitant d'un moment où Germaine Everling est rentrée à Paris pour s'occuper de son fils Michel.

Un soir, Gabriële boit un verre de whisky dans les salons feutrés de leur confortable palace. Elle jouit d'un peu de silence avant le dîner. Germaine est en France. Francis prend un bain. Quant au couple Gregori, cela fait plusieurs jours qu'ils n'ont plus dîné avec eux. Costica a surpris des regards amoureux de sa femme. Jaloux maladif, il l'a enfermée à double tour.

Quelle paix, songe Gabriële en appréciant l'amertume de son breuvage préféré, dont les reflets ambre et cuivrés l'apaisent. Mais soudain, elle entend des coups de feu qui proviennent du hall de l'hôtel. Surprise, elle regarde ses voisins, qui eux-mêmes ont l'air inquiet. Tout le monde se retourne. Le barman a le réflexe de se coucher derrière son bar, tandis que des enfants se mettent à hurler.

Puis Gabriële voit passer son mari, qui court à toute allure dans les couloirs, poursuivi par un Costica échevelé, sa pâleur ayant viré au cramoisi. Le Roumain trahi essaie tout simplement d'assassiner Picabia.

Une balle frôle Francis, le mari outragé est maîtrisé par le personnel de l'hôtel. Gaby a posé son verre à regret.

N'aurait-il pas été plus simple qu'il réussisse ? songe-t-elle l'éclair d'un instant.

« Qui va expliquer tout cela à Germaine ? » demande Gabriële tout en soignant Picabia, légèrement blessé. Dans trois jours, elle reviendra de Paris. « Pas moi », prévient Gaby, qui en a assez de ce marivaudage surréaliste, pour reprendre le joli mot inventé par Guillaume pour décrire sa pièce *Les Mamelles de Tiresias / Drame sur-réaliste* qu'il a jouée en juin 1917.

Le jour venu, sur les ordres de Gabriële, Francis va attendre Germaine Everling sur le quai de la gare. Quand elle descend du train, il la prévient d'emblée qu'il est très malade, il est désolé, il ne peut même pas l'aider à porter son bagage ! Les deux amants marchent côte à côte. Germaine, refroidie par l'accueil, se tait. Soudain, comme n'y tenant plus, Francis se lance :

— Costica a tiré sur moi deux coups de revolver dans le hall de l'hôtel Beau Séjour.

— Ce n'est pas possible ! Pour quelle raison ?

— Par jalousie. J'ai couché avec sa femme.

Germaine, calcinée, ne dit plus un mot. Après un temps, Francis ajoute, sans la regarder :

— Que veux-tu. Je suis Francis Picabia, c'est là mon infirmité[356].

26

Funny guy

La grippe espagnole s'abat sur l'Europe. Les journaux censurent les informations, mais les rumeurs enflent. On parle de la peste. On dit que des gens devenus noirs meurent en une nuit et sont enterrés à la va-vite. Les nouvelles sont très alarmantes, on évoque des milliers de morts. À Lausanne, la situation s'aggravant, Picabia décide de partir pour Bex avec les deux femmes et tous les enfants. «Dans ces moments inquiétants, dit-il, il ne faut pas être séparés!» La famille recomposée s'installe à l'hôtel des Salines. Avec l'étrange configuration de réserver trois chambres, et Francis de préciser: «Je prendrai celle du milieu.»

Germaine, âme tendre, aime beaucoup les trois enfants Picabia, et surtout Jeanine, la plus petite, qu'elle prend sur ses épaules pour des courses effrénées d'«À cheval sur mon bidet». Gabriële de son côté s'entiche de Michel, le fils de Germaine, gaillard adolescent de 13 ans attiré par la montagne, elle l'emmène tous les jours se promener et l'initier à l'alpinisme. Solitaire par nature, elle se prend à apprécier la camaraderie calme et passionnée du tout jeune homme.

4 août 1918
Mon cher Guillaume,
Je voudrais avoir de tes nouvelles, que fais-tu ? où es-tu ? Moi j'ai beaucoup travaillé ce dernier temps aussi pour le moment je suis très fatigué et en repos complet à Bex – J'ai fait mon petit livre qui a paru à Lausanne *Poèmes et dessins de la fille née sans mère.* J'aurais bien voulu t'envoyer un exemplaire mais je crois que cela n'est pas possible d'en faire passer en France pour le moment. Les nouvelles de la guerre sont très bonnes, il faut espérer que nous sommes à la fin n'est-ce pas. Mes meilleurs souvenirs à ta femme et très affectueusement mes deux mains dans les tiennes.
Francis Picabia.
Surtout écris-moi.

Comme souvent dans ses courriers, Picabia dessine. Pour Apo, il a déjà griffonné sur des lettres antérieures : un bateau sur une mer, ou le farouche visage d'un torero. Sur cette lettre envoyée de Bex-les-Bains le 4 août, il se dessine lui-même de profil regardant deux petits chiens à côté de lui et il précise entre parenthèses au-dessus du dessin : « J'ai deux chiens. »
Sans commentaire.

À la même époque, les Picabia reçoivent une lettre de Duchamp, qui leur décrit son ennui aux États-

Unis. « Tout a changé et il y a moins moyen de s'amuser. J'ai travaillé un peu. Rien fini. J'aimerais bien rejouer aux échecs avec vous[357]. »

Marcel part pour Buenos Aires sans date de retour. Il ressent surtout un dégoût profond de tout et veut « couper entièrement avec cette partie du monde[358] ». Il prévoit de partir au moins deux années, si ce n'est « plusieurs années vraisemblablement ». Il se réjouit de se cacher dans un pays où personne ne le connaît, où personne ne lui parlera de peinture. Marcel annonce à ses amis et à sa famille qu'il souhaite que sa volonté d'exil et de silence soit respectée. Mais la veille de son départ pour l'Argentine, il écrit depuis New York, comme un sursaut avant le vide, cette lettre à Francis et à Gaby : « Venez là-bas tous les deux et si on s'y embête on trouvera bien une île. L'avantage c'est que c'est loin[359]. »

Gabriële se surprend à rêver de Marcel, rêver de le retrouver, *loin*, dans son voyage exotique. Pour la première fois, elle voudrait être seule près de lui.

Ou seule, tous les trois.

Évidemment, elle pourrait partir sur un coup de tête *à la Picabia*. Rejoindre Duchamp en Argentine et apparaître, chimère sentimentale, comme Marcel lui est apparu autrefois à la gare d'Andelot.

Mais une nouveauté retient encore Gabriële près de son mari. Une chose puissante, enivrante et folle. C'est la poésie de Francis. Picabia s'est mis à écrire comme un fou. Il fait lire ses poèmes à Gabriële. Elle le savait peintre, mais elle est de plus en plus attirée par ses recherches sur le langage. Un poète d'un genre nouveau. Gaby s'empare de cette poésie, avec une urgence de la transmettre, comme elle l'a fait pour sa peinture depuis qu'ils se sont rencontrés. L'une est le prolongement de l'autre, les mots sont de la matière plastique. Le nom du recueil de Picabia, *Fille née sans mère*, est pour Gaby une définition de la machine, une préoccupation picturale de Picabia et de Duchamp depuis plusieurs années. Cette pénétration du champ de l'objet comme sujet artistique lui semble révolutionnaire. Elle aide à la publication et l'édition du petit livre, fournit des explications au public, écrit des articles pour accompagner cet objet bizarre, bouquet de poèmes et de dessins où il est question, en vrac, de sexe, de spleen, de drogues, de Suisse, d'art et de machines.

« Les œuvres écrites de Picabia, selon Gabriële, ne cèdent en rien aux qualités révolutionnaires de ses tableaux. Elles procèdent de la même alchimie et déclenchent les mêmes effets de choc et d'emprise. »

Gabriële n'assure pas seulement la relecture orthographique et la mise au propre des poèmes. Picabia lui demande d'intercaler, dans ses vers, des mots à elle. Sur le blanc de la page, les Picabia redeviennent un couple. « Sur sa demande, j'ai souvent intercalé quelques mots de mon cru, dans ses textes[360]. »

Fille née sans mère va arriver jusqu'à Zürich et se retrouver entre les mains d'un jeune poète roumain appelé Tristan Tzara et de sa bande « dada ». Il y a là Jean Arp, Richard Huelsenbeck, Hugo Ball, Marcel

Janco, Emmy Hennings et Sophie Taeuber. Gabriële écrit d'eux : « Leur activité se rapproche en bien des points de celle du groupe *391*. Elle exprime pourtant une attitude moins égoïste, plus mystique et naïve, le désir d'un recours aux forces primitives. »

Le 21 août, Francis reçoit une lettre de Tzara, qui lui explique qu'il dirige une revue d'art moderne et serait honoré de collaborer avec lui. Francis lui répond immédiatement.

Commence un échange épistolaire compulsif où chacun s'envoie ses revues, *Dada* pour Tzara et *391* pour Picabia. Chacun découvre que l'autre parle la même langue.

Francis n'écoutant pas un mot du docteur Harb, qui l'admoneste de se reposer, plonge dans ses projets avec le passionnant Tzara. Gabriële, très intéressée par Dada, se met aussi à correspondre avec le jeune Roumain.

Tout cela est nouveau et très excitant.

Mais Gaby doit rentrer à Paris en urgence, pour aller voir Guillaume. Son entourage lui fait savoir qu'il est malade, bien que lui-même cherche à ne pas l'inquiéter. Elle veut en avoir le cœur net.

Apollinaire paraît un peu changé. Il a le souffle court, il est plus pâle qu'à son habitude. Mais Gaby est rassurée car, dès qu'il parle, il s'agite, et elle le retrouve *comme avant*. Il s'empresse de demander des nouvelles et, face aux histoires de Suisse, réitère comme une prière incantatoire qu'elle ne doit pas quitter Francis. Gaby change de sujet et lui pose une foule de questions, sur son dernier recueil, ses projets, qu'écrit-il en ce moment ? Mais son ami ne veut parler que d'elle. Il la coupe pour cette interrogation si simple, mais chargée de la profondeur qui est l'apanage de l'amitié : « Comment vas-tu réellement, Gabriële ? »

Elle en est abasourdie, comme une lame de fond dans les entrailles. Elle chancelle et prend conscience qu'on ne lui pose plus jamais cette question. Gabriële si puissante, intouchable. Elle lâche prise. Elle tombe le masque face à son poète et brise les digues surhumaines qui contiennent toute la colère, la frustration et l'humiliation qu'elle peut ressentir parfois, par déflagrations fugaces. Des sentiments qu'elle n'a pas voulu reconnaître, qu'elle a détruits comme on tient sa propre psyché au garde-à-vous.

Guillaume la réconforte, la soutient jusqu'à ce qu'elle accepte qu'en effet, elle est triste.

Apollinaire est son inconscient, son ange gardien.

Comme elle doit repartir pour Lausanne, il lui propose de dîner à la gare de Lyon, avant son train. C'est sa femme, Jacqueline, qui arrive la première au rendez-vous. Elle confie à Gaby qu'elle est inquiète de l'état de santé de Guillaume. Gaby est troublée, parce qu'elle ne l'a pas trouvé si mal en point. Au contraire. Mais le voilà qui arrive et le trio s'installe au restaurant Le Train Bleu. On parle de la fin de cette guerre, imminente, de ce qu'on fera après, quand les amis se retrouveront, de la vie qui reprendra à Montmartre et à Montparnasse. L'heure approchant, le couple Kostrowitzky accompagne Gaby jusqu'à la porte du wagon. On s'embrasse, on s'étreint, jusqu'à ce que la locomotive se mette en branle et que Gaby voie les deux grands bras d'Apollinaire s'agiter le plus haut possible pour que son adieu l'accompagne encore, jusqu'au plus loin.

À Bellegarde, la frontière est totalement fermée. C'est la panique. On parle d'armistice, mais les nouvelles restent confuses. Il n'y a ni journaux ni courrier disponibles. Les voyageurs en transit sont amenés dans des auberges bon marché en attendant que la situation se clarifie. Pour le moment, rien ne se passe et personne ne bouge. Gaby partage une chambre avec d'autres infortunés en attente.

Le 11 novembre 1918, à 5 heures du matin, on annonce qu'un train va partir pour la Suisse. Gaby se dépêche, parce qu'il n'y aura pas de places pour tout le monde. Elle embarque. À Genève, on crie : « C'est l'armistice ! », déboussolé et heureux. Le train continue pour Lausanne.

En arrivant, Gaby cherche un journal français, elle veut des nouvelles de son pays.

Une liesse monte, les gens pavoisent les fenêtres. Lorsque enfin elle trouve un journal français, elle lit les gros titres, tourne les pages. Et tombe incidemment sur un entrefilet : « Le poète et critique Guillaume Apollinaire est mort à Paris le 9 novembre. »

La liesse devient noire devant ses yeux.

Des pointillés, des sons difformes.

Guillaume est mort.

Gabriële pleure.

Pour la première fois de sa vie.

« Je ne sais encore rien sur la mort de Guillaume Apollinaire que ce que m'en ont appris les journaux, écrit Francis à Tristan Tzara. Il est mort en quelques jours, terrassé par la grippe. Ce dut être bien court, car ma femme revenant de France en Suisse une semaine avant avait dîné le soir de son départ à la gare de Lyon avec Mme Apollinaire et lui-même. Elle m'avait apporté les amitiés de ce vieux compagnon. Il semblait paraît-il actif comme à son ordinaire, en parfaite santé, ayant en train de nombreux projets. Il fut même question de passer ensemble quelques semaines dans la montagne.

Sa mort me semble encore impossible. Guillaume Apollinaire est l'un des rares qui ont suivi toute l'évolution de l'art moderne et l'ont complètement comprise, il l'a défendue vaillamment et honnêtement parce qu'il l'aimait, comme il aimait la vie, et toutes les formes nouvelles d'activité. Son esprit était riche, somptueux même, souple, sensible, orgueilleux et enfantin. Son œuvre est pleine de variété, d'esprit et d'invention.

Francis Picabia[361]. »

Quand ils se retrouvent, Francis et Gabriële serrent l'un contre l'autre leur abyssal chagrin. Sans paroles.

Ils songent tous deux qu'avec la fin de la guerre, ils vont pouvoir se réinstaller à Paris. Mais sans Apo, comment vivre ?

Paris est un tombeau. Rentrer, ce serait enterrer leur ami trop vite, la tristesse est une brute.

Pour fuir, ils acceptent l'invitation de Tristan Tzara à venir le rencontrer à Zürich.

Le peintre Jean Arp et le poète Tzara ont rendez-vous avec les Picabia à l'hôtel Élite. Quand ils arrivent, ils trouvent Francis et Gabriële penchés au-dessus d'une table, concentrés comme des enfants imaginatifs. Assisté de Gaby, Francis est en train de démonter le réveille-matin de l'hôtel. Il trempe chaque morceau de la petite machinerie dans l'encre avant d'appliquer l'objet noirci sur une feuille[362].

Tout le monde est inspiré par le résultat.

Enfin, on tombe dans les bras les uns des autres, des retrouvailles entre amis. Les échanges de lettres et d'idées ont attisé une familiarité entre ces gens qui, en janvier 1919, se rencontrent en fait pour la première fois.

L'accueil est festif. Arp est immédiatement séduit par Gabriële Buffet, qu'il trouve passionnante et fantasque. Tandis que Tzara est fasciné par Picabia, son double, son frère.

Picabia adore le nom de « dada », il le répète à tout bout de champ comme une prière magique. Il a été trouvé en 1916 par le poète Richard Huelsenbeck et l'écrivain Hugo Ball : en cherchant un nom pour un numéro du Cabaret Voltaire, ils ont pioché au hasard dans le dictionnaire. Ils sont tombés sur Dada.

Dada, c'était parfait. Un langage universel et primitif. Ce mot répété, dada, dada, redonne une légèreté et une énergie salvatrice au couple Picabia. Les mois gluants, les heures ensuquées, immobiles, le temps arrêté par la neurasthénie de Francis, tout cela semble bien loin. La petite troupe ne se quitte plus. Avec cette évidence de respirer le même air. 391 et dada fusionnent, comme deux affluents rejoignant enfin la mer. Barcelone-Zürich-New York : tout s'emboîte et se répond. « La destruction du langage artistique ancien s'accomplit alors que l'Ancien Monde se détruit par la guerre[363]. »

Gaby devient membre à part entière de cette chaleureuse colonie ; tous ces hommes, elle les trouve talentueux, drôles, pleins d'esprit. Ils le lui rendent bien. Et même, mieux que les membres de 391. Les dadaïstes sont moins misogynes. Homme, femme, enfant ou animal, tout le monde est égal face au grand Dada ! À Zürich, sous cette influence ébouriffante, le couple oublie un temps les disputes et les étranglements. Et puis il y a tellement de travail que les esprits n'ont pas de temps à perdre.

Les nouveaux amis travaillent avec un imprimeur anarchiste avec qui Gabriële s'entend particulièrement bien, elle aime discuter politique avec les nihilistes. Ils se retrouvent tous les jours dans un café au bord du lac, pour parler des futurs projets communs qui se multiplient, comme le pain et le vin d'un Christ habité d'une juste et fantastique colère.

Le huitième numéro de la revue 391 paraît à Zürich en janvier 1919. La couverture rose représente une grille, dont certaines cases portent des noms. En haut, dans la case du milieu, figure celui de Gabriële Buffet, telle la reine d'un échiquier de fortune tracé à la craie. Seule femme présente. (Gabriële, pour les dadaïstes, est véritablement une reine. Et même un roi. Jean Arp écrira cette magnifique définition de Gaby : «Gabrielle est un roi. Gabrielle est une reine. Elle aime l'envoûtement. Même prise dans une toile d'araignée, elle reste claire comme le jour.») Dans la colonne de droite, on trouve Arensberg, Stieglitz, de Zayas, Varèse, Guillaume Apollinaire. Dans celle de gauche, Tzara et Pharamousse (pseudonyme de Francis). Vers le bas, Marcel Duchamp est là, avec Crotti et Ribemont-Dessaignes. Sont disséminés aussi les noms des différentes revues créées pendant la guerre. Au centre est dessinée une machine avec des roues et une échelle. Le tableau s'appelle *CONSTRUCTION/ MOLÉCULAIRE*.

La famille new-yorkaise et la zürichoise sont enfin rassemblées.

Un texte surprenant de Gabriële ouvre le numéro, un «Petit Manifeste». Surprenant car ce n'est pas un texte de théoricienne, mais bien plutôt un «cri dada», qui commence par ces mots : «Ces explications seront comme des bourdonnements d'oreille. Mais vous m'en avez demandé et je vous en donnerai jusqu'à ce que votre raison soit pleine de bruit.»

La plume de Gaby est iconoclaste, engagée, virulente.

Elle apostrophe, elle défie, elle déconstruit.

Enfin, sa voix puissante guide la révolte. Elle crée la remise en question, dans un texte à la poétique ultramoderne. «Mais n'ayez pas peur : ce qui vous affole en ce moment, c'est l'ombre de votre nombril

– il ne peut contenir qu'une goutte d'eau – ce bruit effrayant, ce sont les battements de votre cœur. »

Suivent des textes et dessins de Picabia, Arp et Tzara. Un des textes cosignés par Picabia et Tzara est le premier exemple connu d'écriture automatique : écrit et guidé par l'inconscient et publié en l'état. Dans la foulée, le groupe publie le numéro 4-5 de la revue *Dada*, en mettant en couverture le fameux réveille-matin autopsié et trempé dans l'encre.

Gaby constate que Francis va bien. Comme une trouée soudaine dans un ciel mat et bas.

Jean Arp devient un ami véritable et lui rappelle, dans un frissonnement, la délicatesse fraternelle de Guillaume Apollinaire, qui n'a jamais semblé si vivant en elle. Cette période d'émulation lui aurait tant plu. Gabriële se surprend à lui parler, parfois, en silence. Des années plus tard, elle décrira cette parenthèse à Zürich comme « une période exceptionnelle d'activité cérébrale, d'échanges vibrants et rebondissants, de postulats extravagants où l'anéantissement des apparences les plus sûres, les propositions les plus déroutantes marchaient de pair avec l'élaboration en commun d'un chef-d'œuvre automatique[364] ».

Le départ approche, d'abord Lausanne puis Paris. Mais Gaby retarde l'échéance car elle craint les fantômes. L'avenue Charles-Floquet, Germaine Everling, la tombe de Guillaume…

À Lausanne, Francis et Gabriële jouent beaucoup aux échecs. Elle gagne, parfois. Un jour qu'ils sont penchés au-dessus du plateau blanc et noir, dans un

silence concentré, elle annonce : « Je suis enceinte. »
Picabia n'a l'air ni embêté, ni surpris, ni heureux.

Juste agacé. Il n'aime pas qu'on le déconcentre
quand il joue.

*

La relation des Picabia à leurs enfants est un mystère.

Il n'y a pas de maltraitances physiques ni inten-
tionnelles, mais plutôt une indifférence tranquille.
Les enfants sont là. Constat. Ils sont, bon an mal an,
pris en charge par une armée de gouvernantes successives à chignon tiré. Ce sont de gentils fardeaux, des
bagages trop lourds, incommodes pour qui aime voyager léger – et qu'on fait porter par des employés, en
échange d'un billet.

Les Picabia ne parlent jamais d'eux. Ils ne sont pas
un sujet. Dans leur impressionnante correspondance
qui est parvenue jusqu'à nous, presque aucune ligne
ne concerne leurs quatre enfants.

Ce n'est pas un hasard s'ils sont des fantômes dans
ce livre. Les petits intrus, otages arbitraires d'un
couple monstrueux, monstres de génie, monstres dans
ce que cela sous-entend originellement d'absence de
normes, d'êtres venus d'ailleurs.

Tous les quatre ont pris des noms différents de leur
état civil. Marie Catilina dite Laure-Marie, Gabriel
dit Pancho, Gabrielle-Cécile dite Jeanine et Lorenzo
dit Vicente. Bref, on s'y perd comme dans un roman
russe. Gabriële a donné son prénom à deux de ses

enfants, garçon et fille, c'est l'avantage d'avoir un prénom ambigu. Pancho est un diminutif de Francisco en espagnol, *Francis*. Des parents qui ont démissionné avant même d'avoir essayé, mais qui donnent leur nom et leur prénom. Au moins ça.

Dans cette famille, comme dans toutes les autres, les prénoms sont des lapsus révélateurs, des constructions identitaires que vos parents vous collent sur les épaules. Des cadeaux de naissance, lestés, pour vous créer des nœuds au cerveau. Mais les enfants décident tous de se rebaptiser.

Nous ne les avons pas connus, ces gens-là. Ni notre grand-père Vicente, ni ses frères et sœurs, ni leurs enfants. Ni les enfants des enfants, nos cousins lointains.

Pour écrire ce livre, nous avons dû aller à la rencontre de notre famille Picabia. C'est à cette occasion que nous avons fait la connaissance de Gillian-Joy, dont le père était le fils de Jeanine (la troisième dans l'ordre des enfants Picabia).

Les yeux noirs de Gillian-Joy sont toujours rieurs et profonds et en cela ressemblent sans doute à ceux de Gabriële, notre arrière-grand-mère commune.

Nous sommes heureuses que ce livre nous répare, et que les conflits familiaux, qui concernent les générations précédentes, se soient dilués dans le temps. Avec les décennies, ne perdure que la curiosité de se trouver. Nous passons des heures à la questionner sur Gabriële, car elle, ainsi que sa mère Armelle, en gardent des souvenirs très précis.

Les anecdotes qu'elles nous racontent sont plus incroyables les unes que les autres. Gillian-Joy parle de «mémé» quand elle évoque Gabriële. «Mémé». Ce mot est dur à notre oreille. Étonnant aussi. Un mot de petit enfant, un mot du quotidien et de la douceur. Sensation étrange de découvrir, à l'âge adulte, qu'on aurait pu avoir une «mémé» – qui n'a pas voulu faire connaissance avec nous.

«Mémé, nous raconte notre cousine, n'a pas habité qu'à Étival. À un moment, ils ont eu une maison ahurissante, qui était comme un château. Un endroit magnifique où Gabriële a passé de nombreux moments de son enfance. Plus tard, mémé a hérité de ce château. Elle y a même passé un été, avec le sculpteur Brancusi. Devant ce château, il y avait une allée bordée d'arbres. Pour gagner de l'argent, elle a fait couper les arbres et vendre le bois. Mais après, elle a trouvé que le château était devenu horriblement laid. Alors elle l'a donné au fermier du coin. Pour trois fois rien. Ça, c'était mémé. Elle s'en foutait.»

C'est sûr qu'elle se foutait de tout. Et pour preuve, elle se foutait complètement de nous.

Notre cousine Gillian-Joy continue son récit sur «mémé», qui vraisemblablement aimait bien tout ratiboiser. «Un jour, mémé, qui venait d'acquérir un nouveau sécateur, appelle sa fille. Elle voulait être sûre que son sécateur taille bien. Sans dire un mot, elle a coupé les nattes de Jeanine.»

Gabriële aurait même dit à ses enfants, avec ses yeux pénétrants: «Mes petits, je vous enterrerai tous!»

Une mère qui brise les tabous ultimes.

Un autre tabou.

Quand Francis Picabia est mort en 1953, Vicente, le dernier fils du couple Picabia, était déjà enterré dans le caveau familial depuis six ans. Si bien qu'il n'y avait plus de place pour mettre le corps de celui qui avait été son époux. Sans aucun état d'âme, Gabriële a alors fait exhumer le corps de son fils pour mettre celui de Francis à la place. Pourquoi ? Parce que, même après trente-cinq ans de séparation, Gabriële Buffet préférait Francis à tout autre homme sur terre, fût-il son fils.

Le corps de son fils Vicente, un pauvre corps, éternellement jeune, malmené, déplacé. Nié.

Notre grand-père.

*

Les phrases et gestes envers ses enfants que nous découvrons, nous avons peine à y croire. Ces mots paraissent violents, cruels, étranges. Ils racontent aussi une *anormalité*. Une pièce du puzzle de la psyché de cette femme si peu commune.

Étrange vieille dame, étrange mère. Il ne faut pas non plus sous-estimer son caractère volontiers provocateur dans ses hallucinantes déclarations maternelles. La vérité est toujours plus grise. Plus épaisse.

Dans un texte inédit, Gabriële écrit : « Je n'ai pas pris conscience du rôle de mère au moment où j'avais mes enfants. C'est plus tard, beaucoup plus tard, que j'ai médité là-dessus. L'amour que j'avais pour cet homme-là [Francis] était tellement fort qu'il prenait tout. J'ai regretté de n'avoir pas ressenti de lien maternel, ce lien qui existe entre la mère et l'enfant. Je vivais l'amour de mon mari comme une musique qui te berce continuellement. »

*

Nous sommes en train de finir la rédaction de ce livre. Notre mère, qui ne nous a jamais parlé de ses grands-parents, nous dit soudainement qu'elle s'est rendue à l'enterrement de Gabriële, en 1985. Nous sommes stupéfaites car elle ne nous l'avait jamais dit. Même pendant tout le travail de ce livre. Nous lui demandons comment cela s'est passé.

— C'est bizarre, je me souviens d'être dans ma voiture pour y aller, et après je n'ai plus aucun souvenir, répond Lélia.

— Mais pourquoi y es-tu allée ?

— Je ne sais pas.

27

Points

Paris, juillet 1919.

Gaby reçoit par coursier un petit colis gentiment emballé de papier marron, son nom est écrit avec deux grands L, deux grandes ailes. Elle défait le paquet, c'est un exemplaire tout frais du dernier recueil de poèmes de Francis. *Pensées sans langage.* Gaby lit la dédicace, sur la première page : «Chers amis Gabrielle Buffet, Ribemont-Dessaignes, Marcel Duchamp, Tristan Tzara, je vous dédie ce poème en raison de notre sympathie élective.» *Notre sympathie élective...* Très Goethe. Elle n'aurait pas formulé cela ainsi. Gabriële parcourt le recueil en diagonale. C'est un long poème unique. Elle accroche certains mots.

«elle est enceinte
isolée dans le dortoir des humiliantes situations
[...]
le foyer est en débâcle
et la femme amoureuse
cherche le diamant perdu

il faut à coup sûr
ne pas traîner des poids lourds
regrets anatomiques »

Avec cette dédicace, « chers amis », tout est dit. Gabriële n'est plus sa femme, mais son amie. Il y a là une grande vérité, qui traversera toute la fin de leur vie. Le problème, c'est que cet enfant qui grandit dans son ventre n'a pas besoin d'une paire d'amis. Il serait plus utile, pour le moment, qu'il ait des parents.

Francis est parti vivre avec Germaine Everling. Qui est enceinte aussi. Gaby est restée avenue Charles-Floquet. Seule. Avec les trois premiers enfants, le chaos d'une vie commune achevée. Et le quatrième qui s'invite à cette fête un peu ratée.

Dans le vestibule, les grandes lettres noires « Bonjour Picabia » les accueillent en grimaçant. Certains jours, elle se persuade que tout cela n'est pas si grave au regard de Guillaume qui gît sous terre. D'autres jours, elle a la rage. Elle voudrait que tout cela n'ait jamais existé. « J'avais écrit une sonate, et malheureusement je l'ai déchirée, parce que avec Picabia, c'était terminé. » Gabriële, si remplie de cet utérus en pleine création, est complètement vidée.

Gaby a 38 ans en ce mois de juillet 1919.

Elle relit le poème *Zone* et ça lui arrache les boyaux, elle ne se remet pas de la mort d'Apo, le plus gentil, elle le revoit debout dans le salon d'Étival, faire claquer les mots, elle a l'impression que Guillaume lui parle, l'engueule, lui ordonne de s'en sortir vivante et la tête haute, de tout ce merdier. Elle ne va pas faire comme lui, mourir deux jours avant un armistice. Quelle sortie. Alors, elle relit, relit.

Tu as fait de douloureux et de joyeux voyages
Avant de t'apercevoir du mensonge de l'âge
Tu as souffert de l'amour à vingt et à trente ans
J'ai vécu comme un fou et j'ai perdu mon temps[365]

Marcel, comme autrefois, arrive à son secours. Il a quitté la France depuis plus de quatre ans. Lui aussi compte ses morts : son frère Raymond a succombé à la fièvre typhoïde. Dès qu'il l'apprend, en août, Marcel fait des démarches pour trouver un bateau et quitter Buenos Aires. « Je savais qu'il était malade, mais on ne sait jamais à quel point on est malade[366]. » Marcel ne l'avait pas revu depuis la guerre, à l'époque où il montait des stratagèmes pour que sa famille ne sache pas qu'il partait pour l'Amérique. Une époque qui lui semble à présent si lointaine. Non pas tant parce qu'elle est reculée dans le temps, mais parce qu'il était alors un homme si différent. Les métamorphoses personnelles provoquent des distorsions temporelles.

Marcel retrouve Paris qui s'étiole sous une chaleur étouffante. Il s'installe naturellement chez Gaby, avenue Charles-Floquet. Mais il passe tous les jours voir Francis rue Émile-Augier. Il aime les deux, rien ne doit changer. L'archange est toujours aussi beau. Il s'est rasé la tête à Buenos Aires pour une histoire de poux, Gabriële trouve que cela lui va bien. Elle lui caresse le crâne. Il lui caresse le ventre qu'elle a fort rond. Ils sont heureux de se retrouver.

Marcel lui demande de l'aide : il veut découper dans ses cheveux rasés une forme d'étoile avec une queue sur le devant, pour en faire une étoile filante. C'est un hommage au voyage Jura-Paris : « Être une comète, qui avait sa queue en avant, cette queue étant l'appendice de l'enfant-phare. » Il aime que Gabriële passe la main sur son crâne étoilé, il ferme les yeux et sourit. Man Ray, qui se trouve à Paris, photographie la tonsure céleste de Marcel, de dos, fumant la pipe.

Un matin, quelques minutes après être sorti de l'appartement de l'avenue Charles-Floquet, Marcel s'engage dans la rue Blomet, entre dans une pharmacie et demande des ampoules de sérum physiologique. Des ampoules en verre. Le pharmacien acquiesce et s'apprête à aller lui en chercher, mais Marcel précise : « J'en voudrais une seule. Serait-il possible de la vider de son contenu, puis de la sceller ? » Le pharmacien le regarde, dubitatif. « Je voudrais emprisonner l'air ambiant. »

Marcel retourne chez Gabriële avec sa précieuse trouvaille. Il y colle une étiquette où il inscrit : *Air de Paris*.

— Regarde, Gaby, c'est un cadeau pour Arensberg. Un cadeau que l'argent ne peut pas acheter.

Gabriële s'avise de l'objet, elle le contemple, l'air lointain, et demande à son ami :

— Crois-tu que l'on pourrait sceller l'esprit de Picabia dans un flacon en verre ?

— C'est toi, l'esprit de Picabia, lui répond Marcel Duchamp.

Le 15 septembre 1919 à 3 heures du matin, Gabriële prévient Marcel qu'elle a perdu les eaux. Pas de panique, un enfant, c'est une sorte de *ready-made*, non ? Ce lundi-là, Gabriële Buffet-Picabia va mettre au monde son quatrième enfant. À 38 ans, ce n'est plus une jeune fille, elle connaît la manœuvre par cœur et sait affronter la douleur : c'est avec calme et fermeté qu'elle donne les ordres.

Gaby, allongée sur son lit de travail, regarde Marcel Duchamp lui apporter une bassine d'eau brûlante, des linges propres, des ciseaux stérilisés, une clope aussi et un verre de whisky pour se détendre… tout l'attirail de la délivrance. Marcel Duchamp, qui vit avec Gabriële depuis deux mois[367], a une immense qualité en cas d'accouchement prématuré : c'est un manuel. Il fabrique n'importe quoi, avec tout ce qui lui passe sous la main. Un génie du bricolage.

Les contractions se rapprochent, Gaby est en sueur, il va falloir aller au bout maintenant, et savoir quelle tête il a, cet enfant qui fait crier la mère. Une fille ou un garçon ? Marcel pense à une fille. Il pourrait lui apprendre à jouer aux échecs. Mais celui qui pointe son nez est un garçon. Teint assombri, yeux de coaltar, cheveux de jais. Cette machine hurleuse est le fils de son père, pas de doute là-dessus.

Marcel prend le bébé et le dépose dans une petite valise posée au sol, dans laquelle il a arrangé des tissus

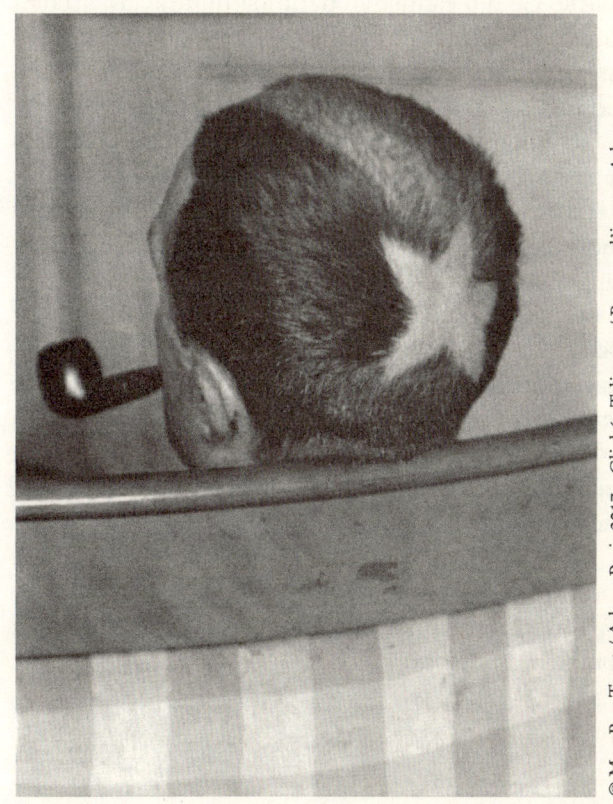

MAN RAY, *Marcel Duchamp*.

douillets – personne n'a pensé à prévoir un berceau[368]. Puis il appelle Francis au téléphone, pour le prévenir que son fils est né. Il faut aller déclarer l'enfant à la mairie. Ce qui est fait au petit matin. Francis, accompagné de Germaine Everling – elle-même enceinte – inscrit à l'état civil la naissance de son fils Lorenzo Picabia.

Cet enfant est notre grand-père. Il paraît, d'après sa sœur Jeanine, qu'il était un merveilleux bricoleur.

Trois mois plus tard, Germaine Everling accouchera à son tour d'un petit garçon. Comment l'appelle-t-on ? Lorenzo. Aussi ? Le même prénom que le premier bébé ?! Non ! Oh si ! C'est joyeux ! C'est Dada ! Champagne ! Encore ! Encore du champagne ! Et vive les deux Lorenzo ! Les frères jumeaux conçus dans deux ventres différents ! Il est fort, Picabia.

Le Lorenzo n° 1 se fera appeler par son deuxième prénom pour se démarquer. On le comprend. Il sera Vicente Picabia.

Notre grand-père vient de naître.

Et nous aussi, par la même occasion, enfin, après combien de pages ?

Épilogue

Nous finissons ce livre ici, sur une table de cuisine couverte de sang et de sueur. Un accouchement qui est une rupture et une naissance.

Une rupture car, à partir de 1919, Gabriële ne vivra plus jamais avec Picabia, même si ce couple insolite ne se désunira jamais. Ils continueront de se fréquenter et s'écriront avec assiduité, plusieurs lettres par semaine. Francis continuera d'envoyer des poèmes d'amour à Gabriële, des poèmes fous et magnifiques. En les lisant, on imagine le vieux Francis échapper à la vigilance de sa nouvelle et jeune femme, jalouse de la reine Gaby. Entre eux, le dialogue sera impossible à rompre, jusqu'à ce qu'un des deux parte.

Le premier sera Picabia. Il meurt le 30 novembre 1953 dans l'appartement de la rue des Petits-Champs où il était né. En apprenant sa mort, Marcel Duchamp lui envoie ce télégramme depuis New York : «À bientôt, cher Francis.»

C'est un drôle de sentiment de la laisser là, Gabriële ; en 1919, elle n'a même pas encore vécu la moitié de sa vie et les années à venir ne dépareront pas la destinée aventureuse et hors norme de cette femme.

Elle retournera à New York où elle vivra enfin une relation amoureuse exclusive avec Marcel Duchamp.

Elle aidera Elsa Schiaparelli à devenir styliste à Paris.

Elle se liera intensément à Calder, Arp, Brancusi.

Elle vivra avec le compositeur Igor Stravinsky qui l'avait éblouie.

En 1939, elle s'engagera aux côtés de l'écrivain Samuel Beckett dans le réseau de résistance «Gloria SMH».

C'est Gabriële aussi qui aidera la femme de son fils Vicente, Myriam Rabinovitch, notre grand-mère, à se cacher pour échapper à la déportation.

Francis et Gabriële ne seront jamais des parents pour leur dernier enfant Vicente. Un enfant qui n'était pas voulu. Un enfant qui n'était pas aimé par des parents qui s'aimaient trop. Notre grand-père se suicidera à 27 ans, par overdose, ne laissant aucun mot, mais une petite fille de 4 ans, Lélia.

Ce prénom hébreu si rare signifie : la nuit.

C'est tout ce qui fut laissé à Lélia, outre le nom de Picabia – l'obscurité en héritage.

Notre mère n'a connu aucun membre de sa famille.

Elle ne nous parlait jamais de son père fantôme. Et puis, un jour, venu de nulle part, elle nous a écrit :

«L'absence la plus singulière est celle de mon père, Vicente. Il a existé puisque je suis, mais je ne connais ni son rire, ni ses colères, ni la profondeur de sa voix, ni la caresse de son regard, ni les gestes de ses doigts, ni la chaleur de ses bras, ni l'odeur de sa peau, ni les friselis de ses poils sur mon nez, ni ses jeux de mots favoris, ni les plats dont il se régalait, ni les histoires qui le fascinaient, ni les blessures qui le faisaient pleurer. Je n'ai connu que la photo d'un jeune homme qui fut bien vite plus jeune que moi. Comment peut-on être la fille d'un homme plus jeune que soi ? Le cerveau s'embrouille à résoudre le problème puis abandonne. Mon père est une photo. »

Ce livre se finit donc sur une naissance.
Celle de Lorenzo qui se fera appeler Vicente.
Joli garçon aux yeux noirs et à l'âme tourmentée.

Pour notre mère Lélia,
nous avons essayé d'éclairer la nuit.

Les titres des chapitres sont des titres repris
des œuvres de Francis Picabia.

NOTES

1. L'ensorcellement (L'encerclement)

1. France Culture, 17 février 2013, *La nuit rêvée de… Hervé Poulain*. Première diffusion, 7 août 1986, *Mémoire du siècle. Gabriële Buffet* par Paul Chavasse.

2. Marcel Duchamp, « Préface », *in* William Camfield (dir.), *Francis Picabia*, Paris, Losfeld, 1972.

3. *La Nuit rêvée de… Hervé Poulain*, émission citée.

4. Marie de La Hire, *Modèle nu*, Paris, Bibliothèque indépendante d'édition, 1908.

5. Maria Lluisa Borras, *Picabia*, Éditions Albin Michel, Paris, 1985, p. 52.

6. Gabrielle Buffet-Picabia, *Aires abstraites*, Pierre Cailler, Genève, 1957.

7. *La Nuit rêvée de… Hervé Poulain*, émission citée.

8. *La Nuit rêvée de… Hervé Poulain*, émission citée.

9. *Ibid.*

10. Gabrielle Buffet-Picabia, *Aires abstraites, op. cit.*

11. *Ibid.*

12. *La Nuit rêvée de… Hervé Poulain*, émission citée.

13. *Ibid.*

14. *Ibid.*

15. Francis Picabia, *Caravansérail*, inédit de 1924, édité sous la direction de Luc-Henri Mercié, Belfond Pointillés, 2013.

16. Gabrielle Buffet-Picabia, *Aires abstraites*, *op. cit.*

17. *Ibid.*

18. *La Nuit rêvée de… Hervé Poulain*, émission citée.

19. Marc Le Bot, *Francis Picabia et la crise des valeurs figuratives: 1900-1925*, Paris, Klincksieck, 1968, p. 27.

20. Gabrielle Buffet-Picabia, *Aires abstraites*, *op. cit.*

21. Francis Picabia, *Écrits critiques*, édition établie par Carole Boulbès, Paris, Mémoire du livre, 2005.

22. Gabrielle Buffet-Picabia, *Aires abstraites*, *op. cit.*

23. *Ibid.*

24. Francis Picabia, *Caravansérail*, *op. cit.*

2. Jeune fille au paradis

25. Maria Lluisa Borras, *Picabia*, *op. cit.*

26. Florence Launay, *Les Compositrices en France au XIXe siècle*, Paris, Fayard, 2006.

27. Description de Julien Torchet, *Les Hommes du Jour*, du 12 avril 1913, *in* Jean-Michel Nectoux, *Gabriel Fauré*, Paris, Fayard, 2008, p. 137.

28. Louis Guitard, «Entretien avec Louis Aubert», *La Table ronde*, n° 165, octobre 1961.

29. Jean-Michel Nectoux, *Gabriel Fauré, op. cit.*, p. 106.

30. *Correspondance de Marcel Proust*, texte établi, présenté et annoté par Philip Kolb, Paris, Plon, t. I, p. 340.

31. Conversation avec Gillian-Joy Bailly-Cowell, avril 2017.

32. Vincent d'Indy, lettre à L. Laloy du 17 novembre 1899, *Ma Vie*, Séguier, 2001, p. 602.

33. Marguerite-Marie de Fraguier, *Vincent d'Indy: souvenirs d'une élève*, Paris, Jean Naert, 1934.

34. Vincent d'Indy, lettre à son épouse du 4 novembre 1900, *Ma Vie, op. cit.*, p. 619.

35. Manuela Schwartz (dir.), *Vincent d'Indy et son temps*, Sprimont, Mardaga, p. 9.

36. Gabrielle Buffet-Picabia, *Rencontres*, Paris, Belfond, 1977.

37. Vincent d'Indy, lettre du 23 novembre 1903, *Ma Vie*, *op. cit.*

38. Claude Debussy, *Monsieur Croche et autres écrits (1901-1914)*, Paris, Gallimard, 1987, p. 52.

39. Lettre de Gabriële Buffet à son frère Jean Challié, vers 1902, archives familiales.

40. *La Nuit rêvée de... Hervé Poulain*, émission citée.

41. Anne Montjaret, *La Sainte-Catherine. Culture festive dans l'entreprise*, Paris, Éditions du CTHS, 1997.

42. Marguerite-Marie de Fraguier, *Vincent d'Indy : souvenirs d'une élève*, *op. cit.*

43. *Ibid.*

44. Maria Lluisa Borras, « Une jeune femme appelée Gabrielle Buffet », *in* Gabrielle Buffet-Picabia, *Rencontres*, *op. cit.*

3. Composition

45. Charles Huard, *Berlin comme je l'ai vu*, Paris, Eugène Rey, 1907.

46. Marc Le Bot, *Francis Picabia et la crise des valeurs figuratives : 1900-1925*, Klincksieck, 1968.

47. Maria Lluisa Borras, *Picabia*, *op. cit.*, p. 58.

48. Fernand Ouellette, *Edgard Varèse*, éd. revue et augmentée par l'auteur, Paris, C. Bourgois, 1989, p. 35.

49. *Ibid.*

50. Gabriële Buffet, « Edgard Varèse », texte inédit.

51. Fernand Ouellette (dir.), *Visages d'Edgard Varèse*, Montréal, Éditions de l'Hexagone, 1959.

52. Gabriële Buffet, « Edgard Varèse », texte inédit.

53. Maria Lluisa Borras, « Une jeune femme appelée Gabrielle Buffet », *in* Gabrielle Buffet-Picabia, *Rencontres*, *op. cit.*, p. 16.

54. *Ibid.*

55. Antoine Ysaÿe, *Eugène Ysaÿe : sa vie, son œuvre, son influence*, Bruxelles, L'Écran du Monde, 1947.

56. *Ibid.*

57. Constantin Chariot, « Les séjours d'Eugène Ysaÿe à Nancy, 1896-1908 », communication du 6 février 2004, université de Nancy.

58. Gabriële Buffet, « Edgard Varèse », texte inédit.

59. *Ibid.*

4. Francis Picabia par Francis Picabia

60. Maria Lluisa Borras, « Une jeune femme appelée Gabrielle Buffet », *in* Gabrielle Buffet-Picabia, *Rencontres, op. cit.*

61. Gabriële Buffet, « Edgard Varèse », texte inédit.

62. Gabrielle Buffet-Picabia, *Rencontres, op. cit.*

63. Marc Le Bot, *Francis Picabia et la crise des valeurs figuratives : 1900-1925, op. cit.*, p. 96.

64. Francis Picabia, *Écrits critiques, op. cit.*

65. Lydie Sarazin-Levassor, *Un échec matrimonial*, Dijon, Les Presses du réel, 2004.

66. Pierre-Jakez Hélias, *Le Cheval d'orgueil*, Paris, Plon, 1975.

67. Francis Picabia, *Caravansérail, op. cit.*

68. Cathy Bernheim, *Picabia*, Paris, Éditions du Félin, « Vifs », 1995.

69. Témoignage de Germaine Everling, *in* Maria Lluisa Borras, *Picabia, op. cit.*

70. Maria Lluisa Borras, *Picabia, op. cit.*

71. *Ibid.*

72. *Ibid.*

73. Gabrielle Buffet-Picabia, *Rencontres, op. cit.*

74. Maria Lluisa Borras, *Picabia, op. cit.*

75. Cathy Bernheim, *Picabia, op. cit.*

76. Marc Le Bot, *Francis Picabia et la crise des valeurs figuratives : 1900-1925*, op. cit.

77. Maria Lluisa Borras, *Picabia*, op. cit.

78. *Ibid.*

79. «Albums Picabia», 13 carnets personnels du peintre, numérisés, archives du Fonds Doucet.

80. Francis Picabia, *Lettres à Léonce Rosenberg, 1929-1940*, Paris, Éditions du Centre Pompidou, 2000.

81. Maria Lluisa Borras, *Picabia*, op. cit.

82. Marcel Fouquier, *Le Journal*, 10 février 1905.

83. Marie de La Hire, *Modèle Nu*, op. cit.

5. Homme et femme au bord de la mer

84. Carte de Gabriële Buffet à son frère Jean Challié, archives familiales.

85. *La Nuit rêvée de... Hervé Poulain*, émission citée.

6. La procession à Séville

86. Arnauld Pierre, *La Peinture sans aura*, Paris, Gallimard, «Art et Artistes», 2002.

87. Maria Lluisa Borras, *Picabia*, op. cit.

88. Arnauld Pierre, *La Peinture sans aura*, op. cit.

89. Gabrielle Buffet-Picabia, *Aires abstraites*, op. cit., p. 28.

90. *Ibid.*

91. Francis Picabia, *Lettres à Christine 1945-1951*, (dir.) Jean Sireuil, (int.) Marc Dachy, Éditions Gérard Lebovici, Paris, 1988.

92. Maria Lluisa Borras, *Picabia*, op. cit.

7. Petite solitude au milieu des soleils

93. *La Nuit rêvée de... Hervé Poulain*, émission citée.

94. Georges Clemenceau, *Correspondance (1858-1929)*, édition établie et annotée par Sylvie Brodziak et Jean-Noël Jeanneney, Paris, Robert Laffont / BNF, 2008.

95. Jacques Caumont et Françoise Le Penven, *Système D*, Paris, Pauvert, 2010, p. 127.

96. Gabrielle Buffet-Picabia, *Aires abstraites*, *op. cit.*, p. 59.

97. Jacques Caumont et Françoise Le Penven, *Système D*, *op. cit.*, p. 127.

98. Entretien avec Armelle Bailly-Cowell, décembre 2014.

99. Gabrielle Buffet-Picabia, *Rencontres*, *op. cit.*

100. *La Nuit rêvée de… Hervé Poulain*, émission citée.

101. Conversation avec Gillian-Joy Bailly-Cowell.

102. *La Nuit rêvée de… Hervé Poulain*, émission citée.

103. Gabrielle Buffet-Picabia, *Rencontres*, *op. cit.*, p. 188.

104. *La Nuit rêvée de… Hervé Poulain*, émission citée.

105. Paule Anglim, « A conversation with Gabrielle Buffet-Picabia » [1976], *in* Tara Quinn (ed.), *The New Brick Reader*, Toronto, House of Anansi Press Inc., 2013, p. 121.

106. Gabriële Buffet « Picabia et Gabriële Buffet », texte inédit.

8. L'Ombre est plus belle que l'académie

107. Georg W. F. Hegel, *Esthétique*, traduit par Ch. Bénard, Boston, Elibron Classics, 2002.

108. Jean-Marc Warszawski, « Le clavecin pour les yeux du père Castel », musicologie.org.

109. Paul Gauguin, « Diverses choses », notes inédites consignées entre 1896 et 1897, Paris, musée du Louvre, inventaire du département des arts graphiques.

110. Paul Gauguin, *Lettres à André Fontainas*, Paris, Échoppe, 1994.

111. Francis Picabia, *Caravansérail*, *op. cit.*, p. 29.

112. Marc Le Bot, *Francis Picabia et la crise des valeurs figuratives : 1900-1925*, *op. cit.*, p. 96.

113. *Ibid.*

114. Texte de Jean-Jacques Lebel, *in* Catalogue de l'exposition Francis Picabia musée des Beaux-Arts Nîmes, 1986.

115. Maria Lluisa Borras, *Picabia*, *op. cit.*

116. Ingo F. Walther (dir.), *L'Art au XXᵉ siècle*, Première partie : *Peinture*, Paris, Taschen, 2002, chap. 6, « La fin de l'illusion », p. 101.

117. Patrice de Moncan, *Paris inondé. La Grande Crue de 1910*, Paris, Les Éditions du Mécène, « Paris ! d'hier et d'aujourd'hui », 2009.

118. Témoignage oral de Gabriële Buffet, août 1975, *in* Maria Lluisa Borras, *Picabia*, *op. cit.*, p. 88.

119. Maria Lluisa Borras, *Picabia*, *op. cit.*

9. Le double monde

120. Gabrielle Buffet-Picabia, *Aires abstraites*, *op. cit.*, p. 29.

121. Laure de Challié (née Jussieu), *Essai sur la Liberté, l'Égalité et la Fraternité,* Paris, Gaume Frères, 1849.

122. Francis Picabia, *Caravansérail*, *op. cit.*, p. 60.

123. Entretien avec Gérard Rambert, Paris, juillet 2016.

10. Les yeux chauds

124. Bernard Marcadé, *Marcel Duchamp*, Paris, Flammarion, « Grandes biographies », 2007.

125. Guillaume Apollinaire, *Chroniques d'art, 1902-1918,* Paris, Gallimard, « Folio essais », 1960, p. 101.

126. Marie de La Hire, *Modèle Nu, op. cit.*

127. Entretien de Gabriële Buffet pour l'émission de télévision *Les Heures chaudes de Montparnasse*, chapitre 4 (1914-1918), archives de l'INA.

128. Lydie Sarazin-Levassor, *Un échec matrimonial, op. cit.*

129. Georges Charbonnier, *Entretiens avec Marcel Duchamp* (1960), Marseille, André Dimanche, 1994.

130. Gabrielle Buffet-Picabia, *Aires abstraites, op. cit.*, p. 155.

131. Jennifer Gough-Cooper et Jacques Caumont, *Marcel Duchamp. Work and Life*, Cambridge (Mass.), MIT Press, 1993.

132. Lydie Sarazin-Levassor, *Un échec matrimonial, op. cit.*

133. Entretien de Gabriële Buffet et Malitte Matta, janvier 1974, *in Paris New York 1908-1968*, catalogue d'exposition, Paris, Gallimard / Centre Georges-Pompidou, 1991.

134. Jennifer Gough-Cooper et Jacques Caumont, *Marcel Duchamp. Work and Life, op. cit.*

135. *Ibid.*

11. Prenez garde à la peinture

136. *Recollections of Mrs André Roosevelt. Stories and Anecdotes about some Cubists*, Archives of American Art, The Smithsonian Institute, Washington, *in* Maria Lluisa Borras, *Picabia, op. cit.*

137. Marcel Duchamp, *Entretiens avec Pierre Cabanne*, Paris, Allia, 2014.

138. Maria Lluisa Borras, *Picabia, op. cit.*, p. 89.

139. Bernard Marcadé, *Marcel Duchamp, op. cit.*

140. Maria Lluisa Borras, *Picabia, op. cit.*, p. 92.

141. Il s'agit du dessin : *Mechanical expression seen through our own mechanical expression*, 1913.

142. Entretien de Gabriële Buffet et Malitte Matta, janvier 1974, *in Paris New York 1908-1968, op. cit.*

143. Gertrude Stein, *Autobiographie d'Alice Toklas*, Paris, Gallimard 1934.

144. Bernard Marcadé, *Marcel Duchamp, op. cit.*, p. 54.

145. Dora Vallier, *L'Intérieur de l'art. Entretiens avec Braque, Léger, Villon, Miró, Brancusi, 1954-1960*, Paris, Éditions du Seuil, 1982.

146. Maria Lluisa Borras, *Picabia, op. cit.*, p. 91.

147. Lettre à Suzanne Duchamp du 15 mars 1912, *in* Francis N. Naumann et Hector Obalk (ed.), *Affectionately, Marcel. The Selected Correspondance of Marcel Duchamp*, Londres, Thames & Hudson, 2000.

148. Maria Lluisa Borras, *Picabia, op. cit.*, p. 91.

149. Marcel Duchamp, *Entretiens avec Pierre Cabanne, op. cit.*

150. *Ibid.*

151. *Ibid.*

152. Francis Steegmuller, « Duchamp : Fifty Years Later », *in* Bernard Marcadé, *Marcel Duchamp, op. cit.*

153. Lydie Sarazin-Levassor, *Un échec matrimonial, op. cit.*

154. Gabrielle Buffet-Picabia, *Aires abstraites, op. cit.*

155. Bernard Marcadé, *Marcel Duchamp, op. cit.*, p. 58.

156. *Une vie, une œuvre. Raymond Roussel*, par Françoise Estèbe, France Culture, 27 avril 2013.

157. Raymond Roussel, *Comment j'ai écrit certains de mes livres*, éditions Pauvert, Paris, 1963, p. 61.

158 François Caradec, *Raymond Roussel*, Paris, Fayard, 1997, p. 149.

159. Gabrielle Buffet-Picabia, *Rencontres, op. cit.*, p. 77.

160. Maria Lluisa Borras, *Picabia, op. cit.*, p. 92.

161. Marcel Duchamp, *Entretiens avec Pierre Cabanne, op. cit.*

162. Jean Suquet, *Miroir de la mariée*, Paris, Flammarion, 1974.

163. Raymond Roussel, *Comment j'ai écrit certains de mes livres, op. cit.*

164. Laurence Campa, *Guillaume Apollinaire*, Paris, Gallimard, « NRF Biographies », 2013.

165. Marcel Duchamp, lettre à Jean Suquet du 25 décembre 1949. Jean Suquet, *Miroir de la mariée, op. cit.*

12. Parade amoureuse

166. Jennifer Gough-Cooper et Jacques Caumont, *Marcel Duchamp. Work and Life, op. cit.*

167. Helmut Friedel (dir.), *Marcel Duchamp in Munich, 1912*, Munich, Schirmer/Mosel, 2012.

168. Bernard Marcadé, *Marcel Duchamp, op. cit.*, p. 60.

169. Gabrielle Buffet-Picabia, *Aires abstraites, op. cit.*

170. *Ibid.*

171. Bernard Marcadé, *Marcel Duchamp, op. cit.*, p. 66.

172. *Ibid.*

173. Entretien avec Jean-Marie Droit en 1963, *in* Serge Stauffer (ed.), *Marcel Duchamp. Interviews und Statements*, Ostfildern-Ruit, Cantz, 1992.

174. *Marcel Duchamp. La peinture, même*, dossier Centre Georges-Pompidou, http://mediation.centrepompidou.fr/education/ressources/ENS-Duchamp_peinture

175. Judith Housez, *Marcel Duchamp*, Paris, Grasset, 2006.

176. *Ibid.*, p. 116.

177. Helmut Friedel (dir.), *Marcel Duchamp in Munich, 1912*, *op. cit.*

178. *Ibid.*

179. André Gide, *La Porte étroite*, Paris, Mercure de France, 1909.

180. Robert Lebel, *Sur Marcel Duchamp*, Paris, Éditions du Centre Pompidou, 1996, p. 73.

181. Marcel Duchamp, *Entretiens avec Pierre Cabanne, op. cit.*

182. Formule empruntée à Bernard Marcadé, *Marcel Duchamp, op. cit.*

13. La Poésie est comme lui

183. Gabrielle Buffet-Picabia, *Aires abstraites*, *op. cit.*

184. Bernard Marcadé, *Marcel Duchamp*, *op. cit.,* p. 70.

185. Francis Picabia, *Écrits*, tome 2, Paris, Belfond, 1978, p. 149.

186. Maria Lluisa Borras, *Picabia*, *op. cit.*, p. 92.

187. Gabrielle Buffet-Picabia, *Aires abstraites*, *op. cit.*

188. Carole Boulbès, *Picabia, le saint masqué*, Paris, Jean-Michel Place, 1998, p. 35 et p. 41.

189. Laurence Campa, *Guillaume Apollinaire*, *op. cit.*, p. 354.

190. Bernard Marcadé, *Marcel Duchamp*, *op. cit.*, p. 70.

191. Laurence Campa, *Guillaume Apollinaire*, *op. cit.*, p. 361.

192. Gabrielle Buffet-Picabia, *Aires abstraites*, *op. cit.*

193. *Ibid.*

194. *Ibid.*

195. Francis N. Naumann et Hector Obalk (ed.) *Affectionately, Marcel the Selected Correspondence of Marcel Duchamp*, *op. cit.*

196. Gabrielle Buffet-Picabia, *Aires abstraites*, *op. cit.*

197. Gabrielle Buffet-Picabia, *Rencontres*, *op. cit.*, p. 92.

198. Gabrielle Buffet-Picabia, *Aires abstraites*, *op. cit.*

199. Gabrielle Buffet-Picabia, *Rencontres*, *op. cit.*, p. 77.

200. Gabrielle Buffet, « La Section d'Or », *Art d'aujourd'hui*, 4e série, n° 3-4, mai-juin 1953, p. 75.

14. Adam et Ève

201. Conversation avec Gillian-Joy Bailly-Cowell.

202. Helmut Friedel (dir.), *Marcel Duchamp in Munich, 1912*, *op. cit.*, p. 133.

203. Tomkins Calvin, *Duchamp : A Biography*, New York, Henry Holt and Company, 1996.

15. Têtes superposées

204. Jennifer Gough-Cooper et Jacques Caumont, *Marcel Duchamp. Work and Life*, *op. cit.*

205. Selon le spécialiste Steffen Bogen *in* Helmut Friedel (dir.), *Marcel Duchamp in Munich 1912*, *op. cit.*

206. Helmut Friedel (dir.), *Marcel Duchamp in Munich 1912*, *op. cit.*, p. 133.

207. Bernard Marcadé, *Marcel Duchamp*, *op. cit.*, p. 70.

208. Marcel Duchamp, *Entretiens avec Pierre Cabanne*, *op. cit.*, p. 63.

209. Judith Housez, *Marcel Duchamp*, *op. cit.*

210. Gabrielle Buffet-Picabia, *Rencontres*, *op. cit.*, p. 170.

211. *Francis Picabia. Catalogue raisonné*, vol. 1 (1898-1914), publié sur l'initiative du Comité Picabia, Bruxelles, Mercatorfonds, 2014 et 2016, p. 75, note 73.

212. *Ibid.*

213. Gabrielle Buffet-Picabia, *Aires abstraites*, *op. cit.*

214. *Ibid.*

215. *Ibid.*

216. Guillaume Apollinaire, *L'Esprit nouveau et les poètes*, conférence donnée au Vieux-Colombier le 26 novembre 1917, Paris, Altamira, 1997.

217. Francis Picabia, «Guillaume Apollinaire», *L'Esprit nouveau*, n° 26, octobre 1924.

218. Gabriële Buffet-Picabia, *Aires abstraites*, *op. cit.*

219. Gabrielle Buffet-Picabia, *Aires abstraites*, *op. cit.*

220. Le dessin est reproduit *in Apollinaire. Le regard du poète*, catalogue d'exposition musées d'Orsay et de l'Orangerie, Paris, Gallimard, 2016.

221. Gabrielle Buffet-Picabia, *Aires abstraites*, *op. cit.*

222. Conversation avec Gillian-Joy Bailly-Cowell.

223. Site sur le centenaire de la route Jura-Paris 1912-2012, jura-paris-centenary.com

224. Gabrielle Buffet-Picabia, *Aires abstraites*, *op. cit.*

225. *Ibid.*, p. 58 *sq.*

226. Maria Lluisa Borras, *Picabia*, *op. cit.*

227. Francis Picabia, «Guillaume Apollinaire», art. cit.

228. Hélène Seckel et Pierre Caizergues, *Picasso/Apollinaire. Correspondance*, Paris, Gallimard, «Arts et artistes», 1992.

229. Gabrielle Buffet-Picabia, *Aires abstraites*, *op. cit.*

230. Cécile Girardeau, «Préambule aux générations dada et surréaliste autour de la figure d'Apollinaire», *Apollinaire. Le regard du poète*, *op. cit.*, p. 226.

231. Marcel Duchamp, «Notes marginales, 1912», *Duchamp du signe*, Paris, Flammarion, «Champs», p. 41-42 (cité également par Judith Housez, *Marcel Duchamp*, *op. cit.*, p. 124).

232. Conversation avec Gillian-Joy Bailly-Cowell.

16. Danseuse étoile sur un transatlantique

233. Guillaume Apollinaire, *Le Flâneur des deux rives*, Paris, Éditions de la Sirène, 1918.

234. Entretien de Gabriële Buffet pour l'émission *Archives du XXᵉ siècle, Dada, partie 1*, 1971, archives de l'INA.

235. *Ibid.*

236. Lettre de Mabel Dodge à Gertrude Stein citée dans Maria Lluisa Borras, *Picabia*, *op. cit.*

237. *1913 Armory Show 50th Anniversary Exhibition 1963*, Munson Williams Proctor Arts Institute, Henry Street Settlement, 1963.

238. Didier Jayle, «Freud, Mariani et la publicité, ou comment la cocaïne a conquis l'Europe», *Swaps*, nº 58, article consultable en ligne.

239. *Ibid.*

240. Entretien de Gabriële Buffet et Malitte Matta, janvier 1974, *in Paris New York 1908-1968*, *op. cit.*

241. Guillaume Morel, *Paquebots. Le Triomphe de l'art déco*, Paris, Éditions Place des Victoires, 2015.

242. *Ibid.*

243. Le bon de commande a été reproduit, *in* Katerina Jebb, *Musée Réattu*, Genève, Skira, 1916.

244. Entretien de Gabriële Buffet et Malitte Matta, janvier 1974, *in Paris New York 1908-1968, op. cit.*

245. Maria Lluisa Borras, *Picabia, op. cit.*

246. *The World Magazine*, 9 février 1913.

247. Paule Anglim, « A conversation with Gabrielle Buffet-Picabia » [1976], *in* Tara Quinn (ed.), *The New Brick Reader, op. cit.*

248. Gabrielle Buffet-Picabia, *Aires abstraites, op. cit.*

249. *Ibid.*

250. Entretien de Gabriële Buffet pour *Archives du XXe siècle, Dada, partie 1*, émission citée.

17. La musique est comme la peinture

251. Entretien de Gabriële Buffet et Malitte Matta, janvier 1974, *in Paris New York 1908-1968, op. cit.*

252. Propos de Mabel Dodge, *in* Elizabeth Lunday, *The Modern Art Invasion*, Guilford (Connecticut), Lyons Press, 2013.

253. Entretien de Gabriële Buffet et Malitte Matta, janvier 1974, *in Paris New York 1908-1968, op. cit.*

254. Entretien de Man Ray pour *Archives du XXe siècle, Dada, partie 1*, émission citée.

255. Alfred Stieglitz, *New York American*, février 1913.

256. Elizabeth Lunday, *The Modern Art Invasion*, Guilford (Connecticut), Lyons Press, 2013.

257. Entretien de Gabriële Buffet et Malitte Matta, janvier 1974, *in Paris New York 1908-1968, op. cit.*

258. *Ibid.*

259. *The New York Times*, cité *in* Maria Lluisa Borras, *Picabia, op. cit.*, p. 58.

260. Elizabeth Lunday, *The Modern Art Invasion, op. cit.*

261. Entretien de Juliette Roche pour *Archives du XXᵉ siècle, Dada, partie 1*, émission citée.

262. Elizabeth Lunday, *The Modern Art Invasion, op. cit.*

263. Cité dans Maria Lluisa Borras, *Picabia, op. cit.*

264. Gabrielle Buffet-Picabia, Rencontres, Paris, Belfond, 1977.

265. Entretien de Gabriële Buffet et Malitte Matta, janvier 1974, *in Paris New York 1908-1968, op. cit.*

266. Gabrielle Buffet-Picabia, *Rencontres, op. cit.*

267. Entretien de Gabriële Buffet pour *Archives du XXᵉ siècle, Dada, partie 1*, émission citée.

268. Entretien de Gabriële Buffet et Malitte Matta, janvier 1974, *in Paris New York 1908-1968, op. cit.*

269. Gabrielle Buffet-Picabia, *Aires abstraites, op. cit.*

270. Maria Lluisa Borras, *Picabia, op. cit.*

18. Cannibale

271. Gabriële Buffet, «Igor Stravinsky», texte inédit.

272. Sophie Stévance, «Les opérations musicales mentales de Duchamp. De la "musique en creux"», *Images re-vues*, nº 7, 2009, imagesrevues.revues.org.

273. Gabrielle Buffet-Picabia, *Aires abstraites, op. cit.*

274. Yu-Sion Live, «Les Chinois de Paris depuis le début du siècle. Présence urbaine et activités économiques», *Revue européenne des migrations internationales*, vol. 8, nº 3, 1992, p. 155-173.

275. Gabrielle Buffet-Picabia, *Aires abstraites, op. cit.*

276. Lettre de Gabriële Buffet à Guillaume Apollinaire, 3 avril 1913.

277. Cité dans Isabelle Monod-Fontaine, Claude Laugier et Sylvie Warnier, *Daniel-Henry Kahnweiler, marchand, éditeur, écrivain*, Paris, Centre Georges-Pompidou, 1984, p. 118.

278. Gabrielle Buffet-Picabia, *Aires abstraites, op. cit.*

279. Lettres de Francis et Gabriële Picabia à Alfred Stieglitz.

280. Serge Lemoine, Pascal Rousseau, Étienne Jollet *et al.*, *Aux origines de l'abstraction, 1800-1914*, Paris, Réunion des musées nationaux, 2003.

281. Alice Toklas, *Le Livre de cuisine d'Alice Toklas*, Paris, les Éditions de Minuit, 2000.

282. Lettre conservée dans le dossier Stieglitz/O'Keefe, Beinecke Bibliothèque de livres rares, université de Yale. Traduite par William Camfield, *in Francis Picabia : His Art, Life and Times*, Princeton, Princeton University Press, 1979.

283. Propos de Lydie Sarazin-Levassor, *Un échec matrimonial*, *op. cit.*

284. Lettre conservée dans le dossier Stieglitz/O'Keefe, traduite par William Camfield, *in Francis Picabia : His Art, Life and Times*, *op. cit.*

285. *Aux origines de l'abstraction (1800-1914)*, Catalogue d'exposition, Paris, RMN/Musée d'Orsay, 2003.

286. *Le Matin*, 1er décembre 1913.

287. Guillaume Apollinaire, *Correspondance avec les artistes, 1903-1918*, édition établie, présentée et annotée par Laurence Campa et Peter Read, Gallimard, Paris, 2009, p. 641.

288. *Ibid.*

289. Guillaume Apollinaire, *Chroniques d'art 1902-1918*, *op. cit.*, p. 431.

290. William Camfield, « La vie et l'œuvre de Picabia », *in Francis Picabia. Catalogue raisonné*, vol. 1, 1898-1914, *op. cit.*

291. Maria Lluisa Borras, *Picabia*, *op. cit.*

292. Marcel Duchamp, « À propos des ready-made », *Duchamp du signe*, *op. cit.*, p. 191.

19. Machine sans nom

293. Laurence Campa, *Guillaume Apollinaire*, *op. cit.*, p. 507.

294. Lettre de Marcel Duchamp à Walter Pach du 19 janvier 1915, *in* Francis M. Naumann et Hector Obalk (ed.),

Affectionalety Marcel. The Selected Correspondence of Marcel Duchamp, op. cit.

295. Maria Lluisa Borras, *Picabia, op. cit.*, p. 10.

296. Lettre à Walter Pach, 19 janvier 1915, *in* Francis M. Naumann et Hector Obalk (ed.), *Affectionalety Marcel. The Selected Correspondence of Marcel Duchamp, op. cit.*

297. Lettre de Marcel Duchamp à Walter Pach du 2 avril 1915, *in* Francis M. Naumann et Hector Obalk (ed.), *Affectionalety Marcel. The Selected Correspondence of Marcel Duchamp, op. cit.*

298. Cathy Bernheim, *Picabia, op. cit.*

299. Michel Sanouillet, *Dada à Paris*, Paris, CNRS Éditions, 2005, p. 523-525.

300. *Ibid.*, p. 523.

301. Emmanuel Pauly, *Le Jura et les Jurassiens dans la Première Guerre mondiale*, livre numérique, 2015.

302. Louis Aragon, *Aurélien* [1944], Paris, Gallimard, 1986.

303. Archives familiales.

20. La ville de New York aperçue à travers le corps

304. Henri-Pierre Roché, «Souvenirs sur Marcel Duchamp», *in* Robert Lebel, *Sur Marcel Duchamp*, Paris, Trianon Press, 1959, p. 79.

305. Paul Anglim, «A conversation with Gabrielle Buffet-Picabia», 1976, *in* Tara Quinn (ed.) *The New Brick Reader, op.cit.*

306. Entretien de Gabriële Buffet et Malitte Matta, janvier 1974, *in Paris New York 1908-1968, op. cit.*

307. Henri-Pierre Roché, «Souvenir sur Marcel Duchamp», *op. cit.*

308. Scarlett et Philippe Reliquet, *Henri-Pierre Roché. L'Enchanteur collectionneur*, Paris, Ramsay, 1999.

309. Récit du 18 avril 1917, *in* Scarlett et Philippe Reliquet, *Henri-Pierre Roché: l'Enchanteur collectionneur, op. cit.*

310. Robert Desnos, *Nouvelles Hébrides et autres textes, 1922-1930*, Paris, Gallimard, 1978.

311. Entretien de Gabriële Buffet et Malitte Matta, janvier 1974, *in Paris New York 1908-1968*, *op. cit.*

312. Bernard Marcadé, *Marcel Duchamp*, *op. cit.*

313. Gabriële Buffet, «Edgard Varèse», texte inédit.

314. Gabrielle Buffet-Picabia, *Aires abstraites*, *op. cit.*

315. Manuela Schwartz (dir.), *Vincent d'Indy et son temps*, *op. cit.*

316. Lettre de Ravel à Ida Godebska du 8 septembre 1914, *in* Marcel Marnat, *Maurice Ravel*, Paris, Fayard, «Indispensables de la musique», 1986.

317. Voir http://homepage.smc.edu/Tobey_Christine/varese/varese.html#references.

318. Entretien de Gabriële Buffet et Malitte Matta, janvier 1974, *in Paris New York 1908-1968*, *op. cit.*

319. *Ibid.*

320. Cité dans Francis M. Naumann, *New York Dada 1915-23*, New York, Harry N. Abrams, 1994.

321. Francis Picabia, *Caravansérail*, *op. cit.*

322. Lydie Sarazin-Levassor, *Un échec matrimonial*, *op.cit.*

323. James Leggio, *Music and Modern Art*, Abingdon, Routledge, 2001.

324. Gabriële Buffet, «Edgard Varèse», texte inédit.

325. *Ibid.*

326. Paule Anglim, «A conversation with Gabrielle Buffet-Picabia» [1976], *in* Tara Quinn (ed.), *The New Brick Reader*, *op. cit.*

21. La nuit espagnole

327. Meryle Secrest, *Elsa Schiaparelli, A Biography*, New York, Knopf, 2014.

328. Elsa Schiaparelli, *Shocking Life, an autobiography*, Boston, E. Dutton, 1954.

329. *Ibid.*

330. *Francis Picabia. Catalogue raisonné*, vol. 2 (1915-1927), publié sur l'initiative du Comité Picabia, Bruxelles, Mercatorfonds, 2014 et 2016, p. 49.

331. Bertrand Lacarelle, *Arthur Cravan précipité*, Paris, Grasset, 2010, p. 210.

332. *La Nuit rêvée de... Hervé Poulain*, émission citée.

333. Véronique de la Fuente, *Dada à Barcelone 1914-1918*, Aix-les-Bains, Éditions des Albères, 2001.

334. Entretien de Gabriële Buffet pour *Archives du XXe siècle, Dada, partie 1*, 1971, émission citée.

22. Culotte tournante

335. Entretien de Gabriële Buffet pour *Archives du XXe siècle, Dada, partie 1*, 1971, émission citée.

336. *Ibid.*

337. *Ibid.*

338. Bertrand Lacarelle, *Arthur Cravan précipité, op. cit.*, p. 141.

339. Lettre de Marcel Duchamp à Louise Arensberg du 24 août 1917, *in* Francis M. Naumann et Hector Obalk (ed.), *Affectionalety, Marcel. The Selected Correspondence of Marcel Duchamp, op. cit.*

340. Meryle Secrest, *Elsa Schiaparelli, A Biography, op. cit.*

341. Bertrand Lacarelle, *Arthur Cravan précipité, op. cit.*, p. 142.

342. Entretien de Gabriële Buffet pour *Archives du XXe siècle, Dada, partie 1*, 1971, émission citée.

23. Paroxy(s)me de la douleur

343. Gabrielle Buffet-Picabia, *Aires abstraites*, *op. cit.*

344. Mark Polizzotti, *André Breton*, Paris, Gallimard, « NRF Biographies », 1999.

24. Voilà la femme

345. Germaine Everling, *L'Anneau de Saturne*, Paris, Fayard, 1970.

346. *Ibid.*

347. Gabriële Buffet, « Picabia et Gabriële Buffet », texte inédit.

348. *Ibid.*

349. Germaine Everling, *L'Anneau de Saturne*, *op. cit.*

350. *Ibid.*

351. Toutes les informations relatives à la scène de la rencontre entre Germaine Everling et Gabriële Buffet proviennent de Germaine Everling, *L'Anneau de Saturne*, *op. cit.*

25. Lâcheté de la barbarie subtile

352. Germaine Everling, *L'Anneau de Saturne*, *op. cit.*

353. *Ibid.*

354. Laurence Campa, *Guillaume Apollinaire*, *op. cit.*

355. Gabrielle Buffet-Picabia, *Aires abstraites*, *op. cit.*

356. Germaine Everling, *L'Anneau de Saturne*, *op. cit.*

26. Funny guy

357. Lettre de Marcel Duchamp aux Picabia, de New York, du 13 août 1918, *in* Francis M. Naumann et Hector Obalk (ed.),

Affectionalety Marcel. The Selected Correspondence of Marcel Duchamp, op. cit.

358. Lettre de Marcel Duchamp à Jean Crotti du 8 juillet 1918, *in* Francis M. Naumann et Hector Obalk (ed.), *Affectionalety Marcel. The Selected Correspondence of Marcel Duchamp, op. cit.*

359. Lettre de Marcel Duchamp aux Picabia, de New York, du 13 août 1918, *in* Francis M. Naumann et Hector Obalk (ed.), *Affectionalety Marcel. The Selected Correspondence of Marcel Duchamp, op. cit.*

360. Gabriële Buffet, «Picabia», texte inédit sur les écrits de Francis Picabia.

361. Michel Sanouillet, *Dada à Paris, op. cit.*, p. 453.

362. Laurent Le Bon, *Dada*, Paris, Centre Georges-Pompidou, 2001.

363. Philippe Dagen, *Le Silence des peintres. Les artistes face à la Grande Guerre*, Paris, Fayard, 1996.

364. Gabrielle Buffet-Picabia, *Aires abstraites, op. cit.*, p. 111.

27. Points

365. Guillaume Apollinaire, *Alcools*, Paris, Mercure de France, 1913.

366. Marcel Duchamp, *Entretiens avec Pierre Cabanne, op. cit.*

367. Jennifer Gough-Cooper et Jacques Caumont, *Marcel Duchamp. Work and Life, op. cit.*

368. *Ibid.*

REMERCIEMENTS

Les auteurs remercient leur famille, leurs proches, Pierre Belfond et les nombreuses personnes qui les ont aidées à la réalisation de ce livre.

Et tout particulièrement, Grégoire Chertok et Albéric de Gayardon.

Table

OUVRAGES D'ANNE BEREST :

La Fille de son père, Le Seuil, 2010
Les Patriarches, Grasset, 2012
Sagan 1954, Stock, 2014
Recherche femme parfaite, Grasset, 2015

OUVRAGES DE CLAIRE BEREST :

Mikado, Léo Scheer, 2011
L'Orchestre vide, Léo Scheer, 2012
La Lutte des classes ; Pourquoi j'ai démissionné de l'Éducation nationale, Léo Scheer, 2012
Enfants perdus ; Enquête à la brigade des mineurs, Plein jour, 2014
Bellevue, Stock, 2016

Le Livre de Poche s'engage pour
l'environnement en réduisant
l'empreinte carbone de ses livres.
Celle de cet exemplaire est de :
400 g éq. CO₂
Rendez-vous sur
www.livredepoche-durable.fr

PAPIER À BASE DE
FIBRES CERTIFIÉES

Composition réalisée par MAURY-IMPRIMEUR

Achevé d'imprimer en décembre 2019, en France sur Presse Offset par
Maury Imprimeur – 45330 Malesherbes
N° d'imprimeur : 241438
Dépôt légal 1ʳᵉ publication : août 2018
Edition 13 - décembre 2019
LIBRAIRIE GÉNÉRALE FRANÇAISE – 21, rue du Montparnasse – 75298 Paris Cedex 06